U0580445

陕西省社会科学基金委托项目"黄河文化内涵精髓与时代价值研究"阶段性成果

陕西师范大学研究阐释习近平总书记系列考察讲话精神重大专项项目
"黄河诗赋文化融入高校教育教学研究"阶段性成果

陕西师范大学中国语言文学"世界一流学科建设成果"

长安与丝路文化传播学科创新引智基地资助项目

陕西师范大学优秀著作出版基金资助项目

历代咏黄河诗词曲赋萃编

唐代卷

张锦辉 编著

人民出版社

责任编辑：姜　虹

封面设计：汪　阳

图书在版编目（CIP）数据

历代咏黄河诗词曲赋萃编．唐代卷／张锦辉 编著．—北京：
　人民出版社，2025.4
ISBN 978－7－01－026313－7

I.①历⋯　II.①张⋯　III.①古典诗歌－诗歌研究－中国－唐代
　IV.① I207.22

中国国家版本馆 CIP 数据核字（2024）第 032986 号

历代咏黄河诗词曲赋萃编

LIDAI YONG HUANGHE SHICIQUFU CUIBIAN

（唐代卷）

张锦辉　编著

人民出版社 出版发行
（100706　北京市东城区隆福寺街 99 号）

北京九州迅驰传媒文化有限公司印刷　新华书店经销

2025 年 4 月第 1 版　2025 年 4 月北京第 1 次印刷
开本：710 毫米 ×1000 毫米 1/16　印张：29.5
字数：399 千字

ISBN 978－7－01－026313－7　定价：120.00 元

邮购地址 100706　北京市东城区隆福寺街 99 号
人民东方图书销售中心　电话（010）65250042　65289539

版权所有·侵权必究
凡购买本社图书，如有印制质量问题，我社负责调换。
服务电话：（010）65250042

总　序

"中国川源以百数,莫著于四渎,而河为宗。"(班固《汉书》)黄河流域是中华民族的发祥地与华夏文明的摇篮,黄河文化是中华民族的文化根脉与精神标识。黄河不仅孕育了伟大的中华民族,还催生了辉煌的中华文化。

习近平总书记数次在重要会议上针对黄河流域发展发表过重要讲话,明确提出要"保护、传承、弘扬黄河文化"。2019 年 9 月 18 日,习近平总书记在黄河流域生态保护和高质量发展座谈会上的讲话中指出:"千百年来,奔腾不息的黄河同长江一起,哺育着中华民族,孕育了中华文明……在我国五千多年文明史上,黄河流域有三千多年是全国政治、经济、文化中心,孕育了河湟文化、河洛文化、关中文化、齐鲁文化……诞生了'四大发明'和《诗经》、《老子》、《史记》等经典著作。"习近平总书记强调:"要推进黄河文化遗产的系统保护,守好老祖宗留给我们的宝贵遗产。要深入挖掘黄河文化蕴含的时代价值,讲好'黄河故事',延续历史文脉,坚定文化自信,为实现中华民族伟大复兴的中国梦凝聚精神力量。"①党的二十大报告把文化自信提到了前所未有的新高度。为了深入贯彻习近平总书记的重要指示和党的二十大精神,推进黄河文明不断发展,增强文化自信,我们编写了这套"黄河语言文化研究丛书"。该丛书包括《历代咏黄河诗词曲赋萃编》(7 卷)、《黄河流域语言文化研究文集》、《抗战文艺名刊〈黄河〉研究》,再现黄河文明所蕴含的中华文化思想精

---

① 中共中央党史和文献研究院编:《十九大以来重要文献选编(中)》,中央文献出版社2021 年版,第 195、200—201 页。

1

髓,供读者品赏体味。

《历代咏黄河诗词曲赋萃编》(7卷)将历代咏叹黄河的诗词曲赋编纂、收录于一书。中国是诗的国度,"动天地,感鬼神,莫近于诗"(《毛诗序》)。诗歌是最为精练的语言表达形式,优秀的古典诗词曲赋是中华文化中的瑰宝,滋润着一代代中华儿女的心田,传承着中华文化深层的精神基因。吟咏黄河一直是中国文学的重要母题。从《诗经》到乐府,从汉赋到唐诗,从宋词到元曲,吟咏黄河的优美诗章之水流淌在中华文化的原野上,留下了非常宝贵的精神财富。翻开中国文学史,吟咏黄河的名诗佳句比比皆是,"旦辞黄河去,暮至黑山头"(《木兰诗》)、"白日依山尽,黄河入海流"(王之涣)、"黄河之水天上来,奔流到海不复回"(李白)、"萧关陇水入官军,青海黄河卷塞云"(杜甫)、"黄河水白黄云秋,行人河边相对愁"(白居易)、"黄河与函谷,四海通舟车"(陆游)、"黄河一旦清,东方日已明"(马致远)、"黄河水绕汉宫墙,河上秋风雁几行"(李梦阳)、"黄河东来日西没,斩华作城高突兀"(顾炎武)、"城上黄河屈注来,千金堤帚一时开"(吴伟业)……作者们用精美的诗词描绘了黄河丰富的意象,让黄河文化在今天仍然具有独特的气质和风华。在实现中华民族伟大复兴的过程中,依然绽放着时代的光芒,这也正是我们编著该丛书的初衷。该丛书力图以黄河为魂,以朝代为经,以作者为纬,广泛搜集、认真整理而全面呈现、系统阐释历朝历代吟咏黄河的诗词曲赋佳作。每篇作品由原文、作者简介、注释、赏析四部分构成,全力做到注释完善、赏析精良,将学术性与普及性融合在一起。

《黄河流域语言文化研究文集》是由陕西师范大学文学院、山西师范大学文学院、西北师范大学文学院与黄河流域多所师范院校、研究机构共同举办的"首届黄河流域语言文化与中文教育研讨会"论文集,内容相当丰富,涉及黄河流域语言文化研究的多个领域,展示最新研究成果,充分展现出黄河母亲文化对中华文化的辐射意义。该文集所收录的论文从不同层面、多个角度阐释黄河文化的影响力,搭建起广阔的黄河流域语言文化研究和中文教育交流平台,推进黄河文化研究的创新与发展。

《抗战文艺名刊〈黄河〉研究》是冯超老师的专著,梳理以《黄河》为代表的西安抗战文艺的发生发展历程,呈现 20 世纪 40 年代发生在西北的抗战文学景观及其背后的社会历史原因和时代人群心理。这是第一部全面研究《黄河》杂志的学术著作。

该丛书所收录的三种书各有千秋。《历代咏黄河诗词曲赋萃编》(7 卷)主要突出纵向挖掘,全面梳罗各个时期的咏黄河诗词曲赋;《黄河流域语言文化研究文集》主要是横向视野,从多学科、多角度研究黄河文化的影响力;《抗战文艺名刊〈黄河〉研究》则是集中一点,深入挖掘以西安为代表的西北抗战文学图景。三种书研究范围各有所长,但目的一致,从不同侧面展现黄河文化之博大精深。

"黄河语言文化研究丛书"作为陕西省社科基金项目和陕西师范大学研究阐释习近平总书记系列考察讲话精神重大专项项目成果,得到了陕西师范大学的大力支持,人民出版社对该丛书的出版给予了多方面的帮助,我们一并表示衷心的感谢!

是为序。

王晓鹃　高益荣

2023 年 9 月 12 日

目　录

李世民

李世民（599—649），祖籍陇西成纪（今甘肃秦安），徙居长安（今陕西西安）。唐高祖李渊次子。隋末劝李渊起兵反隋。唐武德元年(618)为尚书令，进封秦王。九年（626），发动玄武门之变，得为太子，继而即帝位，次年改元贞观。卒谥"文"，庙号太宗。在位期间，政治修明，经济发展，史称"贞观之治"。先后开设文学馆、弘文馆，招延文士，讨论典籍，编纂类书，吟咏唱和，对唐代三百年风雅之盛有启迪倡导之功。有《唐太宗集》，《旧唐书·经籍志下》著录《唐太宗集》三十卷，《新唐书·艺文志四》著录四十卷，又撰《帝范》四卷，俱散佚。《旧唐书》卷二、《新唐书》卷二有传。

入潼关[1]

崤函[2]称地险，襟带壮两京[3]。

霜峰直临道，冰河曲绕城。

古木参差影，寒猿断续声。

冠盖[4]往来合，风尘朝夕惊。

高谈[5]先马度，伪晓预鸡鸣[6]。

弃繻[7]怀远志，封泥[8]负壮情。

别有真人气[9]，安知名不名。

【注释】

[1] 诗歌选自《唐太宗全集校注》。潼关：古代关名，位于陕西渭南潼关北，北临黄河，南踞山腰。《水经注》卷四《河水》载："河在关内南流，潼激关山，因谓之潼关。"[2] 崤函：即崤山和函谷关，亦名"崤谷"。函谷关向东至新安，是崤函古道，在今河南洛宁北。《读史方舆纪要》卷四十六："洛阳西至新安，道路平旷。自新安西至潼关殆四百里，重冈叠阜，连绵不绝，终日走硖中，无方轨列骑处。其间硖石及灵宝、阌乡尤为险要，古之崤、函在此，真所谓百二重关也。"[3] 两京：汉时把西京长安和东京洛阳称两京，唐朝沿袭此说。[4] 冠盖：官员的帽子和车盖，这里代指官员，用部分代替整体。[5] 高谈：李渊父子由晋阳起兵至攻克长安，途中有两次军事策略上的争议。一次是攻霍邑，一次是军围河东。李世民的主张与裴寂的主张针锋相对。高谈，应指太宗与裴寂针锋相对的争论。[6] 伪晓预鸡鸣：战国时孟尝君到秦，秦昭王想杀掉他。孟尝君门客中有善狗盗的，夜入秦宫，盗取孟尝君曾献给昭王的白狐裘，把它献给昭王宠姬，宠姬就劝说昭王放了孟尝君。孟尝君半夜过函谷关，"关法鸡鸣而出客，孟尝君恐追至，客之居下坐者有能为鸡鸣，而鸡齐鸣，遂发传出。"事见《史记》卷七十五《孟尝君列传》。[7] 弃繻：《汉书》卷六十四下《终军传》："初，军从济南当诣博士，步入关，关吏予军繻。军问：'以此何为？'吏曰：'为复传，还当以合符。'军曰：'大丈夫西游，终不复传还。'弃繻而去。"繻，古时出入关津的凭证，书帛裂而分之，出关时取以合符，乃得复出。后世用"弃繻"表示少年立志之意。[8] 封泥：《后汉书》卷十三《隗嚣列传》记载，隗嚣的部将王元劝他时说道："元请以一丸泥为大王东封函谷关。"比喻函谷关地势险要，用丸泥封塞，即可阻敌。[9] 真人气：真人指老子。《列仙传》卷上《关令尹》："老子西游，喜先见其炁，知有真人当过，物色而遮之，果得老子。"王叔岷校笺："炁，道书气字也。"

【赏析】

潼关是关中的东大门，雄秦、晋、豫三省要冲之地，地势险要，南有华山依托，北有黄河天险，历来为兵家必争之地，有"天下第一关"的美誉。太宗入潼关，在隋大业十三年（617），《旧唐书》卷二《太宗本纪》载："太宗自南原率二骑驰下峻坂，冲断其军，引兵奋击，贼众大败，各舍仗而走。悬门发，老生引绳欲上，遂斩之，平霍邑。至河东，关中豪杰争走赴义。太宗请进师入关。"灭掉宋老生割据势力之后，太宗力主进兵关中，此诗应是太宗前往潼关时写下的抒发胜利喜悦的凯旋诗。前六句描写了潼关和途经之地崤函古道的雄壮险要和环境凄异。"冠盖"二句侧面说明了潼关地理位置的重要，因处于交通要道，因此往来的官员络绎不绝。"高谈"四句，作者连用自身论战的经历和鸡鸣狗盗、西汉终军入潼关、"一丸泥"封函谷关三个典故，强调了潼关一带重要的军事政治地位，表达了作者乘胜进军、英勇克敌、攻占关中的豪情壮志。末尾两句作者又借用老子的典故，抒发了不计浮名的宽广胸怀。此诗为太宗代表作《帝京篇》十首之一，气象宏伟，格调高亢，将写实和怀古相结合，又显得质朴浑厚。

李隆基

李隆基（685—762），唐睿宗李旦第三子。垂拱三年（687）封楚王，长寿二年（693）降封临淄郡王。景龙四年（710）起兵诛韦后及其党羽，迎立睿宗，因功进封平王，旋立为皇太子。先天元年（712）即位。天宝十五载（756），因安史之乱出逃至蜀，七月，太子李亨即位于灵武，尊之为太上皇。至德二载（757），两京收复后还京。卒谥"至道大圣大明孝皇帝"，史称明皇，庙号玄宗。唐玄宗工诗能文，知音律，善书法，对唐代文学艺术的繁荣有倡导之功。于儒、老、佛经典之注疏，均有成就。有《唐玄宗皇帝集》二卷，已散佚。今存诗六十三首。《旧唐书》卷八卷九、《新唐书》卷五有传。

行次成皋途经先圣擒建德之所缅思功业感而赋诗[1]

有隋政昏虐，群雄已交争。

先圣按剑起，叱咤风云生。

饮马河洛[2]竭，作气嵩华[3]惊。

克敌睿图就，擒俘帝道亨。

顾惭嗣宝历[4]，恭承天下平。

幸过翦鲸[5]地，感慕神且英。

【注释】

[1] 诗歌选自《全唐诗》卷三。成皋：古邑名，在今河南荥阳汜水。

北依陡崖，南、西临汜河。春秋为郑国虎牢，后改成皋。汉刘邦与楚项羽，曾对峙于此。先圣：先皇，指太宗李世民。擒建德：建德，人名，姓窦，隋末义军领袖之一，称夏王。据《新唐书》卷二《太宗本纪》载，唐高祖武德四年（621），"四年二月，窦建德率兵十万以援世充，太宗败建德于虎牢，执之。""虎牢"，关名，即成皋。[2] 河洛：指黄河和洛水。[3] 嵩华：嵩山、华山。[4] 嗣宝历：继承帝业。[5] 翦鲸：平定豪强。翦，灭除。鲸，此处喻指强敌。

【赏析】

　　玄宗路经"翦鲸地"的成皋，回忆起先皇李世民擒拿窦建德的风云事迹，有感而发，写下了这首怀古咏史诗。起始二句交代了隋末政治昏暗暴虐、群雄相争的背景。之后六句刻画了太宗英勇起义的豪雄气势，其中"饮马"二句运用夸张手法，描写了军容之壮大、士气之旺盛。"克敌"二句对太宗"克敌""擒俘"、造就"睿图"、"帝道"的业绩作出了高度赞扬。此六句威武雄壮，颇具帝王气势。最后作者进行自我鞭策，希望成为先皇的后继之贤，流露出"感慕"先圣"神且英"的景仰之情。全诗体现出对英雄的呼唤和崇拜。

登蒲州逍遥楼[1]

长榆[2]息烽火，高柳[3]静风尘。

卜征巡九洛[4]，展豫出三秦[5]。

昔是潜龙[6]地，今为上理辰。

时平乘[7]道泰，聊赏遇年春。

黄河分地络[8]，飞观接天津。

一览遗芳翰[9]，千载肃如神。

【注释】

[1] 诗歌选自《全唐诗》卷三。蒲州：今山西永济，位于晋、陕交通要道，临黄河。逍遥楼：在永济西。[2] 长榆：塞名。故址在今内蒙古托克托至陕西榆林北一带。汉时广树榆林为塞，故名。[3] 高柳：地名，故城在今山西阳高。[4] 卜征巡九洛：征，巡狩。古时皇帝五年一巡，先问卜吉凶，五年五卜，皆吉乃行。九洛：东都洛阳一带，指出行的目的地。此篇当作于开元十年（722）去东都巡行的途中。[5] 三秦：项羽破秦后，分关中地区为三部分，合称三秦。《史记》卷七《项羽本纪》载："（项羽）三分关中，王秦降将以距塞汉王。项王乃立章邯为雍王，王咸阳以西，都废丘。长史欣者，故为栎阳狱掾，尝有德于项梁；都尉董翳者，本劝章邯降楚。故立司马欣为塞王，王咸阳以东至河，都栎阳；立董翳为翟王，王上郡，都高奴。"后用以泛称陕西一带。[6] 潜龙：比喻圣贤隐而未显。《周易·乾》："潜龙勿用。"相传蒲州旧时为舜都。[7] 乘：《全唐诗》一作"承"。[8] 络：《全唐诗》一作"脉"。[9] 遗芳翰：遗墨。《梦溪笔谈》卷五《乐律一》载："今蒲中逍遥楼楣上有唐人横书，类梵字，相传是霓裳谱。"

【赏析】

此诗写玄宗去洛阳巡狩、途经蒲州时登楼赏景的所见所感。首两句点明现在是战火暂停的和平时期，三四句交代了此次出行的起点和目的地，紧接着四句道出了作者在平安盛世顺畅通行、游赏春景的喜悦心情。"黄河分地络"不仅写出黄河作为地界划分晋、陕的壮阔气势，也点明了蒲州濒临黄河且介于两省交界的重要地理位置。"飞观接天津"极言逍遥楼建筑之高耸。尾句作者提及前人留下的题咏诗篇，为逍遥楼增添了人文意蕴。全诗传达了玄宗轻松惬意的心情以及希望安享和平盛世的心愿。

轩游宫十五夜[1]

行迈离秦国，巡方赴洛师[2]。

路逢三五夜，春色暗中期。

关外长河[3]转，宫中淑气迟。

歌钟对明月，不减旧游时。

【注释】

[1] 诗歌选自《全唐诗》卷三。[2] 洛师：洛阳。[3] 长河：指黄河。

【赏析】

此诗作于上元夜玄宗由长安赴洛阳途中。开头两句点明了作者出行的起点、目的地及出行理由。即使在巡行途中，也不忘庆祝上元节。《明皇杂录·逸文》载："上在东都，遇正月望夜，移仗上阳宫，大陈影灯，设庭燎，自禁中至于殿庭，皆设蜡炬，连属不绝。时有匠毛顺，巧思结创缯彩，为楼三十间，高一百五十尺，悬珠玉金银，微风一至，锵然成韵。乃以灯为龙凤虎豹腾跃之状，似非人力。"可见玄宗对上元节的青睐，其铺张辉煌程度令人惊叹。全诗体现了玄宗巡游途中的惬意心情，包含了对美好生活的祝愿。

早登太行山中言志[1]

清跸[2]度河阳[3]，凝笳[4]上太行。

火龙[5]明鸟道[6]，铁骑绕羊肠。

白雾埋阴壑，丹霞助晓光。

涧泉含宿冻，山木[7]带余霜。

野老茅为屋，樵人薜[8]作裳。

宣风问者艾[9]，敦俗劝耕桑。

凉德^[10]惭先哲，徽猷^[11]慕昔皇。

不因今展义，何以^[12]冒垂堂。

【注释】

[1] 诗歌选自《全唐诗》卷三。[2] 清跸：帝王出行，清除道路，禁止人行。跸，辟止行人。孙星衍等辑《汉官六种·汉官旧仪二卷补遗一卷》："辇动则左右侍帷幄者称警，车驾则卫官填街，骑士塞路，出殿则传跸，止人清道。"[3] 河阳：县名，故地在今河南孟津。《元和郡县图志》卷五《河南道一》："本周司寇苏忿生之邑，后为晋邑，在汉为河阳县，属河内。高齐省入温、轵二县。隋开皇十六年，分温、轵二县重置，属怀州。武德四年平王世充后，割属河南府。"玄宗从河阳县渡过黄河。[4] 凝笳：凝，声调徐缓。笳，胡笳，古乐器名，以竹为之，这里泛指乐器。凝笳，奏着声调徐缓的音乐。[5] 火龙：火把所形成的长龙。[6] 鸟道：山路绝险，仅通飞鸟。[7] 木：《全唐诗》一作"草"。[8] 薜：植物名，即野麻。[9] 耆艾：年寿久长，此为老年人之通称。《荀子·致士》："耆艾而信，可以为师。"[10] 凉德：薄德。《左传·庄公三十二年》："虢多凉德，其何土之能得。"[11] 徽猷：高明的智谋。《诗经·小雅·角弓》："君子有徽猷，小人与属。"[12] 以：《全唐诗》一作"必"。

【赏析】

这是一首五言排律，描写了玄宗途经太行山，晨游太行山的所见所感。前四句描写了皇帝出行阵仗的威严与庞大，接着四句描写了登太行途中的美好景致，之后四句转为对百姓民风民俗的描写，末尾四句抒怀言志，表达了玄宗对先皇高明智谋的倾慕，也抒发了他要以先皇为榜样，树立圣德的远大志向。这首诗很能体现玄宗前期的贤明，《唐诗观澜集》评此诗："寻常景，写得笔走风电。"

潼关口号[1]

河曲[2]回千里，关门限二京[3]。

所嗟非恃德，设险到天平[4]。

【注释】

[1]诗歌选自《全唐诗》卷三。口号：古体诗的题名。表示随口吟成，和口占相似。[2]河曲：黄河河道曲折。[3]二京：指西京长安和东京洛阳。潼关地处二京之间，阻隔了二京。[4]到天平：到，《全唐诗》一作"致"。天平，县名，境邻潼关，在今河南灵宝县西。此处不仅言地理位置，更借地名字面义夸饰潼关之雄险。

【赏析】

这是一首五言古诗，口号在唐诗中比较少见。此诗前两句是对黄河、潼关一带地势的赞美，写出了潼关千里河流回环、雄关分割二京的自然地理特质。后两句作者慨叹以往的帝王并非依靠圣德平天下，而是凭借设置险要关口才能维系天下太平。实际上，王朝的太平长久在"恃德"，而非"设险"。这两句不仅赞颂了潼关地势雄险，也是对自己执政贤明的勉励，显示出玄宗早期励精图治的积极思想。

刘孝孙

刘孝孙（？—641？），荆州（今湖北江陵）人。隋末，王世充弟杞王辩引为行台郎中。入唐，武德初，历虞州录事参军。太宗召之，为秦王府十八学士之一。贞观六年（632），迁著作佐郎，吴王友。寻迁太子洗马，未拜卒。孝孙弱冠知名，与名士虞世南等结为文会。《旧唐书·经籍志》著录有文集三十卷及《古今类序诗苑》四十卷，俱佚。今存诗七首。《旧唐书》卷七十二、《新唐书》卷一百〇二有传。

早发成皋望河[1]

清晨发岩邑，车马走轘辕[2]。
回瞰黄河上，惝恍屡飞魂。
鸿流遵积石[3]，惊浪下龙门[4]。
仙槎[5]不辨处，沈璧[6]想犹存。
远近洲渚出，飒沓凫雁喧。
怀古空延伫，叹逝[7]将何言。

【注释】

[1] 诗歌选自《全唐诗》卷三十三。成皋：见李隆基《行次成皋途经先圣擒建德之所缅思功业感而赋诗》注[1]。[2] 轘辕：山名，亦关名，在河南偃师东南，接巩县、登封两县（市）界，山路险要回环。东汉何进所置八关之一。[3] 遵：《全唐诗》一作"导"。积石，山名，在甘肃

临夏西北。[4]龙门：山名，在山西河津与陕西韩城之间。《尚书·禹贡》称"导河积石，至于龙门"，两岸峭壁对峙，形如阙门，故名。[5]仙槎：典出晋张华《博物志》第十《杂说下》："近世有人居海渚者，年年八月有浮槎去来甚大，不失期。"又：传说汉武帝命张骞探寻黄河源，河源与天相通，张骞曾泛槎天河。槎：木筏。[6]沈璧：沉璧。春秋时晋公子重耳入秦，及河立誓："'所不与舅氏同心者，有如白水。'投其璧于河。"见《左传·僖公二十四年》。[7]叹逝：《论语·子罕》："子在川上曰：'逝者如斯夫！不舍昼夜。'"

【赏析】

此诗是作者清晨游成皋观赏河景时所作。前六句描绘了轘辕山、积石山、龙门等黄河两岸的景观，"恛恍屡飞魂""鸿流""惊浪"写出了地势的险要以及黄河的波涛汹涌。七八句连用两个典故，作者感慨"仙槎"、沉璧都已无处可寻，流露出对历史逝去的无奈与追念。结尾作者点出怀古伤今之意，惋惜时光的飞逝。全诗意象雄浑，气势恢宏，结句反而隽永含蓄，情韵悠长，体现出诗风从初唐向盛唐的转变轨迹。

许敬宗

许敬宗（592—672），字延族，杭州新城（今杭州富阳）人。隋朝礼部侍郎许善心之子。敬宗幼善属文，举秀才，任淮阳郡司法书佐。隋末投李密，为元帅府记室。入唐，武德初召为秦王府学士，为十八学士之一。贞观中，累除著作郎，迁中书舍人，贬洪州都督府司马。后历任给事中、太子右庶子、检校中书侍郎等职，封高阳县男。高宗即位，为礼部尚书，历任郑州刺史、卫尉卿、太子宾客、侍中、中书令、右相、太子少师等职，进封郡公。卒赠开府仪同三司、扬州大都督。初谥"缪"，改谥"恭"。曾预修《晋书》《文思博要》《文馆词林》等书。《新唐书·艺文志》著录有文集八十卷，已散佚。今存诗四十五首。《旧唐书》卷八十二、《新唐书》卷一百四十八有传。

奉和入潼关[1]

曦驭[2]循黄道[3]，星陈[4]引翠旗[5]。

济潼纡万乘，临河[6]耀六师[7]。

前旌弥陆海，后骑发通伊[8]。

势逾回地轴[9]，威盛转天机[10]。

是节岁穷纪，关树荡凉飔。

仙露含灵掌[11]，瑞鼎[12]照川湄[13]。

冲襟赏临眺，高咏入京畿[14]。

【注释】

[1] 诗歌选自《全唐诗》卷三十五。奉和入潼关：此诗系奉和太宗李世民《入潼关》之作。[2] 曦驭：曦，日光。驭，通"御"，车驾。太阳之车，此处指太宗的御驾。[3] 黄道：天子所经行的道路。[4] 星陈：群臣陈列多如星斗。[5] 翠旗：天子仪仗中饰以翠羽的旌旗。[6] 河：指黄河，流经潼关城外。[7] 六师：六军，天子的军队。周制，天子有六军。[8] 通伊：通往伊河的地方，伊河在洛阳以西，源出河南卢氏东南，至偃师入洛河。[9] 回地轴：旋转地轴，古代传说大地有轴。[10] 天机：星名，即斗宿，此处指天。[11] 灵掌：指华山东峰的仙人掌。[12] 瑞鼎：《汉书》卷六《武帝纪》："元鼎元年夏五月，赦天下，大酺五日。得鼎汾水上。"以为瑞兆，遂改元曰元鼎。[13] 川湄：指黄河岸边。湄，岸边，水草相接的地方。[14] 京畿：京城，指长安。

【赏析】

诗歌前八句叙写了唐太宗由洛阳返长安途中进入潼关时的情形。光耀前路，群臣如星宿般陈列有序，旌旗飘飘。皇帝出行时阵容庞大，万乘六师临河渡关而来的场面让人惊叹。五六句运用夸张手法写出了人马队列之长，前面可弥漫至陆海高原，后面的骑兵才刚从伊河出发。之后七八句写出了皇帝一行之威势，"回地轴""转天机"，地旋天转，可见其气势之威猛。九十句点明了正值冬季的时令，树木在疾风的激荡下透着凛凛寒气。登高俯视，作者感到无限的自豪与喜悦，末尾两句体现了作者宽广闲远的胸怀和出游归来后极高的兴致。全诗气势宏伟，意境高远，歌颂了唐王朝强大兴盛的国威。

虞世南

虞世南（558—638），字伯施，越州余姚（今浙江慈溪）人。陈亡，与兄世基入隋，至长安。累授秘书郎，迁起居舍人。入唐，为秦王府参军。太宗即位，转著作郎，兼弘文馆学士，迁太子右庶子。谥"文懿"。虞世南为唐初著名文士，太宗称其有五绝：德行、忠直、博学、文辞、书翰。书法与欧阳询齐名，世称"欧虞"。曾编纂《北堂书钞》一六〇卷，今传。今存诗一卷，计三十二首。《旧唐书》卷七十二、《新唐书》卷一百〇二有传。

从军行二首[1]·其一

涂山烽候惊[2]，弭节度龙城[3]。
冀马楼兰将[4]，燕犀上谷兵[5]。
剑寒花不落，弓晓月逾明。
凛凛严霜节，冰壮黄河绝。
蔽日卷征蓬，浮天散飞雪。
全兵值月满，精骑乘胶折。
结发早驱驰，辛苦事旌麾。
马冻重关冷，轮摧九折[6]危。
独有西山将[7]，年年属数奇[8]。

【注释】

[1]诗歌选自《虞世南诗文集》卷一。从军行:《全唐诗》诗题一作"拟古"。此诗沿用乐府旧题,属于《相和歌辞·平调曲》。《乐府诗集》卷三十二:"《乐府解题》曰:'《从军行》皆军旅苦辛之辞。'"[2]涂山烽候惊:涂山,传说大禹会见诸侯之地,在今安徽怀远。《左传·哀公七年》有"禹合诸侯於涂山"之语,故此处借言聚师合兵。惊,《全唐诗》一作"警"。[3]龙城:即龙庭,为匈奴酋长祭天地祖先之所,其地在今蒙古国鄂尔浑河侧。此借言敌方重地。[4]冀马楼兰将:冀马,冀为古九州之一,包括今山西及河北、河南北部、辽宁西部,故以冀马泛指产于北方的良马。楼兰将:楼兰为汉西域城国,地在今新疆罗布泊西。此以楼兰将泛指边疆战士。[5]上谷兵:春秋燕国置上谷郡,其地在今河北怀来,古多豪侠之士。[6]九折:九折坂,在今四川荥经西邛崃山,路曲险,九折始上。此泛指危途。[7]西山将:指李广。李广为陇西人,地处陇山之西,故云。[8]数奇:命运不好。《史记》卷一百〇九《李将军列传》:"以为李广老,数奇。"古人以偶数为吉,奇数为凶。

【赏析】

这是一首描绘激烈战事的边塞诗。开头六句描写了出征的场景。从烽火传信写起,叙述了将士们飞速驾驭车子连营齐出的壮观场面。"楼兰将"与"上谷兵"点明了作战部队的精锐,"剑寒花不落"两句渲染了紧张肃穆的临战气氛。中间四句刻画了作战的自然环境,凛凛严霜,满天飞雪,不仅道出作战的恶劣天气,也描绘了塞外景色的壮丽阔大。末尾八句交代了苦战的经过及征战结局,作者借用李广出征不利的典故,暗示了此场战争的悲惨结果,为疆场失意者嗟叹。内容上,此诗将征战生活的刺激险绝、从军的悲喜豪情、征战的安危荣辱描绘得淋漓尽致。形式上,虽用乐府旧题,属五言古诗,但已非常接近五言律诗或排律,此诗堪称初唐边塞诗的杰作。

张九龄

张九龄（673或678—740），字子寿，一名博物。韶州曲江（今广东韶关）人。长安二年（702）进士及第。神龙三年（707）登材堪经邦科，授校书郎。先天元年（712）登道侔伊吕科，迁左拾遗，后历任左补阙、礼部员外郎、司勋员外郎、中书舍人等职。开元二十一年（733）拜相，翌年迁中书令。受奸相李林甫排挤，于开元二十四年（736）罢相，改任尚书右丞相。翌年贬荆州长史。累封始兴县伯。开元二十八年（740）春请归乡，病卒于家。谥"文献"。五古诗风清淡，对扫除唐初所沿袭的六朝绮靡诗风贡献尤大。《新唐书·艺文志》著录有集二十卷，现存《曲江张先生文集》二十卷。《旧唐书》卷九十九、《新唐书》卷一百二十六有传。

奉和圣制经函谷关作[1]

函谷[2]虽云险，黄河复已清[3]。
圣心无所隔，空此置关城。

【注释】

[1] 诗歌选自《张九龄集校注》卷一。此诗为奉和唐玄宗《经函谷关作》所作，《经函谷关作》今佚。[2] 函谷：指古函谷关，在今河南灵宝东北，秦置，因关在谷中，深险如函得名。东临绝涧，南接秦岭，北塞黄河，号称天险。[3] 黄河复已清：黄河水浊，少有清时，古人因

以河清为太平的象征。复已,《全唐诗》作"已复"。

【赏析】

此诗为奉和皇帝之作。首句描写了函谷关的险峻。函谷关地处"两京古道",紧靠黄河岸边,是重要的雄关要塞,昨日战争的激烈场面犹在眼前。而今黄河已复清流,天下已扫清边患,所以圣上认为关内关外无须分隔,函谷险关也就失去了它在历史上阻挡外敌的作用。作者善于颂圣,这首诗意在奉颂盛唐时期山河尽在掌握之中的豪迈气象。

宋之问

宋之问（656—712），字延清，一名少连。汾州（今山西汾阳）人，一说虢州弘农（今河南灵宝）人。上元二年（675），进士及第。曾当过洛阳参军、尚方监丞、左奉宸内供奉。神龙元年(705)，因攀附张易之，贬泷州参军。中宗景龙二年（708）转考功员外郎，与杜审言、薛稷等同为修文馆学士。又以受贿罪贬越州长史。睿宗景云元年（710），流放钦州。玄宗先天元年（712），赐死徙所。在文学上，善诗文，对律诗定型有较大贡献，与沈佺期齐名，并称"沈宋"。今存有《宋之问集》二卷。《旧唐书》卷一百九十、《新唐书》卷二百〇二、《唐才子传》卷一有传。

桂州三月三日[1]

代业京华里，远投魑魅乡[2]。

登高望不见，云海四茫茫。

伊昔承休盼，曾为人所羡。

两朝赐颜色，二纪陪游宴。

昆明御宿侍龙媒[3]，伊阙[4]天泉复几回。

西夏黄河水心剑[5]，东周清洛羽觞杯[6]。

苑中落花扫还合，河畔垂杨拨不开。

千春献寿多行乐，柏梁[7]和歌攀睿作。

赐金分帛驻光辉，风举云遥入紫微[8]。

晨趋北阙[9]鸣珂至，夜出南宫把烛归。

载笔儒林多岁月，襆被文昌佐吴越。

越中山海高且深，兴来无处不登临。

永和九年刺海郡，暮春三月醉山阴[10]。

愚谓嬉游长似昔，不言流寓欤成今。

始安[11]繁华旧风俗，帐饮倾城沸江曲。

主人丝管清且悲，客子肝肠断还续。

荔浦[12]蘅皋万里余，洛阳音信绝能疏。

故园今日应愁思，曲水何能更祓除。

作伴谁怜合浦[13]叶，思归岂食桂江鱼[14]。

不求汉使金囊赠[15]，愿得佳人锦字书[16]。

【注释】

[1] 诗歌选自《宋之问集校注》卷三。三月三日：唐时为上巳节。此诗作于太极元年（712）流配钦州时。[2] 魑魅乡：荒凉之地，这里指岭南地区。[3] 昆明御宿侍龙媒：昆明，即昆明池。汉武帝时建，故址在今西安西南。御宿：御宿川。《元和郡县图志·关内道一》卷一："御宿川，在县南三十七里。汉为离宫别馆，禁御人不得往来游观，止宿其中，故曰'御宿'。"龙媒，骏马，代指皇帝车驾。《汉书》卷二十二《礼乐志》有"天马来，龙之媒"之句，故称。[4] 伊阙：龙门，在今河南洛阳南。[5] 西夏黄河水心剑：西夏，华夏中原的西部。水心剑：《太平御览》卷三百四十四引《辛氏三秦记》："三月三日。秦昭王置酒河曲。有神人自泉而出，捧水心剑曰：'令君制有西夏。'"[6] 东周清洛羽觞杯：东周，指洛阳。东周建都于此。羽觞：雀鸟状酒器，左右形如两翼。一说插鸟羽于觞，促人速饮。[7] 柏梁：《两京记》载："贞观五年，太宗破突厥，宴突利可汗于两仪殿，赋七言诗柏梁体。"汉武帝筑柏梁台，常置酒其上，诏群臣和诗，能七言者乃得上。这种一人一句、句句押韵的七言古诗，后世称"柏梁体"。[8] 紫微：星座名，太一之精，天帝所居，后借指皇宫。[9] 北阙：皇宫北面的门楼，为大臣等候

朝见或上书奏事之地，此处代指宫殿。[10]"永和"两句：海郡，指会稽郡。山阴，会稽属县，今浙江绍兴。《晋书》卷八十《王羲之列传》："尝与同志宴集于会稽山阴之兰亭，羲之自为之序以申其志，曰：'永和九年，岁在癸丑，暮春之初，会于会稽山阴之兰亭，修禊事也。'"[11]始安：郡名，即桂州。[12]荔浦：桂州属县，今属广西。[13]合浦：郡名，治所在今广东合浦东北。[14]"思归"句：桂江，漓江别名。《三国志》卷六十一《吴书·陆凯传》载当时童谣："宁饮建业水，不食武昌鱼。宁还建业死，不止武昌居。"此化用其语。[15]汉使金囊赠：汉使，谓陆贾，汉高祖时，陆贾奉使南越，南越王尉他"赐陆生橐中装直千金"。见《史记》卷九十七《陆贾列传》。[16]锦字书：织字锦上为书。《晋书》卷九十六《列女列传·窦滔妻苏氏》："窦滔妻苏氏，始平人也，名蕙，字若兰。善属文。滔，苻坚时为秦州刺史，被徙流沙，苏氏思之，织锦为回文旋图诗以赠滔。宛转循环以读之，词甚凄惋。"

【赏析】

这是宋之问流配钦州，途经桂州时写的一首长篇歌行。前为五言体，后为七言排律。诗的前半部分回忆了自己在武后、中宗两朝侍奉陪宴、载笔儒林的辉煌岁月。虽然贬官越州，也有登临群山、临江畅饮的逸兴浓情，与晚年流配岭南的悲惨罪臣生活形成了鲜明对比。全诗铺排纵恣，大量用典，将悲怆苍凉的情怀表达得淋漓尽致。结尾"愿得佳人锦字书"中的"佳人"暗喻唐睿宗，表明宋之问依然对朝廷大赦抱有幻想。全诗可谓是宋之问对自己一生的总结，叙事抒情，错落有致，深情绵邈。

伤曹娘[1]

河伯[2]怜娇态，冯夷要姝妓。

寄言游戏人，莫弄黄河水。

【注释】

[1] 诗歌选自《宋之问集校注》卷四。曹娘：河阳歌妓，与宋之问感情颇深。[2]河伯：即河神，又名冯夷。《庄子·大宗师》："冯夷得之，以游大川。"陆德明《经典释文》卷二十六载：冯夷，司马（彪）云："《清泠传》曰：'冯夷，华阴潼乡堤首人也。服八石，得水仙，是为河伯。'"黄河多水患，人们常以美女沉河水，谓嫁与河伯，以求免灾，故有河伯娶妇之说。见《史记》卷一百二十六《滑稽列传》。

【赏析】

这首诗是作者为悼念友人曹娘所作。曹娘逝去，作者对香消玉殒感到惋惜与悲痛。诗歌前二句借用河伯的典故，写出曹娘公认的美貌，也点明了曹娘溺水而亡的事实。"莫弄黄河水"道出了作者不希望黄河夺去曹娘生命的愿望。全诗无伤感之言，却处处可见作者对曹娘逝世的哀痛与不舍。

崔　湜

崔湜（671—713），字澄澜，定州安喜（今河北定县）人。唐朝宰相崔仁师之孙，崔挹之子。弱冠进士及第，曾参与编纂《三教珠英》。景龙三年（709），拜中书侍郎、同中书门下平章事。后为御史劾奏，被贬江州司马。韦氏称制，任吏部侍郎，同中书门下三品。唐隆政变后，又依附太平公主，升任同中书门下三品，并进中书令。开元元年（713），唐玄宗铲除太平公主，崔湜被流放岭南，途中被赐死。《宋书·艺文志》著录其诗一卷，今存诗三十二首。事见《旧唐书》卷七十四、《新唐书》卷九十九。

塞垣行[1]

疾风卷溟海，万里扬砂砾。

仰望不见天，昏昏竟朝夕。

是时军两进，东拒复西敌[2]。

蔽山张旗鼓，间道潜锋镝。

精骑突晓围，奇兵袭暗壁。

十月边塞寒，四山沍阴积。

雨雪雁南飞，风尘景西迫。

昔我事讨论，未尝怠经籍。

一朝弃笔砚，十年操矛戟。

岂要黄河誓[3]，须勒燕然石[4]。

可嗟牧羊臣[5]，海上[6]久为客。

【注释】

[1]诗歌选自《全唐诗》卷五十四。《全唐诗》一作"崔融诗"。[2]敌：《全唐诗》一作"摘"。[3]黄河誓：《史记》卷十八《高祖功臣侯者年表》载："封爵之誓曰：'使河如带，泰山若厉。国以永宁，爰及苗裔。'"即使黄河狭窄如衣带，泰山变小成磨刀石，受封之国将永存，并传之子孙后代。后用"黄河誓"比喻立功受赏。[4]燕然石：汉车骑将军窦宪"与北匈奴战于稽落山，大破之，追至（私）渠（比）鞮海。窦宪遂登燕然山，刻石勒功而还"。见《后汉书》卷四《孝和孝殇帝纪》。燕然山，即今蒙古境内的杭爱山。[5]牧羊臣：指苏武，曾出使匈奴被拘，牧羊十九年。[6]海上：指北海，今贝加尔湖，苏武牧羊之地。

【赏析】

这是一首五言古诗。前四句描绘了大漠万里扬沙的恶劣天气，中间六句是对紧张战事的书写，紧接着四句又刻画了边塞凛寒阴暗的环境，凸显作战的辛苦。作者虽是弃笔从戎，但仍有比肩大将军窦宪的雄心，渴望战胜而归受君王封赏。结尾用苏武典故，流露出对苏武忠君的钦佩，表达了自己建功立业、报效君王的决心。全诗气势雄浑，颇具边塞诗的雄健悲壮。

李峤

  李峤（645？—714？），字巨山，赵州赞皇（今河北赞皇）人。十五岁通五经，二十岁进士及第，始调安定尉。弱冠举进士，拜监察御史，累迁给事中。因奏劾来俊臣等忤旨，被贬润州司马。圣历元年（698）拜相，转成均祭酒。中宗即位，贬通州刺史。神龙二年（706），擢中书令，后加修文馆大学士，封赵国公。睿宗即位，贬怀州刺史。玄宗即位，再贬滁州别驾，改庐州别驾，卒，年七十。《新唐书·艺文志》著录有集五十卷，又《杂咏诗》十二卷，已散佚，明人辑有《李峤集》三卷。《旧唐书》卷九十四、《新唐书》卷一百二十三、《唐才子传》卷一有传。

又送别[1]

  岐路方为客，芳尊[2]暂解颜。

  人随转蓬去，春伴落梅还。

  白云度汾水[3]，黄河绕晋关[4]。

  离心不可问，宿昔鬓成斑。

【注释】

  [1] 诗歌选自《全唐诗》卷五十八。[2] 芳尊：精致的酒器，亦借指美酒。[3] 汾水：即汾河，黄河支流。源出山西宁武管涔山，南流至曲沃县西折，在河津入黄河。[4] 晋关：指山西繁峙的平型关。

【赏析】

这是一首五律，从题材上看属送别诗，诗题中的"又"字加重了离愁别绪。首联描绘了作者与友人作别时以美酒互相劝慰的场景。"人随转蓬去"，作者将远行的友人比作随风飘转的蓬草，体现了羁旅漂泊之感，深切表达出对朋友的担忧与同情。"春伴落梅还"，作者将别离的愁情融入"落梅"之中，尽显落寞与伤感。颈联运用地点的变换从空间上突出离别后两人距离之遥远。末句写作者自己旦夕之间鬓发变白，表现了离别的悲苦。李峤的五律以工整见长，情景交融，读来令人神伤。

<h2 style="text-align:center">河^[1]</h2>

河出昆仑^[2]中，长波接汉空^[3]。

桃花^[4]生马颊^[5]，竹箭入龙宫^[6]。

德水^[7]千年变，荣光五色^[8]通。

若披兰叶检^[9]，还沐土皇^[10]风。

【注释】

[1] 诗歌选自《全唐诗·逸卷下》。[2] 河出昆仑：旧说黄河源出昆仑。《尔雅·释水》："河出昆仑虚，色白。所渠并千七百，一川色黄。"[3] 汉空：天空。汉，云汉，天河。[4] 桃花：指桃花汛。农历二三月桃花盛开时，冰化雨积，河水猛涨，称桃花汛。《汉书》卷二十九《沟洫志》："来春桃华水盛，必羡溢，有填淤反壤之害。"[5] 马颊：马颊河，古九河之一。《尚书·禹贡》："九河既道。"孔颖达疏："马颊河势，上广下狭，状如马颊也。"[6] 龙宫：即龙门。在山西河津西北和陕西韩城东北。黄河至此，两岸峭壁对峙，形如阙门，故名。河水急满，流速极快。[7] 德水：黄河别名。《史记》卷二十八《封禅书》："秦始皇既并天下而帝，或曰：'黄帝得土德……夏得木德……周得火德……今秦变周，水德之时。昔秦文公出猎，获黑龙，此其水德之瑞。'于是秦更命河曰

'德水'。"千年变，黄河水浊，相传一千年方清一次，以河清为太平盛世的瑞兆。《拾遗记》卷一："黄河千年一清，至圣之君，以为大瑞。"[8]五色：神话传说中的五色之河。《汉书》卷五十七《司马相如传》："遍览八纮而观四海兮，揭度九江越五河。"颜师古注："五河，五色之河也。仙经说有紫碧绛青黄之河。"[9]"若披"句：用黄帝于翠妫得河图的典故。《艺文类聚》卷十一引《黄帝轩辕氏》曰："（黄帝）乃召天老而问焉：'余梦见两龙，挺白图，以授余于河之都。'天老曰：'河出龙图，洛出龟书……天其受帝图乎？'黄帝乃袯斋七日，至于翠妫之川，大鲈鱼折溜而至，乃与天老迎之。五色毕具。鱼泛白图，兰叶朱文，以授黄帝，名曰录图。"兰叶检，汉仪，帝王制诏，以兰英为检，紫芝为泥，故名兰检。此即指"録图"。[10]土皇：指黄帝。《史记》卷一《五帝本纪》："有土德之瑞，故号黄帝。"

【赏析】

黄河奔流千年，连绵不绝，有接天连海之气势，诗歌开头两句描绘了黄河这一特色。浑浊的黄河受自然条件限制永远不会变清，"德水千年变"实际是作者对当下太平盛世到来的歌颂。五六句正是对太平盛世一片祥瑞景象的描绘。末尾两句借用黄帝不辞辛苦取得河图这一典故赞颂了可贵的黄帝精神，说明了黄河的重要地位，为其增添权威性和神秘色彩，同时也暗示了对当朝君王的劝诫，希望他像黄帝一样自强不息，励精图治。全诗气势开阔，写出了黄河的雄伟和历史悠久。

崔　融

崔融（653—706），字安成，齐州全节（今山东章丘西）人。进士及第，累补宫门丞、崇文馆学士。圣历中授著作佐郎，迁右史，进凤阁舍人。久视元年（700），贬婺州长史。神龙元年（705），坐附张易之兄弟，自司礼少卿贬袁州刺史。曾预修《则天实录》。因撰《则天哀册文》，用思精苦，发病而卒，谥"文"。文辞典丽，当时朝廷大手笔，多出其手。与苏味道、李峤、杜审言合称"文章四友"。《新唐书·艺文志》著录有集六十卷，已散佚，今存诗一卷。《旧唐书》卷九十四、《新唐书》卷一百一十四有传。

拟　古[1]

饮马临浊河[2]，浊河深不测。

河水日东往，河源乃西极[3]。

思君正如此，谁为生羽翼。

日夕大川阴，云霞千里色。

所思在何处，宛在机中织。

离梦当有魂，愁容定无力。

夙龄负奇志，中夜三[4]叹息。

拔剑斩长榆，弯弓射小棘[5]。

班张[6]固非拟，卫霍[7]行可即。

寄谢闺中人，努力加飧[8]食。

【注释】

[1] 诗歌选自《全唐诗》卷六十八。拟古：诗体之一，诗文仿效古人的风格形式。[2] 浊河：指黄河。[3] 西极：极远的西方。[4] 三：《全唐诗》一作"多"。[5] 小棘：酸枣树，这里指小棘中的猎物。[6] 班张：班超和张骞，二人都曾出使西域。班超，东汉定陵人。少投笔从戎，明帝时出使西域，使西域五十余国悉纳贡内属，诏班超为西域都护，封定远侯。张骞，西汉成固人，武帝时数通西域，使西北诸国始通于汉，封博望侯。[7] 卫霍：卫青和霍去病，二人到西域出征作战建立功业。卫青，西汉平阳人。武帝以青为大中大夫，迁车骑将军，七伐匈奴，威震绝域，拜大将军，封长平侯。霍去病，西汉平阳人。武帝时为剽姚校尉，前后六击匈奴，远涉沙漠，封狼居胥山而还，拜骠骑将军，封冠军侯。[8] 飧：晚饭。

【赏析】

这是一首拟古诗。前四句描绘了黄河浑浊深远、贯穿东西、绵延不断的特点，就如妻子对在外征战丈夫的思念。思妇怀念征夫，其情如黄河水流般滔滔不绝，恨不能生出羽翼，立即飞到爱人身旁。丈夫也同样思念家室，魂牵萦绕，幻想看到妻子正在织布时的满面愁容。但是，作者的笔触并没有止步于抒写相思之苦，而是转而叙说自己年少有大志，渴望建功立业。拔剑斩榆、弯弓射猎，以及对班张、卫霍等保境安民、名扬边陲英雄的赞颂，都能看出作者英勇善战、为国杀敌的决心。结尾作者劝慰家人，希望他们照顾好自己。这首拟古诗反映了乐观开朗、积极向上的时代精神，体现了高昂的盛世之音。

骆宾王

骆宾王（626？—687？），字观光，婺州义乌（今属浙江）人。少善属文，尤妙于五言诗。早年生活贫困落拓，始为道王府属官，后官奉礼郎，为东台详正学士。因事被谪，从军西域，久戍边境。后宦游入蜀，居姚州道大总管李义军幕。历任武功、明堂主簿。仪凤三年（678）由长安主簿入朝为侍御史，因事被诬下狱，次年遇赦出狱。调露二年（680）任临海县丞，故世称"骆临海"。光宅元年（684），从徐敬业起兵反对武则天，作《代李敬业传檄天下文》。不久兵败，下落不明。有《骆宾王文集》十卷传世，清陈熙晋《骆临海集笺注》较通行。事见《旧唐书》卷一百九十上、《新唐书》卷二百〇一、《唐才子传》卷一。

晚渡黄河[1]

千里寻归路，一苇[2]乱平源。

通波连马颊[3]，逆水急龙门[4]。

照日荣光净，惊风瑞浪翻。

棹唱[5]临风断，樵讴入听喧。

岸迥秋霞落，潭深夕雾繁。

谁堪逝川[6]上，日暮他乡魂。

【注释】

[1] 诗歌选自《骆宾王集》卷三。[2] 一苇：《诗·卫风·河广》："谁

谓河广，一苇杭之。"孔颖达《毛诗正义》曰："言一苇者，谓一束也，可以浮之水上而渡，若桴筏然，非一根苇也。"此言捆苇草作筏，后泛指小船。[3]马颊：马颊河，古九河之一。《尚书·禹贡》："九河既道。"孔颖达疏："马颊河势，上广下狭，状如马颊也。"[4]龙门：在山西河津西北，黄河至此，两岸峭壁对峙，水流湍急，形如阀门，故名。[5]棹唱：即棹歌，船工行船时所唱之歌。[6]逝川：奔流的河水。《论语·子罕》："子在川上曰：'逝者如斯夫！不舍昼夜。'"这里指黄河。

【赏析】

骆宾王有过从军边塞的经历，此诗为骆宾王东归晚渡黄河时即景所作。首联点明作者出行的目的和状态。二联写黄河水势，直通马颊，水冲龙门，表现出黄河汹涌湍急、奔腾万里的气概。三联描绘了天空、晚风，日光映照五彩的云气，天际一片明净，晚风拂卷河面，掀起层层波浪。四联对声响进行了描绘，阵阵棹歌，若隐若现，樵曲入耳，颇感喧闹。接下来作者的视线向远处延伸，远岸的晚霞渐渐降落，深潭的积雾愈来愈浓，夜幕降临。末联作者寄慨，抒发了异乡游子的思归心绪，与首联遥相呼应。全诗内容重在写景，作者意在勾勒一幅黄河晚景的彩色画卷，描绘了水势、日光、晚风、落霞、夜雾等景色，还加上渔舟唱晚、樵歌喧闹，动、静、声、色皆具，使画面有一种超越时空的立体感，绚丽多姿，内涵丰富。

送郭少府探得忧字[1]

开筵枕德水[2]，辍棹叙[3]仙舟。
贝阙[4]桃花浪[5]，龙门竹箭[6]流。
当歌凄别曲，对酒泣离忧。
还望青门[7]外，空见白云浮。

【注释】

[1] 诗歌选自《骆宾王集》卷三。[2] 德水：黄河别称。[3] 舣：船泊岸。左思《蜀都赋》："试水客，舣轻舟。"[4] 贝阙：喻河水。原意谓用贝装饰宫门前两边的楼观，这里指水中宫阙。《楚辞·九歌·河伯》："鱼鳞屋兮龙堂，紫贝阙兮朱宫。"王逸注："言河伯所居，以鱼鳞盖屋，堂画蛟龙之文，紫贝作阙，朱丹其宫。"[5] 桃花浪：即桃花汛。见李峤《河》注[4]。[6] 龙门竹箭：喻水流势急。[7] 青门：长安东南门，代指帝京，也是作者居家之所。骆宾王诗《畴昔篇》云："我住青门外，家临素浐滨。"

【赏析】

此诗是作者于黄河之滨送别郭少府时所作。首联的"枕德水""舣仙舟"，既照应了题目的送别之意，又暗示了对友人的祝誉，希望郭少府一路顺利。颔联写黄河凶猛急速的水势，既为郭少府的行程担忧，又饱含了不忍离别过快的惜别之情。颈联直抒离愁，表达了对郭少府的不舍。尾联作者不自觉联想到家乡、亲人，抒发了浓郁的思亲之意。全诗感情真挚，字里行间流露出浓厚的离愁别绪。

夕次蒲类津[1]

二庭[2]归望断，万里客心愁。

山[3]路犹南属，河源[4]自北流。

晚风连朔气[5]，新月照边秋。

灶[6]火通军壁，烽烟上戍楼。

龙庭[7]但苦战，燕颔会封侯[8]。

莫作兰山下，空令汉国羞[9]。

【注释】

[1] 诗歌选自《骆宾王集》卷四。夕次蒲类津:《骆宾王集》一作"晚泊蒲类"。蒲类津:也称蒲类海,今新疆哈密巴里坤湖。蒲类:西域古国,唐置蒲类县,今为新疆巴里坤哈萨克自治县。[2] 二庭:有两种说法。一说东汉光武帝时,匈奴左贤王蒲奴立为单于,右奠艇日逐王比率部南迁,自立为呼韩邪单于,于是匈奴分裂为南北两个王庭。《后汉书·南匈奴传》称之为"二庭"。一说唐代西突厥乙毗咄陆可汗建庭于镟曷山西,称为北庭;乙毗沙钵罗叶护可汗建庭于睢合水北,称为南庭,合称"二庭"。[3] 山:中国古代称葱岭,即今天的帕米尔高原,地处中亚东南部、中国的最西端,横跨塔吉克斯坦、中国和阿富汗,是昆仑山、喀喇昆仑山、兴都库什山和天山交会的巨大山结,古丝绸之路在此经过。[4] 河源:黄河源头,古人认为新疆境内诸水汇入罗布泊后潜行地下,东南出青海境内积石山而为黄河。[5] 朔气:寒气。[6] 灶:古代一种熏烟御敌的军事设施。《墨子·备穴》:"穴内口为灶,令如䆀,令容七八员艾,左右窦皆如此,灶用四橐。穴且遇,以颉皋冲之,疾鼓橐熏之。"[7] 龙庭:匈奴单于祭天地鬼神之所。《后汉书》卷二十三《窦融列传》:"焚老上之龙庭。"章怀太子注:"匈奴五月大会龙庭,祭其先、天地、鬼神。"这里泛指边塞。[8] 燕颔会封侯:借用班超典故。《后汉书》卷四十七《班超列传》:"生燕颔虎颈,飞而食肉,此万里侯相也。"后班超以通西域之功封为定远侯。燕颔:王侯贵相。[9]"莫作"二句:借用李陵典故。《汉书》卷五十四《李陵传》:"陵召见武台,叩头自请曰:'……愿得自当一队,到兰干山南以分单于兵,毋令专乡贰师军。'……上壮而许之。"后李陵率步卒五千人与单于八万人相斗,矢尽援绝,投降匈奴。兰山:皋兰山,在今甘肃兰州。汉国:即大唐。

【赏析】

这首诗约作于咸亨元年(670)薛仁贵兵败大非川以后,骆宾王随军征战到蒲类津,傍晚停驻观眼前景有感而发,真实记录了当时辗转征战的境况。诗歌一落笔就点明了此次战争进展不畅，未能旗开得胜，归期遥遥，令人心生思归之愁，这里的"愁"既有思乡之情，亦含对战争不利形势的忧虑。"山路犹南属，河源自北流"，不仅是状物写景，还兼有比兴之意。山路自南而来，条条连着中原故土，黄河源头的水流也自北流向内陆，征人们的心就如同这山路和流水一般，不论奔赴哪里，始终心系家园。"晚风连朔气，新月照边秋"是对边塞悲凄清冷景象的描写。"灶火通军壁，烽烟上戍楼"，描写了营垒相接、行军队伍之庞大以及战火的紧急，是夜宿蒲类津的真实状况。最后四句作者借用班超、李陵典故，表达了自己克敌制胜、建功立业的决心和宁死不屈的气概。全诗语言朴实自然，巧妙将绘景和言志交织在一起，令人感到意气风发。

边庭落日[1]

紫塞[2]流沙[3]北，黄图[4]灞水[5]东。

一朝辞俎豆[6]，万里逐沙蓬[7]。

候月[8]恒持满，寻源屡凿空[9]。

野昏边气合，烽迥戍烟通。

脊力风尘倦，疆场岁月穷。

河流控积石[10]，山路远崆峒[11]。

壮志凌苍兕[12]，精诚贯白虹[13]。

君恩如可报，龙剑[14]有雌雄[15]。

【注释】

[1] 诗歌选自《骆宾王集》卷四。[2] 紫塞：指北方边塞。[3] 流沙：沙漠。这里指居延湖一带，即居延流沙。[4] 黄图：指帝京。[5] 灞水：水名。在今陕西中部，为渭河支流，本名霸水。《水经注·渭水》："霸者，水上地名也。古曰滋水矣。秦穆公霸世，更名滋水为霸水，以显霸功。水出蓝田县南蓝田谷，所谓多玉者也。"[6] 俎豆：古代朝聘、祭

祀用的礼器。俎，放肉的几。豆，盛干肉一类食品的器皿。《论语·卫灵公》："俎豆之事，则尝闻之矣。"孔安国注曰："俎豆，礼器。"作者出塞前原为奉礼郎兼东台详正学士，后罢东台详正学士职，以奉礼郎戍边。据《新唐书》卷四十八《百官三》载，奉礼郎"掌君臣版位，以奉朝会、祭祀之礼"，此处以俎豆代称奉礼郎。[7] 沙蓬：沙尘和蓬草，喻漂泊无定。[8] 候月：等候月亮的圆缺。《史记》卷一百一十《匈奴列传》："举事而候星月，月盛壮则攻战，月亏则退兵。"[9] 寻源屡凿空：指张骞出使西域，穷河源，开通道路之事。[10] 积石：山名。有大小二山，此处指小积石山，在今甘肃临夏西北。《元和郡县图志》卷三十九《陇右道上》："积石山，一名唐述山，今名小积石山，在县西北七十里。"《史记》卷二《夏本纪》："浮于积石，至于龙门西河。"[11] 崆峒：山名，有多处。一在今甘肃平凉西。《史记》卷一《五帝本纪》："（黄帝）西至于空桐，登鸡头。"二在今甘肃高台西北，传说黄帝也曾登此。三在今甘肃岷县西北。此处当指高台西之崆峒。[12] 苍兕：本水兽名，善奔突，能覆舟，后用作职掌舟楫的官名，借以示警。《尚书·泰誓》："师尚父左杖黄钺，右把白旄以誓，号曰：'苍兕芒兕，总尔众庶，与尔舟楫，后至者斩！'"此处用作本义，以示勇猛。[13] 贯白虹：即白虹贯日。古人把白虹贯日附会为精诚感天之兆。《史记》卷八十三《邹阳列传》："昔者荆轲慕燕丹之义，白虹贯日，太子畏之。"[14] 龙剑：指丰城宝剑化龙之事。据《艺文类聚·兵器部》记载，吴国的上空曾有紫气出现在斗牛之间，有人认为这是宝物的精气所致。后来果然在丰城地下挖出一个玉匣，内有两把宝剑，当天晚上紫气就不再出现。几年之后，两把宝剑竟化成两条巨龙腾飞入水而去。[15] 雌雄：指干将铸造的雌雄二剑，雄号干将，雌号莫邪，锋利无比，后以雌雄剑为利剑之代表。

【赏析】

此诗写于骆宾王辞去奉礼郎职务，离开长安，抵达边塞后不久。开头四句点明这一境况，用"沙蓬"暗示自己漂泊无定的状态。紧接着四句描写了将士们严阵以待的紧张情景：黄昏降临，云气升腾，大战即将开始，将士们一边持弓待发，一边寻源开路，烽火升起，气氛十分紧张。"膂力"两句抒发了作者羁旅的感慨。万里蓬飘，远在塞外，每天面对的是紧张的战事、恶劣的环境和艰苦的生活，但作者并没有因此消沉。最后四句抒发了作者忠君报国、奋勇杀敌的壮志，可谓豪情满怀、斗志昂扬。全诗气势磅礴，慷慨激昂，充满自信、豪迈的乐观精神。

乔知之

乔知之，生卒年不详，同州冯翊（今陕西大荔）人。武后时累官左补阙，后迁左司郎中。有侍婢窈娘为武承嗣所夺，知之怨惜，作诗寄情，婢感愤自杀，承嗣大怒，讽酷吏罗织罪名杀之。知之与弟侃、备俱以文词知名。与陈子昂交谊甚厚，互有唱酬。《新唐书·艺文志》著录有集二十卷，已佚。今存诗十八首。《旧唐书》卷一百九十中有传。

羸骏篇[1]

喷玉长鸣西北来，自言当代是龙媒。

万里铁关[2]行入贡，九重金阙[3]为君开。

蹀躞[4]朝驰过上苑[5]，趦趄[6]暝走发章台[7]。

玉勒金鞍荷装饰，路傍观者无穷极。

小山桂树比权奇，上林[8]桃花况颜色。

忽闻天将出龙沙[9]，汉主持将驾鼓车[10]。

去去山川劳日夜，遥遥关塞断烟霞。

山川关塞十年征，汗血流离赴月营。

肌肤销远道，膂力[11]尽长城。

长城日夕苦风霜，中有连年百战场。

摇珂[12]啮勒[13]金羁尽，争锋足顿铁菱[14]伤。

垂耳罢轻赍，弃置在寒谿。

大宛[15]蒲海[16]北，滇壑隽[17]崖西。

沙平留缓步，路远闇频嘶。

从来力尽君须弃，何必寻途我已迷。

岁岁年年奔远道，朝朝暮暮催疲老。

扣冰晨饮黄河源，拂雪夜食天山草。

楚水[18]澶[19]谿征战事，吴塞乌江辛苦地。

持来报主不辞劳，宿昔立功非重利。

丹心素节本无求，长鸣向君君不留。

只应澶漫归田里，万里低昂任生死。

君王倘若不见遗，白骨黄金犹可市[20]。

【注释】

[1] 诗歌选自《全唐诗》卷八十一。[2] 铁关：即铁门关，在今新疆焉耆和库尔勒之间。[3] 九重金阙：天子所居之地。这里指宫廷。阙，《全唐诗》一作"门"。[4] 蹀躞：小步走的样子。[5] 上苑：皇帝游玩、打猎的园林。[6] 趁趄：鞭马前进的样子。[7] 章台：汉长安街道名，这里借喻繁华的街区。[8] 上林：即上林苑，这里泛指皇帝的园林。[9] 龙沙：指西北部山地和沙漠。[10] 鼓车：载鼓的车，古代皇帝外出的仪仗之一。[11] 膂力：体力。[12] 珂：马勒上的装饰物。[13] 啮勒：马嚼口。[14] 铁菱：铁铸三角菱，用以阻拦人马突闯。[15] 大宛：古西域国名，盛产名马。[16] 蒲海：当为蒲昌，湖泊名，即罗布泊，也叫罗布淖尔。在今新疆若羌北。[17] 隽：《全唐诗》一作"旧"。[18] 楚水：一名乳水，在陕西商县南。[19] 澶：《全唐诗》一作"漫"。[20] "君王"二句：《战国策·燕策一》载："古之君人，有以千金求千里马者，三年不能得，涓人言于君曰：'请求之。'君遣之。三月得千里马。马已死，买其首五百金，反以报君。君大怒曰：'所求者生马，安事死马而捐五百金？'涓人对曰：'死马且买之五百金，况生马乎？天下必以王为能市马，马今至矣。'于是不能期年，千里之马至者三。"诗用此典，言骏马虽然被弃了，但报君之心仍在，还可以将白骨贩卖为君王尽力。

【赏析】

此诗为七言歌行，全诗以一匹战马的自述经历为主要内容。前十句描绘了战马的勃勃雄姿，"喷玉长鸣""玉勒金鞍"，引来数人旁观。中间十句详细叙述了战马在"关塞十年"不惮辛疲的征战过程，它常年在"夕苦风霜"的恶劣环境中战斗，尽力守卫长城。接下来十二句叙说了战马衰老多病被主人抛弃的残酷现实，表现其困苦无藉的悲哀。诗的最后颂扬了这匹战马即使退黜仍恋主励忠的高尚品质。周珽在《唐诗选脉会通评林》中评价此诗为"格律遒劲，语气古粹"。

刘希夷

刘希夷（651—679？），字庭芝，汝州（今河南临汝）人。上元二年（675）郑益榜进士。希夷少有才华，擅弹琵琶，落魄不拘常检。善为从军闺情之诗，词调哀苦，不为时所重。年未及三十，为人所害。原有集十卷，诗集四卷，俱佚。《旧唐书》卷一百九十、《唐才子传》卷一有传。

从军行[1]

秋天风飒飒[2]，群胡马行疾。

严城昼不开，伏兵暗相失。

天子庙堂拜，将军凶门[3]出。

纷纷伊洛[4]道，戎马几万匹。

军门[5]压黄河，兵气冲白日。

平生怀仗剑，慷慨即投笔。

南登汉月孤，北走代云密。

近取韩彭[6]计，早知孙吴[7]术。

丈夫清万里，谁能扫一室。

【注释】

[1]诗歌选自《全唐诗》卷八十二。[2]秋天风飒飒：《全唐诗》一作"秋风来瑟瑟"。[3]凶门：古时候将士出征所走的门，为表示必死的决心，

故称凶门。[4]伊洛：伊水、洛水，均在今河南境内。《全唐诗》一作"晋阳"。[5]军门：军队的门，古时行军，竖两旗为军门。[6]韩彭：韩信、彭越，汉初的二位名将。[7]孙吴：孙武、吴起，战国时的二位名将，军事家。

【赏析】

此诗为边塞诗，描写的是将士在边城告急之时投笔从戎、杀敌卫国的英雄事迹。开头六句描写了异族侵扰边境的危急状况，以及君臣严阵以待、全面备战的形势。接下来四句是对军队庞大浩荡气势的描绘，将士们胜券在握，豪气冲天。"平生"二句抒写了将士渴望仗剑杀敌从而慷慨从戎的雄放气魄。"近取"二句说明将士学习了韩信、彭越、孙武、吴起等人的作战谋略和治军理论。最后一句体现了作者胸怀天下的不凡志向，让人肃然起敬。刘希夷未曾到过边塞，也没有征战沙场的经历，大多军旅诗都是凭想象创作的，但却能写得生动形象、言辞慷慨，颇有唐人兼济天下的气度和昂扬向上的风貌。

张　说

张说（667—730），字道济，一字说之，洛阳人。弱冠应诏举，对策乙第，授太子校书。累迁右补阙，预修《三教珠英》，擢凤阁舍人。长安三年（703）以不附张易之兄弟，忤武后旨，流配钦州。中宗即位，召拜兵部员外郎，迁工部侍郎、兵部侍郎，兼修文馆学士。睿宗朝历中书侍郎，兼雍州长史，进同中书门下平章事，监修国史。玄宗开元元年（713）授检校中书令，封燕国公。后贬相州刺史、河北道按察使，徙岳州刺史，荆州大都督府长史，幽州都督，河北节度使，改并州大都督府长史，持节天兵军节度大使。仕终左丞相，卒谥“文贞”。张说前后三秉大政，朝廷重要文件多出其手，与许国公苏颋并称“燕许大手笔”。贬官岳州后，诗益凄婉，人谓得江山之助。有《张说之集》（一名《张燕公集》）三十卷传世，有影宋蜀刻本。《旧唐书》卷九十七、《新唐书》卷一百二十五、《唐才子传》卷一有传。

送赵颐贞郎中赴安西[1]

绝镇[2]功难立，悬军[3]命匪轻。

复承迁相后，弥重任贤情。

将起神仙地[4]，才称礼乐英。

长心堪系虏[5]，短语足论兵。

日授休明法，星教置阵名[6]。

龙泉恩已署[7]，燕颔相终成[8]。

月窟^[9]穷天远，河源入塞清。

老夫操别翰，承旨颂营平。

【注释】

[1] 诗歌选自《张说集校注》卷六。赵颐贞：定州鼓城（今河北晋县）人。赵冬曦弟。进士及第。历任职方郎中、安西副大都护等职。安西：安西都护府，在今新疆库车。[2] 绝镇：极远的边镇。[3] 悬军：深入敌境的孤军。[4] 神仙地：指尚书省。后汉尚书省在神仙门内，故此得名。赵颐贞曾任职方郎中。[5] 系房：用终军典故。汉武亲时，终军自请安抚南越。[6] 星教置阵名：布置天阵。天阵，兵阵名。《全宋文·李昭玘》卷二六一二《八阵图论》："日月星辰斗杓，一左一右，一迎一背，谓之天阵。"[7] 龙泉恩已署：指皇帝将亲自题字的宝剑赐予大臣，以示恩荣。《东观汉记》卷二："章帝赐尚书剑各一，手署姓名，韩棱楚龙泉，郅寿蜀汉文，陈宠济南锻成。"[8] 燕颔相终成：《后汉书》卷四十七《班超列传》载，班超去看相，相者谓超"当封侯万里之外"，超问其状，相者曰："生燕颔虎颈，飞而食肉，此万里侯相也。"这里指功成名就。[9] 月窟：古人认为月归宿于西方，故称极西之地为月窟。

【赏析】

安西，唐方镇名，也是大唐的西部边陲。初以安西都护兼四镇经略大使，开元六年（718）始称四镇节度使，其后治安西都护府，所统辖的龟兹、于阗、耐勒、焉耆四镇，皆为"丝绸之路"上的重镇。唐诗中多有送别"赴安西"者，如张说《送赵颐贞郎中赴安西》、张九龄《送赵都护赴安西》、王维《送刘司直赴安西》《送元二使安西》、李白《送程刘二侍郎兼独孤判官赴安西幕府》、杜甫《送从弟亚赴安西判官》、刘长卿《赠别于群投笔赴安西》等，可见当时人员往来安西的频繁。遥远的边陲之地让夺取战争胜利变得艰难，作者一落笔就点明了赵都护此去征途的艰辛。紧接着四句是对赵都护官职升迁的祝贺。"长心"四句是对精心备战过程的描述。"龙泉"二句借用两个典故表达了对赵都护征战立功的美好祈愿。结尾作者再次强调了安西的偏远与环境的险恶，道出了创作此诗的目的，是奉旨作诗为赵都护饯行。全诗雄健洒脱，虽写送别，却不伤感，多为奉承之语。

薛 稷

薛稷（649—713），字嗣通，蒲州汾阴（今山西万荣）人。薛收孙。稷举进士，累转中书舍人。景龙末，为谏议大夫、昭文馆学士。睿宗立，拜黄门侍郎、中书侍郎，参知政事。因与崔日用争权，罢相，为左散骑常侍，历工部、礼部尚书，封晋国公，位终太子少保。先天二年（713），太平公主与窦怀贞等谋逆伏诛，稷以知谋不报，赐死狱中。多才多艺，工书善画。《新唐书·艺文志》著录有集三十卷，已散佚。今存诗十四首。《旧唐书》卷七十三、《新唐书》卷九十八有传。

秋日还京陕西十里作[1]

驱车越陕郊[2]，北顾临大河。
隔河望乡邑[3]，秋风水增波。
西登咸阳途，日暮忧思多。
傅岩[4]既纡郁[5]，首山[6]亦嵯峨[7]。
操筑[8]无昔老[9]，采薇有遗歌[10]。
客游节回换[11]，人生知[12]几何。

【注释】

[1] 诗歌选自《全唐诗》卷九十三。陕西十里：陕州城西十里处。陕州，今河南陕县，唐为陕虢观察使治所。[2] 驱车越陕郊：车，《全唐诗》一作"马"。陕郊：陕陌，今河南陕县西南。[3] 隔河望乡邑：作

者籍贯汾阴，在大河之北，故隔河望故乡。[4] 傅岩：古地名，在今山西平陆东。传说为傅说版筑（筑墙时用两板相夹以泥置其中，用杵舂实）处。傅说微时，曾版筑于傅岩之野，殷王武丁访得，举以为相，而出现殷中兴的局面。[5] 纡郁：曲折盘旋的样子。[6] 首山：首阳山，在黄河之北，今山西永济南，相传为伯夷、叔齐饿死之处。[7] 嵯峨：高峻。[8] 操筑：筑墙做工。[9] 昔老：指傅说。[10] 采薇有遗歌：《采薇歌》相传为伯夷所作。伯夷、叔齐反对周武王伐纣，武王推翻殷纣王的统治建立周朝后，二人不食周粟，隐居首阳山，采薇而食。及饥且死，作歌曰："登彼西山兮，采其薇矣，以暴易暴兮，不知其非矣。"遗歌即指此歌。[11] 节回换：节令循环更替。[12] 知：《全唐诗》一作"能"。

【赏析】

此诗为作者返回京都，途经陕州时所作。开头两句点明了作者所处的方位。临河瞻望故乡，秋风习习，水波漾漾，忧思涌上心头。"傅岩"二句描绘了傅岩和首阳山两地的幽深高峻。"操筑"二句又借用傅说和伯夷、叔齐的典故暗示当朝政治的困境。尾句作者发出了人生蹉跎的感慨。整首诗既有时间飞逝、物是人非之慨叹，又有自己虚度年华、不能及时建功立业之怅恨，抒情相当含蓄。

薛稷

富嘉谟

富嘉谟（？—706），雍州武功（今属陕西）人。举进士。圣历中，预修《三教珠英》。历任晋阳尉、寿安尉、左台监察御史。神龙二年（706）三月病卒。嘉谟与少微在晋阳，魏郡谷倚为太原主簿，皆以文词著名，时人谓之"北京三杰"。他与吴少微所撰碑颂，雅厚雄迈，一改徐、庾文风，时称"富吴体"。《旧唐书·经籍志》《新唐书·艺文志》皆著录有集十卷，已散佚。今存诗一首。《旧唐书》卷一百九十中、《新唐书》卷二百〇二有传。

明冰篇[1]

北陆[2]苍茫河海凝，南山[3]阑干[4]昼夜冰，素彩峨峨明月升。
深山穷谷不自见，安知采斫备嘉荐，阴房[5]涸沍掩寒扇。
阳春二月朝始暾，春光潭沱度千门[6]，明冰时出御至尊。
彤庭[7]赫赫九仪[8]备，腰玉煌煌千官事，明冰毕赋周在位。
忆昨沙漠[9]寒风涨，昆仑长河冰始壮，漫汗峻嶒积亭障[10]。
嗈嗈[11]鸣雁江上来，禁苑池台冰复开，摇青涵绿映楼台。
豳歌七月王风始，凿冰藏用昭物轨，[12]四时不忒[13]千万祀[14]。

【注释】

[1] 诗歌选自《全唐诗》卷九十四。[2] 北陆：星名，即虚宿，二十八宿之一，位在北方。《左传·昭公四年》："古者日在北陆而藏冰。"

日在北陆，冬十二月也。[3]南山：即终南山。[4]阑干：纵横。[5]阴房：向北背阳的房子，用以藏冰。[6]千门：形容宫殿宏大，屋宇众多。《史记》卷十二《孝武本纪》："于是作建章宫，度为千门万户。"[7]彤庭：皇宫。[8]九仪：朝廷的九种礼仪。[9]漠：《全唐诗》一作"朔"。[10]亭障：边塞城堡。[11]雕雕：雁鸣声。[12]"豳歌"二句：《诗经·豳风·七月》："二之日凿冰冲冲，三之日纳于凌阴。"[13]忒：差错。《周易·豫》："四时不忒。"[14]祀：《全唐诗》一作"禩"。

【赏析】

　　这是一首叙述藏冰活动的宫廷颂歌。开头六句描写了凿冰之地环境的寒冷恶劣，而后主要描绘"明冰"仪式的庄严盛大。实际上，这首诗中的"冰"也具有象征意义，冰的阴性暗示武后，隐藏着对时事的讽刺。作者借周朝灭亡一事表达对顺应历史潮流的赞成，是对中宗收回武后政权的认同，就像人们在春天藏起了阴性的冰。除了意蕴深厚外，此诗的另一特点是形式的不同寻常，三句一转韵。清人李因培《唐诗观澜集》评此诗："阳开阴阖，笔有化工。每三句一换韵，开后人法门。"

员半千

员半千（621—714），字荣期，齐州全节（今山东济南）人。本名余庆。其师王义方看重他，尝曰："五百年一贤，足下当之矣。"因改名半千。上元初，连中八科制举，授武陟尉。永隆元年（680），应岳牧科制举，对策擢为上第，历华原、武功尉。垂拱中，补左卫胄曹，充宣慰吐蕃使。辞行时，武后慕其才学，诏使入阁供奉。证圣元年（695），为左卫长史、弘文馆直学士。累迁正谏大夫，兼右控鹤内供奉，贬水部郎中，预修《三教珠英》。中宗时，历棣、濠、蕲三州刺史。睿宗即位，召拜太子右谕德，兼崇文馆学士，加银青光禄大夫，累封平原郡公。开元二年（714）卒，年九十四。《新唐书·艺文志》著录有集十卷，已散佚，今存诗四首。《旧唐书》卷一百九十中、《新唐书》卷一百一十二有传。

陇头水[1]

路出金河[2]道，山连玉塞门[3]。

旌旗云里度，杨柳[4]曲中喧。

喋血多壮胆，裹革[5]无怯魂。

严霜敛曙色，大明辞朝暾。

尘销营卒垒[6]，沙静都尉垣[7]。

雾卷白山[8]出，风吹黄叶翻。

将军献凯[9]入，万里绝河源[10]。

【注释】

[1] 诗歌选自《全唐诗》卷九十四。陇头水：汉乐府《横吹曲》名。[2] 金河：河流名，又叫金川，现名为大黑河，经内蒙古中部，于托克托境流入黄河。[3] 玉塞门：玉门关的别称。[4] 杨柳：古乐府《横吹曲》中《折杨柳》名的省称，歌辞多写兵事劳苦。[5] 裹革：以马皮裹尸。古代战死的人，用马皮裹其尸身。后用"马革裹尸"指军人战死沙场。《后汉书》卷二十四《马援列传》："男儿要当死于边野，以马革裹尸还葬耳。"[6] 营卒垒：指军队驻扎的城堡。[7] 都尉垣：指古代将军的官署或都护府的驻地。[8] 白山：即祁连山。因山上终年积雪不化，故又名白山、雪山。[9] 献凯：献捷。古代打胜仗后，进献所获的俘虏及战利品。[10] 河源：黄河发源的地方。

【赏析】

这是一首描述将士戍守边关、保家卫国的诗。作者首先点明了将士征戍于金河、玉门关一带，描绘了征途中旌旗招展、曲声喧闹的壮观场面。诗中没有直接描写战斗场面，但从"喋血多壮胆，裹革无怯魂"句和"将军献凯入"句看，应该是经历了一场激烈的战斗。尘销沙静，山上云雾缭绕，黄叶随风翻动，寥寥几句对边塞风光景物的描绘，既缓解了战事带来的紧张氛围，也渲染了边塞的凄凉冷清。尾句刻画了将军战胜之后的豪气场面。全诗语言洗练，色彩鲜明，传达了爱国将士誓死保卫国家的心声。

沈佺期

沈佺期（656—716），字云卿，相州内黄（今河南内黄）人。上元二年（675）进士。初仕协律郎，后拜通事舍人。圣历中，预修《三教珠英》。长安四年，以考功受贿下狱。神龙元年（705）春，以附张易之罪流放驩州。神龙三年（707），遇赦北归，召拜起居郎。开元初卒。与宋之问齐名，世称"沈宋"，为律诗的定型作出了重要贡献。《旧唐书·经籍志》《新唐书·艺文志》及《直斋书录解题》著录有集十卷，已散佚，明人辑有《沈佺期集》四卷。《旧唐书》卷一百九十中、《新唐书》卷二百〇二、《唐才子传》卷一有传。

辛丑岁十月上幸长安时扈从出西岳作[1]

西镇[2]何穹崇，壮哉信灵造。

诸岭皆峻秀，中峰特美好。

傍见巨掌存[3]，势如拓东倒。

颇闻首阳去，开坼此河道。

磅礴压洪源[4]，巍峨壮清昊[5]。

云泉纷乱瀑，天磴砒宏抱。

子先呼其巅，宫女世不老。

下有府君庙，历载传洒扫。

皇明应天游，十月戒丰镐[6]。

微末[7]忝[8]闲从，兼得事蘋藻[9]。

宿心爱兹山，意欲拾灵草[10]。

阴壑已永闭，云窦绝探讨。

芳月期来过，回策思方浩。

【注释】

[1] 诗歌选自《沈佺期集校注》卷一。辛丑岁：指武则天大足元年（701）。《资治通鉴》卷二百〇七《唐纪二十三》记载，长安元年"冬，十月，壬寅，太后西入关，辛酉，至京师；赦天下，改元"。幸：封建时代称皇帝亲临为幸。扈从：随从，侍从。[2] 西镇：一方的主山称镇，这里指西岳华山。孔安国《尚书孔氏传》："每州之名山殊大者，以为其州之镇。"[3] 巨掌存：张衡《西京赋》三国吴薛综注："巨灵，河神也。巨，大也。古语云：此本一山当河，水过之而曲行，河之神以手擘开其上，足蹋离其下，中分为二，以通河流。"此处指巨灵的掌印还在。[4] 洪源：黄河。[5] 清昊：澄澈的昊天。昊天，又指一定方位的天。《吕氏春秋·有始览》："西方曰颢天。""颢"与"昊"通。华山属西岳，故曰"壮清昊"。[6] 丰镐：即丰京、镐京。同为西周旧都，丰京为周文王所建，在今西安丰（沣）水之西，镐京为周武王所建，在丰水东，此处指长安。[7] 微末：自谦之词。[8] 忝：谦词，表示辱没他人，自己有愧。[9] 事蘋藻：做祭祀之事。蘋藻：水草，古人取供祭祀之用。[10] 灵草：仙草。汉代班固《西都赋》："于是灵草冬荣，神木丛生。"李善注："神木灵草，谓不死药也。"

【赏析】

这是一首五言排律。诗题点明了作者此行的目的，是随从皇帝游览华山。诗歌前半部分是对华山的赞美，山峰巍峨峻秀，其势如削，能压得住黄河，也能撑得起天穹。"皇明"二句说明了皇帝游览华山的原因，是顺应天意之举。最后几句讲述了作者期望有机会再次来华山，可以去云窦之间拾取灵草，这一心愿的感发不仅体现了作者对华山的喜爱，也为华山增添了神圣色彩。整首诗无论是句数、字数，还是用韵、对仗都极为严整，已然是一首成熟的排律。

狱中闻驾幸长安二首[1]·其二

无事今朝来下狱，谁期十月是横河[2]。

君看鹰隼[3]俱罢击，为报蜘蛛收网罗[4]。

【注释】

[1] 诗歌选自《沈佺期集校注》卷一。[2] 横河：指黄河，此处是借汉武帝渡河东祠后土的故事，指高宗"驾幸长安"。《乐府诗集》卷八十四汉武帝《秋风辞》："泛楼船兮济汾河，横中流兮扬素波。"又《后汉书》卷八十上《文苑列传》引杜笃《论都赋》："东横乎大河，瘗后土。"李贤注："后土祠在今蒲州汾阴县北也。"[3] 鹰隼：鹰和鹘。隼：一种凶猛的鸟。[4] 蜘蛛收网罗：梁萧绎《金楼子》卷六《杂记篇》："楚国龚舍，初隋楚王朝，宿未央宫，见蜘蛛焉。有赤蜘蛛大如栗，四面紫罗网，有虫触之而死者，退而不能得出焉。舍乃叹曰：'吾生亦如是。仕宦者，人之罗网也。岂可淹岁？'于是挂冠而退。"此句以蜘蛛收网捕虫，喻权贵罗织罪名使作者下狱。

【赏析】

这首诗为沈佺期入狱时所作。诗题和首句皆点明了这一悲惨境况，他曾在《伤王学士》序中提到："（长安）四年（704），余遭浮议下狱。"三四句借用鹰隼受击和蜘蛛收网来暗指官场黑暗，危机四伏。作者或直抒冤屈，或用比兴手法，表明自己是无端遭人陷害而入狱。全诗意象鲜明，读后令人难忘。

赵彦昭

赵彦昭，生卒年不详。字焕然，甘州张掖（今属甘肃）人。进士及第，授南部县尉，后自新丰丞入为左台监察御史，累迁兵部侍郎。景龙三年（709），拜中书侍郎、同中书门下平章事，充修文馆大学士。睿宗时，出为凉州都督，迁御史大夫。开元元年（713），迁刑部尚书，封耿国公。姚崇执政，恶其为人，贬江州别驾，卒。今存诗一卷。《旧唐书》卷九十二、《新唐书》卷一百二十三有传。

奉和圣制登骊山高顶寓目应制[1]

皇情遍九垓[2]，御辇[3]驻昭回[4]。

路若随天转，人疑近日来。

河看大禹凿[5]，山见巨灵开[6]。

愿厕登封[7]驾，常持荐寿[8]杯。

【注释】

[1] 诗歌选自《全唐诗》卷一百〇三。奉和圣制登骊山高顶寓目应制：奉和唐中宗《登骊山高顶寓目》所作。据《旧唐书》卷七《中宗本纪》、《通鉴》卷二百〇九、《唐诗纪事》卷九记载，此诗当作于景龙三年（709）十二月。骊山：在陕西临潼东南，有温泉，是唐代离宫所在。[2] 九垓：九州。[3] 御辇：皇帝的车架。[4] 昭回：谓星辰光耀回转。《诗经·大雅·云汉》："倬彼云汉，昭回于天。"[5] 河看大禹凿：传说大禹为治理

黄河而凿龙门。[6]山见巨灵开：指河神开山。[7]登封：登山封禅。[8]
荐寿：献寿。《诗经·豳风·七月》："称彼兕觥：'万寿无疆！'"

【赏析】

　　这是一首奉和应制诗，主要目的是为了颂圣。开头两句称颂了皇帝
的博大胸怀和丰功伟业，描写了皇帝出行阵势的宏大。登骊山远眺，看
见黄河就追忆起大禹的功绩，看见华山就想到开山的河神，作者借用这
两个典故表达了对当下和平盛世的赞美，从侧面称赞了皇帝的治理有
方。最后作者点明了皇帝此次登山的目的，是为了封禅，尾句也表达了
对皇帝的效忠之心。诗歌将写景、叙事、抒情融为一体，笔力雄劲，意
境恢宏深远。

徐 坚

　　徐坚（659？—729），字元固，湖州长城（今浙江长兴）人。徙居冯翊（今陕西大荔）。进士及第，累迁太子文学。圣历中，预修《三教珠英》，书成，擢司封员外郎。中宗时，迁给事中。景龙二年（708），为礼部侍郎，兼修文馆学士。睿宗即位，授太子左庶子，兼崇文馆学士，进封东海郡公，迁黄门侍郎。先天元年（712），出为绛州刺史。开元中，历永、蕲、棣、衢四州刺史，入为秘书监，迁左散骑常侍。开元十三年（725），为集贤院学士。位至光禄大夫。赠太子少保，谥"文"。徐坚博识典故，七入书府，著述甚多。今存《初学记》三十卷，为唐代著名类书。《新唐书·艺文志》著录有文集三十卷，已散佚，今存诗九首。《旧唐书》卷一百〇二、《新唐书》卷一百九十九有传。

奉和送金城公主适西蕃应制[1]

星汉[2]下天孙[3]，车服[4]降[5]殊蕃。
匣[6]中词易切，马上曲[7]虚繁。
关塞移朱帐，风尘暗锦轩。
箫声[8]去日远，万里望河源[9]。

【注释】

　　[1] 诗歌选自《全唐诗》卷一百〇七。奉和送金城公主适西蕃应制：景龙四年（710）正月二十七日，唐中宗幸始平县，送金城公主入

蕃。金城公主：雍王守礼之女。神龙三年（707）四月十四日册封金城公主，许嫁吐蕃。诗当作于是时。[2] 星汉：银河。[3] 天孙：《史记》卷二十七《天官书》："织女，天女孙也。"[4] 车服：指公主之车与章服。[5] 降：公主出嫁。[6] 匣：指琴匣。[7] 马上曲：石崇《王明君》序："武帝以江都王建女细君为公主，嫁乌孙王昆莫，令琵琶马上作乐，以慰其道路之思，送明君亦然也。其造新之曲，多哀怨之声。"[8] 箫声：暗用弄玉事。春秋时萧史善吹箫，秦穆公女弄玉爱之，结为夫妻，萧史每日教弄玉吹箫。数年后，声似凤鸣，有凤凰来止其屋，穆公为之作凤台。后夫妇皆成仙，随凤凰飞去。[9] 河源：黄河发源地。此指吐蕃。

【赏析】

金城公主是继文成公主之后，第二个与吐蕃通婚的公主。下嫁吐蕃时，皇帝亲赋《送金城公主适西蕃》诗（今已不存），同时命诸臣僚唱和，徐坚的这首诗就是"奉和"之作。不同于以往此类奉和诗讴歌皇上识大体、顾大局，这首诗侧重于抒发公主远嫁、骨肉分离的悲伤。河源之地，远在千里，就连饯行奏响的曲乐也包含着哀怨之声，渐行渐远。全诗透露出对金城公主的同情，体现出为求和戎、不得不尔的窘况。

韩 休

　　韩休（673—740），字良士，京兆长安（今陕西西安）人。初应制举，累授桃林丞。又举贤良，擢左补阙。历起居郎、中书舍人，迁礼部侍郎，兼知制诰。后出为虢州刺史，以母丧去官。服阕，除工部侍郎，仍知制诰，迁尚书右丞。开元二十一年（733）三月，拜黄门侍郎、同中书门下平章事。十二月，罢相，转工部尚书。二十四年（736）迁太子少师，封宜阴子。二十八年(740)五月卒，年六十八，谥"文忠"。《新唐书·艺文志》著录《朝英集》三卷，系韩休、张九龄、贺知章等在开元中送张孝嵩出塞而作的送行歌诗，已佚。今存诗三首。《旧唐书》卷九十八、《新唐书》卷一百二十六有传。

奉和御制平胡 [1]

南牧 [2] 正纷纷，长河起塞氛。

玉符 [3] 征选士，金钺 [4] 拜将军。

叠鼓摇边吹，连旌暗朔云。

祅星 [5] 乘夜落，害 [6] 气入朝分。

始见幽烽警，俄看烈火焚。

功成奏凯乐，战罢策归勋 [7]。

盛德陈清庙 [8]，神谟属大君。

叨荣逢偃羽 [9]，率舞 [10] 咏时文。

【注释】

[1] 诗歌选自《全唐诗》卷一百一十。奉和御制平胡：奉和唐玄宗《平胡》所作。御制：皇帝之作。[2] 南牧：南下放牧，引申为胡人南侵。贾谊《过秦论》："胡人不敢南下而牧马。"[3] 玉符：玉制成的兵符，是古代调兵遣将的凭证。符，《全唐诗》一作"兵"。[4] 金钺：帝王的仪仗。汉魏旧制，天子遣将授以金钺，作为征伐诛杀大权的信物，有时也借金钺以示声威。[5] 祆星：不吉祥的凶星。《汉书》卷二十六《天文志》载："祆星，不出三年，其下有军，及失地，若国君丧。"[6] 害：《全唐诗》一作"吉"。[7] 策归勋：记功于策。[8] 清庙：宗庙。[9] 偃羽：休战。[10] 率舞：起舞。《尚书·尧典》："予击石拊石，百兽率舞。"

【赏析】

唐玄宗《平胡》诗描写的是唐军出征战胜外敌的场面，韩休奉和而作，自然也是一首描写征战过程、称颂圣德的庙堂之音。开头两句就点明了敌军猖狂来犯的紧张形势，紧接着的四句描写了唐军出动和应战前的情况，把唐军的充分备战、军威之壮刻画得栩栩如生。"功成"二句说明了战争的结果，最后四句歌颂了皇帝的丰功伟业。全诗气势磅礴，雄浑奔放，对仗工稳，音律铿锵，充溢着蔑视敌人、炫耀大唐军威的凌然气势。

蔡希寂

蔡希寂，生卒年不详。蔡希周弟。进士及第，历任渭南尉、洛阳尉、司勋员外郎、金部郎中、司勋郎中。工草隶。今存诗六首。

赠张敬微[1]

大河东北望桃林[2]，杂树冥冥[3]结翠阴。
不知君作神仙尉[4]，特讶行来云雾深。

【注释】

[1] 诗歌选自《全唐诗》卷一百一十四。赠张敬微：《全唐诗》敬一作"镜"。张敬微：玄宗开元前期曾任桃林尉。[2] 桃林：古县名，即今河南灵宝。[3] 冥冥：昏暗空远。[4] 尉：古代武官名。

【赏析】

这是一首七言绝句，是作者写给张敬微的赠诗。张敬微由隐士而入道士，再由修道而成仙，隐遁出世，图享清福。诗歌主要描绘了张敬微居所的隐秘清净，好似走进了世外桃源，深山云雾间，翠树成荫，体现了张敬微的淡泊宁静。诗中将张敬微称作"神仙尉"，表现出作者对其的敬仰，也透露出作者的隐士思想。

孙 逖

孙逖（696—761），潞州涉县（今河南涉县）人，郡望博州武水（今山东聊城西南）。幼时寓居巩县，故又称河南巩人。自幼才思敏捷，十五岁见雍州长史崔日用，崔令其作《土火炉赋》，援笔立成，理趣不凡。开元二年（714）考取进士，授山阴尉，后迁秘书正字。开元十八年（730）入为集贤院修撰学士。天宝三年（744）授刑部侍郎。天宝五年（746），因病求散秩，改为太子左庶子，又徙太子詹事。肃宗上元二年(761)，卒。孙逖亦工诗，颜真卿赞其为"人文之宗师，国风之哲匠"。原有集二十卷，已佚。今存诗一卷。《旧唐书》卷一百九十中、《新唐书》卷二百〇二、《唐才子传》卷一有传。

送赵大夫护边[1]

外域分都护[2]，中台[3]命职方[4]。

欲传清庙略，先取剧曹郎[5]。

已佩登台[6]印，犹怀伏奏香[7]。

百壶开诏饯[8]，四牡[9]诫戎装。

青海[10]连西掖，黄河带北凉[11]。

关山瞻汉月，戈剑宿胡霜。

体国才先著，论兵策复长。

果持文武术，还继杜当阳[12]。

【注释】

[1] 诗歌选自《国秀集》卷上。送赵大夫护边:《全唐诗》一作"送赵都护赴安西"。赵大夫:即安西副大都护赵颐贞。[2] 都护:武官名。唐置安东、安西、安南、安北、单于、北庭六大都护府,各府均置大都护、副大都护或副都护等官。[3] 中台:即尚书省。《旧唐书》卷四《高宗本纪》载:"改京诸司及百官名:尚书省为中台。"[4] 职方:指职方郎中。赵颐贞自职方郎中出任安西副大都护。[5] 剧曹郎:政务繁剧的郎官曹吏。《通典》卷二十二《职官四》:"后汉尚书令史十八人,曹有三人主书,后增剧曹三人,合二十一人。"[6] 登台:策拜将帅的隆重仪式。[7] 伏奏香:《汉官六种·汉官仪二卷》:"尚书郎含鸡舌香,伏其下奏事。"[8] 百壶开诏饯:诏饯,饯行。《诗经·大雅·韩奕》:"韩侯出祖,出宿于屠。显父饯之,清酒百壶。"[9] 四牡:驾车的四匹雄马。有《诗经·小雅·四牡》,写公务缠身的小官吏驾驶四马快车奔走在漫长征途中的所见所想。[10] 青海:即今青海湖,为安西府所辖地。[11]北京:东晋十六国之一。强盛时据有今甘肃西部。[12] 杜当阳:指西晋学者兼将领杜预。杜氏富文才,撰《春秋左氏经传集解》等,又多谋略,曾任镇南大将军,都督荆州诸军事。因灭吴有功,封当阳县侯。

【赏析】

这是一首赠别诗。前八句是对都护任命过程及仪式的描写,场面的庄重盛大体现了朝廷对边疆防卫的重视,进一步突出赵都护的职责之大。紧接着的四句是对边疆环境的描绘,这也是赵都护的工作场所,"戈剑宿胡霜"表现了边疆环境的恶劣,从侧面说明护边工作的不易。最后四句赞赏了赵都护治国论兵的才能,并祝愿他能像杜预一样杀敌卫国,立功封侯。全诗气魄雄壮,充满了建功立业的豪情。

杨　浚

　　杨浚，一作阳浚，生卒年及籍贯皆不详。开元中进士及第，任校书郎。曾作《圣典》三卷献给皇帝。天宝中，任中书舍人。十二载（753），拜礼部侍郎，连续四年知贡举。十四载（755），奉使宣慰河北。至德年间任尚书右丞。今存诗三首。

广武怀古[1]

河水城下流，登城望弥惬。

海云飞不断，岸草绿相接。

龙门无旧场，武牢[2]有遗堞[3]。

扼喉兵易守，扪指[4]计何捷。

天夺[5]项氏谋，卒成汉家业。

乡山遥可见，西顾泪盈睫。

【注释】

　　[1] 诗歌选自《全唐诗》卷一百二十。广武：古城名。故址在今河南荥阳东北广武山上。有东、西二城，相距约二百步，中隔广武涧。楚、汉相争时，刘邦屯西城，项羽屯东城。[2] 武牢：即虎牢关，古时戍守要地。[3] 堞：城上如齿状的矮墙。[4] 扪指：《汉书·高帝纪上》卷一记载，刘邦与项羽相持广武，相与临涧而语。刘邦数项羽十罪，项羽伏弩射中刘邦胸，邦乃扪足云："虏中吾指！"以安军心。[5]天夺：《汉

书》卷四十三《郦食其传》载，刘邦欲弃成皋而东，郦食其对刘邦说："楚人拔荥阳，不坚守敖仓，乃引而东，令适卒分守成皋，此乃天所以资汉。"

杨
凌

【赏析】

这是一首怀古诗。作者驻足黄河岸边的古城，登城远眺，浮云连绵，绿草相接，如今一派安然祥和的氛围与几百年前的古战场截然不同，不禁涌起怀古之思。全诗主要追述了当年楚汉之争，不仅突出了广武这一战略要地，肯定了刘邦的英勇善战，同时也为足智多谋却战败的项羽感到惋惜。最后两句作者由历史追思转到故乡之念，不禁泪盈眼眶，为诗歌又增添了几分悲凉之感。

卢 象

卢象（？—763？），字纬卿。族望范阳（今河北涿县）。玄宗开元中，由前进士补秘书省校书郎，转右卫仓曹掾。历左补阙，司勋员外郎。天宝四载（745）前后，贬齐州司马，又转汾、郑二州司马，后入为膳部员外郎。安史之乱，陷贼，受伪职，贬果州长史，永州司户。后移吉州长史。宝应二年（763），起为主客员外郎，道病，留武昌，遂卒。刘禹锡序其诗说："与王维、崔颢比肩，骧首鼓行于时。妍词一发，乐府传贵。"（《全唐文》卷六百〇五《唐故尚书主客员外郎卢公集序》）。《新唐书·艺文志》著录《卢象集》十二卷，已佚。今存诗二十八首。《唐才子传》卷二有传。

寄河上段十六[1]

与君相识[2]即相亲，闻道君家住孟津[3]。
为见行舟试借问，客中时有洛阳人。

【注释】

[1] 诗歌选自《全唐诗》卷一百二十二。寄河上段十六：《全唐诗》一作"王维诗"。河上：黄河边。段十六：姓段，排行十六。段十六家住孟津，故称"河上段十六"。[2] 识：《全唐诗》一作"见"。[3] 闻道君家住孟津：住，《全唐诗》一作"在"。孟津：黄河边的一个渡口，在今河南孟津东北、孟县西南。东汉在此设关，为洛阳周围八关之一。

【赏析】

　　这是一首七言绝句，主要描写了作者河上访友探问行舟的过程。首句表现了作者与段十六的情谊深厚，写出了对友人的思念。之后几句采用问答的形式，体现了作者对友人的关怀。全诗语言自然流畅，如同民歌，不自觉流露出一种深厚的人情味和平常心。

卢
象

王　维

　　王维（700—761），字摩诘，蒲州（今山西永济西）人。王维工诗善画，博学多艺，十五岁离乡赴长安、洛阳谋求进取。开元九年（721）进士擢第，解褐为太乐丞，同年秋，因太乐署中伶人舞黄狮子事受到牵累，谪济州司仓参军。后改官淇上，寻又弃官在淇上隐居。不久复返长安，从大荐福寺道光禅师学佛。开元二十三年（735），为宰相张九龄所擢拔，官右拾遗。二十五年（737），赴河西节度使幕为监察御史兼节度判官。二十八年（740），以殿中侍御史知南选，赴桂州（今广西桂林）。翌年北归后尝隐于终南。天宝元年（742），为左补阙。四载（745），迁侍御史，后转库部员外郎、库部郎中。九载（750），母亲去世守丧。十四载（755），迁给事中。天宝初，得宋之问辋川别业，常与裴迪游其中，赋诗相酬为乐。十五载（756），为安史乱军所获，被迫受伪职。后肃宗宽宥其罪，责授太子中允。后复拜给事中。终尚书右丞，故世称"王右丞"。《新唐书·艺文志》著录《王维集》十卷。《旧唐书》卷一百九十下、《新唐书》卷二百〇二、《唐才子传》卷二有传。

渡河到清河作[1]

泛舟大河里，积水穷天涯。
天波忽开拆[2]，郡邑[3]千万家。
行复见城市，宛然有桑麻。
回瞻旧乡国，淼漫连云霞。

【注释】

[1] 诗歌选自《王维集校注》卷一。渡河到清河作：河，指黄河。清河：指唐贝州治所清河县，在今河北清河西。唐济州属河南道，贝州属河北道，由济州治所渡河西北行，即可至清河。[2] 拆：裂，开。[3] 郡邑：指郡治所在的县城。

【赏析】

此诗作于王维任职济州期间，描写了作者从济州渡河去清河的所见所闻。诗歌通篇都是对沿途景色的描绘：作者乘舟在黄河上航行，水面茫茫，一直延伸到天边尽头。远处水天相接的地方突现人烟稠密的郡城，良田万顷，遍地桑麻。再回望故乡，早已湮没在满天云霞里了。作者笔下的景色开阔明朗，诗歌语言清新自然，言语间暗含对贬谪生活的担忧和对故乡的思念。

淇上送赵仙舟[1]

相逢方一笑，相送还成泣。
祖帐[2]已伤离，荒城复愁入。
天寒远山净，日暮长河急。
解缆[3]君已遥，望君犹伫立。

【注释】

[1] 诗歌选自《王维集校注》卷一。赵仙舟：生平不详。据岑参《临洮泛舟赵仙舟自北庭罢使还京》诗（此诗作于天宝十三载），可知赵乃开元、天宝时人。诗题底本原作《齐州送祖三》，《国秀集》作《河上送赵仙舟》，《河岳英灵集》《文苑英华》《唐文粹》《唐诗纪事》作今题。[2] 祖帐：即钱别。[3] 解缆：解去系船的缆绳，指开船。

【赏析】

这是一首送别诗。首联和颔联是对送别场景的描绘，虽平白如话，却用词锤炼，含义丰富。一个"方"字写出了相逢时间之短，一"笑"一"泣"，"伤离"和"愁人"，极言相聚的欢欣和离别的痛楚。作者谪居于"荒城"，本就心情低落，"荒城"包含了作者对自身境遇的慨叹。接着"天寒"二句写到环境，"天寒"与"日暮"相对，既写出送别时间之长，突出两人依依不舍之情，表现出作者因友人离去而生出的空虚感、落寞感。结尾二句写作者目送友人离去的场面，一个"犹"字，仿佛看到了作者久久伫立、目送友人远去的身影，可见二人感情之深。全诗擅长运用虚词，"方""还""已""复""犹"等词把全诗串联起来，让感情表达得更加浓烈和厚重。清贺裳《载酒园诗话》评此诗："写得交谊蔼然，千载之下，犹难为怀。"

华　岳[1]

西岳出浮云，积雪在太清。

连天凝黛色，百里遥青冥。

白日为之寒，森沉华阴[2]城。

昔闻乾坤闭，造化生巨灵。

右足踏方止，左手推削成。

天地忽开拆，大河注东溟[3]。

遂为西峙岳，雄雄镇秦京[4]。

大君[5]包覆载，至德被群生。

上帝伫昭告[6]，金天[7]思奉迎。

人祇望幸[8]久，何独禅云亭[9]。

【注释】

[1] 诗歌选自《王维集校注》卷一。华岳：即西岳华山，一名太华

山，在陕西华阴南。《水经注·禹贡山水泽地》："华山为西岳，在弘农华阴县南。"[2]华阴：唐县名，属华州，即今陕西华阴。[3]东溟：东海。[4]秦京：犹关中。赵殿成《王右丞集笺注》："关中本秦地，在汉为京师，故称秦京。"陆机《齐讴行》："孟诸吞楚梦，百二侔秦京。"[5]大君：天子。[6]仁昭告：期待封西岳。《通典》卷五十四："封禅者，本以功成告于上帝。"[7]金天：谓华山神。《旧唐书》卷八《玄宗本纪》："封华岳神为金天王。"[8]望幸：指盼望天子西岳封禅。[9]禅云亭：代指封泰山。禅：张守节《史记正义》："此泰山下小山上除地，报地之功，故曰禅。"云亭：即云云山和亭亭山，皆为泰山附近的小山，为古帝王封泰山行禅礼之处。

【赏析】

这是一首西岳赞歌。前六句描写了华山之高、华山之色以及华山之势。后八句写巨灵劈山导河之壮举，旨在感叹自然界的神奇造化，突出了华山的重要地位。"大君"四句描述了天子被封为华山神的过程，称颂天子的德行。最后两句写出了作者对封禅大典的期望。王维善于写山水，多写其清幽秀丽，而此诗却以雄伟壮观为特色。

从军行[1]

吹角动行人[2]，喧喧行人起。

笳悲马嘶乱，争渡金[3]河水。

日暮沙漠陲，战声烟尘里。

尽系名王颈[4]，归来献天子。

【注释】

[1] 诗歌选自《王维集校注》卷二。从军行：见虞世南《从军行二首》注 [1]。[2]吹角动行人：角，军中乐器，吹奏以报时间，其作用

略相当于今日之军号。行人：指出征之人。[3] 金：《全唐诗》一作"黄"。[4] 尽系名王颈：指尽俘匈奴名王。名王：《汉书》卷八《宣帝纪》："匈奴单于遣名王奉献，贺正月，始和亲。"颜师古注："名王者，谓有大名，以别诸小王也。"系颈，缚颈。《汉书》卷四十八《贾谊传》："陛下何不试以臣为属国之官以主匈奴？行臣之计，请必系单于之颈而制其命。"

【赏析】

这是一首描写战争的诗歌，逼真而传神地再现了边塞唐军行军作战的全过程。这里既有军队出征时的悲壮、赴敌时的无畏，又有战前的紧张气氛、鏖战时的激烈和战后请赏的豪情，尤其是最后两句，"尽系名王颈，归来献天子"，展现了将士英勇杀敌、立功领赏的英雄气概。在描写中，作者选取了大量具有边塞特色的物象，着力再现边塞广漠的场景。全诗技法高超，明代顾可久评此诗："雄浑。善模写。"

送岐州源长史归[1]

握手一相送，心悲安可论。

秋风正萧索，客散孟尝[2]门。

故驿通槐里[3]，长亭下槿原[4]。

征西旧旌节[5]，从此向河源[6]。

【注释】

[1] 诗歌选自《王维集校注》卷二。送岐州源长史归：岐州，唐州名，天宝元年改名扶风郡，治所在今陕西凤翔。《新唐书》卷三十七《地理志》载，"凤翔府扶风郡，赤上辅。本岐州"。源长史：王维在河西节度使崔希逸幕时的同僚。长史：官名，唐制，上、中州各置长史一人（上州从五品上，中州正六品上），掌协助州刺史处理政务。题下原注："同在崔常侍幕中，时常侍已殁。"据陈铁民先生考证，本诗作于开元二十六年

（738）秋，时作者在长安。[2] 孟尝：孟尝君田文，齐人，战国四公子之一。曾相齐，门下养贤士食客数千人。事见《史记》卷七十五《孟尝君列传》。这里喻指崔常侍。[3] 槐里：古县名，今陕西兴平东南，唐时为京兆府兴平县辖地。《汉书》卷二十八上《地理志》注"槐里"："周曰犬丘……秦更名废丘，高祖三年更名。"又《长安志》卷十四曰："槐里驿在（兴平县）郭下，东至咸阳驿四十五里，西至武功驿六十五里。"源长史由长安归岐州途中经过之地。[4] 槿原：秦中地名。[5] 旌节：古代使者所持的节，作为凭信。[6] 河源：黄河之源。源长史自长安归岐州是西行，河源在西，故称"向河源"。

【赏析】

这是一首五言送别诗。首句写二人拱手作揖送别的场面，分别的伤感无法言语。"秋风"二句写崔希逸卒后，幕中僚属已经四散，作者借用孟尝君这个典故，意在表现崔希逸的德高望重。"故驿"二句提到了源长史的行程，槐里、槿原都是源长史自长安赴岐州途中的必经之地。最后两句说河西之军将远征河源，意味着河西边策发生了变化。整首诗情感深厚复杂，不仅表现了朋友间别离的伤感，还流露出作者对崔希逸的哀挽怀念之意。

榆林郡歌[1]

山头松柏林，山下泉声伤客心。[2]

千里万里春草色，黄河东流流不息。

黄龙戍[3]上游侠儿，愁逢汉使[4]不相识。

【注释】

[1] 诗歌选自《王维集校注》卷三。榆林郡：隋唐时郡名，治所在今内蒙古自治区准格尔旗东北。《旧唐书》卷三十八《地理志》："隋置

胜州，大业为榆林郡。武德中，平梁师都，复置胜州。天宝元年，复为榆林郡。乾元元年，复为胜州。"[2]"山头"二句：乐府《陇头歌辞》云："陇头流水，鸣声幽咽。"[3] 黄龙戍：黄龙岗地方的边防军营垒。黄龙岗，故址在今辽宁开原，此处泛指边塞。[4] 汉使：作者自谓。

【赏析】

这首诗作于天宝四载（745）王维奉命出使榆林、新秦二郡时。首句仅五字，显出歌谣本色，借古乐府意境写乡愁。紧接着二句极口语化，通俗淳朴，景象鲜明。最后二句写作者遇到戍边者，虽非友人旧识，但愁心相通，作者不由得感慨相见恨晚。整首诗语浅情深，王夫之《唐诗评选》卷一评曰："真情老景，雄风怨调，只此不愧汉人乐府。"

奉和圣制送不蒙都护兼鸿胪卿归安西应制[1]

上卿增命服[2]，都护扬归旆。

杂虏尽朝周[3]，诸胡皆自邻[4]。

鸣笳[5]瀚海曲，按节阳关[6]外。

落日下河源[7]，寒山静秋塞。

万方氛祲[8]息，六合[9]乾坤大。

无战是天心，天心同覆载[10]。

【注释】

[1] 诗歌选自《王维集校注》卷三。不蒙：《王右丞集笺注》："不蒙，蕃将之姓。郭友培元谓当是夫蒙之讹，刘昫《唐书·高仙芝传》有安西节度使夫蒙灵詧，即其人也。"陈铁民认为："不蒙即夫蒙，古代西羌族之姓。"据《唐方镇年表》卷八与《资治通鉴》，夫蒙自开元二十九年至天宝六年，任安西四镇（龟兹、焉耆、于阗、疏勒）节度使兼鸿胪卿。唐时节度使又称都护。鸿胪卿，鸿胪寺置卿一人，从三品，掌宾客、册

封诸蕃及凶仪之事。本诗即作于夫蒙任节度使兼鸿胪卿期间。[2] 命服：天子按照官爵等级而赐的制服。《诗经·小雅·采芑》："服其命服，朱芾斯皇。"郑康成《毛诗笺》："命服者，命为将，受王命之服也。"周代官爵，自一命至于九命，分为九等，各等的衣服，均有一定之制。此句指夫蒙兼任鸿胪卿。[3] 杂虏尽朝周：典出《逸周书·王会解》，意思为周成王在王城大会诸侯及四夷。[4] 自邻：《左传·襄公二十九年》载吴公子札观乐，"自《邻》以下无讥焉"。赵殿成注："右丞用其字者，亦取诸胡微细。如曹邻小国，不足置论之意。"[5] 鸣笳：指出行时奏乐。[6] 阳关：古关名，在今甘肃敦煌西南，是古代通往西域的要道。[7] 河源：黄河源头。[8] 氛祲：妖气。[9] 六合：颜师古《汉书》注："天地四方谓之六合。"[10] 覆载：指天地。

【赏析】

这是一首应制诗。前半部分按照送行应制诗的传统，依旧是对饯行盛大场面的描绘，表现了仪式的庄重威严。之后"落日"二句写出了塞外的苍茫寥落，夕阳西下，塞外的秋山安静且充满寒意，为诗歌增添了一分离别之悲。后四句寄托了作者希望都护立功异域的壮志。全诗虽然沿袭了初唐以来同类诗歌的内容风格，但展现了作者独特的个性，比如结尾，作者借"天心"传达了自己的反战思想，这种推崇和平的大爱精神在应制诗中实属少见。

送魏郡李太守赴任[1]

与君伯氏[2]别，又欲与君离。

君行无几日，当复隔山陂[3]。

苍茫秦川[4]尽，日落桃林塞[5]。

独卧临关[6]门，黄河向天外。

前经洛阳陌，宛洛故人稀。

故人离别尽，淇上[7]转骖䯄[8]。

企予[9]悲送远，惆怅睢阳[10]路。

古木官渡[11]平，秋城邺宫[12]故。

想君行县[13]日，其出从如云。

遥思魏公子[14]，复忆李将军[15]。

【注释】

[1] 诗歌选自《王维集校注》卷四。魏郡：郡名，汉置。《旧唐书》卷三十九《地理志》："河北道魏州，天宝元年改为魏郡。"州治贵乡在今河北大名北。李太守：李岘，受杨国忠排挤，其兄李峘以考功郎中出为睢阳太守，他则出为魏郡太守。《旧唐书》卷一百二十《李峘列传》："杨国忠秉政，郎官不附己者悉出于外，峘自考功郎中出为睢阳太守。寻而弟岘出为魏郡太守，兄弟夹河典郡，皆以治行称。"[2]伯氏：长兄。《诗经·小雅·何人新》："伯氏吹埙，仲氏吹篪。"这里指李峘。信安王李祎有三子，曰峘、峄、岘，峘居长。[3] 当复隔山陂：当复，将又。陶潜《游斜川》："未知从今去，当复如此不？"隔山陂，为山陂所隔。陂，山坡。这是一个多音多义字。《汉书》卷一百一十七《司马相如列传》："衍溢陂池。"郭璞注："陂池。江旁小水。"《古诗十九首》："千里远结婚，悠悠隔山陂。"[4] 秦川：古地区名，泛指今陕西、甘肃秦岭以北平原地带，因春秋、战国时属秦国而得名。《长安志》卷一："周自武王克商，都丰镐，则雍州为王畿。及秦孝公作为咸阳，筑冀阙，徙都之，故谓之秦川。"[5]桃林塞：古地区名，又名桃林，桃园。约当今河南灵宝以西、陕西潼关以东地区。[6]关：指潼关，在陕西潼关北。[7]淇上：淇水上。淇水源出河南林县临淇镇，经淇阳、汤阴至淇县入卫河。[8]骖䯄：驾于车前两侧的马。孔颖达《礼记疏》云："车有一辕，而四马驾之，中央两马夹辕者名服马。两边名䯄马，亦曰骖马。"蔡邕《协和婚赋》："车服照路，骖䯄如舞。"[9] 企予：踮起脚跟。"予"相当于"而"，助词。曹丕《秋胡行》："企予望之，步立踟蹰。"[10] 睢阳：郡名，治所在宋

城，故城在河南商丘南。[11] 官渡：水名，在今河南中牟东北。其地临古官渡水。东汉建安五年，曹操歼灭袁绍主力于此。[12] 邺宫：魏宫。建安十八年（213）曹操为魏王，定都于邺；其后十六国后赵、前燕，北朝东魏、北齐，相继定都于此，故城中宫室繁盛。邺有二城，北城曹魏因旧城增筑，故址在今河北临漳县西南邺镇、三台村迤东一带；南城筑于东魏初年，今属河南安阳辖境。[13] 行县：郡守巡视所辖之县。[14] 魏公子：《王右丞集笺注》："谓魏文帝。曹子建《公谦诗》：'公子敬爱客，终宴不知疲。'李善注：'公子谓文帝，时武帝在，为五官中郎也。'"陈铁民认为，唐魏州有元城县，始置于汉，与贵乡同为魏州治所，《汉书》卷二十八上《地理志》"魏郡元城"下注云："应劭曰：'魏武侯公子元食邑于此，因而遂氏焉。'""魏公子"亦可能指魏公子元。[15] 李将军：《王右丞集笺注》："谓李典。《魏志·李典传》：从围邺，邺定……迁捕虏将军。典宗族部曲三千余家，居乘氏，自请愿徙诣魏郡，太祖笑曰：'卿欲慕耿纯耶？'典谢曰：'典驽怯功微，而爵宠过厚，诚宜举宗陈力，加以征伐未息，宜实郊遂之内，以制四方，非慕纯也。'遂徙部曲宗族万三千余口居邺。太祖嘉之，迁破虏将军。"陈铁民亦认为是李典："末一联是谓其行县之时，或思魏公子之风流，或忆李将军之功烈，盖览故迹遗墟而感怀凭吊之意，皆用魏郡事实也。"

【赏析】

这是一首五言律诗。王维好友李峘的弟弟李岘因杨国忠恶其不附己，出为魏郡太守，王维作诗为李岘送别。全诗叙写送别途中的所见所感。开头四句点明分别之意，紧接着四句是对经行途中景色的描绘，接下来四句是途经洛阳的场面描写，"宛洛故人稀"写出送行场面的凄凉落寞。"企予悲送远，惆怅睢阳路。古木官渡平，秋城邺宫故"，这四句是途经睢阳时的所见所感，"悲送远""惆怅"体现了作者的悲痛心情。"想君行县日，其出从如云"，如今落寞的送行场面，和当年巡行时随从如云的盛况形成了鲜明对比，再回想起朝中正直的人接连被贬，作者悲痛不已。结尾作者提到曹丕和功高位显的李将军，表现了他对朝政清明的向往，也旨在勉励友人要继续尽职尽责、励精图治。《唐贤三昧集笺注》评曰："右丞此派，实继三百篇而别成一格，与汉魏又自不同，后人鲜步武者何也？"又曰："（'君行'二句）语浅味深。"

送韦大夫东京留守[1]

人外遗世虑，空端结遐心。

曾是巢许[2]浅，始知尧舜深。

苍生讵有物，黄屋[3]如乔林。

上德[4]抚神运[5]，冲和穆宸襟。

云雷康屯难[6]，江海遂飞沉[7]。

天工[8]寄人英[9]，龙衮瞻君临。

名器苟不假[10]，保釐[11]固其任。

素质贯方领，清景照华簪。

慷慨念王室，从容献官箴[12]。

云旗蔽三川[13]，画角[14]发龙吟。

晨扬天汉声，夕卷大河阴[15]。

穷人业已宁，逆虏遗之擒[16]。

然后解金组[17]，拂衣东山岑。

给事黄门省[18]，秋光正沉沉。

壮心与身退，老病随年侵。

君子从相访，重玄[19]其可寻？

【注释】

[1] 诗歌选自《王维集校注》卷六。送韦大夫东京留守：韦大夫，即韦陟，至德年间尝官御史大夫。《旧唐书》卷十《肃宗本纪》："（乾元二年）秋七月乙丑朔，以礼部尚书韦陟充东京留守。"东京：即东都洛

阳。留守：官名，唐时天子不在长安或洛阳时，由大臣充任留守，以处
理重要事宜。[2] 巢许：巢父、许由。相传二人为尧时隐士，尧欲让位
于二人，俱不受。事见《庄子·逍遥游》、晋皇甫谧《高士传》卷上。[3]
黄屋：天子之车，代指天子。[4] 上德：《老子》第三十八章："上德不德，
是以有德。"此处指天子之功德。[5] 神运：犹气数，此处指国家命运。[6]
康屯难：消除危难。屯难，时运艰难。《周易·屯·象》："屯，刚柔始交
而难生。"[7] 飞沉：鸟飞鱼沉，各任其性。《后汉书》卷六十七《党锢
列传》："愿怡神无事，偃息衡门，任其飞沈，与时抑扬。"[8] 天工：天
道。[9] 人英：人中之英。《淮南子·泰族训》："故智过万人者谓之英。"
[10]"名器"句：《左传·成公二年》："唯器与名，不可以假人，君之所
司也。"杜预注："器，车服；名，爵号。"名器，指表示等级地位的名号，
器物。[11] 保釐：治理国家。[12] 官箴：指官吏对帝王所进的箴言。《左
传·襄公四年》："昔周辛甲之为大史也，命百官，官箴王阙。"杜预注：
"使百官各为箴辞，戒王过。"[13] 三川：郡名，秦置，以境内有河（黄
河）、洛、伊三川得名，治所在雒阳（今河南洛阳东北）。此处借指洛阳。
[14] 画角：军中乐器。[15] 大河阴：黄河之南。陆机《赠冯文罴诗》："发
轸清洛汭，驱马大河阴。"李善注引《穀梁传》："水南曰阴。"[16] 遗之擒：
送上门来当俘虏。出自《左传·昭公五年》："使群臣往遗之禽（通擒）。"
[17] 金组：金甲与组甲。解金组，犹言去军职。[18] 黄门省：即门下省。
《通典》卷二十一《职官三》："（门下省）开元元年，改为黄门省；五年，
复旧。"[19] 重玄：唐代道教义理，《老子》第一章："玄之又玄，众妙
之门。"

【赏析】

这是一首送别诗。前两句交代了自身境况，作者曾居世外，遗落世
间之虑，多生悠远不切实际之念想。接着评价了巢父、许由的避世是肤
浅的，肯定了尧舜为天下百姓操劳的深远大义。"苍生讵有物"开始，
作者称颂肃宗能消除危难、安宁百姓。"天工寄人英"之后，作者转而

称赞韦陟是代天为治、有功不居的人中豪杰，叙写韦陟的功绩。最后六句照应开篇，"给事黄门省，秋光正沉沉"，既点明时值深秋，又暗指自己已到暮年。全诗慷慨悲凉，借写送别韦陟一事，表达自己在出入仕问题上的矛盾心理。

崔　颢

崔颢（？—754），汴州（今河南开封）人。进士及第，官至太仆寺丞。崔颢足迹遍及吴越荆鄂，天宝初曾在河东军幕任职。官终司勋员外郎，天宝十三载（754）卒。崔颢声名显赫，《旧唐书》卷一百九十下《崔颢列传》云："开元、天宝间，文士知名者，汴州崔颢、京兆王昌龄高适、襄阳孟浩然"。《新唐书·艺文志》著录《崔颢诗》一卷。今存诗四十余首，编为一卷。《旧唐书》卷一百九十下、《新唐书》卷二百○三、《唐才子传》卷一有传。

题潼关楼[1]

客行逢雨霁，歇马上津楼[2]。
山势雄三辅[3]，关门扼九州。
川[4]从陕路[5]去，河绕华阴[6]流。
向晚登临处，风烟万里愁。

【注释】
[1] 诗歌选自《唐诗小集·崔颢崔国辅诗注》。潼关：古称桃林之塞，东汉建安中于此建关，以潼水而名。地处黄河、渭河汇合处，西薄华山，东接桃林，为陕西、山西、河南三省要冲。唐属华阴县，故址在今陕西潼关县北。[2] 津楼：指潼关楼。楼临黄河渡口，故云。[3] 三辅：京畿地区。《通典》卷三十三《职官十五》："武帝太初元年，更名右

内史为京兆尹。更名左内史为左冯翊。初秦官有主爵中尉，掌列侯。汉景帝中元六年，更名都尉。武帝太初元年，更名右扶风。与左冯翊、京兆尹是为三辅，治长安城中。"[4] 川：指黄河。[5] 陕路：古陕陌，又称陕原。在今河南陕县。[6] 华阴：泛指华山之北，非专指华阴县。

【赏析】

这首诗写作者登上潼关城楼所见景色及感受。首联写登楼缘故，笔调轻快。颔、颈二联描绘登楼所见潼关的地理形势；山势险峻，雄踞三辅；关隘险要，扼九州之喉；黄河、渭水环流，形成天然屏障。几笔勾勒，突出潼关重要的地理位置。末联即景抒情，抒发了故乡远隔万里的愁思。整首诗气魄雄伟，境界壮阔。

李 颀

李颀（690？—754？），赵郡（今河北赵县）人，家住颍阳（今河南登封）。开元二十三年（735）进士及第。曾任新乡尉。后弃官归颍阳隐居。殷璠《河岳英灵集》卷上云："颀诗发调既清，修辞亦秀，杂歌咸善，玄理最长。……惜其伟才，只到黄绶。"《新唐书·艺文志》著录《李颀诗》一卷。今编诗三卷。《唐才子传》卷二有传。

登首阳山谒夷齐庙[1]

古人已不见，乔木竟谁过。

寂寞首阳山，白云空复多。

苍苔归地骨[2]，皓首[3]采薇歌。

毕命无怨色[4]，成仁[5]其若何。

我来入遗庙，时候微清和。

落日吊山鬼[6]，回风吹女萝[7]。

石崖向西豁，引领望黄河。

千里一飞鸟，孤光东逝波[8]。

驱车层城[9]路，惆怅此岩阿[10]。

【注释】

[1] 诗歌选自《李颀诗歌校注》卷一。登首阳山谒夷齐庙：首阳山，又称雷首山，在河东县(今山西永济西) 南，相传为伯夷、叔齐隐居处。

上有夷齐墓、夷齐庙。夷齐：即伯夷、叔齐。[2]地骨：指山石。《博物志》卷一："地以名山为辅佐，石为之骨。"[3]皓首：白首。[4]无怨色：《论语·述而》："伯夷、叔齐何人也？曰：古之贤人也。曰：怨乎？曰：求仁得仁，又何怨？"[5]成仁：《论语·卫灵公》："志士仁人，无求生以害仁，有杀身以成仁。"[6]山鬼：山神，此指夷、齐。[7]女萝：地衣类植物，即松萝。《楚辞·九歌·山鬼》："若有人兮山之阿，被薜荔兮带女萝。"[8]东逝波：黄河东流入海。[9]层城：高城，此指蒲坂城。唐蒲州治所河东县，即汉之蒲坂城。《元和郡县图志》卷十二《河东道一》："(蒲)州城，即蒲坂城也。"[10]岩阿：山崖旁侧。

【赏析】

这是一首怀古登临诗。作者怀着一腔崇敬之情，拜谒首阳山夷齐庙。前六句描摹了夷齐庙周围苍凉的景色，以景衬情，抒发了物是人非的感叹。之后借孔子"求仁得仁"之评，赞美伯夷、叔齐高尚的人格魅力和思想精神。"我来入遗庙"句，笔锋一转，点明作者行踪，为后面抒情打下基础。"落日"以下六句，写作者游历所见。"驱车"二句，写离别后的惆怅，表达了作者对先贤的深切追念。《唐贤三昧集》卷中评此诗："起四语最高淡。通篇不甚切题，而正为大雅，以此题本不当着议论色泽也，此古人识高处。"

送陈章甫[1]

四月南风大麦黄[2]，枣花未落桐阴长。

青山朝别暮还见，嘶马出门思旧乡。

陈侯[3]立身何坦荡[4]，虬须[5]虎眉[6]仍大颡[7]。

腹中贮书一万卷，不肯低头在草莽。

东门[8]酤酒饮我曹，心轻万事皆鸿毛。

醉卧不知白日暮，有时空望孤云高。

长河浪头连天黑，津口停舟渡不得。

郑国游人[9]未及家，洛阳行子[10]空叹息。

闻道故林相识多，罢官昨日今如何。

李颀

【注释】

[1] 诗歌选自《李颀诗歌校注》卷二。陈章甫：李颀友人，曾隐居嵩山二十余年。《元和姓纂》卷三："太常博士陈章甫，江陵人。"《唐语林》卷八："举人应及第者，关检无籍者，不得与第。陈章甫制策登科，吏部放榜。章甫上书：昨见榜云：'户部报无籍者。'昔傅说无姓，商后置于盐梅之地；屠羊隐居，楚王延以三旌之位：未闻征籍也。范睢改姓易名为张禄先生，秦用之霸；张良为韩报仇，变姓名而逃下邳，汉高用之为相。则知籍者，所以计赋耳，本防群小，不约贤路。若人有大材，不可以籍弃之；苟无良德，虽籍何为？所司不能夺，特咨执政收之。"章甫乃一时奇士也。[2] 大麦黄：麦熟则黄。四月为孟夏，《礼记·月令》："孟夏之月。……农乃登麦。"四月乃麦熟时也。[3] 陈侯：对陈章甫的尊称。[4] 坦荡：《论语·述而》："君子坦荡荡。"[5] 虬须：卷曲的胡须。[6] 虎眉：大眉。[7] 大颡：宽阔的脑门。[8] 东门：洛阳东门。[9] 郑国游人：指陈章甫。因陈是江陵人而久居嵩山（嵩山春秋时属郑地），故云。郑国：都城在今河南新郑。[10] 洛阳行子：作者自指。李颀故园在颍阳，时在洛阳相送，故曰洛阳行子。行子：出行在外的人。

【赏析】

这是一首七言送别诗。开头四句是对送别场面的描绘，点明了送别的时令、地点，表达了行人的思归之情。接下来八句是作者对友人的赞赏。陈章甫虬须虎眉，有异才之貌，贮书万卷，胸怀大志，放浪不羁，心轻万事，常常醉望孤云，是潇洒坦荡之奇才。"长河"二句是官场险恶的写照，"空叹息"表达了作者对友人遭遇的同情。全诗用笔细腻，尤其是对陈章甫形貌神态的刻画，犹如亲见章甫之面也。

百花原^[1]

百花原头望京师^[2]，黄河水流无已时。

穷秋旷野行人绝，马首东来知是谁。

【注释】

[1]诗歌选自《李颀诗歌校注》卷三。百花原：《全唐诗》作王昌龄诗，题作《旅望》，题下小注一作"《出塞行》。"芮挺章《国秀集》作李颀诗，题作《白花原》，文字略异。百花原，塞上地名。[2]京师：京城长安。

【赏析】

这是一首七言绝句，写作者长久戍边、远望京城的感受。站在百花原上遥望京城，作者只能看到黄河水滚滚东流。黄河流去无休止，正和人绵延不断的思念一般，作者以黄河指代源源不断的乡思。诗歌后两句写空旷的原野及人马，表现边塞环境的荒凉残酷，突出戍边的艰辛。在这深秋人迹渺无的原野上，谁会从东边骑马而来呢？作者询问来者何人，一是希望来者带来停战的消息，可以结束戍守生活，二是希望带来亲人的消息。这一急切的发问，显现出作者凄苦孤寂的境地。《唐贤三昧集笺注》卷中："顾华玉云：'惨淡可伤。'音律虽柔，终是盛唐骨骼。"

储光羲

　　储光羲（707？—763？），润州延陵县庄城（今江苏金坛）人，郡望兖州。青年时期游学长安。开元十四年（726）进士及第，初赴冯翊任职，转任安宜、下邽、汜水县尉。后辞官归乡，又入秦隐居终南山。天宝初期，拜官太祝。后转监察御史，曾出使范阳。安史之乱时，陷身贼中，被迫接受伪职，后脱身归朝。乱后被定罪下狱，贬窜南方，不久遇赦，卒于贬所。曾与孟浩然、王维等诗人交往唱酬。唐代殷璠《河岳英灵集》言其所撰有《正论》十五卷、《九经外义疏》二十卷，《新唐书·艺文志》著录其集七十卷，皆已佚。《直斋书录解题》卷十九著录其诗五卷，今存。《唐才子传》卷一有传。

夜到洛口入黄河[1]

　　河洲多青草，朝暮增客愁。

　　客愁惜朝暮，枉渚[2]暂停舟。

　　中宵大川静，解缆逐归流。

　　浦溆[3]既清旷，沿洄[4]非阻修。

　　登舻望落月，击汰[5]悲新秋。

　　倘遇乘槎[6]客，永言星汉[7]游。

【注释】

[1] 诗歌选自《储光羲诗集》卷一。洛口：洛水入黄河之口。《元

和郡县图志》卷五《河南道一》："洛水，东经洛汭，北对琅邪渚入河，谓之洛口。"[2] 枉渚：在枉水上的一个小河湾，为流入沅水之处。在今湖南常德南。也作"枉陼"。屈原《九章·涉江》："朝发枉陼兮，夕宿辰阳。"这里是借用，指洛汭之琅邪渚。[3] 浦溆：《艺文类聚·水部》引《风土记》："大水小口别通为浦。"《说文解字》卷十一上："溆，水浦也。"[4] 泬洄：泬，同"沿"，顺流而下；洄，逆流而上。[5] 击汰：击水，指划船。汰：水波。[6] 乘槎：见刘孝孙《早发成皋望河》注[5]，这里以乘槎代指登天。[7] 星汉：即天河。

【赏析】

这首诗写作者在初秋的夜晚乘船经洛口入黄河的羁旅感受。诗歌主要描写了黄河的夜景，河洲上的萋萋青草、夜晚宁静的河川、逐流的船舶、河岸两旁清幽旷远的景色、天边的落月等，无一不在为作者添忧。结尾二句引用"乘槎"典故，既是作者欲上银河会仙的虚拟浪漫想象，也暗示了他对自由的渴望，流露出归隐之意，与储光羲辞官后的悠游状态高度契合。全诗意境悲凉，字里行间流露出作者的愁绪。

<h2 style="text-align:center">效古二首·其二[1]</h2>

东风吹大河，河水如倒流[2]。

河洲[3]尘沙起，有若黄云浮。

赪霞[4]烧广泽，洪曜赫高丘。

野老泣相语，无地可荫休。

翰林[5]有客卿[6]，独负苍生[7]忧。

中夜起踯躅[8]，思欲献厥谋。

君门峻且深，踠足[9]空夷犹[10]。

【注释】

[1] 诗歌选自《储光羲诗集》卷一。[2] 倒流：天旱河床水浅，东风可将其吹得返向西流。[3] 河洲：河中的小洲。[4] 赪霞：红霞。[5] 翰林：主人。指作者途中寄宿之家的主人。文翰之林，犹文苑。《汉书》卷八十七《扬雄传》：成帝令民捕兽输长杨射熊馆，"农民不得收敛。雄从至射熊馆，还，上长杨赋，聊因笔墨之成文章，故藉翰林以为主人，子墨为客卿以风"。[6] 客卿：客人，作者自指。语出西汉扬雄《长杨赋并序》："故藉翰林以为主人，子墨为客卿以风。"[7] 苍生：百姓，民众。《晋书》卷四十三《王衍列传》："总角尝造山涛，涛嗟叹良久。既去，目而送之曰：'何物老妪，生宁馨儿！然误天下苍生者，未必非此人也。'"杜甫《行次昭陵》："往者灾犹降，苍生喘未苏。"[8] 踯躅：徘徊不进貌。陆机《答张士然》："逍遥春王圃，踯躅千亩田。"[9] 踠足：脚蜷曲而行走迟缓的样子。马曲腿举蹄，意欲奔驰。班固《东都赋》："马踠余足，士怒未渫。"[10] 夷犹：迟疑不进貌。屈原《九歌·湘君》："君不行兮夷犹，蹇谁留兮中洲。"

【赏析】

这是一首目遇旱灾、感叹民生疾苦的诗歌。前六句写作者途中所见，水枯尘飞，赤日如烧，旱情相当严重。接下来二句写民无荫休的现实。最后六句写作者忧念苍生却无能为力的痛苦。全诗抒发了作者深切的忧时之叹，以及对统治者无视民难的愤慨之情，可见储光羲忧世务、济苍生的真诚愿望。

同王十三维偶然作十首·其六[1]

黄河流向东，弱水[2]流向西。

趋舍各有异，造化安能齐。

妾本邯郸女，生长在丛台[3]。

既闻容见宠，复想玄为妻[4]。

刻画尚风流，幸会君招携。

逶迤歌舞座，婉娈[5]芙蓉闺。

日月方向除，恩爱忽焉睽[6]。

弃置谁复道，但悲生不谐[7]。

美彼匹妇意，偕老常同栖。

【注释】

[1] 诗歌选自《储光羲诗集》卷二。[2] 弱水：指河西走廊的黑河。上源是甘肃甘州河及山丹河，在张掖附近合流后称为黑河。西北流至内蒙古境内又分为两支，东河入苏克诺尔湖，西河入嘎顺诺尔湖。两湖原为一湖，古称居延泽（海）。王应麟《通鉴地理通释》卷五："弱水，出吐谷浑界穷石山。自甘州删丹县西至合黎山，与张掖县河合。其水力不胜芥，然可以皮船渡。"[3] 丛台：赵武灵王所筑，曾扬名列国。《汉书》卷三《高后纪》："赵王宫丛台灾。"师古注："连聚非一，故名丛台。盖本六国时赵王故台也，在邯郸城中。"[4] 复想玄为妻：《左传·昭公二十八年》："昔有仍氏生女，鬒黑，而甚美，光可以鉴，名曰玄妻。"[5] 婉娈：美貌。《后汉书》卷二十二《马武列传》："婉娈龙姿。"[6] 睽：违背不和。[7] 生不谐：《后汉书》卷七十九《儒林列传》："（周泽）复为太常，清洁循行，尽敬宗庙。尝卧病斋宫，其妻哀泽老病，窥问所苦。泽大怒，以妻干犯斋禁，遂收送诏狱谢罪。当世疑其诡激。时人为之语曰：'生世不谐，作太常妻。一岁三百六十日，三百五十九日斋。'"

【赏析】

储光羲这组诗共十首，"偶然作"说明作者是随意而写，并非严格意义的组诗。这是一首弃妇自诉失宠的诗歌。作者从女主人公的角度出发，以沉痛的口气回忆了恋爱生活的甜蜜以及失宠被抛弃后的痛苦。开头四句用黄河和弱水流向各异比喻恋人分开。后八句写女主人公的美貌以及君对妾的恩宠，与后面失宠时的悲痛形成鲜明对比。末六句表达了女主人公被抛弃后的悔恨与痛心，流露出她对平常夫妻白首偕老这种美好爱情的向往。全诗融说理、抒情于一体，说理通俗易懂，抒情真切自然。

王昌龄

王昌龄（？—756），字少伯，京兆长安（今陕西西安）人。开元十五年（727）进士及第，授秘书省校书郎。二十二年（734）中博学宏词科，改授汜水尉。二十八年（740）迁江宁丞（一说江宁尉）。晚年贬龙标（今湖南怀化一带）尉。"安史之乱"起还乡，道出亳州，为刺史闾丘晓所杀。王昌龄诗歌绪密而思清，与高适、王之涣齐名，时谓"诗家天子王江宁"。尤擅长七绝，人称"七绝圣手"。原有集五卷，见于两《唐书》著录，已散佚。明人辑有《王昌龄诗》三卷（一本作二卷）。《旧唐书》卷一百九十下、《新唐书》卷二百〇三、《唐才子传》卷二有传。

郑县宿陶太公馆中赠冯六元二[1]

儒有轻王侯，脱略[2]当世务[3]。

本家蓝溪[4]下，非为渔弋故。

无何困躬耕[5]，且欲驰永路[6]。

幽居与君近，出谷同所骛[7]。

昨日辞石门，五年变秋露。

云龙未相感[8]，干谒[9]亦已屡。

子为黄绶[10]羁，余忝蓬山[11]顾。

京门望西岳，百里见郊树。

飞雨祠上来，霭然关中暮。

驱车郑城宿，秉烛论往素。

山月出华阴，开此河[12]渚雾。

清光比故人，豁达展心晤。

冯公尚戢翼，元子仍局步。

拂衣[13]易为高，沦迹难有趣。

张范[14]善终始，吾等岂不慕。

罢酒当凉风，屈伸备冥数。

【注释】

[1] 诗歌选自《王昌龄诗注》卷一。郑县：《旧唐书》卷三十八《地理志》："华州……隋京兆郡之郑县。"即今陕西华县。陶太：陶翰。顾况《礼部员外郎陶氏集序》："唐词臣姓陶氏……开元十八年进士上第。"据徐松《登科记考》云，开元十九年（731）王昌龄与陶翰又同中博学宏词科。公馆：官署廨舍。冯六、元二：其人不详。[2] 脱略：超脱，任性不受拘束。《晋书》卷七十九《谢尚列传》："脱略细行，不为流俗之事。"[3] 当世务：指仕宦经济之事。[4] 蓝溪：蓝溪源出蓝田谷，流入灞水。蓝田，山名，在长安南，今陕西蓝田县东南。作者故居芷阳村的方位，在蓝田山下，而芷阳村又在灞水之畔。[5] 困躬耕：王昌龄《上李侍郎书》："昌龄岂不解置身青山，俯饮白水，饱于道义，然后谒王公大人，以希大遇哉！每思力养不给，则不觉独坐流涕，啜菽负米。"作者家境贫寒，故有"困躬耕"之语。[6] 驰永路：走上漫长的求仕之路。[7] 出谷同所骛：与陶太同出山谷，奔走功名。谷，指石门谷，陶太隐居之所。《长安志》卷第十六《蓝田县》："石门谷。在县西南四十里。"骛：奔驰。[8] 云龙未相感：《周易·乾卦》："云从龙，风从虎；圣人作而万物睹。"谓气类相感应，喻君臣相遇合。此言未得皇帝重用。[9] 干谒：求请权贵引荐，以求功名利禄。[10] 黄绶：黄色印绶。代指县丞、县尉一类的官职。《后汉书》志第三十《舆服下》："四百石、三百石、二百石黄绶。"[11] 蓬山：指秘书省。《后汉书》卷二十三《窦融列传》："是时学者称东观为老氏藏室，道家蓬莱山，康遂荐章入东观为

校书郎。"李贤注:"言东观经籍多也。蓬莱,海中神山,为仙府,幽经秘录并皆在焉。"唐秘书省亦为藏书之处,故以"蓬山"称之。[12] 河:指黄河,流经华阴东北。[13] 拂衣:振衣。谢灵运《述祖德诗》:"高揖七州外,拂衣五湖里。"刘良注:"言辞七州之命,隐于五湖。"此谓振衣而去隐于五湖,后世因以拂衣为归隐之代称。[14] 张范:张良和范蠡。张良,字子房,韩人,为刘邦之谋臣,运筹帷幄,决胜千里,佐汉灭秦、楚,因功封留侯。范蠡,字少伯,楚人,春秋末越国大夫,助勾践灭吴。二人皆因功成身退,未遭杀身之祸。

【赏析】

这是一首赠友诗。开头二句是作者对陶翰舍弃世俗、选择归隐的赞赏。从"本家蓝溪下"至"五年变秋露",是作者对自己苦读求仕的概述。"云龙"二句可以看出作者未得君王赏识的无奈。"京门望西岳"至"开此河渚雾",是对途中所见景色的描绘,开阔旷远之景也暂时慰藉了受尽案牍之苦的作者。"清光比故人",作者将月亮比作朋友,与友人在一起总能畅叙开怀,莹莹清辉也象征着友谊的纯洁。"冯公"二句道出了友人不遇的困窘之境。接着又分析了归隐的利弊,最让作者艳羡的还是张范二人功成身退的经历。结尾作者发出了安于现状、屈服于天命的感叹,既是对朋友的安慰,也是对现状不甚满足的作者自身的劝慰,可见作者之洒脱。

送裴图南[1]

黄河渡头归问津,离家几日茱萸[2]新。
漫道闺中飞破镜[3],犹看陌上别行人。

【注释】

[1] 诗歌选自《王昌龄诗注》卷四。裴图南:行第十八,籍贯不详。

尝隐居嵩山，李白有《送裴十八图南归嵩山》二首。[2] 茱萸：植物名。属落叶乔木，开花，实可入药。[3] 飞破镜：即"破镜飞上天"的省语。乐府《古绝句》："藁砧今何在？山上复有山。何当大刀头？破镜飞上天。"吴兢《乐府古题要解》："藁砧，趺也，问夫何处也；'山上复有山'，重'山'为'出'字，言夫不在也；'何当大刀头'，刀头有环，问夫何时当还也；'破镜飞上天'，言月半当还也。"

【赏析】

这是一首七绝送别诗。王昌龄在黄河渡口送别他的友人裴图南，友人离家不久后就到了佩戴茱萸的重阳节，思念愈发深重。"漫道"句化用古乐府诗句，是作者想象裴图南的妻子计算丈夫归期的画面，却不知其夫正再度与友人分别，短期尚难抵家。王昌龄七绝创作得心应手，已成为他日常社交的工具，常用来表达对友人的感情和对生活的积极投入。

常　建

常建（708？—765？），开元十五年（727）进士及第。天宝中曾为县尉。仕途不得意，遂放浪琴酒，往来于太白、紫阁诸峰（均在长安附近），后隐居鄂渚（今湖北鄂城）。工诗，时人以同榜进士常建、王昌龄为"当时之秀"。殷璠《河岳英灵集》首列常建诗十四首，悲其高才而不遇，"沦于一尉"；又论其诗"似初发通庄，却寻野径，百里之外，方归大道。所以其旨远，其兴僻，佳句辄来，唯论意表"。《新唐书·艺文志》著录《常建诗》一卷。《唐才子传》卷二有传。

塞下曲四首·其三[1]

龙斗雌雄[2]势已分，山崩鬼哭恨将军。

黄河直北千余里，冤气苍茫成黑云。

【注释】

[1] 诗歌选自《常建诗歌校注》卷下。塞下曲：乐府诗题，属于横吹曲辞。[2] 龙斗雌雄：两龙相斗，已经分出雌雄，喻战斗已见胜负。这里喻指汉胡战争已见胜负。

【赏析】

常建的《塞下曲》四首主旨是反对穷兵黩武。第三首主要批判将军的昏庸无能，致使士卒冤死疆场，对广大士卒的惨重伤亡表示了深刻同情。作者擅长场面描写，"黄河"两句，作者将临近战场的千里黄河，苍茫冤气，凝为"黑云"，意象沉厚凄惨，构成了一幅广漠荒凉、血雨腥风的图景。与盛唐边塞诗雄壮豪放的诗风不同，常建多写战争的惨烈，情感悲伤沉痛，在盛唐边塞诗中别具一格。殷璠在《河岳英灵集》中评道："属思既苦，词亦警绝。"

刘长卿

刘长卿（？—790？），字文房，宣州（今安徽宣城）人。应进士试，屡试不第。至德二载（757），由江淮宣慰选补使崔涣遴选入仕，释褐长洲县尉。至德三载（758），以事下狱，遇赦放归。永泰元年（765）前后赴京，入转运使幕。大历二年（767），以转运使判官兼殿中侍御史奉使淮西。三年，至淮南。五年顷，移使鄂岳。大历十二年（777）至睦州任所。建中初迁随州刺史。贞元初，入淮南节度使杜亚幕。刘长卿工诗，自称"五言长城"。《新唐书·艺文志》著录《刘长卿集》十卷。《唐才子传》卷二有传。

睢阳赠李司仓[1]

白露变时候，蜚[2]声暮啾啾。

飘飘洛阳客，惆怅梁园[3]秋。

只为乏生计，尔来成远游。

一身不家食，万事从人求。

且喜接余论，足堪资小留。

寒城落日后，砧杵[4]令人愁。

归路岁时尽，长河朝夕流。

非君深意愿，谁复能相忧。

【注释】

[1] 诗歌选自《刘长卿诗编年笺注·编年诗》。睢阳：即宋州，治所在今河南商丘。《旧唐书》卷三十八《地理志》："天宝元年，改宋州为睢阳郡。"司仓：司仓参军事，州刺史佐吏。[2] 螀：蟋蟀。[3] 梁园：梁苑，又称兔园、修竹园，故址在今河南商丘东南。《太平寰宇记》卷十二《河南道十二》："修竹园，在县东南十里。《西京记》：'梁孝王好宫室园苑之乐，作曜华宫，筑兔园。'"[4] 砧杵：捣衣石与棒槌。

【赏析】

此诗写于天宝初年，作者自曹州西归途经宋州所作，与高适《同李司仓早春宴睢阳东亭》是同时之作，"李司仓"同为二人的朋友。开头二句写时令的变换和蟋蟀悲凄的叫声，萧瑟之景令作者陷入迷惘与忧伤的情绪之中。"飘飘洛阳客，惆怅梁园秋"，充溢着历史与现实的盛衰之感和作者冷漠凄寂的思乡之情。紧接着"只为乏生计"四句写出了作者为生计奔波的劳累与委屈。最后六句，作者由黄河长流不竭，年岁有尽，想到自身遭贬、远离故乡的窘境，不免发出生不逢时的慨叹。与高适的清丽婉转不同，这首诗纯抒胸臆，一腔愁绪，弥漫着一种郁郁不得志的悲凉情调。

送南特进赴归行营[1]

闻道军书[2]至，扬鞭不问家。

虏云[3]连白草，汉月到黄沙。

汗马[4]河源饮，烧羌[5]陇坻[6]遮。

翩翩新结束[7]，去逐李轻车[8]。

【注释】

[1]诗歌选自《刘长卿诗编年笺注·编年诗》。特进：官名。《新唐书》

卷四十六《百官志》："凡文散阶二十九：从一品曰开府仪同三司，正二品曰特进。"行营：军队出征时主将的营幕。[2]军书：征兵的名册。[3]虏云：北方胡地的云。[4]汗马：即汗血马。汉时西域大宛国有汗血马，踏石汗血，汗从前肩髀流出，如血，一日能行千里。这里指将军坐骑的骏马。[5]烧羌：即烧当羌，汉时西羌部族名，居地在今青海湖南面至贵德一带。这里指吐蕃。[6]陇坻：即陇山。在今陕西陇县至甘肃省平凉一带。[7]结束：装束、打扮。[8]李轻车：即李广，汉代名将。曾为轻车将军，随大将军霍去病击匈奴，甚有功勋。

【赏析】

这是一首送别诗。开头两句写南特进在军书下达之际，便扬鞭催马，一心从征。中间两联是作者对边塞作战环境的想象：朔云野草，孤月黄沙，可见环境之苍凉；进攻可以到黄河源头饮马，退守可凭借陇山阻拦吐蕃部队的进攻，这也是对战略要地的高度评价。最后两句赞赏南特进装束完备、英武翩翩的雄姿，希望他能像名将李广一样在战场上建功立业，保卫国家。全诗赞扬了南特进英勇赴战的决心和爱国精神，并祝福他凯旋而归。

王昭君歌[1]

自矜娇艳色，不顾丹青[2]人。

那知粉绘能相负，却使容华翻误身。

上马辞君嫁骄虏[3]，玉颜对人啼不语。

北风雁急浮云秋，万里独见黄河流。

纤腰不复汉宫宠，双蛾长向胡天愁。

琵琶弦中苦调多，萧萧羌笛声相和。

谁怜一曲传乐府[4]，能使千秋伤绮罗[5]。

【注释】

[1] 诗歌选自《刘长卿诗编年笺注·编年诗》。[2] 丹青：丹和青是我国古代绘画常用的两种颜色，借指绘画。[3] 骄虏：这里指匈奴呼韩邪单于。[4] 一曲传乐府：乐府，汉武帝时所设专司音乐词曲之官府，后泛指为汉魏南北朝所辑录之歌辞统称为《乐府》。一曲：系指《乐府》中所辑之《琴曲》名《昭君怨》，题为王嫱（王昭君）作。[5] 绮罗：有文彩的薄罗纱，泛指华贵的丝织品或丝绸衣服。此处指穿着绮罗的人，多为贵妇、美人之代称。

【赏析】

这是一首咏史诗，主要哀叹了王昭君的悲惨遭遇。前六句概述了昭君出塞的缘由，因为毛延寿颠倒妍媸，蔽贤欺君，导致昭君失宠而被迫离乡和亲。"北风雁急浮云秋，万里独见黄河流"，以塞外环境的荒凉衬托昭君境遇的悲惨。接着作者又用"纤腰""双蛾"等描绘昭君美貌的词汇与失宠和远嫁胡地作对比，进一步突出昭君命运之凄惨。结尾四句提到《昭君怨》一曲，呼应诗题。全诗抒发对年华逝去、人生失意和怀念家乡的感伤。

至德三年春正月时谬蒙差摄海盐令闻王师收复二京因书事寄上浙西节度李侍郎中丞行营五十韵[1]

天上胡星[2]孛，人间反气横。风尘生汗马，河洛纵长鲸。

本谓才非据，谁知祸已萌。食参将可待，诛错[3]辄为名。

万里兵锋接，三时[4]羽檄[5]惊。负恩殊鸟兽，流毒遍黎氓。

朝市成芜没，干戈起战争。人心悬反覆，天道暂虚盈[6]。

略地侵中土，传烽到上京。王师陷魑魅[7]，帝座逼欃枪[8]。

渭水嘶胡马，秦山泣汉兵。关原驰万骑，烟火乱千甍[9]。

凤驾[10]瞻西幸，龙楼[11]议北征。自将行破竹[12]，谁学去吹笙[13]。

白日重轮[14]庆，玄穹再造荣。鬼神潜释愤，夷狄[15]远输诚。

海内戎衣卷，关中贼垒平。山川随转战，草木助横行[16]。

区宇神功立，讴歌帝业成。天回万象庆，龙见五云迎。

小苑[17]春犹在，长安日更明。星辰归正位，雷雨发残生。

文物[18]登前古，箫韶[19]下太清。未央新柳色，长乐旧钟声[20]。

八使推邦彦[21]，中司[22]案国程。苍生属伊吕[23]，明主仗韩彭[24]。

凶丑将除蔓，奸豪已负荆。世危看柱石，时难识忠贞。

薄伐[25]征貔虎，长驱拥旆旌。吴山[26]依重镇，江月带行营。

金石悬词律，烟云动笔精。运筹初减灶[27]，调鼎未和羹。

北虏传初解，东人[28]望已倾。池塘催谢客[29]，花木待春卿[30]。

昔忝登龙[31]首，能伤困骥鸣。艰难悲伏剑[32]，提握喜悬衡。

巴曲[33]谁堪听，秦台[34]自有情。遂令辞短褐[35]，仍欲请长缨。

久客田园废，初官印绶轻。榛芜上国路，苔藓北山[36]楹。

懒慢羞趋府，驱驰忆退耕。榴花[37]无暇醉，蓬发带愁萦。

地僻方言异，身微俗虑并。家怜双鲤断，才愧小鳞烹[38]。

沧海今犹滞，青阳[39]岁又更。洲香生杜若[40]，溪暖戏鶺鸰[41]。

烟水宜春候，褰帷[42]值晚晴。潮声来万井，山色映孤城。

旅梦亲乔木，归心乱早莺。倘无知己在，今已访蓬瀛[43]。

【注释】

[1] 诗歌选自《刘长卿诗编年笺注·编年诗》。海盐：唐县名，今属浙江。闻王师收复二京，《旧唐书》卷十《肃宗本纪》载，至德二年(757)九月"癸卯，广平王收西京"。十月"壬戌，广平王入东京"。李侍郎：当为李希言，李希言官礼部侍郎，时兼浙西节度、苏州刺史。中丞：御史中丞，李希言所兼台官。[2] 胡星：《史记》卷二十七《天官书》："昴曰髦头，胡星也。"旄头，星名，二十八宿之一。此星为胡人之象征。[3] 诛错：吴楚七国反，以诛晁错为名。暗指安禄山起兵，亦以讨杨国忠为名。[4] 三时：早、中、晚，谓全天。[5] 羽檄：军书。[6] 虚盈：

用其偏义，谓天道暂虚。[7] 魑魅：山林异气所生，为人害者。[8] 帝座：《晋书》卷十一《天文志》："帝坐一星，在天市中候星西，天庭也。光而润则天子吉。"欃枪：彗星。[9] 甍：屋栋。[10] 凤驾：帝王车驾。[11] 龙楼：汉太子宫门名，后泛指太子之宫。此处代指太子李亨。[12] 破竹：《晋书》卷三十四《杜预列传》："今兵威以振，譬如破竹，数节之后，皆迎刃而解。"[13] 吹笙：《列仙传·王子乔》载："王子乔者，周灵王太子晋也。好吹笙作凤凰鸣。游伊、洛之间，道士浮邱公接以上嵩高山。三十余年后，求之于山上，见桓良，曰：'告我家，七月七日待我于缑氏山巅。'至时，果乘白鹤驻山头。望之不得到，举手谢时人，数日而去。亦立祠于缑氏山下，及嵩山首焉。"[14] 重轮：五代马缟《中华古今注》："明帝为太子，乐人以歌诗四首，以赞太子之德。其一曰日重光，其二曰月重轮……天子之德，光明如日，规轮如月，众辉如星，沾润如海。光明皆比太子德贤，故曰重耳。"意为祝乐。[15] 夷狄：谓回纥，尝发兵助朝廷讨逆。[16]横行：纵横驰骋，所向无敌。《史记》卷一百《季布列传》："上将军樊哙曰：'臣愿得十万众，横行匈奴中。'"[17] 小苑：谓天子苑囿之小者。《汉书》卷七十八《萧望之传》："望之以射策甲科为郎，署小苑东门候。"[18] 文物：谓礼乐典章制度。《后汉书》卷八十九《南匈奴列传》："制衣裳，备文物。"[19] 箫韶：舜乐名。《尚书·益稷》："箫韶九成，凤凰来仪。"[20] 未央、长乐：均汉长安宫殿名。[21] 八使推邦彦：八使，《后汉书》卷五十六《张纲传》："汉安元年，选遣八使徇行风俗。"邦彦：国中杰出人才。《诗·郑风·羔裘》："彼其之子，邦之彦兮。"[22] 中司：即御史中丞。[23] 伊吕：伊尹、吕望，皆贤相。[24]韩彭：韩信、彭越，均为兴汉功臣。[25]薄伐：《诗·小雅·出车》："赫赫南仲，薄伐西戎。"[26] 吴山：位于杭州钱塘，此处盖泛指吴地诸山。[27] 减灶：军中并灶而炊，故示虚弱，是战国时孙膑用兵的典故。[28] 东人：《诗·小雅·大东》："东人之子，职劳不来。"此谓江东百姓。[29] 池塘催谢客：谢灵运在永嘉西堂，诗思竟日不就，忽梦见惠连，便得"池塘生春草"之句，自称"此语有神助，非我语也"。[30] 春卿：礼部为春官，故称礼侍为春卿。[31] 登龙：《封氏闻见记》卷三："当代以进士登科为登龙门。"[32] 伏剑：李陵《答苏武书》："足下昔以单车之使，适万乘之虏，遭时不遇，至于伏剑不顾，流离辛苦。"[33] 巴曲：指下里巴人之曲。[34] 秦台：即秦台镜、秦镜。《西京杂记》卷三记载，秦咸阳宫有方镜，能照见人五脏，知病之所在。此处比喻考官取士，能公正地鉴别人才。[35] 短褐：《新唐书》卷二十四《车服志》："士服短褐，庶人以白。"[36] 北山：即钟山。《太平寰宇记》卷九十《江南东道二》载，钟山在升州上元县南十五里，周围六十里。晋尚书谢尚、齐中书侍郎周颙等均尝隐居于此。[37] 榴花：酒名。王褒《长安有狭邪行》："巷饮榴花樽。"[38] 小鳞烹：《老子》六十章："治大国若烹小鲜。"河上公注："鲜，鱼。烹小鱼不去肠，不去鳞，不敢挠，恐其靡也。治国烦则下乱。"[39] 青阳：《尔雅·释天》："春为青阳。"[40] 杜若：香草。《九歌·湘君》："采芳洲兮杜若。"[41] 鸡鹁：水鸟。[42] 塞帏：当谓开门。[43] 蓬瀛：蓬莱、瀛洲，传说中海上神山。

【赏析】

这首长诗写于唐肃宗至德三年（758）春正月，正是安史之乱爆发后的第三年。全诗内容大致分为三层：前二十四句写安史之乱期间叛军侵犯中原、攻陷洛阳与长安的情况。中间四十句写李唐王朝在回纥等外援的出兵帮助下平定安史之乱的全过程，表现出作者对王师收复二京的喜悦和对唐玄宗、唐肃宗的赞颂之情。最后三十六句上书浙西节度李希言，表达作者"遂令辞短褐，仍欲请长缨"的意愿，同时也道出作者视李希言为"知己"的深厚情谊。全诗反映出作者关注国运民生的不凡格局，具有高度的家国意识。

崔　曙

　　崔曙（？—739），一作崔署，宋州（今河南商丘一带）人。开元二十六年（738）进士及第，授河内尉。曾隐居少室山读书。喜交游，与薛据友善。工诗，以《奉试明堂火珠》一诗出名。《直斋书录解题》卷十九诗集类上载其诗一卷。《唐才子传》卷二有传。

登水门楼见亡友张贞期题望黄河作因以感兴[1]

　　吾友东南美，昔闻登此楼。

　　人随川上去，书在壁中留。

　　严子[2]好真隐，谢公[3]耽远游。

　　清风初作颂，暇日复消忧。

　　时与交友古，迹随山水幽。

　　已孤苍生望，坐见黄河流。

　　流落年将晚，悲凉物已秋。

　　天高不可问，掩泣赴行舟。

【注释】

　　[1] 诗歌选自《河岳英灵集》卷下。《国秀集》卷下题作《登河阳斗门见张贞期题黄河诗因以感寄》。水门楼：临水的城门楼。张贞期：崔曙友。[2] 严子：即严子陵，名光，东汉初会稽余姚（今属浙江）人，曾与刘秀同游学。《后汉书》卷八十三《逸民列传》："及光武即位，乃

变名姓，隐身不见。帝思其贤，乃令以物色访之……不屈，乃耕于富春山……年八十，终于家。"[3] 谢公：即南朝宋诗人谢灵运。仕晋为秘书郎，入宋，初为太子左卫率，出为永嘉太守，日游山水，不理政务，后辞官返会稽祖居，经营园林产业。文帝召为侍中，因昼夜饮宴游乐免官。后被诬谋反被杀。

【赏析】

这是一首感怀诗，主要写悼念亡友，可见作者对友人的崇敬之情。开头二句写作者登楼之缘由，是为了怀念故友。作者登楼看到亡友所题之诗，"人随川上去，书在壁中留"，"人"与"书"形成对应，人已逝去，唯有书留存下来。"去"与"留"亦形成对照，一逝一存，落差间让人感伤不已。紧接着六句作者将亡友比作悠游山水的严子陵和谢灵运，并称赞其留下的黄河题壁诗，可见作者对友人的崇敬之情。末尾六句写作者对友人逝去的惋惜、悲痛之情。全诗有景有情，物物皆着悲愁，情感真切，极具艺术感染力。

李 白

李白（701—762），字太白，号青莲居士。祖籍陇西成纪（今甘肃秦安）。开元十八年（730），李白初入长安，"历抵卿相"无果，后东游梁宋。天宝元年（742），李白奉诏入京，供奉翰林，因称"李翰林"，贺知章誉之为"天上谪仙人"，故后人又称"李谪仙"。因得罪权贵，天宝三载（744）赐金放还。离开长安后，李白漫游梁宋、齐鲁，与另一位大诗人杜甫结下了深厚友谊。天宝末，安史之乱爆发。永王李璘召李白入其幕府，不料永王兵败被杀，李白以"附逆作乱"的罪名入狱，后被定罪流放夜郎（今贵州）。肃宗乾元二年（759），李白于流放途中遇赦放还。宝应元年（762），李白卒于当涂（今属安徽马鞍山）。李白被后人誉为"诗仙"，与杜甫并称为"李杜"。《新唐书·艺文志》著录李白《草堂集》二十卷，今有日本京都大学人文科学研究所影印静嘉堂文库藏宋版《李太白文集》三十卷，国家图书馆藏有宋版《李太白文集》残本，原缺十五至二十四卷，据清康熙缪曰芑刻本补全。《旧唐书》卷一百九十下、《新唐书》卷二百〇二、《唐才子传》卷二有传。

古风五十九首·十一[1]

黄河走东溟[2]，白日落西海[3]。
逝川[4]与流光，飘忽[5]不相待。
春容[6]舍我去，秋发已衰改。

人生非寒松，年貌[7]岂长在。

吾当乘云螭，吸景驻光彩[8]。

【注释】

[1] 诗歌选自《李太白全集》卷二。[2] 走东溟：奔东海。按黄河源出青海巴颜喀拉山脉雅拉达泽山东麓，东流经四川、甘肃、宁夏、内蒙古、陕西、山西、河南等省区，在山东省北部入渤海。[3] 西海：与"东溟"对举，泛指西方。[4] 逝川：流走之水。[5] 飘忽：犹须臾，形容迅速。[6] 春容：指青春的容貌。[7] 年貌：《李太白全集》一作"颜色"。[8]"吾当"二句：《李太白全集》一作"谁能学天飞，三秀与君采"。乘云螭：乘螭上云天。螭，无角之龙。吸景：吸取日月之光。驻光彩：留住好容颜。

【赏析】

这首诗借黄河之景抒发对人生短暂的感慨。首四句节奏极为骏快，且骏快中有飘忽之气，"走东溟""落西海"等语词让人感到黄河的奔腾气势以及水天相接的壮阔景象，气势斐然，如杜甫赞太白云："笔落惊风雨，诗成泣鬼神。"（《寄李十二白二十韵》）作者由黄河东流、太阳西落联想到人生苦短。五六句感叹时光飞逝，青春容貌不在，头发也见鬓白，有时不我待、人生易老之叹。结尾想象能够上天成仙，以实现长寿的愿望。全诗想象奇特，诗境一气呵成，字里行间充分显现了李白的豪放气质。

古风五十九首·四十[1]

凤饥不啄粟，所食唯琅玕[2]。

焉能与群鸡，刺蹙[3]争一飡。

朝鸣昆丘[4]树，夕饮砥柱[5]湍。

归飞海路远，独宿天霜寒。

辛遇王子晋[6]，结交青云端。

怀恩未得报，感别空长叹。

李
白

【注释】

[1] 诗歌选自《李太白全集》卷二。[2] 琅玕：珠玉。《艺文类聚》卷九十："南方有鸟，其名为凤，所居积石千里，天为生食，其树名琼枝，高百仞，以珤琳琅玕为实。"[3] 刺蹙：蹙促，迫促。形容群鸡争食的样子。[4] 昆丘：传说中的山名。《山海经》卷十六《大荒西经》："西海之南，流沙之滨，赤水之后，黑水之前，有大山，名曰昆仑之丘。"[5] 砥柱：山名。亦名三门山，原在今河南三门峡市东北黄河中，故称中流砥柱。今已不存，已建三门峡大坝。《淮南子》卷六《览冥训》："凤皇之翔至德也。……翱翔四海之外，过昆仑之疏圃，饮砥柱之湍濑。"形容其自由生活。[6] 王子晋：传说中的仙人名。又称王乔、王子乔。《列仙传》卷上："王子乔者，周灵王太子晋也。好吹笙作凤凰鸣，游伊、洛之间，道士浮邱公接以上嵩高山。"

【赏析】

此诗为天宝三载（744）作者告别长安友人时所作。首二句，作者以凤凰自比，一"不"一"唯"，表现自己的理想与抱负与众不同，显示其高洁品质。三四句用反问句，以群鸡忙碌争食反衬出凤凰的高贵。接着四句描写凤凰的生活，清晨鸣于昆仑之巅的高树，傍晚饮黄河之水，可见其逍遥自在和勇敢不凡。七八句写凤凰遭遇"路远""霜寒"，实则暗示自己处境不佳。后四句作者把友人比喻为仙人王子晋，感谢友人的知遇之恩，并为离别而叹息。全诗意境奇特，灵动飘逸中含有悲慨的情调。《唐宋诗醇》卷一："前有凤凰九千仞一篇与此皆白自比怀恩未报，感别长叹。惓惓之诚，溢于言表。"

古风五十九首·五十七[1]

羽族禀万化[2]，小大各有依。
周周[3]亦何辜，六翮[4]掩不挥。
愿衔众禽翼，一向黄河飞。
飞者莫我顾，叹息将安归。

【注释】

[1] 诗歌选自《李太白全集》卷二。[2] 万化：各种化育。[3] 周周：鸟名。清缪曰芑刊本《李太白文集》作“啁啁”。《韩非子·说林下》：“鸟有翢翢者，重首而屈尾。将欲饮于河，则必颠，乃衔其羽而饮之。”《文选》卷二十三阮籍《咏怀诗》：“周周尚衔羽。”[4] 六翮：鸟翼上的六根大羽毛。此泛指鸟的翅膀。

【赏析】

这首诗是作者初入长安历抵卿相无成而归时所作。诗歌借《韩非子》中的寓言故事，以鸟为喻。开头二句点明万物无论大小都各有所依的事理。接下来作者借周周这一鸟类进行具体阐述。弱小的周周鸟，也需衔着众鸟之羽翼，饮黄河之水。作者由需要依靠的周周鸟联想到自身，即自己也渴望得到在位者的推荐，以实现宏伟的政治抱负。结尾二句写残酷的现实，在位者无纳贤之心，只顾自己飞黄腾达，不肯救助别人。作者有志不遂，只能空自叹息。此诗借说理传达作者渴求援引之意，可见其内心的愤懑不满，情感含蓄蕴藉。

公无渡河[1]

黄河西来决昆仑[2]，咆吼万里触龙门[3]。
波滔天，尧咨嗟。大禹理[4]百川，儿啼不窥家[5]。

杀湍[6]湮洪水，九州始蚕[7]麻。

其害乃去，茫然风沙。

被发之叟狂而痴，清晨径[8]流欲奚为？

旁人不惜妻止之，公无渡河苦渡之。

虎可搏，河难凭[9]，公果溺死流海湄。

有长鲸白齿若雪山，公乎公乎挂胃[10]于其间，箜篌所悲竟不还。

李
白

【注释】

[1]诗歌选自《李太白全集》卷三。公无渡河：乐府《相和歌辞》旧题。《乐府诗集》卷二十四引崔豹《古今注》："朝鲜津卒霍里子高……晨起刺船，有一白首狂夫披发提壶，乱流而渡，其妻随而止之，不及，遂堕河而死。于是援箜篌而歌曰：'公无渡河，公竟渡河。堕河而死，将奈公何！'"[2]昆仑：昆仑山。又称昆仑虚、中国第一神山、万祖之山、昆仑丘或玉山。昆仑山由于其高耸挺拔，成为古代中国和西部之间的天然屏障，被古代中国人认为是世界的边缘，也传说为黄河发源地。《山海经》卷十六《大荒西经》："西海之南，流沙之滨，赤水之后，黑水之前，有大山，名曰昆仑之丘。"[3]龙门：即龙门山，在今陕西韩城东北五十里。黄河流经其间，两岸峭壁对峙，形如阙门，故名。[4]理：即治理，唐人避唐高宗讳，改"治"为"理"。[5]窥家：大禹在外治水八年，三过家门而不入。[6]杀湍：减弱急流的流势。湍，元萧士赟《分类补注李太白诗》作"湮"。[7]蚕：《李太白全集》一作"桑"。[8]径：《李太白全集》一作"临"。[9]虎可搏，河难凭：典出暴虎冯河的成语。凭，即不借助工具，徒步渡过河流。[10]胃：清缪曰芑刊本《李太白文集》作"骨"。

【赏析】

这首诗借渡河悲剧这一乐府古题，表明了作者坚定的信念。作者一落笔便写黄河之水的惊人气势，如猛虎下山，张牙舞爪，吼叫嘶鸣，将

109

黄河奔腾冲泻的滔天气势描绘得淋漓尽致。接着写大禹治理黄河的艰难过程。寥寥数语，一位为公忘私、"三过家门而不入"的治水英雄形象跃然纸上。诗歌后半部分，作者笔锋一转，开始描写狂叟的渡河悲剧：一位披发狂叟在清晨想渡黄河，周围的人都冷眼旁观，只有他的妻子在制止老者。老者果然溺死河中，"有长鲸白齿若雪山""挂罥于其间"，作者以极其夸张的笔墨描写了狂叟溺亡的悲惨景象。妻子那"公乎！公乎！"的箜篌悲歌，也声声回环在耳边，令人不忍卒听。此诗有政治寓意，狂暴肆虐、滔天害民的黄河，吞人的"长鲸"都喻指危险的政治局势，那位"狂而痴"的披发之叟则是作者自己，明知强渡黄河会死，但还是义无反顾地前往，体现了作者的坚定信念和坚韧不拔。

将进酒[1]

君不见黄河之水天上来，奔流到[2]海不复回。

君不见高堂明镜悲白发，朝如青丝暮成雪[3]。

人生得意须尽欢，莫使金樽空对月。

天生我材必有用[4]，千[5]金散尽还复来。

烹羊宰牛且为乐，会须[6]一饮三百杯。

岑夫子[7]，丹丘生[8]，进酒君莫停[9]。

与君歌一曲，请君为我倾[10]耳听。

钟鼓馔玉不足贵[11]，但愿长醉不用醒[12]。

古来圣贤皆寂寞[13]，惟有饮者留其名。

陈王昔时宴平乐[14]，斗酒十千恣欢谑。

主人何为言少钱，径须沽取对君酌[15]。

五花马[16]，千金裘，呼儿将出换美酒[17]，与尔同销万古愁。

【注释】

[1] 诗歌选自《李太白全集》卷三。将进酒：汉鼓吹铙歌十八曲之

一。《李太白全集》诗题一作《惜空酒樽》。[2] 到：元萧士赟《分类补注李太白诗》作"倒"。[3] 朝如青丝暮成雪：青丝，形容黑发。成，《李太白全集》一作"如"。[4] 天生我材必有用：《李太白全集》一作"天生我身必有财"，又作"天生吾徒有俊材"，又"用"一作"开"。[5] 千：《李太白全集》一作"黄"。[6] "会须"句：《世说新语·文学》注引《郑玄别传》载：袁绍为郑玄饯行，三百余人向玄敬酒，"自旦及暮，度玄饮三百余杯，而温克之容，终日无怠。"会须，应该。[7] 岑夫子：岑勋，南阳人。夫子：古时对男子的敬称。[8] 丹丘生：即元丹丘。李白于安陆时所结识的一位道友，于颍阳、嵩山、石门山等处都有别业。李白从游甚久，赠诗亦特多。生，对有才学者的称呼。[9] 进酒君莫停：《李太白全集》一作"将进酒，杯莫停"。[10] 倾：萧士赟本作"侧"。[11] 钟鼓馔玉不足贵：指富贵人家的奢侈享乐生活。钟鼓：宴会所用乐器。馔玉：食物精美如玉。《李太白全集》一作"钟鼎玉帛岂足贵"。[12] 但愿长醉不用醒：一作"复"，萧本作"愿"。[13] 寂寞：《李太白全集》一作"死尽"。[14] "陈王"句：《文选》曹植《名都篇》："归来宴平乐，美酒斗十千。"李善注："平乐，观名。"陈王：即曹植，曾受封为陈王。时，《李太白全集》一作"日"。[15] 径须沽取对君酌：径须，只管。沽取，买取。《李太白全集》一作"且须沽酒共君酌"。[16] 五花马：谓马之毛色作五色花纹者。一说唐代开元、天宝年间，上层社会讲究马的装饰，常将马鬣剪成花瓣形，剪成五瓣的称五花马。[17] "千金裘"二句：用司马相如以鹔鹴裘换酒事，《西京杂记》卷二载，司马相如初与卓文君还成都，家贫，曾用鹔鹴裘换酒喝。鹔鹴，水鸟名。又《史记》卷七十五《孟尝君列传》载："此时孟尝君有一狐白裘，直千金，天下无双。"

【赏析】

　　《将进酒》原是汉乐府曲名，为劝酒歌，诗题就是"请喝酒"的意思。这首诗大约作于唐玄宗天宝十一载（752），此时作者离开长安已有八年之久。这首诗以劝酒为线索串，记述了李白、元丹丘和岑勋三人酣畅痛饮的情景，抒发了忧愤深广的人生感慨。开篇连用两组排比长句，以黄河之水不复返、青丝成雪作比，极言年华易逝，人生苦短。所以作者奉劝友人，要把握时机，及时享受人生的快乐。"天生我材必有用，千金散尽还复来"，表现了作者的自信、豪迈，视金钱如粪土的精神气魄。"烹羊宰牛且为乐，会须一饮三百杯。岑夫子，丹丘生，进酒君莫停"，刻画出作者与友人在酒桌上放浪形骸、挥杯痛饮的生动情景。"与君歌一曲，请君为我倾耳听"是引发下文议论感叹的过渡，也是全诗之枢纽。追慕虚荣的炎凉世态令作者失望，在作者看来，权力、富贵都不值得珍惜，应珍视身边诚挚的友谊，只希望长此沉醉不必醒来。自古饮者为数众多，作者十分推崇曹植，究其原因，一是因为曹植才高，二是因为曹植怀才不遇，作者与曹植有相同的遭遇。表现了作者无人知遇的寂寞，只能以酒和诗化解心中之郁结。结尾作者以名马与狐裘换取美酒，可见作者的豪迈、洒脱。全诗气势磅礴，语言豪放，情绪高低起伏不定，诗句长短错落变化，节奏忽疾忽徐，体现了李白诗歌雄奇奔放的特点。

行路难三首·其一[1]

金樽清酒斗十千[2]，玉盘珍羞[3]直万钱。

停杯投箸[4]不能食，拔剑四顾心茫然。

欲渡黄河冰塞川，将登太行[5]雪满山[6]。

闲来垂钓碧溪[7]上，忽复乘舟梦日边[8]。

行路难，行路难，多歧路，今安在？

长风破浪[9]会有时，直挂云帆济沧海。

【注释】

[1] 诗歌选自《李太白全集》卷三。行路难：乐府《杂曲歌辞》旧题，

内容多写世路之艰难与离别之悲伤。[2]斗十千：极言酒价之高，以见酒之名贵。曹植《名都篇》："美酒斗十千。"[3]羞：同"馐"，美味食品。[4]箸：筷子。[5]太行：山名，绵延于今之河南、河北、山西三省之间。[6]满山：《李太白全集》一作"暗天"。[7]垂钓碧溪：用吕尚事。《史记》卷三十二《齐太公世家》载：吕尚盖尝穷困，年老矣，以渔钓奸周西伯。西伯将出猎……与语大说，曰："自吾先君太公曰'当有圣人适周，周以兴'。子真是邪？吾太公望子久矣。"故号之曰"太公望"，载与俱归，立为师。碧，《李太白全集》一作"坐"。[8]梦日边：传说伊尹在将受到成汤的征聘时，曾梦见乘船经过日月之旁。《宋书》卷二十七《符瑞志》："伊挚将应汤命，梦乘船过日月之傍。"[9]长风破浪：《宋书》卷七十六《宗悫列传》载，悫年少时，叔问其志，悫曰："愿乘长风破万里浪。"

【赏析】

李白一生仕途艰难、命运多舛。《行路难》是李白仕途受挫后内心的真实感受。开头四句描写宴席上的美酒佳肴，但作者却无心享受。面对突如其来的挫折和失败，作者心感茫然，将仕途上的不顺比作险山恶水。滔滔黄河，坚冰堵塞，欲渡不能；巍巍太行，大雪封山，将登不得。作者美好的前程被黄河、太行之险所阻隔。尽管人生仕途险恶，作者并不颓丧，最后几句表达自己终会实现政治理想的坚定信念，突出表现了作者自信、倔强的性格，反映了强大的精神力量。

北风行[1]

烛龙[2]栖寒门，光耀犹旦开。

日月照之何不及此[3]，惟有北风号怒天上来。

燕山[4]雪花大如席，片片吹落轩辕台[5]。

幽州[6]思妇十二月，停歌罢笑双蛾[7]摧。

倚门望行人，念君长城苦寒良可哀。

别时提剑救边去，遗此虎文金鞞靫[8]。

中有一[9]双白羽箭，蜘蛛结网生尘埃。

箭空在，人今战死不复回。

不忍见此物，焚之已成灰[10]。

黄河捧土尚可塞[11]，北风雨雪[12]恨难裁[13]。

【注释】

[1] 诗歌选自《李太白全集》卷三。北风行：乐府《杂曲歌辞》旧题。[2] 烛龙：我国古代神话中的龙。传说它睁眼为昼，闭眼为夜。《山海经·大荒北经》："西北海之外，赤水之北，有章尾山。有神，人面蛇身而赤，直目正乘。其瞑乃晦，其视乃明。不食不寝不息，风雨是谒。是烛九阴。是谓烛龙。"[3] 日月照之何不及此：《李太白全集》一作"日月之赐不及此"。[4] 燕山：在今河北平原北以北，绵延数百里，东抵海滨。[5] 轩辕台：纪念黄帝的建筑物，故址在今河北省怀来县乔山上。[6] 幽州：辖今北京市及河北省北部一带地区。[7] 双蛾：女子双眉，借指美女。[8] 鞞靫：绘有虎纹图案的箭袋。[9] 一：《分类补注李太白诗》作"二"。[10] 焚之已成灰：已成，《李太白全集》一作"以为"。[11] 黄河捧土尚可塞：典出《后汉书》卷三十三《朱浮列传》："此犹河滨之人捧土以塞孟津，多见其不知量也！"[12] 北风雨雪：化用《诗经·邶风·北风》中的"北风其凉，雨雪其雱"，原意是指国家的危机将至而气象愁惨，这里借以衬托思妇悲惨的遭遇和凄凉的心情。[13] 裁：《李太白全集》一作"哉"。

【赏析】

《北风行》是乐府"时景曲"调名，内容多写北风雨雪、行人不归的伤感之情。本诗沿用这一乐府旧题，抒写思妇的愁怨。这首诗大约是天宝十一载（752）冬作者在幽州所作。前六句以传说和夸张的手法描述了北方的寒冷，"燕山雪花大如席"想象奇特，可见燕山雪花之大，其地之奇寒。而后写幽州思妇对征战牺牲的丈夫的深深思念：幽州城中，一位妇人独倚着门槛，眼前过往的行人让她想起战死疆场的丈夫。家中也物是人非，丈夫的遗物令妇人睹物思人，伤心欲绝，怨恨像北风雨雪般强烈，无法断绝。全诗通过对思妇内心世界的描写，表达对战争的厌恶以及对人民的深切同情，读罢令人唏嘘不已。

塞上曲[1]

大汉[2]无中策[3]，匈奴[4]犯渭桥[5]。

五原[6]秋草绿，胡马一何骄。

命将征西极，横行阴山[7]侧。

燕支[8]落汉家，妇女无花色。

转战渡黄河，休兵乐事多。

萧条清万里，瀚海寂无波。

【注释】

[1] 诗歌选自《李太白全集》卷五。塞上曲：乐府旧题。《乐府诗集》卷九十二列于《新乐府辞·乐府杂题》。郭茂倩谓此曲和《塞下曲》皆出于汉《出塞》《入塞》曲。[2] 大汉：借汉喻唐。[3] 中策：中庸之策，言防御守势也。《汉书》卷九十四《匈奴传》：严尤（王莽将）谏曰："臣闻匈奴为害，所从来久矣，未闻上世有必征之者也，后世三家周、秦、汉征之，然皆未有得上策者也。周得中策，汉得下策，秦无策焉。当周宣王时，猃允内侵，至于泾阳，命将征之，尽境而还。其视戎狄之侵，譬犹蚊虻之螫，驱之而已。故天下称明，是为中策。汉武帝选将练兵，约赍轻粮，深入远戍，虽有克获之功，胡辄报之，兵连祸结三十余年，中国罢耗，匈奴亦创艾，而天下称武，是为下策。秦始皇不忍小耻而轻民力，筑长城之固，延袤万里，转输之行，起于负海，疆境既完，中国

115

内竭，以丧社稷，是为无策。"[4] 匈奴：实指突厥。[5] 犯渭桥：唐武德九年（626）七月，突厥颉利可汗自率十万余骑入寇武功，京师戒严。颉利至于渭水便桥之北，太宗率大臣高士廉、房玄龄等六骑，驰至渭水，与颉利隔河而语，责其负约，后众军皆至，军威大盛，太宗独与颉利临水对话，颉利请和，引兵而退。[6] 五原：五原郡，郡名。《旧唐书》卷三十八《地理志》："武德元年，改为盐州，领五原、兴宁二县……二年，平梁师都，复于旧城置盐州及五原、兴宁二县……天宝元年，改为五原郡。"此处泛指漠南大草原。[7] 阴山：在今内蒙古境内。东西走向，横亘二千余里。[8] 燕支：即燕支山。亦名焉支山、胭脂山，为中国西部名山。位于甘肃山丹县城南四十公里处，曾为匈奴所据。汉收复后，有无名氏作歌曰："亡我祁连山，使我六畜不蕃息；失我焉支山，使我妇女无颜色。"相传此山生长一种胭脂草，其花红蓝色，能作染料，亦能作化妆品。故旧常以"北地胭脂"代指北方的美女。

【赏析】

这是一首描写征人出塞的诗歌，表达了戍边士卒休兵息战的愿望，抒发了作者欲使"寰区大定，海县清一"的宏伟抱负。开篇就提到了汉朝对匈奴束手无策的境况，然而换来的却是匈奴更放肆的进攻。匈奴逼近渭桥，暗指唐武德九年（626）太宗与突厥颉利可汗对战渭水之事。"胡马一何骄"表现了匈奴的骄横，说明战争的不易。接下来六句写战争转战多地以及给人民带去的苦难。"妇女无花色"揭示出战争不利于民众休养生息，"休兵乐事多"表达了出征士卒对休战和平的向往。最后二句，作者以停战的想象收束全篇，大漠息战无波，这正是"海县清一"美好理想的体现。全诗景色阔远，气度雄壮，明陆时雍《唐诗镜》："一起韵度高雅，从容驰骤。大家作当观其幅阔情深。"

北上行[1]

李白

北上何所苦，北上缘太行。

磴道[2]盘且峻，巉岩凌穹苍。

马足蹶侧石，车轮摧高岗。

沙尘接幽州[3]，烽火连朔方[4]。

杀气毒剑戟，严风裂衣裳。

奔鲸[5]夹黄河，凿齿[6]屯洛阳。

前行无归日，返顾思旧乡。

惨戚[7]冰雪里，悲号绝中肠。

尺布不掩体，皮肤剧枯桑。

汲水涧谷阻，采薪陇坂长。

猛虎又掉尾，磨牙皓秋霜。

草木不可飡，饥饮零露浆。

叹此北上苦，停骖[8]为之伤。

何日王道平[9]，开颜睹天光。

【注释】

[1] 诗歌选自《李太白全集》卷五。北上行：乐府《相和歌辞》旧题，应是拟曹操《苦寒行》而作。《苦寒行》首句为："北上太行山"，此诗首句为："北上何所苦"，故题名《北上行》。[2] 磴道：上山的石径。[3] 幽州：安禄山起兵的范阳郡，即唐之幽州。治所在今北京市西南。[4] 朔方：郡名。辖今宁夏北部、内蒙古西南一带。[5] 奔鲸：指代安禄山叛军。[6] 凿齿：古代传说中的恶兽。指代安禄山叛军。[7] 戚：清缪曰芑刊本《李太白文集》作"戚"。[8] 骖：驾车的马。这里指代车马。[9] 王道平：指天下太平。

【赏析】

此诗写安史之乱后人民辗转流亡的悲惨景象，有伤时忧民之意。前六句描写了太行山的陡峭险峻，用行程前进之艰难反映了人民迁徙的不易。"沙尘接幽州"至"凿齿屯洛阳"描写了反叛军势力的猖狂，像奔突的鲸鱼一样占据了黄河两岸，像凿齿的恶兽一般屯兵洛阳，可见作者对其痛恨之深。"前行无归日"至"饥饮零露浆"，这十二句极言难民们在途中踯躅难以前行的凄惶境况，可见作者对人民的深切同情。结尾二句既有美好的愿望，也有对实现愿望遥遥无期的无限惆怅。全诗用笔细腻，有外貌的描绘，也有行动的刻画，表现了作者对普通民众疾苦的关注与深切的同情。

发白马[1]

将军发白马，旌节渡黄河。

箫鼓聒川岳，沧溟涌涛[2]波。

武安有震瓦[3]，易水无寒歌[4]。

铁骑若雪山，饮流涸滹沱[5]。

扬兵猎月窟[6]，转战略朝那[7]。

倚剑登燕然[8]，边烽列嵯峨。

萧条万里外，耕作五原[9]多。

一扫清大漠，包虎戢金戈[10]。

【注释】

[1] 诗歌选自《李太白全集》卷六。发白马：乐府《杂曲歌辞》旧题。白马：白马津。《元和郡县图志》卷八《河南道四》："黎阳津，一名白马津，在县北三十里鹿鸣城之西南隅。"[2] 涛：《李太白全集》一作"洪"。[3] 武安有震瓦：《史记》卷八十一《廉颇蔺相如列传》载：秦伐韩，军于阏与，赵王令赵奢救之，"秦军军武安西，秦军鼓噪勒兵，武

安屋瓦尽振"。武安：在今河北武安。[4] 易水无寒歌：用荆轲事。《战国策·燕策三》载，战国时，燕太子丹遣荆轲入秦谋刺秦王，众皆白衣冠以送之。至易水上，高渐离击筑，荆轲和而歌曰："风萧萧兮易水寒，壮士一去兮不复还！"[5] 滹沱：河名，在河北省西南部，为子牙河的北源。[6] 月窟：月生之处，谓极西之地。[7] 朝那：《史记正义》："汉朝那故城在原州百泉县西七十里，属安定郡。"朝那故地在今宁夏固原。[8] 燕然：山名，即今蒙古境内的杭爱山。《后汉书》卷四《孝和孝殇帝纪》载，永元元年，车骑将军窦宪"与北匈奴战于稽落山，大破之，追至（私）渠（比）鞮海。窦宪遂登燕然山，刻石勒功而还"。[9] 五原：郡名，即盐州，治所在今陕西定边。[10] 包虎戢金戈：《礼记·乐记》："武王克殷反商……倒载干戈，包之以虎皮。"郑玄注："包干戈以虎皮，明能以武服兵也。"戢：收藏兵器。

【赏析】

白马津作为黄河故道的渡口，历史上是兵家必争之地。天宝十一年（752），李白漫游来到了白马津，准备北渡黄河，游历幽燕。在目睹黄河千帆竞渡、波浪翻涌的壮观景色后，作者激情所至，挥笔作诗。全诗主要描写了将士翻山越涧、保卫国家的英姿。诗风雄奇豪放，想象丰富，语言流转自然。

西岳云台歌送丹丘子[1]

西岳峥嵘何壮哉！黄河如丝天际来。

黄河万里触山动，盘涡毂[2]转秦地雷。

荣光休气纷五彩，千年一清[3]圣人在。

巨灵咆哮擘两山，洪波喷流射东海[4]。

三峰[5]却立如欲摧，翠崖丹谷高掌[6]开。

白帝[7]金精运元气，石作莲花[8]云作台。

云台阁道连窈冥[9]，中有不死丹丘生。

明星玉女备洒扫，麻姑[10]搔背指爪轻。

我皇手把天地户，丹丘谈天[11]与天语。

九重出入生光辉，东求蓬莱复西归。

玉浆倘惠故人饮，骑二茅龙上天飞。

【注释】

[1] 诗歌选自《李太白全集》卷七。西岳云台歌送丹丘子：西岳，即华山，见王维《华岳》注[1]。丹丘子：即元丹丘，李白于安陆时所结识的一位道友，于颜阳、嵩山、石门山等处都有别业。李白从游甚久，赠诗亦特多。[2] 毂：车轮的中心处称毂，这里形容水波急流，盘旋如轮转，《李太白全集》一作"谷"。[3] 千年一清：黄河多挟泥沙，古代以河清为吉祥之事，也以河清称颂清明的治世。[4] 喷流射东海：《李太白全集》一作"箭流射东海"。[5] 三峰：指落雁峰、莲花峰、朝阳峰。[6] 高掌：即仙人掌，华山的东峰。[7] 白帝：神话中的五天帝之一，是西方之神。《晋书》卷十一《天文志》："西方白帝，白招矩之神也。"华山是西岳，故属白帝。道家以西方属金，故称白帝为西方之金精。[8] 莲花：慎蒙《名山诸胜一览记》："李白诗'石作莲花云作台'，今观山形，外罗诸山如莲瓣，中间三峰特出如莲心，其下如云台峰，自远望之，宛如青色莲花，开于云台之上也。"[9] 连窈冥：《李太白全集》一作"人不到"。[10] 麻姑：神话中的人物，传说为建昌人，东汉桓帝时应王方平之邀，降于蔡经家，年约十八九岁，能掷米成珠。自言曾见东海三次变为桑田。她的手像鸟爪，蔡经曾想象用它来搔背一定很好。《太平广记》卷六十《女仙五·麻姑》："麻姑鸟爪，蔡经见之，心中念言：'背大痒时，得此爪以爬背，当佳。'"[11] 谈天：战国时齐人邹衍喜欢谈论宇宙之事，人称他是"谈天衍"。

【赏析】

这是一首送别诗。元丹丘将赴华山远游，李白作诗赠别。开篇就展示了黄河中游峡谷段的壮观景色，既有黄河磅礴奔腾之势，又有华山峥嵘峻秀之姿。紧接着作者的思绪跨越时空，先是描写了巨灵劈山的悍然之举，接着又想象神仙白帝暗运天地宇宙的自然之气，将石头化作莲花，白云化为云台。诗歌后半部分是作者对元丹丘仙游华山奇幻之境的想象。"云台阁道连窈冥，中有不死丹丘生"，作者想象元丹丘身披光辉上九重高天，或东去蓬莱求仙再返仙山。最后两句，作者想象友人得到仙人的"玉浆"，进而分享给自己，骑上茅龙，直上云天。全诗表达了作者对得道飞升的仰慕与向往，流露出作者求仙问道的情结。

梁园吟[1]

我浮黄河去京阙[2]，挂席[3]欲进[4]波连山。

天长水阔厌远涉，访古始及平台[5]间。

平台为客忧思多，对酒[6]遂作梁园歌。

却忆蓬池[7]阮公咏[8]，因吟渌水扬洪波。

洪波浩荡迷旧国[9]，路远西归安可得。

人生达命岂暇愁，且饮美酒登高楼。

平头奴子[10]摇大扇，五月不热疑[11]清秋。

玉[12]盘杨[13]梅为君设，吴盐[14]如花皎白[15]雪。

持盐把酒但饮之，莫学夷齐事高洁[16]。

昔人豪贵信陵君，今人耕种信陵坟。

荒城虚[17]照碧山月，古木尽入苍梧云。

梁王宫阙[18]今安在？枚马[19]先归不相待。

舞影歌声散渌池，空余汴水[20]东流海。

沉吟此事泪满衣，黄金买醉未能[21]归。

连呼五白行六博[22]，分曹赌酒酣[23]驰晖。

歌且谣，意方远。东山高卧时起来，欲济苍生未应晚[24]。

【注释】

[1] 诗歌选自《李太白全集》卷七。[2] 我浮黄河去京阙：浮，《李太白全集》一作"乘"。河，《李太白全集》一作"云"。京阙：本指皇宫，这里借指京城。[3] 挂席：扬帆行船。席：帆船。[4] 进：《李太白全集》一作"往"。[5] 平台：今在河南商丘东北，这里借指梁园。[6] 对酒：《李太白全集》一作"醉来"。[7] 蓬池：古泽薮名，在大梁。故址在今河南开封东南。[8] 阮公咏：阮公指三国时魏国诗人阮籍。阮籍常用饮酒放诞的行为，在复杂的政治斗争中保护自己。[9] 旧国：指西汉诸侯国大梁城。[10] 平头奴子：不戴冠巾的奴仆。[11] 疑：《李太白全集》一作"如"。[12] 玉：《李太白全集》一作"素"。[13] 杨：《李太白全集》一作"青"。[14] 吴盐：吴地所产之盐，以洁白著称，为四方所食。[15] 白：《李太白全集》一作"如"。[16] 莫学夷齐事高洁：《李太白全集》一作"何用孤高比云月"，又作"咄咄书空字还灭"。[17] 虚：《李太白全集》一作"远"。[18] 宫阙：《李太白全集》一作"宾客"。[19] 枚马：谓梁孝王的门客枚乘、司马相如。[20] 汴水：古水名。又作卞水、汴渠。隋开通济渠，所经荥阳至开封的一段，原为古汴水，故称汴河。[21] 未能：《李太白全集》一作"莫言"。[22] 连呼五白行六博：五白，古代博戏的采名，五木制，上黑下白，掷得五子皆黑，叫卢，最贵；其次五子皆白。行，《李太白全集》一作"投"。六博，即陆博，古代一种掷采（博具呈现的花色）下棋的游戏。[23] 酣：《李太白全集》一作"看"。[24]"东山"二句：诗人自谓欲效仿晋朝谢安，东山再起，报效国家和人民，还为时不晚。《世说新语·排调》：谢公在东山，朝命屡降而不动。后出为桓宣武（桓温）司马，将发新亭，朝士咸出瞻送。高灵时为中丞，亦往相祖。先时多少饮酒，因倚如醉，戏曰："卿屡违朝旨，高卧东山，诸人每相与言：'安石不肯出，将如苍生何！'今亦苍生将如卿何？"谢笑而不答。时，《李太白全集》一作"还"，又作"忽"。

【赏析】

此诗写于唐玄宗天宝三载（744）李白辞京后游大梁和宋州期间。全诗分为三部分：第一部分写作者辞京赴大梁，在梁园遇友人诗酒相酬的情形。第二部分通过描写梁园倾颓的荒凉景象，抒发物是人非的感慨。第三部分写作者执着的入世之念。即使入世不得，作者还是希望终有一天能像隐居东山的晋人谢安一样，再度出山，担济世救民之任。全诗情感、意境变化多端，颇具艺术张力。

鸣皋歌送岑征君[1]

若有人[2]兮思鸣皋，阻积雪兮心烦劳。洪河[3]凌竞不可以径度，冰龙鳞兮难容舠。邈仙山之峻极兮，闻天籁之嘈嘈。霜崖缟皓以合沓兮，若长风扇海涌沧溟之波涛。玄猿绿罴，舔舕崟岌。危柯振石，骇胆栗魄，群呼而相号。峰峥嵘以路绝，挂星辰于岩嶅。送君之归兮，动鸣皋之新作。交鼓吹兮弹丝，觞清泠之池阁[4]。君不行兮何待，若反顾之黄鹤。扫梁园之群英，振大雅于东洛。巾征轩兮历阻折，寻幽居兮越巇崿。盘白石兮坐素月，琴松风[5]兮寂万壑。望不见兮心氛氲，萝冥冥兮霰纷纷。水横洞以下渌，波小声而上闻。虎啸谷而生风，龙藏溪而吐云[6]。冥鹤清唳，饥鼯[7]颠呻。块独处此幽默兮，愀空山而愁人。鸡聚族以争食，凤孤飞而无邻。蝘蜓[8]嘲龙，鱼目混珍。嫫母[9]衣锦，西施负薪。若使巢由[10]桎梏于轩冕[11]兮，亦奚异乎夔龙[12]蹩躠[13]于风尘？哭何苦而救楚[14]，笑何夸而却秦[15]！吾诚不能学二子沽名矫节以耀世兮，固将弃天地而遗身。白鸥兮飞来，长与君兮相亲。

【注释】

[1] 诗歌选自《李太白全集》卷七。鸣皋：山名，唐时位于河南府陆浑县，今河南嵩县东北。岑征君：岑勋，李白友人，因曾被朝廷征聘，故称征君。[2] 若有人：指岑征君。屈原《九歌·山鬼》："若有人

兮山之阿。"[3] 洪河：大河，黄河。[4] 清泠之池阁：指清泠池，在宋州宋城县（今河南商丘南）东北二里。[5] 琴松风：用琴弹出《风入松》曲调。[6] "虎啸"二句：东方朔《七谏·哀命》："虎啸而谷风至兮，龙举而景云往。"[7] 鼺：鼠类，状如蝙蝠，能飞。[8] 蝘蜓：壁虎。[9] 嫫母：古代丑女，为黄帝妃。[10] 巢由：巢父、许由，唐尧时的两个隐士。[11] 轩冕：古代官吏所乘的车和所戴的冠，此指仕宦。[12] 夔龙：虞、舜的两个贤臣。[13] 蹩躠：匍匐而行貌。[14] "哭何苦"句：用申包胥事。《左传·定公四年》载，春秋时吴楚交兵，吴国军队入楚都，楚大夫申包胥为救楚而至秦乞兵，秦初不允，申包胥在秦国的朝廷哀哭了七天，秦师乃出。[15] "笑何夸"句：用鲁仲连劝齐相不帝秦的故事。事见《史记》卷八十三《鲁仲连列传》。

【赏析】

这是李白写给朋友岑勋的一首送别诗。作者首先想象岑勋旅途中冰封雪飘、黄河难渡的艰险情景，刻画了鸣皋山幽深凶险的环境。"交鼓吹兮弹丝，觞清泠之池阁"，写送行的情景。觥筹交错，丝竹并奏，送别场面热闹隆重。"扫梁园之群英，振大雅于东洛"是对岑勋为人风流儒雅的称赞。"盘白石兮坐素月，琴松风兮寂万壑"，想象岑勋幽居的乐趣。后半部分通过一连串的比喻，影射统治阶级内部尔虞我诈、争权夺利的画面，表现了作者不愿与之为伍的耿直性格。接着又引申包胥与鲁仲连的例子，赞赏岑勋遗弃名利的高尚之举。结尾作者表达自己化为白鸥的心愿。全诗设想奇妙，气势奔放，具有声势夺人的气魄。

横江词六首·其六[1]

月晕[2]天风雾不开，海鲸东蹙百川回。

惊波一起三山[3]动，公无渡河[4]归去来。

【注释】

[1] 诗歌选自《李太白全集》卷七。横江词：李白自创乐府新辞。横江：亦名横江浦，在和州历阳县东南，今安徽和县东南，与采石几隔江对峙，古为要津。[2] 月晕：月亮周围光气环绕。古语有"月晕而风"之说。[3]三山：在今南京西南，三座山相接，下临长江。[4]公无渡河：见李白《公无渡河》注 [1]。

【赏析】

《横江词六首》都是写景诗，主要写横江的地势险峻。这首诗写作者渡江过程中所见的浪涛之景。前三句用夸张手法表现江中波涛之险。横江之险使作者联想到白首狂夫渡黄河的传说，借传说来说明江中浪险不能渡江之意。此诗虽为写景，实则写作者不能渡江的惆怅与焦虑。全诗一气呵成，意境雄伟壮阔。

赠裴十四[1]

朝见裴叔则[2]，朗如行玉山。

黄河落天走东海，万里写入胸怀间。

身骑白鼋不敢度[3]，金高南山买君顾[4]。

裴回六合[5]无相知，飘若浮云且西去。

【注释】

[1] 诗歌选自《李太白全集》卷九。[2]裴叔则：名楷，晋名士。《世说新语·容止》："裴令公有俊容仪，脱冠冕，粗服乱头皆好，时人以为'玉人'。见者曰：'见裴叔则，如玉山上行，光映照人。'"此以裴叔则喻裴十四。[3] 身骑白鼋不敢度：语出《楚辞·九歌·河伯》："乘白鼋兮逐文鱼，与女游兮河之渚。"[4] 金高南山买君顾：此谓裴十四的道德修养高过南山，堪比郑督，千金买一顾也是值得的。《列女传》卷五

《节义传》：郑瞀者，郑女之嬴滕，楚成王之夫人也。初，成王登台临后宫，宫人皆倾观，子瞀直行不顾，徐步不变。王曰："行者顾。"子瞀不顾，王曰："顾，吾以女为夫人。"子瞀复不顾，王曰："顾，吾又与女千金而封若父兄。"子瞀遂不顾。于是，王下台而问曰："夫人，重位也；封爵，厚禄也。壹顾可以得之，已得而遂不顾，何也？"子瞀曰："妾闻妇人以端正和颜为容。今者大王在台上而妾顾，则是失仪节也；不顾，告以夫人之尊，示以封爵之重而后顾，则是妾贪贵乐利以忘义理也。苟忘义理，何以事王？"王曰："善。"遂立以为夫人。[5] 六合：上下四方。此指天地之间。

【赏析】

这是一首赠别诗。作者以晋名士裴叔则喻裴十四，称赞裴十四容仪俊美，接着用奔腾的黄河水象征裴十四宽阔宏大的襟怀。"身骑白鼋不敢度"写裴十四的遭遇。作者用汹涌的水势比喻社会环境的险恶和人生道路的艰难，面对汹涌的江水，"身骑白鼋"的裴十四不敢渡过。即使在那样险恶的政治环境里，裴十四仍不向权贵低头，作者借用郑子瞀的典故，盛赞裴十四不贪恋富贵的高贵品格。结尾二句抒发了作者与友人分别的离愁别绪。全诗感情真挚，意蕴深远，充斥着作者对友人的钦慕、敬仰之情。

赠崔侍郎[1]

黄河三尺鲤，本在孟津[2]居。

点额不成龙，归来伴凡鱼[3]。

故人东海客，一见借吹嘘。

风涛傥相因，更欲凌昆墟[4]。

【注释】

[1] 诗歌选自《李太白全集》卷九。崔侍郎：即崔成甫。[2] 孟津：古黄河津渡名，在今河南孟津东北、孟县西南。[3] "点额"二句：《水经注·河水》："三月则上渡龙门，得渡为龙矣，否则点额而还。"点额，点画头额，谓触石，后称仕途失意为点额。伴，《李太白全集》一作"作"。[4]昆墟：《水经注·河水》："昆仑墟在西北……其高万一千里，河水出其东北陬。"

【赏析】

这是一首酬赠诗。李白此时正处于人生失意、报国无门的境地，他以一条点额不能登上龙门的鲤鱼，喻指自己被朝廷放归的不幸际遇。同时，他还将当时的友人崔成甫比为东海神人，希望友人吹嘘引荐自己。全诗含蓄地表达了作者怀才不遇的郁闷之情，抒发了作者不甘做碌碌无为的凡鱼，仍要为国效劳的雄心。黄河鲤鱼跳龙门的神话传说，也为这首诗增添了神奇浪漫的光彩，韵味无穷。

经乱离后天恩流夜郎忆旧游书怀赠江夏韦太守良宰[1]

天上白玉京，十二楼五城。仙人抚我顶，结发受长生。

误逐世间乐，颇穷理乱情。九十六圣君[2]，浮云挂空名。

天地赌一掷，未能忘战争。试涉霸王略，将期轩冕荣。

时命乃大谬，弃之海上行。学剑翻自哂，为文竟何成。

剑非万人敌，文窃四海声[3]。儿戏不足道，五噫出西京[4]。

临当欲去时，慷慨泪沾缨。叹君倜傥才，标举冠群英。

开筵引祖帐，慰此远徂征。鞍马若浮云，送余骠骑亭。

歌钟不尽意，白日落昆明[5]。十月到幽州，戈鋋若罗星。

君王弃北海，扫地借长鲸。呼吸走百川，燕然可摧倾。

心知不得语，却欲栖蓬瀛[6]。弯弧惧天狼[7]，挟矢不敢张。

揽涕黄金台[8]，呼天哭昭王。无人贵骏骨[9]，绿耳[10]空腾骧。

乐毅傥再生，于今亦奔亡[11]。蹉跎不得意，驱马过贵乡[12]。

逢君听弦歌[13]，肃穆坐华堂。百里独太古[14]，陶然卧羲皇[15]。

征乐昌乐[16]馆，开筵列壶觞。贤豪间青娥，对烛俨成行。

醉舞纷绮席，清歌绕飞梁。欢娱未终朝，秩满[17]归咸阳。

祖道[18]拥万人，供帐[19]遥相望。一别隔千里，荣枯异炎凉。

炎凉几度改，九土中横溃。汉甲连胡兵，沙尘暗云海。

草木摇杀气，星辰无光彩。白骨成丘山，苍生竟何罪？

函关[20]壮帝居，国命悬哥舒[21]。长戟三十万，开门纳凶渠。

公卿奴犬羊，忠谠醢与菹[22]。二圣出游豫，两京遂丘墟。

帝子许专征，秉旄控强楚。节制非桓文，军师拥熊虎。

人心失去就，贼势腾风雨。惟君固房陵[23]，诚节冠终古。

仆卧香炉顶[24]，餐霞漱瑶泉。门开九江[25]转，枕下五湖连。

半夜水军来，浔阳满旌旃。空名适自误，迫胁上楼船。

徒赐五百金，弃之若浮烟。辞官不受赏，翻谪夜郎天。

夜郎万里道，西上令人老。扫荡六合[26]清，仍为负霜草。

日月无偏照，何由诉苍昊。良牧称神明，深仁恤交道。

一忝青云客，三登黄鹤楼[27]。顾惭祢处士[28]，虚对鹦鹉洲。

樊山[29]霸气尽，寥落天地秋。江带峨眉雪，川横三峡流。

万舸此中来，连帆过扬州。送此万里目，旷然散我愁。

纱窗倚天开，水树绿如发。窥日畏衔山，促酒喜得月。

吴娃与越艳，窈窕夸铅红。呼来上云梯，含笑出帘栊。

对客小垂手[30]，罗衣舞春风。宾跪请休息，主人情未极。

览君荆山[31]作，江鲍[32]堪动色。清水出芙蓉，天然去雕饰[33]。

逸兴横素襟，无时不招寻。朱门拥虎士，列戟何森森。

剪凿竹石开，萦流涨清深。登楼坐水阁，吐论多英音。

片辞贵白璧，一诺轻黄金。谓我不愧君，青鸟明丹心。

五色云间鹊，飞鸣天上来。传闻赦书至，却放夜郎回。

暖气变寒谷，炎烟生死灰。君登凤池[34]去，忽弃贾生[35]才。

桀犬尚吠尧，匈奴笑千秋。中夜四五叹，常为大国忧。

旌旆夹两山[36]，黄河当中流。连鸡不得进，饮马空夷犹。

安得羿善射，一箭落旄头[37]。

李白

【注释】

[1] 诗歌选自《李太白全集》卷十一。[2] 九十六圣君：指自秦始皇至唐玄宗共九十六代皇帝。[3]"学剑"四句：《史记》卷七《项羽本纪》：项籍少时，学书不成，去学剑，又不成。项梁怒之。籍曰："书足以记名姓而已。剑一人敌，不足学，学万人敌。"于是项梁又教项籍兵法。[4] 五噫出西京：《后汉书》卷八十三《逸民列传》："因东出关，过京师，作五噫之歌曰：'陟彼北芒兮，噫！顾瞻帝京兮，噫！宫室崔嵬兮，噫！人之劬劳兮，噫！辽辽未央兮，噫！'肃宗闻而非之，求鸿不得。乃异姓运期，名燿，字侯光，与妻子居齐鲁之间。"此处喻指自己离京而隐居。[5] 昆明：池名，故址在今陕西西安西南沣水和潏水之间。汉武帝元狩三年（前 120）为准备和昆明国作战训练水军以及为解决长安水源不足而开凿。[6] 蓬瀛：即蓬莱、瀛洲，传说大海中的仙山。[7]天狼：星名。《史记》卷二十七《天官书》："其东有大星曰狼。"[8] 黄金台：相传为战国时燕昭王所筑，因曾置千金延请天下之士，故名。今北京和徐水、满城、定兴等县皆有黄金台，多系后世慕名附会。[9] 骏骨：千里马之骨。[10] 绿耳：骏马名，周穆王"八骏"之一。[11]"乐毅"二句：《史记》卷八十《乐毅列传》载，乐毅至燕，为燕昭王重用，攻下齐国七十余城，立下大功。但昭王死后，齐国用离间计使燕惠王疑忌乐毅，燕惠王即派骑劫代乐毅为将，乐毅被迫奔赵。[12] 贵乡：唐县名，在今河北大名东北。[13]弦歌：用孔子弟子子游弦歌而治武城之典，喻指韦良宰当时为贵乡县令。[14]"百里"二句：《三国志》卷三十七《蜀书·庞统法正传》："统以从事守耒阳令，在县不治，免官。吴将鲁肃遗先主书曰：'庞士元非百里才也。'"后因以百里才指治理一县的人才。

羲皇:指伏羲氏。[15]昌乐:县名,今河南南乐。[16]"清歌"句:《列子》卷五《汤问》:"昔韩娥东之齐,匮粮,过雍门,鬻歌假食,既去而余音绕梁,三日不绝。"[17]秩满:指韦良宰为贵乡县令的任期已满,回长安等候调遣。[18]祖道:古代为出行者祭祀路神和设宴送行的礼仪,即钱行。[19]供帐:钱行所用之帐幕。[20]函关:函谷关在今河南灵宝东北,战国时秦置。因关在谷中,深险如函而名。其东自崤山,西至潼津,通名函谷,号称天险。乃古时由东方入秦的重要关口。[21]哥舒:哥舒翰,唐朝名将。突骑施首领哥舒部落人。安史之乱时被安禄山俘虏,后安庆绪杀安禄山,登基为帝,不久,败于唐军而逃,将哥舒翰杀害。唐代宗赠太尉,谥"武愍"。[22]醢与菹:即菹醢,古代的一种酷刑,把人剁成肉酱。此指杀戮。[23]房陵:即房州。《元和郡县图志》卷二十一《山南道二》:"房陵县,本汉旧县,属汉中郡……贞观十年复改为房陵。"郡治在今湖北房县。[24]香炉顶:香炉峰。庐山北部的著名山峰。因水气郁结峰顶,云雾弥漫如香烟缭绕,故名。[25]九江:古代传说,长江流至浔阳分为九道,故浔阳亦名九江,即今江西九江。此处指长江。[26]六合:古人以天地、四方为六合。[27]黄鹤楼:故址在今湖北武汉蛇山黄鹤矶上。相传始建于三国吴黄武二年(223),历代屡毁屡建。传说费祎登仙,每乘黄鹤于此憩驾,故号为黄鹤楼。[28]祢处士:东汉末名士祢衡。[29]樊山:在今湖北鄂城西,三国时孙权曾在此建立霸业。[30]小垂手:古代舞蹈中的一种垂手身段。有大垂手、小垂手之分。《乐府诗集》卷七十六引《乐府解题》曰:"《大垂手》《小垂手》,皆言舞而垂其手也。"[31]荆山:在今湖北武当山东南、汉水西岸,漳水发源于此。[32]江鲍:指六朝诗人江淹和鲍照。[33]"清水"二句:钟嵘《诗品》:"谢诗如芙蓉出水。"此处用以赞美韦良宰的作品清新自然,不假雕饰。[34]凤池:凤凰池。《通典》卷二十一《职官三》:"魏晋以来,中书监、令掌赞诏命,记会时事,典作文书,以其地在枢近,多成宠任,是以人固其位,谓之'凤凰池'焉。"此处指朝廷要职。[35]贾生:即汉代文人贾谊,此处为诗人自比。[36]两山:指黄河两岸的太华、首阳二山。[37] 旄头：星宿名，即昴宿，古人认为昴宿是胡星，旄头星特别亮时，预示有胡兵入侵。此处指安史叛军。

【赏析】

这是李白诗歌中最长的一首抒情诗，作于赦免后滞留江夏时。作者是被赦免的流犯，友人韦良宰此时已是坐镇一方的长官，作者感慨万分，写下这首自传体长诗。在诗中，作者回顾了自己的人生历程，叙述了安史之乱前后自己的遭遇，讲述了与朋友结交的过程，抒发了政见。全诗记叙、抒情相结合，规模壮阔，气韵非凡，基调慷慨悲愤，凸显了李白后期诗风的巨大变化。

留别于十一兄逖裴十三游塞垣[1]

太公渭川水，李斯上蔡门[2]。

钓周猎秦安黎元，小鱼兔[3]何足言。

天张云卷有时节，吾徒莫叹羝触藩[4]。

于公[5]白首大梁[6]野，使人怅望何可论。

既知朱亥[7]为壮士，且愿束心秋毫[8]里。

秦赵虎争血中原，当去抱关救公子[9]。

裴生览千古，龙鸾[10]炳天章。

悲[11]吟雨雪动林木，放书辍剑思[12]高堂[13]。

劝尔一杯酒，拂尔裘上霜。

尔为我楚舞，吾为尔楚歌[14]。

且探虎穴[15]向沙漠，鸣鞭走马凌黄河。

耻作易水别，临岐泪滂沱。

【注释】

[1] 诗歌选自《李太白全集》卷十五。[2] 李斯上蔡门：李斯曾经

出上蔡东门打猎。《史记》卷八十七《李斯列传》:"二世二年七月,具斯五刑,论腰斩咸阳市。斯出狱,与其中子俱执,顾谓其中子曰:'吾欲与若复牵黄犬俱出上蔡东门逐狡兔,岂可得乎?'"李斯:秦丞相,楚国上蔡(今河南上蔡)人。[3] 魏兔:即狡兔。[4] 羝触藩:喻处境困厄。《周易·大壮》:"羝羊触藩,羸其角。"羸,孔颖达《毛诗正义》:"拘累缠绕也。"[5] 于公:于逖,开元天宝间人,久居大梁,能诗善文,老而未仕。[6] 大梁:战国时魏国的都城,代指开封。故址在今河南开封西北。[7] 朱亥:战国时魏国人,以屠为业,隐于大梁市井中,有勇力。后因侯嬴的推荐,成了信陵君的上宾。曾在退秦、救赵、存魏的战役中立下汗马功劳。[8] 秋毫:秋天鸟兽身上新长的细毛,比喻最细微的事物。[9] 抱关救公子:侯嬴,战国时魏国人。年七十而家贫,为"夷门抱关者"(看门小吏)。魏公子信陵君慕名往访,迎为上客。秦急攻赵,围邯郸,赵请救于魏。侯嬴献计窃得兵符,终使魏公子信陵君无忌夺权代将,救赵却秦。《史记》卷七十七《魏公子列传》:"(魏公子)行过夷门,见侯生,具告所以欲死秦军状……侯生乃屏人闲语,曰:'嬴闻晋鄙之兵符常在王卧内,而如姬最幸,出入王卧内,力能窃之……公子诚一开口请如姬,如姬必许诺,则得虎符夺晋鄙军,北救赵而西却秦,此五霸之伐也。'公子从其计,请如姬。如姬果盗晋鄙兵符与公子。"此以于逖比侯嬴,谓其日后当建奇功。[10] 龙鸾:喻华美的文章。吴质《答魏太子笺》:"摛藻下笔,鸾龙之文奋矣。"李善注:"鸾龙,鳞羽之有五彩,故以喻焉。"[11] 悲:《李太白全集》一作"高"。[12] 思:《李太白全集》一作"悲"。[13] 高堂:谓父母。[14] "尔为"两句:《史记》卷五十五《留侯世家》:"戚夫人泣,上曰:'为我楚舞,吾为若楚歌。'"二句本此。[15] 虎穴:此指幽州,喻安禄山拥兵自重居心叵测。

【赏析】

这首诗作于天宝十载(751)秋作者离开大梁(今河南开封)时,将北去幽州,遂与于、裴作别。首句借用太公、李斯事,谓于逖、裴十三终会被任用，不要将一时挫折放在心上。中间十句，称赞于逖老而益壮，以战国侠王侯嬴相比，并夸赞裴十三的文章和为人。后面八句写宴别场面，并表明了自己北闯幽州、一探虎穴的决心。沙漠、黄河象征了前路的困苦艰险。尾句借用荆轲易水作别的典故，表达了一去不复返的坚定决心。全诗慷慨激昂，豪情不已，体现了李白豪迈旷放的诗风。

闻李太尉大举秦兵百万出征东南懦夫请缨冀申一割之用半道病还留别金陵崔侍御十九韵[1]

秦[2]出天下兵，蹴踏燕赵倾。

黄河饮马竭，赤羽[3]连天明。

太尉杖旄钺[4]，云旗[5]绕彭城[6]。

三军受号令，千里肃雷霆。

函谷绝飞鸟，武关[7]拥连营。

意在斩巨鳌，何论鲙[8]长鲸。

恨无左车[9]畧，多愧鲁连生[10]。

拂剑照严霜，雕戈鬓明缨[11]。

愿雪会稽耻，将期报恩荣。

半道谢病还，无因东南征。

亚夫[12]未见顾，剧孟[13]阻先行。

天夺壮士心，长吁别吴京[14]。

金陵遇太守，倒屣相逢迎。

群公咸祖饯，四座罗朝英。

初发临沧观[15]，醉栖征虏亭[16]。

旧国见秋月，长江流寒声。

帝车[17]信回转，河汉复纵横。

孤凤向西海，飞鸿辞北溟。

因之出寥廓，挥手谢公卿。

【注释】

[1] 诗歌选自《李太白全集》卷十五。李太尉：即李光弼。太尉：《旧唐书》卷四十三《职官志二》："太尉、司徒、司空各一员。谓之三公，并正一品。"上元二年（761）五月，光弼为河南副元帅、太尉兼侍中，都统河南、淮南、刺南等八道行营节度，出镇临淮。东南，指临淮郡，即泗州，治所在今安徽泗县。一割之用，《后汉书》卷四十七《班超列传》载，班超曾说："况臣奉大汉之威，而无铅刀一割之用乎？"意谓铅刀虽钝，但仍能一割。[2] 秦：长安，此处指唐朝廷。[3] 赤羽：指饰以红色羽毛的旗。[4] 旄钺：旄节和斧钺。二者均为皇帝授予军事统帅，表示赐给其征讨生杀之权的信物。[5] 云旗：言兵马之多如云。[6] 彭城：即徐州。当时史朝义围宋州，光弼率兵至徐州，史朝义退走。[7]武关：在今陕西丹凤东南。[8] 鲙：细切鱼肉。[9] 左车：指李左车，秦末汉初人。据《史记》卷九十二《淮阴侯列传》载，李左车有谋略，曾向赵王、成安君献计，成安君不听，而导致井陉之败。后左午为韩信所擒，韩信师事之。[10] 鲁连生：即鲁仲连，齐之高士。[11] 雕戈：镂刻花纹的平头戟。鬓明缨，粗缨，没有文理的缨带。[12] 亚夫：周亚夫，西汉名将。[13] 剧孟：西汉时洛阳人，以任侠显诸侯。[14] 吴京：即金陵，今南京。[15] 临沧观：即新亭，在今南京南劳山上。[16] 征虏亭：东晋征虏将军谢石所建，在今南京玄武湖北。[17] 帝车：星名，即斗宿。

【赏析】

此诗写作者听到李光弼率百万大军出征东南平叛，毅然前往请缨参军的始末。上元二年（761）五月，朝廷任命李光弼为天下兵马副元帅，举兵百万南下，"黄河饮马竭，赤羽连天明"，正描绘了战争场面的宏大。李白时年六十岁，铅刀虽钝，仍望一试，年岁已高，却还耿耿忠心想为国出力。虽然没有李左车胸有成竹的谋略，也没有鲁仲连排难解纷的本领，但仍要挥剑举戈上战场，为国报仇雪耻。只是天不遂人愿，作者在半路上病倒了，只好返还，"天夺壮士心，长吁别吴京"写出了作者悲痛万分的遗憾之情。全诗气势豪迈，直抒胸臆，是李白晚年精神状态的真实写照。

送王屋山人魏万还王屋[1]

仙人东方生[2]，浩荡弄云海。沛然乘天游，独往失所在。

魏侯[3]继大名，本家聊摄[4]城。卷舒入元化，迹与古贤并。

十三弄文史，挥笔如振绮。辩折田巴生[5]，心齐鲁连子。

西涉清洛[6]源，颇惊人世喧。采秀[7]卧王屋，因窥洞天[8]门。

竭来游嵩峰，羽客何双双。朝携月光子，暮宿玉女窗[9]。

鬼谷[10]上窈窕，龙潭[11]下奔潈。东浮汴河水，访我三千里。

逸兴满吴云，飘摇浙江汜。挥手杭越[12]间，樟亭[13]望潮还。

涛卷海门[14]石，云横天际山。白马走素车[15]，雷奔骇心颜。

遥闻会稽美，一弄耶溪[16]水。万壑与千岩，峥嵘镜湖[17]里。

秀色不可名，清辉满江城。人游月边去，舟在空中行。

此中久延伫，入剡[18]寻王许[19]。笑读曹娥碑[20]，沉吟黄绢语。

天台[21]连四明[22]，日入向国清[23]。五峰转月色，百里行松声。

灵溪[24]咨沿越，华顶[25]殊超忽。石梁[26]横青天，侧足履半月。

眷然思永嘉[27]，不惮海路赊。挂席历海峤，回瞻赤城[28]霞。

赤城渐微没，孤屿[29]前峣兀。水续万古流，亭空千霜月。

缙云[30]川谷难，石门[31]最可观。瀑布挂北斗，莫穷此水端。

喷壁洒素雪，空濛生昼寒。却思恶溪[32]去，宁惧恶溪恶。

咆哮七十滩，水石相喷薄。路创李北海[33]，岩开谢康乐[34]。

松风和猿声，搜索连洞壑。径出梅花桥，双溪纳归潮。

落帆金华岸，赤松若可招。沈约八咏楼，城西孤岧峣。

岧峣四荒外，旷望群川会。云卷天地开，波连浙西大。

乱流新安口[35]，北指严光濑[36]。钓台碧云中，邈与苍岭[37]对。

稍稍来吴都[38]，徘徊上姑苏[39]。烟绵横九疑[40]，漭荡见五湖[41]。

目极心更远，悲歌但长吁。回桡楚江滨，挥策扬子津[42]。

身著日本裘，昂藏出风尘。五月造我语，知非伧儜人。

相逢乐无限，水石日在眼。徒干五诸侯[43]，不致百金产。

吾友扬子云[44]，弦歌[45]播清芬。虽为江宁[46]宰，好与山公[47]群。

乘兴但一行，且知我爱君。君来几何时，仙台应有期。

东窗绿玉树，定长三五枝。至今天坛人，当笑尔归迟。

我苦惜远别，茫然使心悲。黄河若不断，白首长相思。

【注释】

[1] 诗歌选自《李太白全集》卷十六。魏万：别号王屋山人，是李白的崇拜者。受李白之嘱于上元初编成《李翰林集》，有《李翰林集序》传世。《唐诗纪事校笺》卷二十二："（魏）万后名颢。上元初登第，始见太白于广陵。白曰：'尔后必着大名于天下，无忘老夫与明月奴。'因尽出其文，命颢集之。"王屋：山名，在今山西阳城、垣曲与河南济源等市县间，山有三重，其状如屋，故名。是中国古代名山，也是道教十大洞天之首。[2] 东方生：东方朔，汉武帝弄臣，著名文学家。性诙谐，言词敏捷，滑稽多智。传其有仙术，后乘龙飞去，不知所适。[3] 魏侯：毕万，姬姓。毕氏，名万，毕公高之后，春秋时晋国大臣。晋献公时为大夫，因功受封魏地，成为战国七雄之一的魏国先祖。《左传·闵公元年》："（晋侯）赐毕万魏，以为大夫。……卜偃曰：'毕万之后必大。万，盈数也；魏，大名也。以是始赏，天启之矣。'"此以魏侯毕万喻指魏万。[4] 聊摄：聊城（今山东聊城）与摄城（今山东茌平）。[5] 田巴生：即田巴，战国时齐国辩士，后泛指口才敏捷的人。[6] 清洛：即洛水，黄河在河南的支流。[7] 采秀：语出《楚辞》："采三秀兮山间。"三秀，王逸注："谓芝草也。"灵芝一年三花，故称。[8] 洞天：传说王屋山有仙宫洞天，号称小有清虚洞天。[9] 玉女窗：相传嵩山有玉女窗，汉武帝于窗中见玉女。[10] 鬼谷：在今河南登封北，传说战国时鬼谷先生隐居于此。[11] 龙潭：九龙潭，在嵩山太室东岩，山巅有水流下，激冲

成潭，盈坎而出，复作一潭，共有九潭，递相灌输。[12] 杭越：杭州和越州（今绍兴）的并称。杭谓杭州余杭郡，古时为越国西境。越谓越州会稽郡，古时为越国都城。二郡中隔浙江，江之北为杭州，江之南为越州。[13] 樟亭：又名浙江亭，古驿名，在今杭州南。为观潮胜地。[14] 海门：指钱塘江入海口。王应麟《通鉴地理通释》卷五："燕肃海潮图论曰：'浙江夹岸有山，南曰龛，北曰赭，二山相对，谓之海门。岸狭势逼，涌而为涛。'"[15] 白马、素车：喻指钱塘江潮。用春秋时伍子胥死后化为涛神的故事。枚乘《七发》："观涛乎广陵之曲江。其少进也，浩浩澄澄，如素车白马帷盖之张。"[16] 耶溪：即若耶溪。传说西施浣纱处。《方舆胜览·浙东路》卷六："若耶溪，在会稽县东南，北流二十五里，与镜湖合。"[17] 镜湖：即鉴湖，在绍兴南。[18] 剡：剡县，今浙江嵊州。[19] 王许：王羲之与许询，皆东晋名士，曾筑室栖居于剡中。[20] 曹娥碑：《太平寰宇记》卷九十六《江南东道八》："曹娥碑，地志云：'余姚县有孝女曹娥，父沂涛溺死，娥年十四，号痛入水，因抱父尸出而死。县令度尚使外生邯郸子礼为碑文。'"今存曹娥碑系宋代王安石之婿蔡卞重书。[21] 天台：天台山，位于浙江中东部的天台城北，为曹娥江与甬江的分水岭。地处宁波、绍兴、金华、温州四市的交界地带。西南连仙霞岭，东北遥接舟山群岛，绵亘于浙江东海之滨。多悬岩、峭壁、瀑布，以石梁瀑布、华顶归云最有名。[22] 四明：四明山，天台山支脉，也称金钟山，位于浙江嵊州境内。[23] 国清：寺名，在天台山南麓。始建于隋。五峰在国清寺侧。[24] 灵溪：水名，在天台东三十里。[25] 华顶：即华顶峰，为天台山最高峰。[26] 石梁：指天台山北峰之石桥。石梁下有飞瀑，瀑以梁奇，梁以瀑险。[27] 永嘉：唐之永嘉郡，即温州。[28] 赤城：赤城山，为天台山南门。土色皆赤，状似云霞。[29] 孤屿：（嘉靖）《浙江通志》卷十二："孤屿山，在永宁江中，东西两峰相峙。"[30] 缙云：山名，在浙江缙云。《元和郡县图志》卷二十六《江南道二》："缙云山，一名仙都，一曰缙云，黄帝炼丹于此。"[31] 石门：山名，在浙江青田。上有元鹤洞天、天壁瀑布，亭曰喷雪。[32]恶溪：指丽水，今名好溪，源于浙江丽水。古有五十九濑，两岸连云，高岩壁立，极富险名。[33]李北海：即李邕。唐代书法家，因曾任北海太守，故称。[34]谢康乐：谢灵运，因袭封康乐公，故称。[35]新安口：指新安江口。新安江，又称徽港，钱塘江上游正源，源出安徽徽州（今黄山）休宁境内，东入浙江省西部，经淳安至建德与兰江汇合，即为钱塘江干流桐江段、富春江段，东北流入钱塘江。[36]严光濑：富春山七里滩，东汉高士严光垂钓处，在今浙江桐庐境内。严光字子陵，《册府元龟》卷一百七十一《帝王部》："（严光）除为谏议大夫，不屈，乃耕于富春山。后人名其钓处为严子陵濑焉。"故又称子陵濑、子陵滩。[37]苍岭：即括苍山，一名苍岭，在浙江东南部。登之见苍海，故名括苍。南呼雁荡，北应天台，西邻仙都，东瞰大海。[38]吴都：苏州，春秋吴国之都。自阖闾后，并都于此。[39]姑苏：姑苏台，在苏州姑苏山上。遗址即今灵岩山。[40]九疑：此当指苏州西北九龙山，或曰斗龙山。相传隋大业末，山上有龙斗六十日，因名此山。[41]五湖：此指太湖，《史记》谓之五湖。太湖位于长江三角洲南缘，横跨江浙两省，北临无锡，南濒湖州，西依宜兴，东近苏州。[42]扬子津：古长江渡口，在扬州府城南十五里，一名扬子渡。[43]五诸侯：《后汉书》卷九《孝献帝纪》："（建安十七年）冬十二月，星孛于五诸侯。"李贤注："五诸侯，星名也。"《晋书》卷十一《天文志》："五诸侯五星，在东井北，主刺举，戒不虞……一曰帝师，二曰帝友，三曰三公，四曰博士，五曰太史。"此借指权贵。[44]扬子云：谓杨利物，太白有《江宁宰杨利物画赞》，即是此人。[45]弦歌：《论语·阳货》记孔子学生子游任武城宰，以弦歌为教民之具。后因以"弦歌"为出任邑令之典。[46]江宁：唐县，今南京江宁。[47]山公：山简，字季伦，西晋征南将军，有其父山涛风采。《世说新语·容止》卷下："山季伦为荆州，时出酣畅，人为之歌曰：'山公时一醉，径造高阳池。'"

【赏析】

这是作者写给魏万的赠别诗。开头至"因窥洞天门",主要赞美魏万的才能和隐居王屋山之事。"朅来游嵩峰"至"雷奔骇心颜",写魏万自嵩州沿水道到访吴越之事。"遥闻会稽美"至"侧足履半月",写魏万游台、越之事,描绘了台越的山水名胜。"眷然思永嘉"至"邈与苍岭对",叙述了魏万自台州泛海至永嘉,遍游缙云、金华、桐庐诸名胜之事。"稍稍来吴都"至"且知我爱君",叙述魏万和作者相见之事。"君来几何时"至篇末,写魏万返还王屋山时与作者的依依惜别之情。全诗描述传神,形象生动,不仅回顾了自己的游历,也表达了对魏万的深情别意。

送族弟凝至晏堌单父三十里[1]

雪满原野白,戎装出盘游。

挥鞭布猎骑,四顾登高丘。

兔起马足间,苍鹰下平畴。

喧呼相驰逐,取乐销人忧。

舍此戒禽荒,征声列齐讴。

鸣鸡发晏堌,别雁惊涞沟[2]。

西行有东音[3],寄与长河流。

【注释】

[1] 诗歌选自《李太白全集》卷十六。族弟凝:李凝。《新唐书》卷七十二上《宰相世系表二上》载,右卫长史李防之子,有兄名洌。开元二十九年(741),白有《赠从弟洌》诗。晏堌:即晏堌堆。据(民国)《单县县志》载:晏堌在城北偏西三十里淳于堡,相传为晏子故里。单父:唐县,即今山东单县。[2] 涞沟:(嘉靖)《山东通志》卷五:"单县东门外俱有涞河,源出汴水,晋时所开,北抵济河,南通徐沛。元以后渐堙,惟下流入沛者,仅存水道。"[3]东音:《吕氏春秋·季夏纪》:"(夏

后氏孔甲）作为破斧之歌，实始为东音。"后泛称我国东方的歌声。

【赏析】

这是作者漫游东鲁时送别族弟李凝时所作的一首送别诗，主要描写了游乐和歌咏的送行场面。乘马游猎，踏雪登丘，喧呼取乐以排忧。而当游猎归来，歌饮已毕，便到了送族弟登程的时刻，作者不免悲慨。别雁的鸣声，惊动了前来送别的人们。作者将送行的东方乐声寄托给黄河，希望它随水奔流，可以伴随族弟西行，体现了作者对亲人深沉眷念的情谊。全诗意境雄壮，不乏离别的悲慨之情。

送外甥郑灌从军三首·其三[1]

月蚀西方破敌时，及瓜[2]归日未应迟。

斩胡血变黄河水，枭首[3]当悬白鹊旗[4]。

【注释】

[1] 诗歌选自《李太白全集》卷十七。郑灌：其人无考。[2] 及瓜：来年瓜熟之时。[3] 枭首：旧时酷刑，斩头而悬挂木上。[4] 白鹊旗：唐朝献捷的一种军旗。白鹊：白羽鹊，古时以为瑞鸟。

【赏析】

此诗作于作者在长安送外甥郑灌参军时。黄河之水滔滔不绝，作者用"斩胡血变黄河水"句既表达了对侵犯西部边境的少数民族敌人的愤怒，也是对外甥出征寄予杀敌卫国的殷切希望。在激励外甥作战之外，作者也嘱托他不要忘了归家日期。全诗气势非凡，颇有兵役宣传或战前动员的意味，饱含了作者对外甥的深切关怀，语重心长，感情炽烈。

答长安崔少府叔封游终南翠微寺太宗皇帝金沙泉见寄[1]

李白

河伯见海若，傲然夸秋水[2]。小物昧远图，宁知通方士。

多君紫霄意，独往苍山里。地古寒云深，岩高长风起。

初登翠微岭，复憩金沙泉。践苔朝霜滑，弄波夕月圆。

饮彼石下流，结萝宿溪烟。鼎湖[3]梦渌水，龙驾空茫然。

早行子午关[4]，却登山路远。拂琴听霜猿，灭烛乃星饭。

人烟无明异，鸟道绝往返。攀崖倒青天，下视白日晚。

既过石门[5]隐，还唱石潭歌。涉雪搴紫芳，濯缨想清波。

此人不可见，此地君自过。为余谢风泉，其如幽意何。

【注释】

[1] 诗歌选自《李太白全集》卷十九。崔少府叔封：《新唐书》卷七十二下《宰相世系二下》载，崔氏清河大房有叔封。翠微寺：《元和郡县图志》卷一《关内道一》："太和宫，在县南五十五里终南山太和谷。武德八年造，贞观十年废。二十一年，以时热，公卿重请修筑，于是使将作大匠阎立德缮理焉，改为翠微宫。今废为寺。"[2]"河伯"二句：典出《庄子·秋水》：秋水时至，百川灌河。泾流之大，两涘渚崖之间，不辨牛马。于是焉河伯欣然自喜，以天下之美为尽在己。顺流而东行，至于北海，东面而视，不见水端。于是焉，河伯始旋其面目，望洋向若而叹曰："野语有之曰：'闻道百以为莫己若者'，我之谓也……吾非至于子之门则殆矣。吾长见笑于大方之家。"北海若曰："井蛙不可以语于北海者，拘于墟也；夏虫不可以语于冰者，笃于时也；曲士不可以语于道者，束于教也。今尔出于涯涘，观于大海，乃知尔丑。"河伯，黄河水神。若，海神。[3] 鼎湖：《史记》卷二十八《封禅书》："黄帝采首山铜，铸鼎于荆山下。鼎既成，有龙垂胡髯下迎黄帝……百姓仰望黄帝既上天，乃抱其弓与胡髯号，故后世因名其处曰鼎湖。"[4] 子午关：在唐长安县南一百里子午道上。子午道，即子午谷。为古时自关中至汉中的

通道。始辟于西汉始元五年（前82），北自杜陵（今西安东南）穿越秦岭，南口在今安康市境，南朝梁时另开新路，南口改在今宁陕。[5] 石门：在今陕西褒斜道（秦岭南北通道之一）上。

【赏析】

这是一首赠答诗，作者于开元二十一年（733）秋干谒失败离开长安，去往汉中途中所作。开头借用望洋兴叹的典故，说明"小物昧远图，宁知通方士"的道理。通过运用黄河水神河伯的典故，使诗歌意蕴丰富、庄重典雅，同时作者借用《庄子·秋水》中的理论抒发怀抱，可见道家对其深刻影响。全诗着力描绘山川景物的奇健，《唐宋诗醇》卷七评此诗："神似谢灵运"。

游泰山六首·其三[1]

平明登日观[2]，举手开云关[3]。

精神四飞扬，如出天地间。

黄河从西来，窈窕入远山。

凭崖览八极[4]，目尽长空闲。

偶然值青童[5]，绿发双云鬟。

笑我晚学仙，蹉跎凋朱颜。

踌躇忽不见，浩荡难追攀。

【注释】

[1] 诗歌选自《李太白全集》卷二十。泰山：古称岱宗。《史记》卷二十八《封禅书》："岱宗，泰山也。"在兖州（鲁郡）北部干封县境，今山东泰安境。[2] 日观：泰山东南的高峰，因其处能见太阳升起而得名。[3] 云关：指云气拥蔽如门。[4] 八极：八方极远之地。[5] 青童：仙童。

【赏析】

李白游览泰山,有感而发,写下《游泰山》组诗。这首诗前半部分描绘了作者登山远望所见之景,"窈窕入远山"写出了黄河深远曲折之貌。"凭崖览八极,目尽长空闲"表现出泰山之高以及作者视野之开阔。诗歌末六句写作者幻想自己游仙,与仙人交接、对话。"浩荡难追攀"表现作者求仙不得而怅然若失的心情。全诗雄浑壮丽,想象奇特,作者将神仙之境写得真实可信,借以排遣现实中的痛苦和郁闷。

登广武古战场怀古[1]

秦鹿[2]奔野草,逐之若飞蓬。

项王气盖世,紫电明双瞳。

呼吸八千人,横行起江东[3]。

赤精斩白帝[4],叱咤入关中[5]。

两龙[6]不并跃,五纬[7]与天同。

楚灭无英图,汉兴有成功。

按剑清八极,归酣歌大风[8]。

伊昔临广武,连兵决雌雄。

分我一杯羹,太皇乃汝翁[9]。

战争有古迹,壁垒颓层穹。

猛虎啸洞壑,饥鹰鸣秋空。

翔云列晓阵,杀气赫长虹。

拨乱属豪圣,俗儒安可通。

沉湎呼竖子[10],狂言非至公。

抚掌黄河曲[11],嗤嗤阮嗣宗[12]。

【注释】

[1] 诗歌选自《李太白全集》卷二十一。广武:在今河南荥阳北,

143

是当年楚汉相争的古战场。《元和郡县图志》卷八《河南道四》载，"东广武、西广武二城，各在一山头，相去二百余步，在县西二十里。汉高祖与项羽俱临广武而军，今东城有高坛，即是项羽坐太公于上，以示汉军处。"[2] 鹿：喻指帝位。《史记》卷九十二《淮阴侯列传》蒯通曾对刘邦说："秦失其鹿，天下共逐之。"[3] 江东：指长江下游今江苏南部、浙江北部一带。[4] 赤精斩白帝：据《史记》卷八《高祖本纪》载："（高祖）拔剑击斩蛇。……后人来至蛇所，有一老妪夜哭。人问何哭，妪曰：'人杀吾子，故哭之。'人曰：'妪子何为见杀？'妪曰：'吾子，白帝子也，化为蛇，当道，今为赤帝子斩之，故哭。'"[5] 关中：《史记》卷七《项羽本纪》："人或说项王曰：'关中阻山河四塞，地肥饶，可都以霸。'"南朝宋裴骃《史记集解》引徐广曰："东函谷，南武关，西散关，北萧关。"[6] 两龙：指刘邦和项羽。[7] 五纬：指金、木、水、火、土五个行星。古代迷信认为五星相会是帝王应天受命的象征。《史记》卷二十七《天官书》载："汉之兴，五星聚于东井。"此处意为刘邦得到要作帝王的预兆。[8] 归酺歌大风：据《史记》卷八《高祖本纪》载：高祖十二年，刘邦平叛归来经过家乡沛（今江苏沛县），设宴招待父老子弟，酒酺，刘邦歌曰："大风起兮云飞扬，威加海内兮归故乡，安得猛士兮守四方！"后人称此歌为《大风歌》。[9] "分我"二句：据《史记》卷七《项羽本纪》载：在楚汉对峙于广武时，项羽拉出刘邦的父亲，威胁说："今不急下，吾烹太公。"刘邦则说："吾与项羽俱北面受命怀王，曰'约为兄弟'，吾翁即若翁，必欲烹而翁，则幸分我一杯羹。"[10] 竖子：未成年的童仆，是对人的蔑称。[11] 黄河曲：黄河的弯曲处。广武城在黄河岸边。[12] 阮嗣宗：阮籍，字嗣宗，三国魏诗人。

【赏析】

此诗是作者亲临黄河沿岸的广武古战场有感而发。前半部分表现了刘邦深谋远虑，战胜项羽，一统天下的伟大业绩。后六句转而发表个人看法，肯定刘邦在历史上的功绩。"拨乱属豪圣"赞扬了刘邦兼有豪杰和圣人的气质，定能完成治平乱世、统一天下的任务，与阮籍对刘邦的轻蔑态度刚好相反，维护了正统史书对刘邦的定论，体现了作者对历史的洞然见识。

寄远十一首·其六[1]

阳台隔楚水，春草生黄河[2]。相思无日夜，浩荡若流波。
流波向海去，欲见终无因[3]。遥将一点泪，远寄如花人。

【注释】

[1]诗歌选自《李太白全集》卷二十五。[2]"阳台"二句：宋乙本（日藏影印静嘉堂藏宋刊本《李太白文集》）、萧本（元刊本《分类补注李太白集》）、缪本（清刊本《李太白文集》）俱注云：一作"阴云隔楚水，转蓬落渭河"。宋玉《高唐赋序》载：楚襄王尝游高唐（战国时楚国台馆名，在云梦泽中），梦一妇人来会，自云巫山之女，在阳台之下。故旧时称男女欢会之所为"阳台"。这里指闺中妻子所居住的地方。楚水：楚地的江湖。[3]欲见终无因：《李太白全集》一作"定绕珠江滨"。

【赏析】

这组诗描写的都是男女离别后的相思，所选的这首抒写的是丈夫对妻子的怀念。诗歌围绕河水构思立意。"阳台"指妻子居住之地，在楚水的另一边。"春草"则代指主人公，即出门在外的丈夫，丈夫在黄河岸边萌发相思之情。一在楚水之畔，一在黄河之滨，遥遥相望，不得团聚。作者又用流水比喻相思的无穷无尽，相思不分日夜、无休无止，就好像源源不断的流水一般。最后两句，作者别出心裁，要将丈夫饱含深情的眼泪寄给妻子，充分显现了主人公对妻子的深厚情感。全诗清丽婉转，字字含情，笔笔带意，可谓感人至深。

韦应物

韦应物（737—791），京兆万年（今陕西西安）人。父銮，工画。天宝十载（751）至天宝末，韦应物为玄宗侍卫。安史乱起，流落失职，居武功县折节读书。代宗广德元年（763）至永泰元年（765），任洛阳丞，因严正惩处不法军士被讼，自请罢职，闲居洛阳。大历九年（774）官京兆府功曹，十三年为鄠县令。寻迁栎阳令，不久以疾辞官。建中二年（781），除比部员外郎，三年出为滁州刺史。贞元元年（785）转江州刺史，三年入为左司郎中。四年冬，复出为苏州刺史。七年（791），退职，居苏州永定寺。卒年不详。《新唐书·艺文志》著录其诗集十卷。《唐才子传》卷四有传。

饯雍聿之潞州谒李中丞[1]

郁郁两相遇，出门草青青。

酒酣拔剑舞，慷慨送子行。

驱马涉大河，日暮怀洛京[2]。

前登太行[3]路，志士亦未平。

薄游五府都[4]，高步振英声。

主人才且贤，重士百金轻。

丝竹促飞觞，夜燕达晨星。

娱乐易淹暮，谅在执高情。

【注释】

[1] 诗歌选自《韦应物诗集系年校笺》卷一。雍聿之：傅璇琮《唐代诗人丛考》谓雍裕之。雍裕之，成都人。有诗名。贞元后数举进士不第，飘零四方。潞州：治所在今山西长治。李中丞：即潞州大都督府长史李抱真。《旧唐书》卷一百三十二《李抱真列传》："抱真沉断多智计，尝欲招致天下贤俊，闻人之善，必令持货币数千里邀致之。"[2] 洛京：即洛阳。洛阳为送别之地，自洛阳赴潞州，当经过黄河。[3] 太行：山名，在山西东南与河南交界处。[4] 五府都：唐以长安为上都，洛阳为东都，凤翔为西都，江陵为南都，太原为北都。诸都皆置府，如上都有京兆府，东都有河南府。

【赏析】

大历诗人多经历过盛唐时代，对开元、天宝盛世留存着美好的记忆，他们受到盛唐文化的深刻影响，曾有过盛唐诗人那样宏大的功业理想和人生追求，写过一些具有盛唐气象的作品，韦应物这首诗就是如此。诗歌前四句写慷慨饯行的情景，中间四句描述行路情形，最后谓李中丞轻财重贤，盛情款待诗人。全篇气势豪迈，明显带有刚健明朗的盛唐余韵。

送郑长源[1]

少年一相见，飞辔[2]河洛间[3]。

欢游不知罢，中路忽言还。

泠泠[4]鹍弦[5]哀，悄悄冬夜闲。

丈夫虽耿介，远别多苦颜。

君行拜高堂，速驾难久攀。

鸡鸣俦侣[6]发，朔雪满河关。

须臾在今夕，尊酌且循环。

【注释】

[1] 诗歌选自《韦应物诗集系年校笺》卷一。郑长源：韦应物友，韦应物另有诗《同长源归南徐寄子西子烈有道》。[2] 飞辔，犹飞马。[3] 河洛间：黄河、洛水流域一带。[4] 泠泠：形容声音清脆。[5] 鹍弦：用鹍鸡筋做的琵琶弦。[6] 俦侣：同伴。

【赏析】

这首诗作于作者在洛阳期间，主要写作者在黄河之畔惜别友人。开头二句描写了作者与故友欢游河洛的场景。后十句写作者与友人夜饮作别的场面。二人举觞相劝，聊尽今夕须臾之欢。"泠泠鹍弦哀，悄悄冬夜闲"和"朔雪满河关"，通过描写环境的凄寒来衬托离别的伤感。全诗风格低沉幽寂，结尾二句情深韵远，可见朋友间情谊之深厚。

酬韩质舟行阻冻[1]

晨坐枉嘉藻[2]，持此慰寝兴。

中获辛苦奏[3]，长河结阴冰。

皓曜群玉[4]发，凄清孤景凝。

至柔反成坚，造化安可恒。

方舟未得行，凿饮空兢兢。

苦寒弥时节，待泮岂所能。

何必涉广川，荒衢且升腾。

殷勤宣中意，庶用达吾朋。

【注释】

[1] 诗歌选自《韦应物诗集系年校笺》卷一。韩质：韦应物知交，大约在大历十年至十二年间任户曹，当时韦应物为京兆府功曹摄高陵宰，韦应物《天长寺上方别子西有道》自注："时任京兆府功曹……别

148

田曹卢康、户曹韩质。"韦应物《园林宴起寄昭应韩明府卢主簿》中韩明府也指韩质。[2] 嘉藻：美称对方的诗章。[3] 辛苦奏：指对方诗中所言舟行为冰所阻。奏，通"走"。[4] 群玉：指河中冰。

【赏析】

这首诗作于作者在洛阳期间，是给出行受阻友人的酬赠诗。"中获辛苦奏，长河结阴冰。皓曜群玉发，凄清孤景凝"，描绘了黄河冬季结冰的情形。"至柔反成坚，造化安可恒"，借河水结冰的现象说明自然万物不会持久不变的道理。之后六句写友人前行受阻的状况以及作者劝慰友人待冰融化后再启程。最后二句抒发了作者对友人的情意。全诗有景、有理、有情，不失为佳作。

自巩洛舟行入黄河即事寄府县僚友[1]

夹水苍山路向东，东南山豁大河通。

寒树依微远天外，夕阳明灭乱流中。

孤村几岁临伊[2]岸，一雁初晴下朔风。

为报洛桥[3]游宦侣，扁舟不系[4]与心同。

【注释】

[1]诗歌选自《韦应物诗集系年校笺》卷一。巩：唐县名，属河南府，在今河南巩县。洛：指洛水，巩县临洛水。府：指河南府。县：指洛阳县。[2]伊：指伊河，流经洛阳东南。[3]洛桥：洛水之桥。借指洛阳。[4]扁舟不系：《庄子·列御寇》："巧者劳而知者忧，无能者无所求，饱食而遨游，泛若不系之舟。"此处指自由自在、无拘无束。

【赏析】

此诗作于韦应物任洛阳丞期间。前六句写行舟途中所见。开头二句写自巩洛东来，两岸青山，前亘大河，视野广阔，心目开朗。三四句写寒树、远天、夕阳、黄河乱流交相辉映之状，明丽如画，韵远有神。五句写荒凉的河畔，居民稀少，孤村临水而立。结句回到寄友主题，告知友人自己的心就像这只未系缆绳的小船一样，对官场无所眷恋，体现了作者对自由清静的向往。全诗语言清丽闲淡，诗境清新明朗，言语间可见作者心态之淡然。

赠卢嵩[1]

百川注东海，东海无虚盈。[2]

泥滓不能浊，澄波非益清。

恬然自安流，日照万里晴。

云物不隐象，三山[3]共分明。

奈何疾风怒，忽若砥柱[4]倾。

海水虽无心，洪涛亦相惊。

怒号在倏忽，谁识变化情。

【注释】

[1] 诗歌选自《韦应物诗集系年校笺》卷八。卢嵩：韦应物友，韦应物有诗《赠卢嵩》《夏夜忆卢嵩》《酬卢嵩秋夜见寄五韵》《期卢嵩枉书称日暮无马不赴以诗答》皆与其有关。[2]"百川"二句：意本《庄子·秋水》："天下之水，莫大于海，万川归之，不知何时止而不盈；尾闾泄之，不知何时已而不虚。"[3] 三山：海中三神山。《拾遗记》卷一："三壶，则海中三山也。一曰方壶，则方丈也；二曰蓬壶，则蓬莱也；三曰瀛壶，则瀛洲也。"[4]砥柱：山名，又名三门山，在今河南三门峡东北黄河中。因山矗立水中若柱，故名。

【赏析】

这是一首赠友诗。开头二句写大海包容万物的特性，接下来六句写日光照耀下澄澈恬然的大海景象，有山有水，景色开阔明朗。然而这只是暂时的平静，诗歌后半部分即写狂风下大海翻涌的景象。末尾二句点明世事瞬息变化的道理。诗歌借自然现象说理，作者通过大海的变化嘱托朋友，人生就如大海一般变幻莫测，暗示人间随时都会有不测之时，所以要时刻提高警惕，注意防患。

张 谓

张谓（? —778 ?），字正言，河内（今河南沁阳）人。幼时在嵩山读书。天宝二年（743）进士及第。乾元元年（758）为尚书郎。永泰末至大历二年(767)，任潭州刺史。后入朝为太子左庶子。大历六年(771)冬，迁礼部侍郎。张谓天宝间即有诗名，其诗格度严密，语致精深。《宋史·艺文志》著录其诗一卷。《唐才子传》卷四有传。

送卢举使河源[1]

故人行役向边州，匹马今朝不少留。

长路关山何日尽，满堂丝竹[2]为君愁。

【注释】

[1] 诗歌选自《全唐诗》卷一百九十七。卢举：属卢氏大房，历官不详。河源：黄河之源，指西域之地。[2] 竹：《全唐诗》一作"管"。

【赏析】

这是一首送别诗。第一句点明所送为何人、所去为何方。第二句写友人孤身一人赴河源行役。后二句抒发送别朋友时的感伤心情，表达了对朋友的无限关切之意。诗歌前三句着眼于叙述、发问，不提"愁"字却处处显露愁情。尾句作者点明自己"为君愁"的一片情怀，并将这惆怅情怀附着于可感的丝竹乐声，使诗歌艺术效果更加深沉含蓄。

岑 参

岑参（717—770），荆州江陵（今湖北江陵）人。天宝三载（744），登进士高第，旋授右内率府兵曹参军。八载（749）冬，以右威卫录事参军入安西节度使高仙芝幕为僚佐。十载，还长安。十三载（754）夏末，赴北庭，为安西、北庭节度判官。十五载，迁支度副使。至德二载（757）东归，授右补阙。乾元二年（759）改起居舍人，寻出为虢州长史。宝应元年（762），迁关西节度判官。广德元年（763），入为祠部员外郎。永泰元年（765）冬，授嘉州刺史，因蜀乱未能赴任。大历元年（766），随剑南西川节度使杜鸿渐入蜀，列于幕府。二年，赴嘉州刺史任。三年罢官，客寓于蜀。四年岁末，卒于成都。岑参工诗，与高适齐名。《新唐书·艺文志》《宋史·艺文志》《崇文总目》《通志·艺文略》《郡斋读书志》著录其诗十卷。《直斋书录解题》著录"《岑嘉州集》八卷"。今通行《四部丛刊》影印明正德熊相刊本《岑嘉州诗》七卷。《唐才子传》卷三有传。

东归晚次潼关怀古[1]

暮春别乡树，晚景低津楼[2]。

伯夷在首阳，欲往无轻舟。

遂登关城望，下见洪河[3]流。

自从巨灵开，流血千万秋。

行行潘生赋[4]，赫赫曹公谋[5]。

川上多往事，凄凉满空洲。

【注释】

[1]诗歌选自《岑参集校注》卷一。东归：指从长安东行归嵩山少室。[2]津楼：指风陵关楼。《元和郡县图志》卷十二《河东道一》："风陵故关，一名风陵津，在县南五十里。魏太祖西征韩遂，自潼关北渡，即其处也。"风陵津在黄河北岸，与潼关隔河相望。[3]洪河：指黄河。[4]潘生赋：指潘岳《西征赋》，晋惠帝元康二年（292），潘岳出为长安令，作《西征赋》以述行役之感。[5]曹公谋：建安十六年（211），马超、韩遂等叛，屯兵潼关，魏武帝曹操亲自领兵西征。他秘密派遣一支军队夜渡蒲阪津（在河东县西四里），占据河西，又设计离间韩遂、马超，于是在军事上获得大胜。事见《三国志》卷一《魏书·武帝纪》。

【赏析】

这首诗作于作者由关西回家途经潼关时。首两句言作者东归已至潼关，之后四句言欲去凭吊伯夷但被黄河所阻，便登城观赏黄河。作者远眺黄河，不免生出怀古之叹。"自从巨灵开，流血千万秋"隐含着对伯夷、叔齐《采薇歌》中"以暴易暴兮，不知其非矣"的呼应，揭示了战乱永无休止的历史宿命。"行行潘生赋，赫赫曹公谋"借用与潼关相关的历史典故，抒发对往事的无限感慨。末尾二句以眼前景色凄凉作结。全诗层次分明，过渡自然，融古今为一体，流露出作者思家念乡、企慕古人、怀古感慨的凄楚伤感情绪，风格凝重深沉。

题永乐韦少府厅壁[1]

大河[2]南郭外，终日气昏昏[3]。

白鸟下公府，青山当县门。

故人是邑尉，过客驻征轩。

不惮烟波阔[4]，思君一笑言。

【注释】

[1] 诗歌选自《岑嘉州诗笺注》卷三。韦少府：未详。永乐：唐县名，在今山西芮城西南。[2]大河：黄河，在永乐县南二里。[3]气昏昏：谓水气迷茫。[4] 不惮烟波阔：是时作者自黄河南岸之盘豆渡河至永乐与韦少府欢聚，故云。

【赏析】

这是一首题壁诗。天宝三载（744）登第前十年，作者经常往返于京洛，本诗即作于此期间。全诗记述了作者看望故人的经历。首四句描绘了途中所见之景，滔滔黄河从城南门外流过，终日烟雾迷茫、水气蒸腾。白鹭纷纷飞下，栖息在官署，青山横卧正对着县衙大门。写景朴素无华，简约自然，信笔流出。后半部分写作者横渡黄河，不惧烟波浩渺，只为和友人欢聚，可见情意深重。整首诗淡远洒脱，"朴而弥雅"（《唐贤清雅集》），"一气旋折，不在着力"（《唐贤三昧集笺注》），追求的是一种浑融的境界美。

送王七录事赴虢州[1]

早岁即相知，嗟君最后时[2]。
青云仍未达，白发欲成丝。
小店关门树，长河[3]华岳祠[4]。
弘农[5]人吏待，莫使马行迟。

【注释】

[1] 诗歌选自《岑参集校注》卷三。王七：即王季友。录事：录事参军。《通典》卷三十三《职官十五》："录事参军……掌总录众曹文簿，举弹善恶。"[2]后时：落后于时辈。指出仕晚。[3]长河：指黄河。[4]华岳祠：即西岳庙，又称华阴庙。在华阴县华山北麓。[5]弘农：唐虢

州治所，在今河南灵宝。

【赏析】

这首诗作于作者在潼关时，当时友人王季友将赴虢州。首句写二人早年已成为知己，接着三四句写叹息友人出仕较晚，抒发时光不待人的感慨。五六句写送行途中所见，描绘了潼关、黄河、西岳庙之景。尾句写对友人的嘱托，体现对友人的关切。全诗语言朴实自然，平铺直叙，于平淡中见真情。

送王录事却归华阴[1]

相送欲狂歌，其如此别何。

攀辕[2]人共惜，解印日无多。

仙掌[3]云重见，关[4]门路再过。

双鱼[5]莫不寄，县[6]外是黄河。

【注释】

[1] 诗歌选自《岑参集校注》卷三。王录事：见岑参《送王七录事赴虢州》注[1]。华阴：唐县名。上元二年（761）改为太阴，宝应元年（762）复故名，在今陕西华阴。[2] 攀辕：拉住车辕，不让离去。白居易《白氏六帖事类集》卷二十一："侯霸字君房，临淮太守，被征，百姓攀辕卧辙不许去。"[3] 仙掌：华山东峰。[4] 关：潼关。[5] 双鱼：指书信。汉乐府《饮马长城窟行》："客从远方来，遗我双鲤鱼。呼儿烹鲤鱼，中有尺素书。"[6] 县：指华阴。

【赏析】

这是一首送别诗。前四句叙述了作者送别友人的场面，"攀辕人共惜"写出二人的惜别难舍之情。五六句写送行友人途中所见，多次分别让作者对离别地点印象深刻。尾句巧用反问，因为离别之地靠近黄河，作者自然想到以河中双鲤指代书信，希望与友人分别后常用书信来往，保持联络。全诗以洗尽雕饰的自然语言抒发别情，道出了浓郁深挚的惜别之情，具有很强的艺术感染力。

阌乡送上官秀才归关西别业[1]

风尘奈汝何，终日独波波。
亲老无官养[2]，家贫在外多。
醉眼轻白发，春梦渡黄河。
相去关城近，何时更肯过。

【注释】

[1] 诗歌选自《岑参集校注》卷三。阌乡：唐县名，属虢州，在今河南灵宝西阌乡镇。阌乡西接潼关。秀才：唐代进士的通称。唐李肇《国史补》卷下："进士为时所尚久矣。是故俊义实集其中。由此出者，终身为闻人，故争名常切而为俗亦弊。其都会谓之举场，通称谓之秀才。"[2] 官养：相传夏、商、周三代有"养老"之礼，对国中年老有德之人，官家按时享以酒食。

【赏析】

这是一首送行诗。前两句写友人终日奔波忙碌，三四句写友人家中贫困，老人无人赡养。这四句写出了上官秀才的困窘。"醉眼"二句抒发了世事无常、繁华易逝的感慨。末尾两句写对友人的不舍，希望二人分别后还时常互相拜访。全诗感情真挚，字字渗透着作者对友人的关心。

送崔主簿赴夏阳[1]

常爱夏阳县，往年曾再过。

县中饶白鸟，郭外是黄河。

地近行程少，家贫酒债多。

知君新称意，好得奈春何[2]。

【注释】

[1] 诗歌选自《岑参集校注》卷四。崔主簿：未详。主簿：县令佐吏。
夏阳：本同州河西县，乾元三年（760）改为夏阳县，在今陕西合阳东
南。[2] 奈春何：犹言对付春光。即游赏春景之意。

【赏析】

这首诗作于乾元三年（760）岑参在长安时，作者送崔主簿前往夏
阳。开头二句表达了对夏阳的喜爱。三四句写夏阳的优美风光。五六句
写夏阳与长安相距较近，二人还可以经常往来。虽然作者自己如今处于
家贫债多的窘境，但仍为友人新任主簿感到欢欣，还邀请友人共赏春
景，喜悦之情溢于言表。全诗语言平实质朴，不事雕琢，言语间尽显作
者对友人真挚的祝贺。

李嘉祐

李嘉祐，生卒年不详，字从一，赵州（今河北赵县）人。天宝七载（748），进士及第。释褐秘书省正字，曾奉使搜求图书，司空曙有《送李嘉祐正字括图书兼往扬州觐省》诗。后贬为鄱阳令，在任四年，量移江阴令。上元二年（761），迁台州刺史，翌年罢职。大历初入朝，历工部员外郎、司勋员外郎。大历六年（771）前后，出任袁州刺史。约卒于德宗时。《新唐书·艺文志》著录有诗集一卷，《郡斋读书志》著录为二卷。《唐才子传》卷三有传。

题灵台县东山村主人^[1]

处处征胡人渐稀，山村寥落暮烟微。
门临莽苍经年闭，身逐嫖姚^[2]几日归。
贫妻白发输残税，余寇黄河未解围。
天子^[3]如今能用武，只应岁晚息兵机。

【注释】

[1] 诗歌选自《全唐诗》卷二百〇七。灵台县：隋鹑觚县，天宝元年（742）改为灵台。今属甘肃。[2] 嫖姚：汉霍去病官嫖姚校尉，多次出塞与匈奴作战。[3] 天子：指唐玄宗。

【赏析】

这是一首给东山村主人的题诗,作者游历至平凉灵台,看到百姓在战乱后的凄惨生活,有感而发。安史之乱后,唐王朝对内有藩镇割据之战,对外有与吐蕃的河陇之战,关陇地区成为战争的重灾区。诗歌前四句写人烟稀少、村庄败落。"贫妻白发输残税"句写赋税、徭役沉重,妇人生计维艰,以民生凋敝之状讽刺朝廷的黩武政策。"余寇黄河未解围"句写关陇地区黄河沿岸战争还未平息。末尾两句作者希望早日息兵罢战、还百姓以安宁的感叹。这首诗将抒情和议论寓于叙事之中,场面和细节描写自然真实,用简洁洗炼的语言反映了战后的悲惨景象,风格悲壮沉郁。

送马将军奏事毕归滑州使幕[1]

吴门别后蹈沧州[2],帝里[3]相逢俱白头。

自叹马卿常带病[4],还嗟李广未封侯[5]。

棠梨宫[6]里瞻龙衮[7],细柳营前著豹裘[8]。

想到滑台[9]桑叶落,黄河东注荻花[10]秋。

【注释】

[1] 诗歌选自《全唐诗》卷二百〇七。《全唐诗》一作崔峒诗,题作《送冯八将军奏事毕归滑台幕府》,马将军、冯八将军皆事迹不详。滑州使幕:指滑毫节度使府。滑州:在今河南滑县东。[2] 吴门别后蹈沧州:吴门,今江苏苏州。崔峒诗作"王门"。蹈:崔峒诗作"到"。[3] 帝里:帝都,京都。明张居正《祭封一品严太夫人文》:"白云紫气,帝里皇州。"[4] 自叹马卿常带病:马卿,即司马相如,字长卿,晚年有消渴疾。病:崔峒诗作"疾"。[5] 李广未封侯:《史记》卷一百〇九《李将军列传》载:"广结发与匈奴大小七十余战",终未能封侯,忧愤自杀。未:崔峒诗作"不"。[6] 棠梨宫:汉宫名,故址在陕西淳化甘泉山南。

《三辅黄图》卷三：“棠梨宫在甘泉苑垣外云阳南三十里。”[7] 龙衮：皇帝穿的龙袍。[8] 细柳营前著豹裘：汉文帝时，将军周亚夫屯军细柳（今陕西咸阳西南），以军纪严明著称。前：崔峒诗作“中”。豹：崔峒诗作“虎”。[9] 滑台：古城名，即唐滑州治所。[10] 荻花：多年生草本植物，生在水边，叶子长形，似芦苇，秋天开紫花。崔峒诗作“杏园”。

【赏析】

此诗前两句写作者与马将军相别又重逢，叹惜彼此都年岁已高。三四句作者借用司马相如和李广的典故，为自己和马将军年老多病而壮志未酬惋惜。五六句是作者对宫廷和军队生活的想象，可见他对实现政治抱负的渴望。然而事与愿违，只有眼前秋日的落叶、黄河和荻花与作者、友人作伴，增添了凄凉氛围，凸显了送别的感伤。全诗融情于景，有虚有实，诗风悲怆幽怨，于平淡叙述中流露出不得志的失意和分别的哀伤。

皇甫曾

皇甫曾（？—785），字孝常，润州丹阳（今属江苏）人，郡望安定（今甘肃泾川）。皇甫冉弟。天宝十二载（753），进士及第。大历初，为殿中侍御史。大历六年（771）前后，坐事贬舒州司马，时独孤及为舒州刺史，二人常相唱和。秩满辞官，归洛阳故居，戴叔伦有《京口送皇甫司马副端曾舒州辞满归去东都》诗。后还丹阳，游湖州，与颜真卿、皎然等联唱。大历末，任阳翟令，时李翰罢官客阳翟，二人过从甚密。贞元元年（785）卒，卢纶有《同兵部李纾侍郎刑部包佶侍郎哭皇甫侍御曾》诗。《直斋书录解题》著录有集一卷。《唐才子传》卷三有传。

送汤中丞和蕃[1]

继好中司[2]出，天心外国知。
已传尧雨露[3]，更说汉威仪[4]。
陇上应回首[5]，河源复载驰。
孤峰问徒御，空碛[6]见旌麾。
春草乡愁起，边城旅梦移。
莫嗟行远地，此去答恩私。

【注释】

[1] 诗歌选自《全唐诗》卷二百一十。汤中丞：即杨济，永泰二年（766）二月，为大理少卿兼御史中丞，使于吐蕃。诗当作于是时。

傅璇琮《皇甫冉皇甫曾考》据《旧唐书·吐蕃列传》、《资治通鉴》卷二百二十四、《旧唐书·代宗本纪》及郎士元《送杨中丞和蕃》诗，考定"汤"字误，当作"杨"。[2] 中司：即御史中丞。[3] 尧雨露：喻唐天子的恩泽。[4]汉威仪：唐王朝的尊严容止。《后汉书》卷一《光武帝纪》载，刘秀率军入洛阳，老吏或垂涕曰："不图今日复见汉官威仪！"[5] 陇上应回首：陇上，陇山之边。陇山是关中西面的险塞，西去吐蕃的必经之地。《太平寰宇记》卷三十二《关西道八》："陇坂谓西关也，其坂九回，不知高几许，欲上者，七日乃得越。绝高处可容百余家，下处容十万户。山顶有泉，清水四注。东望秦川，如四五里。人上陇者，想还故乡，悲思而歌，有绝死者。"[6] 碛：沙漠。

【赏析】

这是一首送别诗。前四句主要称赞了天子的恩泽，五六句写杨中丞离去的不舍，七八句通过对塞外凄清环境的描写，表现杨中丞的哀伤。"春草乡愁起，边城旅梦移"，和蕃之路艰难险远，睹春草而生思乡之情，宿边城则起思乡之梦。这两句将乡愁寓于典型景物之中，因景抒情，深沉含蓄。末尾两句是作者对杨中丞的嘱托，希望他不要嫌出使遥远辛劳，此去和蕃任重道远，以报皇帝的恩遇深情，是作者对朋友的勉励。全诗基调低沉，流露出杨中丞离去的不舍。

高　适

　　高适（700—765），字达夫，祖籍渤海县（今河北景县南）。二十岁时西游长安，失意而归，客居宋州宋城县。开元二十三年（735）应征赴长安，落第而返，客居淇上。天宝三载（744）与李白、杜甫相会，同游梁宋，五载（746）又同游齐鲁。天宝八载（749）举有道科，中第，授封丘尉。天宝十一载（752）秋，辞封丘尉，客游长安，被陇右节度使哥舒翰表为左骁卫兵曹参军，入其幕府任掌书记。安史之乱起，拜左拾遗，转监察御史，辅佐兵马副元帅哥舒翰守潼关，迁御史中丞。乾元二年（759）出任彭州刺史，次年转蜀州刺史。宝应元年（762）任成都尹，次年官剑南节度使。广德二年（764）召还长安，任刑部侍郎，转散骑常侍，封勃海县侯。永泰元年（765）卒，年六十五。赠礼部尚书，谥"忠"。高适工诗，古今体兼长，边塞诗尤为著名。《新唐书·艺文志》载《高适集》二十卷，现传《高常侍集》十卷。《旧唐书》卷一百一十一、《新唐书》一百四十三、《唐才子传》卷二有传。

同吕判官从哥舒大夫破洪济城回登积石军多福七级浮图[1]

塞口连浊河，辕门对山寺。
宁知鞍马上，独有登临事。
七级凌太清，千崖列苍翠。
飘飘方寓目，想像见深意。
高兴殊未平，凉风飒然至。

拔城[2]阵云合，转旆胡星坠。

大将何英灵，官军动天地。

君[3]怀生羽翼，本欲附骐骥[4]。

款段[5]苦不前，青冥信难致。

一歌阳春[6]后，三叹终自媿。

高
适

【注释】

[1] 诗歌选自《高适诗集编年笺注》。吕判官：吕谭，时在哥舒翰
幕中任支度判官，兼虞部员外郎。哥舒大夫：哥舒翰，突骑施首领哥舒
部落之裔也，唐朝名将。洪济城：即洪济镇，属廓州达化县（在今青海
循化撒拉族自治县）。积石军：陇右节度使所领十军之一，因驻地在黄
河积石峡而得名，地属河曲。多福：应为寺名。浮图：佛塔。[2] 拔城：
破洪济城。[3] 君：《高常侍集》一作"常"。[4] 骐骥：良马，美称对方。
[5] 款段：劣马。[6] 阳春：阳春白雪，指吕的诗作。

【赏析】

这是一首奉和之作。首二句写多福寺的位置，面临黄河，又临近军
营。三四句写作者登临突起雅兴，接着写登塔之初的所见所感，塔高山
峻，临眺可喜。诗歌后半部分开始称颂哥舒翰及吕判官的战功，对比自
己，还尚无正式职务，不免失落，故有诗末的自愧之叹。全诗豪迈雄
浑，描绘了浑茫浩森的边塞景象，以衬托将士们的威风豪气。

自淇涉黄河途中作十三首·其一[1]

川上[2]常极目[3]，世情今已闲。

去帆带落日，征路随长山。

亲友若云霄，可望不可攀。

于兹任所惬，浩荡风波间。

【注释】

[1] 诗歌选自《高适诗集编年笺注》。淇：淇水，源出河南林县东南淇山，唐代淇水流入黄河。[2] 川上：指黄河。[3] 常极目：《高适诗集》残卷作"恒独立"。

【赏析】

这组诗是作者从淇上渡过黄河归至梁宋时创作的。当时正处唐朝"开元盛世"时期，国力强盛，经济繁荣，一般人都沉浸在这表面的繁荣中，但在这表面的繁荣后却掩盖着极其尖锐的矛盾，这组诗就是在这样的时代背景下创作的。这组诗主要描述了作者渡黄河途中的所见所感，既有离乡之愁，也蕴含着爱国忧民的情怀。此诗作为组诗首篇，有"小序"作用。作者一路跋涉，常常在黄河边远望，面对长河落日，感慨于背井离乡，与亲友天隔一方，心里别有一番滋味。末尾两句写作者决心继续漂泊天下。这首诗语言恬淡，风格飒爽流利，言语间满是惬意洒脱。

自淇涉黄河途中作十三首·其二^[1]

乱流自兹远，倚楫时一望。

遥见楚汉城^[2]，崔嵬高山上。

天道昔未测，人心无所向。

屠^[3]钓^[4]称侯王，龙蛇^[5]争霸王。

缅怀多杀戮，顾此增惨怆。

圣代^[6]休甲兵，吾其得闲放。

【注释】

[1] 诗歌选自《高适诗集编年笺注》。[2] 楚汉城：指东广武城、西广武城。见《登广武古战场怀古》注[1]。[3] 屠：屠夫，此指樊哙。

《史记》卷九十五《樊哙列传》："舞阳侯樊哙者，沛人也。以屠狗为事。"

高
适

[4]钓：钓者，指韩信。《史记》卷九十二《淮阴侯列传》："淮阴侯韩信者，淮阴人也。始为布衣时，贫无行，不得推择为吏，又不能治生商贾，常从人寄食饮……信钓于城下，诸母漂，有一母见信饥，饭信，竟漂数十日。信喜，谓漂母曰：'吾必有以重报母。'母怒曰：'大丈夫不能自食，吾哀王孙而进食，岂望报乎！'"[5]龙蛇：喻指刘邦、项羽。楚汉之争在公元前206年至前203年，历时四年之久。[6]圣代：圣世，誉称唐代。

【赏析】

此诗写作者逆黄河而上在荥阳一带观看楚汉相争古战场旧迹时的感受，表现了作者厌恶战乱、向往和平的思想感情。黄河沿岸自古以来就是战略要地，千百年来见证了无数场祸乱纷争，前有李白登广武古战场怀古咏史，如今高适也来到此地，感叹战争给国家和人民带来的伤害。高适一生积极入仕，却愿用视之甚重的功名换得国家的安宁，可见他对和平的渴望，这也是高适军事思想中极为珍贵的人道主义。

自淇涉黄河途中作十三首·其三[1]

清晨泛中流，羽族满汀渚[2]。

黄鹄[3]何处来，昂藏[4]寡俦侣。

飞鸣无人见，饮啄岂得所。

云汉[5]尔固知，胡为不轻举。

【注释】

[1]诗歌选自《高适诗集编年笺注》。[2]汀渚：小洲。[3]黄鹄：同鸿鹄，一种大鸟，能高飞远举，古时多用以比喻有志之士或能致高位的人。[4]昂藏：气度轩昂。[5]云汉：霄汉，喻高位或高志。

【赏析】

这是一首咏物诗，写作者清晨泛舟时的所见所感。作者泛舟渡黄河，见群鸟中有一只高洁轩昂的黄鹄。它惊人的飞鸣无人所见，也不与众鸟一起争食。结尾二句写黄鹄虽也向往云霄之处，但它不急于展示自己的优越才能，体现其淡泊从容。这首诗借写黄鹄来比喻尚未发迹的诗人，托物言志，旨在寄托自己高洁淡然的人生追求。

自淇涉黄河途中作十三首·其六[1]

南登滑台[2]上，却望河淇间。

竹树夹流水，孤城对远山。

念兹川路阔，羡尔沙鸥闲。

长想别离处，犹[3]无音信还。

【注释】

[1] 诗歌选自《高适诗集编年笺注》。[2] 滑台：古城名、台名。故址在今河南滑县东，唐滑州治所在此。《元和郡县图志》卷八《河南道四》："滑州……即古滑台城……昔滑氏为垒，后人增以为城，甚高峻坚险。临河亦有台。"[3] 犹：《高常侍集》一作"独"。

【赏析】

诗歌前四句写黄河尤其是淇水两岸的秀美景色。作者描绘了翠竹、大树、水流，孤城和远山静静伫立，有动有静，刻画了一幅色彩明亮、清新秀丽的景象。后四句写作者对路途遥远和与亲友久别的悲苦心情。这首诗前半部分绘景清静自然，结尾直抒胸臆，表达了哀怨的羁旅之思。

自淇涉黄河途中作十三首·其七[1]

兹川方悠邈，云沙无前后。

古堰[2]对河壖[3]，长林出淇口。

独行非吾意，东向日已久。

忧来谁得知，且酌尊中酒。

【注释】

[1]诗歌选自《高适诗集编年笺注》。[2]古堰：指枋头。《水经注》卷九《淇水》："汉建安九年，魏武王于水口下大枋木以成堰，遏淇水东入白沟，以通漕运。时人号其处为枋头。"[3]壖：河边地。

【赏析】

此诗写作者泛舟黄河眺望北岸淇水入河口所见。首二句写悠远的淇水，三四句写经过枋头古堰的淇水口所见，五六句写作者此行的目的，末尾二句作者突然忧从中来，表达了独行的孤寂无援之感，只能借酒消愁。全诗浑厚质朴，情悲意苦，给人孤寂沉郁之感。

自淇涉黄河途中作十三首·其八[1]

东入黄河水，茫茫泛纡直。

北望太行山[2]，峨峨半天色。

山河相映带，深浅未可测。

自昔有贤才，相逢不相识。

【注释】

[1]诗歌选自《高适诗集编年笺注》。[2]太行山：《太平寰宇记》卷九《河南道九》："登滑台城，西北望太行山，白鹿岩、王莽岭，冠于

众山表也。"

【赏析】

此诗是作者渡黄河时眺望彼岸山川有感而作。一二句写泛舟黄河，展现了黄河的奔腾绵延。中间四句写黄河北岸太行山高耸入云，与黄河相映成趣，高峻之山与深险之水形成对比。这六句以浓墨重彩的大笔挥洒，勾画出博大雄浑的场景，给人一种气魄宏大、胸襟宽广的不凡感受。末二句抒情，表达作者渴望遇到江湖贤才的心情。全诗气概恢宏，笔力雄健，于雄浑的书写中展现自己的渺小与失意。

自淇涉黄河途中作十三首·其九^[1]

> 朝从北岸来，泊船南河浒。
> 试共野人言，深觉农夫苦。
> 去秋虽薄熟，今夏犹未雨。
> 耕耘日勤劳，租税兼卤卤^[2]。
> 园蔬空寥落，产业^[3]不足数^[4]。
> 尚有献芹^[5]心，无因见明主。

【注释】

[1] 诗歌选自《高适诗集编年笺注》。[2] 卤卤：盐碱地。[3] 产业：指田地。[4]不足数：当指不够均田制规定的授田数。[5]献芹：《列子·杨朱》："昔人有美戎菽，甘枲茎芹萍子者，对乡豪称之。乡豪取而尝之，蜇于口，惨于腹，众哂而怨之，其人大惭。"后用"献芹"为自谦所献菲薄、不足当意之辞。此处用为献策进言之谦词。

【赏析】

此诗写作者泊船黄河南岸时与当地农夫的一番对话。前四句是作者的自述，写行程路线及沿途感受。中六句是农民诉苦，反映了农民在自然灾害和重税盘剥下的贫苦生活，以及农村凋敝的境况。末二句作者自抒怀抱，虽有心向朝廷建言献策，却无由上达，表达了作者对穷苦农民的同情和自己欲救无门的愤懑心情。全诗采用白描手法，叙事、写景、抒情融于一体，语言自然朴素，感情深沉凝重，体现了作者忧国忧民的情怀。

自淇涉黄河途中作十三首·其十[1]

茫茫浊河注，怀古临河滨。

禹功[2]本豁达，汉迹方因循[3]。

坎德[4]昔滂沱，冯夷胡不仁[5]。

渤澥陵隄防，东郡多悲辛[6]。

天子忽警悼，从官皆负薪[7]。

畚筑[8]岂无谋，祈祷如有神[9]。

宣房[10]今安在，高岸空嶙峋。

我行倦风湍，辍棹将问津。

空传歌瓠子[11]，感慨独愁人。

【注释】

[1] 诗歌选自《高适诗集编年笺注》。[2] 禹功：大禹治水之事。[3] 汉迹方因循：汉迹，指汉代治水的事迹、做法。因循：指沿袭鲧治水之法，以堵塞为务。[4] 坎德：指水。坎为卦名，其象为水，为沟渎。[5] 冯夷胡不仁：冯夷，水神河伯。胡不仁：汉武帝《瓠子歌》中有"为我谓河伯兮何不仁"句。[6] 东郡多悲辛：东郡，汉郡名，地在今河北南部、河南北部及山东西北部一带，治所在濮阳（今河南濮阳西南）。多悲辛：指汉文帝时黄河的一次大水灾。《史记》卷二十九《河渠书》："汉兴三十九年，孝文时河决酸枣（县名，今河南延津北），东溃金堤（在

今河南滑县北），于是东郡大兴卒塞之。"[7] 负薪：指背柴木填决口。据《史记》卷二十八《封禅书》及卷二十九《河渠书》记载，汉武帝元光三年（前132），黄河决于瓠子（堤名，在今河南濮阳南），大兴徒卒堵塞，反复无效。元封二年（前109），岁旱，乘水位低落之机，发卒数万人塞瓠子决口。汉武帝乃梅万里沙（在今陕西华县），祭泰山，然后至领子，亲临决河，沉白马玉璧于河，令群臣从官自将军以下，皆负薪填决河，终塞瓠子。在其上筑宫，名宣房宫。从此梁楚之地无水灾之患。[8] 畚筑：畚，筐一类的盛土器。畚筑，土建工程。[9] 祈祷如有神：典出《史记》卷二十九《河渠书》："天子既临河决，悼功之不成，乃作歌曰：'归旧川兮神哉沛。'"[10] 宣房：《史记》卷二十九《河渠书》："天子既临河决……于是卒塞瓠子，筑宫其上，名曰宣房宫。"[11] 歌瓠子：《汉书》卷六《武帝纪》："至瓠子，临决河，命从臣将军以下皆负薪塞河堤，作瓠子之歌。"

【赏析】

此诗为作者泛舟黄河经瓠子决口时凭吊汉武帝治河功绩所作。首二句写作者到达黄河岸边，看见波涛汹涌的黄河，顿起怀古之意。三四句以大禹比汉武帝，是对武帝治理水患功绩的称赞。诗歌后半部分详细叙述了武帝治理水患的过程，在黄河决口瓠子时，武帝督率军民斩竹负薪塞口，终绝水患，千古留名。全诗表现了作者对汉武帝的崇敬之情。

自淇涉黄河途中作十三首·其十三[1]

皤皤[2]河滨叟，相遇似有耻。

辍榜[3]聊问之，答言尽终始。

一生虽贫贱，九十年未死。

且喜对儿孙，弥惭远城市。

结庐黄河曲，垂钓长河里。

漫漫[4]望云沙，萧条听风水。

所思强饭食[5]，永愿在乡里。

万事吾不知，其心只如此。

高
适

【注释】

[1]诗歌选自《高适诗集编年笺注》。[2]皤皤：须发银白的样子。[3]
辍榜：停船。[4] 漫：《全唐诗》一作"溟"。[5] 强饭食：健饭。《汉书》
卷七十二《贡禹传》："生其强饭慎疾以自辅。"

【赏析】

高适一生与垂钓结下了不解之缘，写下了大量的垂钓诗，此诗写高
适在黄河边结识高龄渔者的过程。诗歌前八句介绍了这位老叟的个人及
家庭状况，后八句作者通过对老渔翁所在地的景物描写，表达了渔翁及
作者的共同心理——希望远离世俗纷扰，同时也赞扬了渔翁自食其力、
与世无争的高尚情操。诗中萧条的景色衬托了作者内心的凄凉和生不逢
时的感叹。

夜别韦司士得城字[1]

高馆张灯酒复清，夜钟残月雁归声。

只言啼鸟堪求侣[2]，无那春风欲送行。

黄河曲里[3]沙为岸，白马津[4]边柳向城。

莫怨他乡暂离别，知君到处有逢迎。

【注释】

[1]诗歌选自《高适诗集编年笺注》。司士：官名，即司士参军。《通
典》卷三十三《职官十五》："司士参军：两汉无闻。北齐以后与功曹同。
大唐掌管河津、营造、桥梁、廨宇之事。"[2] 只言啼鸟堪求侣：《诗

173

经·小雅·伐木》:"伐木丁丁,鸟鸣嘤嘤……嘤其鸣矣,求其友声。"求侣:呼求其友,此用啼鸟求侣比喻友谊。[3] 黄河曲里:言黄河河道之曲折处。[4] 白马津:见李白《发白马》注[1]。

【赏析】

这是一首送别诗,作于作者隐居淇上期间。首句写送别夜宴,馆高、灯明、酒清,一派热闹喜悦的气象。次句写晓时钟鸣、月残,又闻归雁之声,为伤别渲染了气氛。三四句谓啼鸟求友,更何况人呢!五六句写送别地附近的风物,白马津、"柳向城"蕴含着无数的离愁别恨。最后二句以慰藉友人作结,表现了他的开阔胸襟。全诗凄婉低沉,写离别荒渺而不凄切。

九曲词三首·其一[1]

铁骑横行铁岭[2]头,西看逻逤[3]取封侯。
青海[4]只今将饮马,黄河不用更防秋[5]。

【注释】

[1] 诗歌选自《高适诗集编年笺注》。[2] 铁岭,山名,未详所在。[3] 逻逤:同逻娑,吐蕃之都城,今西藏拉萨。[4] 青海:湖名,在今青海省东北部。唐时临吐蕃东北边境。[5] 防秋:唐时突厥、吐蕃等常于秋天入侵,于其时调兵守边,谓之防秋。《新唐书》卷一百五十七《陆贽列传》:"西北边岁调河南、江淮兵,谓之'防秋'。"

【赏析】

天宝十二载(753),河西节度使哥舒翰击败吐蕃军,收复了九曲之地(青海附近)。高适欣喜激动,作《九曲词三首》以祝捷,此诗是其三。首句以雄健的笔势引起全诗,描写了精锐的骑兵部队纵横驰骋于边塞山岭间的雄伟情景。次句写九曲虽然收复了，但边塞战争并没有止息，须继续向西抗击入侵者以取得功名。"青海只今将饮马"表现出对未来战争充满自信与豪情，最后一句反映了戍边战士安边保国的豪情壮志。全诗风格明朗刚健，语言朴实淳厚，洋溢着慷慨雄壮、乐观昂扬的激情，是盛唐气象的体现。

高

适

冯 著

冯著，生卒年不详，河间（今属河北）人。曾任广州录事。唐德宗时摄洛阳尉，后改缑氏尉。贞元中官至左补阙。与韦应物友善，唱酬颇多。今存诗四首。

行路难[1]

男儿辗轲[2]徒搔首，入市脱衣且沽酒。

行路难，权门慎勿干，平人争路相摧残。

春秋四气更[3]回换，人事何须再三叹。

君不见雀为蛤[4]，鹰为鸠[5]，东海成田[6]谷为岸[7]。

负薪客[8]，归去来。

龟反顾[9]，鹤裴回，黄河岸上起尘埃。

相逢未相识，何用强相猜。

行路难，故山应不改，茅舍汉中在。

白酒杯中聊一歌，苍蝇苍蝇[10]奈尔何。

【注释】

[1] 诗歌选自《全唐诗》卷二百一十五。行路难：见李白《行路难三首》注[1]。[2] 辗轲：坎坷。[3] 更：《全唐诗》一作"相"。[4] 雀为蛤：《国语·晋语九》："雀入于海为蛤，雉入于淮为蜃，鼋鼍鱼鳖，莫不能化。唯人不能，哀夫！"[5] 鹰为鸠：《礼记·月令》："仲春之

月……鹰化为鸠。"[6] 东海成田：即所谓"沧海桑田"，《神仙传》卷三载："麻姑自说：'接待以来，已见东海三为桑田，向到蓬莱，水又浅于往者，会时略半也，岂将复还为陵陆乎？'"[7] 谷为岸：《诗经·小雅·十月之交》："高岸为谷，深谷为陵。"比喻世事巨变。[8] 负薪客：负薪，担柴，代指草野贫贱之人。朱买臣发迹前，常卖柴自给，《汉书》卷六十四上《朱买臣传》："担束薪，行且诵书。"后拜中大夫，迁会稽太守。[9] 龟反顾：《艺文类聚》卷九十六引《会稽后贤传》："孔愉尝至吴兴县余干亭，见人笼龟于路，愉求买放之。至水，反顾及愉。封此亭侯而铸印，龟首回屈，三铸不正，有似昔龟之顾，灵德应感如此。愉悟，乃取而佩焉。"[10] 苍蝇：喻谗人，有苍蝇诗：《诗经·小雅·青蝇》："营营青蝇，止于樊。岂弟君子，无信谗言。"以苍蝇喻颠倒黑白的小人。

【赏析】

此诗抒发了作者对于人生变动无常的感慨和宦海沉浮之苦闷抑郁的心情。诗歌中间部分运用"东海成田"的典故，喻世事巨变，表达了自己对封官加爵的渴望。"黄河岸上起尘埃"则是仕途艰险、官场险恶的象征。从诗歌中不难看出作者艰难的境遇、高尚的人品和坚毅的性格。

冯著

杜 甫

杜甫（712—770），字子美。祖籍京兆杜陵（今陕西西安东南），后随晋室南渡，曾祖依艺终巩（今河南巩义）县令，遂世居巩县。自幼好学，七岁能诗。开元二十三年（735）在洛阳应进士试，落第。天宝五载（746）入长安，次年再应试，亦不第。后献《三大礼赋》，得玄宗赏识，命待制集贤院，授右卫率府胄曹参军。历任左拾遗、华州司功参军、检校工部员外郎。大历五年冬卒于潭（今湖南长沙）岳（今湖南岳阳）间舟中。与李白至交并齐名，时称"李杜"。杜甫被世人尊为"诗圣"，其诗被称为"诗史"。《新唐书·艺文志》著录有集六十卷，现存诗十八卷、文两卷。《旧唐书》卷一百九十下、《新唐书》卷二百〇一、《唐才子传》卷二有传。

临邑舍弟书至苦雨黄河泛溢堤防之患簿领所忧因寄此诗用宽其意[1]

二仪[2]积风雨，百谷漏波涛。

闻道洪河[3]坼，遥连沧海高。

职司[4]忧悄悄，郡国诉嗷嗷。

舍弟卑栖邑[5]，防川领簿曹。

尺书[6]前日至，版筑[7]不时操。

难假鼋鼍[8]力，空瞻乌鹊毛[9]。

燕南[10]吹畎亩，济上[11]没蓬蒿。

螺蚌满近郭，蛟螭乘九皋[12]。

徐关[13]深水府[14]，碣石[15]小秋毫[16]。

白屋[17]留孤树，青天[18]失万艘[19]。

吾衰同泛梗[20]，利涉想蟠桃。

却倚天涯钓，犹能掣巨鳌。[21]

杜

甫

【注释】

[1]诗歌选自《杜诗详注》卷一。《旧唐书》卷三十七《五行志》载："（开元）二十九年，暴水，伊、洛及支川皆溢，损居人庐舍，秋稼无遗，坏东都天津桥及东西漕；河南北诸州，皆多漂溺。"诗当作于此年。临邑：县名，在今山东临邑西北。《元和郡县图志》卷十《河南道六》："临邑县，本汉旧县，属东郡。至晋，属济北国。宋孝武帝孝建二年，立东魏郡，理台城，以临邑县属焉。隋开皇三年罢郡，临邑县属齐州。武德二年属谭州，贞观元年废谭州，属齐州。"舍弟：杜甫的胞弟杜颖，时任临邑主簿。簿领：即主簿。汉代诸县皆置主簿，为县佐吏，唐朝沿袭。《旧唐书》卷四十四《职官志三》："主簿掌印及受事发辰，勾检稽失。"[2]二仪：天地。《抱朴子·外篇·逸民》："弥纶二仪，升为云雨，降成百川。"[3]洪河：大河，即黄河。[4]职司：职掌治河防水的官员。司，《杜诗详注》一作"思"。[5]卑栖邑：屈就临邑县主簿之职。[6]尺书：书信。《吴越春秋》采葛妇歌："吴王欢兮飞尺书。"[7]版筑：用版夹土筑堤。[8]鼋鼍：大鳖和扬子鳄。《竹书纪年·周纪》载：周穆王曾东游至九江，"架鼋鼍以为梁"。[9]乌鹊毛：《尔雅翼》卷十三《释鸟》载：七月七日乌鹊搭桥以渡织女，"故毛皆脱去"。[10]燕南：今河北省南部。[11]济上：今山东济南、兖州一带。[12]九皋：深远的水泽淤地。[13]徐关：地名，在齐地，今不详。[14]水府：龙宫。[15]碣石：山名。《汉书》卷二十八上《地理志》："夹右碣石，入于河。"颜师古注曰："碣石，海边山名也。"[16]小秋毫：小于秋毫。秋毫是鸟兽秋天所换生的毫毛。[17]白屋：用白茅盖顶的屋，茅屋。《汉书》卷六十四上《吾丘寿王传》："今陛下昭明德，建太平，举俊材，兴学官，三公有司或由穷巷，起白

屋。"颜师古注:"白屋,以白茅覆屋也。"[18]天:《杜诗详注》一作"云"。
[19]失万艘:谓万船失道。[20]泛梗:《战国策·齐策三》:"有土偶人
与桃梗相与语。桃梗谓土偶人曰:'子,西岸之土也,(挺)子以为人,
至岁八月,降雨下,淄水至,则汝残矣。'土偶曰:'不然,吾西岸之土
也,(吾残)则复西岸耳。今子东国之桃梗也,刻削子以为人,降雨下,
淄水至,流子而去,则子漂漂者将何如耳。'"杜甫此时漂泊无依,又逢
水灾,故自比为"泛梗"。[21]"却倚"二句:用龙伯国人钓鳌事,龙
伯国人为古代神话中的巨人。《列子·汤问》及《博物志》卷二载:龙
伯之国有大人,其人长三十丈,举足不盈数步,而及于五山之所,一钓
而连六鳌。却倚,《杜诗详注》一作"倚赖"。

【赏析】

开元二十九年(741)秋黄河泛滥,河南、河北二十四郡遭受水灾,
时杜甫之弟杜颖任临邑县主簿,兼领防川之职,写信给杜甫陈述灾情。
杜甫寄此诗,以宽解杜颖之愁怀。首二句说明河溢的原因,三四句写黄
河水患来势凶猛,五六句写灾民诉苦的惨状,表达了对人民的关注与同
情。"尺书前日至"到"青天失万艘",作者写水灾的严重、治水的艰难
和人民受灾之苦。最后四句表达了作者治服水患的愿望,用以宽慰其
弟。此诗不仅是唐朝少见的直接对黄河水患进行描写的诗歌,也是杜甫
反映现实情况最早的诗歌,在表现作者忧国忧民情怀时,亦夹杂了个人
漂泊不遇的阴郁苍凉的情绪。

故武卫将军挽词三首·其二[1]

舞剑过人绝,鸣弓射兽能。

铦锋行惬顺[2],猛噬失蹻腾[3]。

赤羽[4]千夫膳[5],黄河十月冰。

横行沙漠外,神速至今称。

【注释】

[1]诗歌选自《杜诗详注》卷二。武卫将军：官名。黄鹤《补注杜诗》："武卫将军之名，起于魏许褚。《唐书》：左右武卫大将军各一员，将军各一员，掌统领宫禁警卫之法。"[2]行惬顺：意谓剑锋所指，无不如意。[3]蹻腾：壮跃之貌。[4]赤羽：军中的赤羽旗。羽，《杜诗详注》一作"雨"。[5]千夫膳：千夫会食。千夫：军士。

【赏析】

这是一首写给武卫将军的哀悼诗，主要回忆了将军生前英勇作战的场景。诗歌前半部分写将军的高超武艺，将军剑术无人可比，射箭百发百中。刀锋天下横行，猛兽应弦倒地。后半部分写将军持此绝技，率众出征，孤军深入。塞外黄河，十月冰冻，不惧苦寒。广阔大漠，也能横行神速。全诗无不在赞赏武卫将军精湛的作战才能，体现了作者对其的钦佩，表现出对失去这位贤才的惋惜。

送蔡希鲁都尉还陇右因寄高三十五书记[1]

蔡子[2]勇成癖，弯弓西射胡。

健[3]儿宁斗死，壮士耻为儒。

官是先锋得，才缘挑战须。

身轻一鸟过，枪急万人呼。

云幕随开府，春城赴[4]上都。

马头金匼匝[5]，驼背锦模糊。

咫尺雪[6]山路，归飞青海[7]隔。

上公[8]独宠锡，突将且前驱。

汉使[9]黄河远，凉州[10]白麦枯[11]。

因君问消息，好在阮元瑜[12]。

【注释】

[1] 诗歌选自《杜诗详注》卷三。都尉：折冲都尉的简称，武官名。《旧唐书》卷四十四《职官志三》："折冲都尉各一人。上府，都尉正四品上，中府，从四品下，下府，正五品下。武德中，采隋折冲、果毅郎将之名，改统军为折冲都尉，别将为果毅都尉。""凡兵马在府，每岁季冬，折冲都尉率五校之属以教其军阵、战斗之法也。"陇右：唐设陇右节度使，治所在鄯州（今青海乐都）。《元和郡县图志》卷三十九《陇右道上》："隋乱陷贼，武德二年讨平薛举，关、陇平定，改置鄯州。仪凤二年置都督府，后复为州，开元二十一年置陇右节度使，备西戎。"高三十五书记：即高适。唐人以称呼排行表示尊敬和亲切，高适在族中同辈排第三十五。时高适为河西节度使哥舒翰掌书记。[2] 蔡子：蔡希鲁。子是对人的敬称。[3] 健：《杜诗详注》一作"男"。[4] 赴：《杜诗详注》一作"入"。[5] 匼匝：《杜诗详注》一作"帕匝"。意为重叠，密接，为当时口语。[6] 雪：《杜诗详注》一作"云"。[7] 青海：即青海湖，在今青海省北部，代指陇右。青，《杜诗详注》一作"西"。[8] 上公：指哥舒翰，时封西平郡王。[9] 使：《杜诗详注》一作"水"。[10] 凉州：今甘肃武威。《元和郡县图志》卷四十《陇右道下》："凉州。武威……隋末丧乱，陷于寇贼，武德二年讨平李轨，改为凉州，置河西节度使……天宝元年，改为武威郡，乾元元年复为凉州。"[11] 白麦枯：凉州一带春种白麦，秋天成熟。此句谓蔡希鲁从长安出发，到凉州时已至秋天。[12] 阮元瑜：三国的阮瑀，字元瑜，陈留人，曹操辟为司空军谋祭酒，管记室，草拟军国书檄。此处以阮瑀喻指高适。

【赏析】

这是一首送别诗。天宝十四年（755），高适在河西陇右节度使哥舒翰幕府任掌书记，哥舒翰进朝入奏，因病留京师，故蔡希鲁先归陇右。虽逢离别之时，全诗却没有伤感的氛围，多赞赏蔡都尉气概非凡，战场杀敌武勇，可见作者对其的钦佩。结尾作者希望通过蔡都尉问候高适，致遥想之情。全诗雄浑刚健，慷慨激昂，杨伦《杜诗镜铨》评此诗："全首警拔。"

遣兴三首·其三[1]

昔在洛阳时，亲友相追攀。
送客东郊道，遨游宿南山[2]。
烟尘[3]阻长河，树羽[4]成皋[5]间。
回首载酒地，岂无一日还。
丈夫贵壮健，惨戚非朱颜。

【注释】

[1]诗歌选自《杜诗详注》卷六。[2]南山：指洛阳城南伊阙山。[3]烟尘：指安史之乱。[4]树羽：竖起的军旗。[5]成皋：见李隆基《行次成皋途经先圣擒建德之所缅思功业感而赋诗》注[1]。

【赏析】

此诗为作者流落秦州，回忆当年在洛阳与亲友交游相处的情景。前四句对洛阳交游的生活作了高度概括，亲戚之间的互相攀援，朋友之间的遨游交谈，给他留下了极为深刻的印象和许多美好回忆。紧接着的四句写世事的变化：当年的遨游之地，如今变成了战场，烽烟四起，阻断黄河；成皋一带，也是军旗林立。如今无法回到洛阳，即使回去，亲友也不知离散到何处了。最后两句写作者对以前"壮健"风貌的怀恋，并感叹今日已"非朱颜"，运用对比手法，慨叹时光易逝，今非昔比，反映了作者流落秦州时孤独寂寞的心情。这是作者念旧忆旧之作，情真动人，诗风沉郁忧愁。

秦州杂诗二十首·其十[1]

云气接昆仑，浴浴[2]塞雨繁。

羌童[3]看渭水，使客[4]向河源[5]。

烟火军中幕，牛羊岭上村。

所居秋草净，正闭小蓬门[6]。

【注释】

[1] 诗歌选自《杜诗详注》卷七。秦州：今甘肃省天水市。《元和郡县图志》卷三十九《陇右道上》："秦州，天水……隋末陷于盗贼，武德二年讨平薛举，改置秦州，仍立总管府。天宝元年改为天水郡，乾元元年复为秦州。宝应二年陷于西蕃。"[2] 浴浴：形容雨水不断流下的样子，或指天色阴沉。[3] 羌童：羌，原是古代人们对居住在祖国西部游牧部落的一个泛称。羌童泛指少数民族孩童。[4] 客：《杜诗详注》一作"估"。[5] 向河源：用张骞寻河源事。《史记》卷一百二十三《大宛列传》："自张骞使大夏之后也，穷河源。"这里喻指出使吐蕃。向，《杜诗详注》一作"尚"。[6] 蓬门：柴门。

【赏析】

这是杜甫寓居秦州，描述其"所居"见到的雨中景象的抒情诗。首联写景，昆仑离秦州甚远，高耸的云气是作者想象出来的。次句写"塞雨"之状，浴浴绵延不断。三四句写民生百态，雨中的羌童看上涨中的渭水，使客冒雨向着河源前进。接着，作者的目光由河边转到"军中幕"和"岭上村"，袅袅烟火在军幕中上升，岭上村庄的牛羊在雨中缓缓移动。尾句作者的视线回到自己的居所，秋草和紧闭的蓬门都反映了周遭环境的安宁。全诗情调恬淡，气氛宁静，由静见动，静中有动。

东楼[1]

万里流沙道[2]，西行[3]过此[4]门。

但添新[5]战骨，不返旧征[6]魂。

楼角临风迥，城阴[7]带水[8]昏。

传声看驿使，送节[9]向河源。

【注释】

[1]诗歌选自《杜诗详注》卷七。东楼：指秦州城的东楼。[2]流沙道：此道经由临州（今甘肃临洮）或兰州（今甘肃兰州）可达吐蕃据有的河湟地区，这里应该泛指连通西域的道路。[3]西行：《杜诗详注》一作"西征"。[4]此：《杜诗详注》一作"北"。[5]新：《杜诗详注》一作"征"。[6]旧征：《杜诗详注》一作"死生"。[7]城阴：城楼背阳之处。[8]水：《杜诗详注》一作"雨"。[9]节：符节，使臣所持之凭证。

【赏析】

此诗作于乾元二年（759）杜甫在秦州时。全诗写作者登秦州城东楼的所见所感，抒发战乱未平的沉痛感慨。开头二句点明东楼是出塞的必经之地。三四句写战争的残酷。五六句写作者登楼俯瞰之所见。结尾写作者听到驿使喧呼而过，应是前去西域和谈。诗歌题咏东楼，实则写过往城楼之人——将士和驿使。全诗萧索悲怆，体现了作者因边乱未平的悲痛心情。

黄河二首[1]

黄河北岸海西军[2]，椎鼓[3]鸣钟天下闻。

铁马长鸣不知[4]数，胡人高鼻动成群[5]。

黄河南^[6]岸是吾^[7]蜀，欲须供给家无粟。

愿驱众庶戴君王，混一车书^[8]弃金玉^[9]。

【注释】

[1] 诗歌选自《杜诗详注》卷十三。[2] 海西军：唐盛时所置，在今青海省境内。[3] 椎鼓：击鼓。[4] 知：《杜诗详注》一作"如"。[5] 胡人高鼻动成群：谓其地已陷于吐蕃。[6] 南：《杜诗详注》一作"北"，一作"西"。[7] 吾：《杜诗详注》一作"故"。[8] 混一车书：天下一统。《礼记·中庸》："今天下车同轨，书同文。"[9] 弃金玉：谓戒奢侈，不以金玉为宝。

【赏析】

这两首诗是广德二年（764）作者在成都浣花草堂所作。当时吐蕃入寇，战火不息，民不聊生，作者为此哀痛不已。第一首先言海西军屯兵甚众，但仍不能阻吐蕃之横行。接着第二首言蜀民穷困，表达了天下统一、实现太平的愿望。这首诗书写现实寄意深远，诗风沉郁悲怆。杜甫即使身在巴蜀，也密切关注着黄河沿岸的战争，时刻担心国家的命运与人民的疾苦。

天边行^[1]

天边老人^[2]归未得，日暮东临大江^[3]哭。

陇右^[4]河源^[5]不种田^[6]，胡骑^[7]羌兵^[8]入巴蜀^[9]。

洪涛滔天风拔木，前飞秃鹙^[10]后鸿^[11]鹄。

九度附书向洛阳，十年骨肉无消息。

【注释】

[1] 诗歌选自《杜诗详注》卷十四。[2] 天边老人：杜甫自称。

[3] 大江：嘉陵江。[4] 陇右：见杜甫《送蔡希鲁都尉还陇右因寄高三十五书记》注 [1]。[5] 河源：郡名，在今青海境内。[6] 不种田：指沦陷于吐蕃。吐蕃为游牧民族，不尚种田。[7] 胡骑：指吐蕃。[8] 羌兵：指党项羌、浑奴剌等少数民族。[9] 入巴蜀：《资治通鉴》卷二百二十三《唐纪》："（广德元年十二月）吐蕃陷松、维、保三州及云山新筑二城。"[10]秃鹙：鸟名，似鹤而大，青苍色，头项无毛。[11]鸿：《杜诗详注》一作"黄"。

【赏析】

诗歌作于广德二年（764）杜甫在阆州时，描写忧乱伤时之悲与骨肉离散之痛。一二句直抒作者在天边之哀，三四句写作者流落天边之故，五六句暗喻作者无法摆脱险恶环境。最后二句写给亲人多次寄信却没有音讯，抒发思家怀亲之痛。全诗直抒胸臆，悲壮忧愤，尽显作者漂泊天涯、饱受艰辛的心酸愁苦，真情奔涌而出，写得异常感人。

峡中览物[1]

曾为掾吏[2]趋三辅[3]，忆在潼关诗兴多。

巫峡忽如瞻华岳，蜀江犹似见黄河。

舟中得病移衾枕，洞口经春长薜萝[4]。

形胜有余风土恶[5]，几时回首一高歌。

【注释】

[1]诗歌选自《杜诗详注》卷十五。[2]掾吏：官府中辅助官吏的通称。[3] 三辅：见崔颢《题潼关楼》注 [3]。[4] 薜萝：植物名，薜荔与女萝。薜荔，又称木莲，三峡地区古代生长极多。女萝，亦作"女罗"，即松萝。多附生在松树上，成丝状下垂。[5]风土恶：谓夔州之地俗杂蛮夷，地多瘴气。

【赏析】

此诗是作者在夔州时所作，抒发了作者怀念家乡、盼望北归的心情。前四句写作者回忆过去"三辅"为官、"潼关"咏诗的情景，将"巫峡"与"华岳"、"蜀江"与"黄河"比较，乘舟仰观巫峡好像在瞻仰华岳的盛景一样，畅游蜀江就好像观赏黄河一般，它们非常相似，一样的雄伟，一样的气势磅礴。然而，此地虽好，却不是久留之地。作者在这里体弱多病，尤其对此地的风土俗杂很不适应，这使他归乡的愿望更加迫切。尾句"几时回首一高歌"表现出作者无尽的思乡之情和祈盼。这首诗有强烈的时空意识，作者将过去的华州和今日的夔州联系起来，直抒对家乡的怀念。

寄狄明府博济[1]

唐代卷

梁公[2]曾孙我姨弟[3]，不见十年官济济。

大贤之后竟陵迟，浩荡古今同一体。

比看伯叔四十人，有才无命百僚底[4]。

今者兄弟一百人，几人卓绝秉周礼。

在汝更用文章为，长兄白眉[5]复天启。

汝门请从曾翁[6]说，太后[7]当朝多巧诋[8]。

狄公执政在末年，浊河[9]终不污清济[10]。

国嗣初将付诸武，公独廷诤守丹陛[11]。

禁中决策请[12]房陵，前[13]朝长老皆流涕。

太宗社稷一朝正，汉官威仪[14]重昭洗。

时危始识不世才，谁谓荼苦甘如荠[15]。

汝曹又宜列鼎[16]食，身使门户多旌棨[17]。

胡为飘泊岷汉[18]间，干谒侯王颇历抵[19]。

况乃山高水有波，秋风萧萧露泥泥。

虎之饥，下巉巖；蛟之横，出清泚。

早归来，黄土污衣眼易眯。

【注释】

[1] 诗歌选自《杜诗详注》卷十九。明府：县令的别称。[2] 梁公：即狄仁杰（630—700），字怀英，并州太原（今属山西）人。圣历三年卒，赠文昌右相，谥"文惠"。[3] 姨弟：即姨表弟。[4] 百僚底：指小官，低级官吏。[5] 白眉：《三国志》卷三十九《蜀书·马良传》载：马良字季常，兄弟五人，并有才名。乡里为之谚曰："马氏五常，白眉最良。"良眉中有白毛，故以称之。[6] 曾翁：称呼别人的曾祖父。翁，《杜诗详注》一作"公"。[7] 太后：武则天。[8] 诋：《杜诗详注》一作"计"。[9] 浊河：黄河。[10] 清济：济水。《战国策·燕策一》："吾闻齐有清济浊河。"[11] 丹陛：皇宫台阶。[12] 请：《杜诗详注》一作"诏"。[13] 前：《杜诗详注》一作"满"。[14] 汉官威仪：指李唐旧制。[15] 谁谓荼苦甘如荠：《诗经·邶风·谷风》："谁谓荼苦，其甘如荠。"意谓言词之间，极费苦心，必社稷安宁，始得快意。[16] 列鼎：《杜诗详注》一作"裂土"。[17] 棨：有缯衣的木戟，用作仪仗。唐制，节度使就第赐旌节，三品以上得门列棨戟。[18] 岷汉：即巴蜀。[19] 抵：《杜诗详注》："旧作诋，误。"

【赏析】

这是作者在夔州写给县令博济的一首寄赠诗。诗歌先从博济的世系写起，称其兄弟多才，却都仕途不顺。接着用大量篇幅追叙狄仁杰往事，赞扬他为匡复唐室做出的不凡之举。"浊河终不污清济"，利用黄河相关典故称赞狄仁杰于污泥而不染，以河水之清浊比官员之清白与否。结尾哀叹博济飘零不遇的悲惨处境，谴责了官场险恶。全诗夹叙夹议，言辞恳切，意在劝勉友人不要误入歧路，体现了作者对友人的关切。

喜闻盗贼蕃寇总退口号五首·其一[1]

萧关[2]陇水[3]入官军，青海黄河卷塞云。

北极转愁[4]龙虎气，西戎[5]休纵犬羊群。

【注释】

[1] 诗歌选自《杜诗详注》卷二十一。[2] 萧关：黄鹤《补注杜诗》："萧关，与灵州相近，正指吐蕃寇灵州，而路嗣恭破之也。"[3] 陇水：陇州之水。陇州在原州南。[4] 愁：《杜诗详注》一作"深"。[5] 西戎：指吐蕃。

【赏析】

大历二年（767）九月，吐蕃入侵灵州。十月，朔方节度使路嗣恭破吐蕃于灵州城下，吐蕃退去。杜甫在听到官军收复萧关陇地这一消息后，作诗庆贺。"萧关陇水入官军"写官军收复失地的壮观场面，作者将势如破竹、大获全胜的气势表现得淋漓尽致。"青海黄河卷塞云"写尽了黄河奔腾的气势。"北极转愁龙虎气"表现了战争胜利之后的豪迈景象。"西戎休纵犬羊群"写敌寇兵败撤离的落寞，与前三句的胜利景象形成鲜明对比。全诗气魄雄伟，诗境浑厚磅礴，于叙事、描景中体现胜利之自豪。

贾　至

贾至（718—772），字幼邻，河南洛阳人。贾曾之子。明经擢第，历任校书郎，单父（今山东单县）尉、起居舍人、知制诰、汝州刺史、岳州司马、尚书左丞。大历七年（772）以右散骑常侍卒，赠礼部尚书。《新唐书·艺文志》著录有集二十卷，又别集十五卷。《旧唐书》卷一百九十中、《新唐书》卷一百一十九、《唐才子传》卷三有传。

送友人使河源[1]

送君鲁郊[2]外，下车上高丘。

萧条千里暮，日落黄云秋。

举酒有余恨，论边[3]无远谋。

河源望不见，旌旆去悠悠。

【注释】

[1] 诗歌选自《全唐诗》卷二百三十五。河源：军镇名。唐代于鄯城（今青海西宁）置河源军，是防御吐蕃入侵的重镇。[2] 鲁郊：疑指单父（今山东单县）城郊。单父自西周至春秋皆属鲁国，故云。[3] 论边：谋划边防之事。

【赏析】

这首诗是作者送友人使蕃之作。首二句写送行场面，点明了出发地。三四句写景，暮色落日之景渲染了萧瑟哀戚的氛围。"举酒有余恨，论边无远谋"二句，反映出吐蕃占据陇右之地后，唐多次派使者入吐蕃商议会盟等事实。唐经安史之乱后衰弱，谈判最终以让步而结束，故作者感叹边防之事无良谋，有遗恨。末尾二句感慨友人出使之地的偏远，表现出对友人的不舍。全诗笼罩着消极悲观的情调，远不像安史之乱以前送蕃使诗那样慷慨激扬。

钱　起

钱起（710？—782？），字仲文，吴兴（今浙江湖州）人。天宝十载（751）登进士第，释褐秘书省校书郎。历任蓝田县尉、祠部员外郎、司勋员外郎，官终考功郎中。钱起为"大历十才子"之一，与郎士元齐名，时称"前有沈、宋，后有钱、郎"。《直斋书录解题》著录《钱考功集》十卷，今传。《旧唐书》卷一百六十八、《新唐书》卷二百〇三、《唐才子传》卷四有传。

送李协律还东京[1]

芳草忽无色，王孙复入关。[2]
长河[3]侵驿道，匹马傍云山。
愁见离居夕，萤飞秋月闲。

【注释】

[1]诗歌选自《钱考功集》卷一。协律：协律郎，属太常寺。《唐六典》卷十四《太常寺》："协律郎二人，正八品上。协律郎掌和六律、六吕，以辨四时之气，八风五音之节。"[2]"芳草"二句：化用《楚辞·招隐士》语，"王孙游兮不归，春草生兮萋萋"。入关，指从长安出潼关还洛阳。[3]长河：指黄河。

【赏析】

这是一首送别诗。首二句化用古语，写分别的感伤。三四句写送行道路上的所见。黄河作为长安至东京路上的必经之地、重要的送别场所，唐人送别诗屡有提及。诗歌末尾表达了作者的"愁"，运用秋夜之景烘托离别的感伤。全诗萧条哀凄，于平淡叙写中体现分离的忧伤。

韩　翃

　　韩翃，生卒年不详，字君平，郡望昌黎，籍贯南阳（今属河南），后寄家郓州。天宝十三载（754）进士及第，历任驾部郎中、知制诰，中书舍人。卒于官。韩翃才名早著，诗篇流传宫禁，见重朝野，为"大历十才子"之一。《新唐书·艺文志》著录其诗集五卷。《新唐书》卷二百〇三、《唐才子传》卷四有传。

寄哥舒仆射[1]

万里长城家，一生唯报国。

腰垂紫文[2]绶[3]，手控黄金勒。

高视黑头翁[4]，遥吞白骑贼[5]。

先麾牙门将[6]，转斗黄河北。

帐下亲兵皆少年，锦衣承日绣行缠。

辘轳[7]宝剑初出鞘，宛转角弓初[8]上弦。

步义[9]抽箭大如笛，前把两矛后双戟[10]。

左盘右射红尘中，鹘[11]入鸦群有谁敌。

杀将破军白日余，回旌舞旆北风初。

郡公楯鼻好磨墨[12]，走马为君飞羽书[13]。

【注释】

[1] 诗歌选自《全唐诗》卷二百四十三。哥舒仆射：即哥舒翰。《旧

唐书·哥舒翰列传》卷一百〇四载："（天宝）十五载，加翰尚书左仆射、同中书门下平章事。"时哥舒翰镇守潼关。[2] 文：《全唐诗》一作"艾"。[3] 绶：《全唐诗》一作"缦"。[4] 黑头翁：《全唐诗》一作"黑稍公"。《魏书》卷三十一《于栗磾列传》：栗磾为河内镇将，刘裕伐姚泓，借道河内，致书栗磾，称"黑稍公麾下"，盖栗磾好持黑稍以自标。栗磾以状表闻，魏太宗许之，因授"黑稍将军"。稍，同"槊"。[5] 白骑贼：《史记》卷一百〇九《李将军列传》载：李广击匈奴，匈奴"有白马将出护其兵，李广上马与十余骑奔射杀胡白马将。"此借指吐蕃战将。[6] 牙门将：武将。牙门，军队主帅帐前竖牙旗以为军门，故称牙门。[7] 辘轳：剑名。剑首有玉制辘轳形饰物。[8] 初：《全唐诗》一作"新"，一作"争"。[9] 步义：箭袋。义，《全唐诗》一作"乂"。[10] 双戟：三国时魏国猛将典韦，膂力过人，好持双戟，《三国志》卷十八《魏书·典韦传》："军中为之语曰：'帐下壮士有典君，提一双戟八十斤。'"[11] 鹘：猛禽。一名隼。善于袭击其他鸟类。[12] 郡公楯鼻好磨墨：《北史》卷八十三《荀济列传》："荀济字子通，其先颍川人，世居江左。济初与梁武帝布衣交，知梁武当王，然负气不服，谓人曰：'会楯上磨墨作檄文。'"后用作军中作檄之典。郡，《全唐诗》一作"羣"。[13] 羽书：羽檄，檄是一尺二寸长的木简，用以征调军士，遇有急事则插鸟毛于檄上以示迅疾。

【赏析】

这是一首写给哥舒翰的赠诗，盛称哥舒翰的军事才能，既表现出对其所抱的希望，也意在鼓励守关抗敌。开篇就赞赏哥舒翰的报国之志，接着又夸赞哥舒翰身居高位，地位显赫。作者将哥舒翰比作"黑稍公"，赞赏他雄姿英发，指挥镇定。相反，称安禄山及叛军为"白骑贼"，谓其反复无常，厌恶激愤之情，溢于言表。接着六句写哥舒翰所领军队装备精良，整装待发，即将转战黄河北岸。将士们骁勇善战，在烟尘滚滚的战场上左冲右突，如鹘入鸦群，无人能敌，作者将战争场面写得酣畅淋漓。最后四句写作者对哥舒翰寄予的厚望，希望他剿灭叛军，得胜而归。全诗多处用典，虽都是想象之景，但景象描绘壮阔，气势雄健，读之振奋人心，体现了作者的爱国思想。

韩翃

郎士元

　　郎士元，生卒年不详，字君胄，定州（今河北定县）人。天宝十五载（756）进士及第，历任渭南县尉、拾遗、补阙、员外郎、郢州刺史。诗与钱起齐名。《新唐书·艺文志》著录其诗集一卷。《唐才子传》卷三有传。

送杨中丞和蕃[1]

锦车[2]登陇[3]日，边草正萋萋。
旧好寻[4]君长[5]，新愁听[6]鼓鼙[7]。
河源飞鸟外，雪岭[8]大荒西。
汉垒今犹在，遥知路不迷。

【注释】

[1] 诗歌选自《全唐诗》卷二百四十八。杨中丞：杨济。《旧唐书》卷一百九十六《吐蕃列传下》："永泰二年二月，命大理少卿兼御史中丞杨济修好于吐蕃。"[2] 锦车：以锦为饰的车，使者所乘。《汉书》卷九十六下《西域传下》载：汉宣帝命"冯夫人锦车持节"，出使乌孙。[3] 陇：陇山，在今陕西陇县至甘肃平凉一带。[4] 寻：《全唐诗》一作"随"。[5] 君长：指吐蕃首领。[6] 听：《全唐诗》一作"送"。[7] 鼓鼙：军中的大鼓和小鼓，代指战争。[8] 雪岭：泛指吐蕃境内之山。

【赏析】

此诗写送友人出使吐蕃。首联点明杨中丞出发的地点和时间，暗含作者的送别之情。颔联写当下局势，唐帝国虽与吐蕃修好，但主动权已不在朝廷这边，作者不免为这种屈辱政策感到忧愁。颈联用"飞鸟外"形容杨中丞去国之远，用"大荒西"点明所去地方环境之险恶，衬托旅途的艰苦。尾联既是作者对杨中丞的慰勉，也是作者庆幸民族和睦相处的感慨。全诗意境悲凉，体现了作者对杨中丞的不舍与关切。

送李将军赴定州[1]

双旌[2]汉飞将[3]，万里授[4]横戈。

春色临边[5]尽，黄云出塞多。

鼓鼙悲绝漠，烽戍[6]隔长河。

莫断[7]阴山[8]路[9]，天骄[10]已请和。

【注释】

[1] 诗歌选自《全唐诗》卷二百四十八。送李将军赴定州：《全唐诗》一作《送彭将军》。李将军：事迹不详。定州：治所在今河北定县。[2] 双旌：唐制。《新唐书》卷四十九《百官志下》："节度使掌总军旅，颛诛杀。初授，具帑抹兵仗诣兵部辞见，观察使亦如之。辞日，赐双旌双节。"[3] 汉飞将：李广。[4] 授：《全唐诗》一作"独"。[5] 边：《全唐诗》一作"关"。[6] 戍：《全唐诗》一作"火"。[7] 莫断：《全唐诗》一作"想到"。[8] 阴山：在内蒙古中部，东西走向千余公里，山间垭口为古代南北通道。[9] 路：《全唐诗》一作"北"。[10] 天骄：《汉书》卷九十四上《匈奴传上》："南有大汉，北有强胡。胡者，天之骄子也。"后泛指北方边地的外族。

【赏析】

此诗写作者送将军出征的所见所感。开头用"汉飞将"喻李将军，体现对李将军的尊重与钦佩，"双旌"二字点明李将军是受命出征。"万里授横戈"显示了将军声威。三四句写景，关塞悠远，春风难以企及，关外黄沙弥漫如云，遮天蔽日，一写关内之景，一写塞外之物，共同表现了边塞环境的恶劣。诗歌后半部分写李将军扬威塞外。"鼓鼙悲绝漠"，可见将军声威之盛。"烽戍隔长河"，可见将军镇守边关之势。最后二句写将军所到之处，即使是强敌，也主动请和，颇具威严。此诗虽是应酬之作，却把李将军出镇边塞写得声色俱全，立意措词，皆不落俗套。

皇甫冉

皇甫冉（717？—770？），字茂政，润州丹阳（今江苏丹阳）人。祖籍安定（今甘肃泾川）。天宝十五载（756）举进士第一。历任无锡尉、左金吾兵曹参军、左拾遗，转右补阙。奉使江南，回丹阳省亲而卒于家，享年五十四岁。《新唐书·艺文志》著录《皇甫冉诗集》三卷。《新唐书》卷二百〇二、《唐才子传》卷三有传。

送　客[1]

旗鼓军威重，关山客路赊[2]。

待封[3]甘度陇，回首不思家。

城下[4]春山[5]路[6]，营中瀚海沙。

河源虽万里，音信寄来查[7]。

【注释】

[1]诗歌选自《全唐诗》卷二百四十九。[2]赊：长远。[3]待封：期待封侯。[4]下：《全唐诗》一作"上"。[5]山：《全唐诗》一作"风"。[6]路：《全唐诗》一作"晚"。[7]查：通"槎"，木筏。

【赏析】

这是一首作者送客远征的诗歌。首二句写战争形势的严峻以及出征之地的偏远，体现作者对友人的关心。三四句写对友人寄予的深切厚望，既希望他一战成名，凯旋封侯，又写友人征战杀敌的决心，不让思家等儿女情长扰乱心绪。五六句写居住地与军营环境的差异，体现征战环境的恶劣。末尾二句是对友人的嘱托，希望他们常用书信往来，保持联系。此诗虽属送别诗，却看不到分别之伤，全诗悲壮慷慨，字里行间流露出作者对友人的关切和期望。

送萧献士[1]

惆怅烟郊[2]晚，依然此送君。

长河隔旅梦，浮客[3]伴孤[4]云。

淇[5]上春山直，黎阳[6]大道分。

西陵[7]倘一吊，应有士衡文[8]。

【注释】

[1] 诗歌选自《全唐诗》卷二百五十。送萧献士：《全唐诗》"一本题下有往邺中三字。"邺中：指邺县，故治在今河北临漳西。萧献士：生平不详。[2]烟郊：烟雾朦胧的郊野。[3]浮客：漂泊者。[4]孤：《全唐诗》一作"闲"。[5]淇：淇水，黄河支流，流经相、卫二州，在今河南北部。[6]黎阳：唐县名，在今河南浚县东北。[7]西陵：指三国魏武帝曹操墓，在今河北临漳西。《曹操集·遗令》有"汝等时时登铜雀台，望吾西陵之墓田"句。[8]士衡文：晋陆机，字士衡，有《吊魏武帝文》。

【赏析】

此诗是作者在河南节度使王缙幕府做掌书记时所作。萧献士由河南去往邺中，作者同他过黄河，经淇上，走黎阳，一路送行。"长河隔旅梦，浮客伴孤云"写作者想象离别后友人思念亲友的羁旅之愁，以"孤云"喻"浮客"，更见孤独凄凉之状。全诗情绪低沉，含义深婉，令人咀嚼不尽。

王之涣

王之涣（688—742），字季凌。原籍晋阳（今山西太原），后迁绛郡
（今山西新绛）。开元二十年（732）前后，曾流寓蓟门（今北京），与高
适交游。晚年出任文安（今河北文安）尉，天宝元年（742）卒于官舍，
年五十五。曾与高适、王昌龄、崔国辅等唱和。其诗多佚，今存六首。
《唐才子传》卷三有传。

凉州词二首·其一[1]

黄河远上白云间[2]，一片孤城万仞[3]山。

羌笛[4]何须怨杨柳[5]，春风不度玉门关[6]。

【注释】

[1] 诗歌选自《全唐诗》卷二百五十三。凉州词：即《凉州曲》，
乐府《近代曲》名。原是凉州一带的地方歌曲，唐开元中由西凉都督郭
知运进，成为教坊歌曲。歌词多写西北边塞风光及战争生活。见《乐府
诗集·近代曲辞》卷七十九。凉州：见杜甫《送蔡希鲁都尉还陇右因寄
高三十五书记》注[10]。《全唐诗》题下注唐薛用弱《集异记》云："开
元中，之涣与王昌龄、高适齐名，共诣旗亭，贳酒小饮。有梨园伶官十
数人会宴，三人因避席隈映，拥炉以观焉。俄有妙妓四辈奏乐，皆当
时名部。昌龄等私相约曰：'我辈各擅诗名，每不自定甲乙。今者可以
密观诸伶所讴，若诗入歌词之多者为优。'初讴昌龄诗，次讴适诗，又

次复讴昌龄诗。之涣自以得名已久，因指诸妓中最佳者曰：'待此子所唱，如非我诗，即终身不敢与子争衡。'次至双鬟发声，果讴黄河云云，因大谐笑。诸伶诣问，语其事，及竞拜乞就筵席，三人从之，饮醉竟日。"[2] 黄河远上白云间：《全唐诗》"一本次句为第一句。黄河远上作黄沙直上。"[3] 仞：古代长度单位。七尺（一说八尺）为一仞。[4] 羌笛：古代管乐器，出于羌中。[5] 怨杨柳：指吹奏《折杨柳》曲。《折杨柳》属乐府横吹曲。南北朝与唐人所作多为惜别伤春之辞。[6] 玉门关：故址在今甘肃敦煌西北小方盘城。汉武帝置，为当时通往西域的重要门户。

【赏析】

首句描绘了黄河源远流长的形态，汹涌澎湃的黄河远上云端，展示了边地广漠壮阔的风光。"一片孤城万仞山"出现了塞上孤城，在黄河、高山的衬托下，凸显此城地势险要、处境孤危，为下两句进一步刻画征人的心理做好铺垫。第三句忽而一转，引入羌笛之声，《折杨柳》勾起了征人的离愁。征人听到笛声，自然联想到春天，可惜关外无春，在这荒凉之地，哪里来的什么杨柳青青呢？三四句表达了戍边者不得还乡的怨情。全诗情调悲而不失其壮，即使写悲切的怨情，也是悲中有壮，表现出盛唐诗人广阔的心胸，成为"唐音"的典型代表。

登鹳雀楼[1]

白日依山尽，黄河入海流。

欲穷千里目，更上一层楼。

【注释】

[1] 诗歌选自《全唐诗》卷二百五十三。此诗作者有朱斌、朱佐日、王之美、王文奂、王之奠、王文涣、王之涣等说法，本书将其作者定为

王之涣。鹳雀楼,古名鹳鹊楼。因时有鹳鹊栖其上而得名,故址在山西省永济市境内古蒲州城外西南的黄河岸边。(光绪)《永济县志》卷三记载:"(鹳雀楼)旧在郡城西南黄河中高阜处,时有鹳雀栖其上,遂名。"

【赏析】

诗歌前两句写的是作者登楼远望所见之景。落日缓缓西沉,依傍着远方一望无际的连山,在视野尽头消失不见。流经鹳雀楼的黄河水,波涛汹涌,滚滚东逝。作者身处鹳雀楼,本不能看到黄河入海的景象,但作者将眼前景色与想象中的景色融合一体,高度概括了目之所及的千里盛景,意境波澜壮阔。后两句将这首诗引入更加高妙的境界,"更上一层楼"体现了作者积极进取的昂扬精神。此诗虽短小,却极为豪迈,不仅写出了黄河之北苍茫辽阔的万里风光,也抒发了昂扬向上、奋勇前进的豪情壮志。

阎　防

阎防，生卒年不详，河中（今山西永济）人，郡望常山（今河北正
定）。开元二十二年（734）登进士第。天宝初隐居终南山。孟浩然、岑
参、储光羲等均有诗相赠。今存诗五首。《唐才子传》卷二有传。

与永乐诸公夜泛黄河作[1]

烟[2]深载酒入，但觉暮川虚。

映水见山火，鸣榔[3]闻夜渔。

爱兹山水趣，忽与人世[4]疏。

无暇[5]然官烛，中流有望舒[6]。

【注释】

[1] 诗歌选自《全唐诗》卷二百五十三。永乐：唐县名。故治在今
山西芮城西南，黄河北岸。[2] 烟：指水雾。[3] 鸣榔：敲击船舷发声，
用以惊鱼使其入网中。[4] 人世：《全唐诗》一作"世人"。[5] 无暇：
即无假，无须。暇，《全唐诗》一作"假"，古字通。[6] 望舒：神话中
为月亮驾车的神。屈原《楚辞·离骚》："前望舒使先驱兮，后飞廉使奔
属。"王逸《楚辞章句》注："望舒，月御也。"这里代指月亮。

【赏析】

这首诗描写了作者与友人夜晚泛舟游览黄河时的所见所感。前四句

写望中之景，描绘了黄河岸边夜晚安宁祥和的景象，一个"觉"字，体现了夜间所见的不确切性，强调作者的主观感受。第五句直接表达自己对山水美景的喜爱之情与引起的感受，由客观景物向主观感受过渡，前景后情，界线分明。尾句又结束于景物，可见作者对山水美景的喜爱之深。全诗淡泊闲逸，没有外界的纷扰，作者眼中只有山水的生机与宁静。

阎
防

褚朝阳

褚朝阳，生卒年及籍贯不详，天宝年间登进士第。今存诗三首。

登圣善寺阁[1]

飞阁青霞里，先秋独早凉。

天花[2]映[3]窗近，月桂[4]拂檐香。

华岳三峰[5]小，黄河一带长。

空间[6]指归路，烟际有垂杨。

【注释】

[1] 诗歌选自《全唐诗》卷二百五十四。登圣善寺阁：《全唐诗》一作《登少室山》。《国秀集》卷下题《登少室山寺》。《文苑英华》卷二百三十五题《题少室山寺》，同书卷三百一十四题《登圣善寺阁》。圣善寺，唐长安城内佛寺。《唐会要》卷四十八载："圣善寺。章善坊。神龙元年二月，立为中兴。二年，中宗为武太后追福。改为圣善寺。"[2] 天花：传说佛祖说法，感动天神，各色香花，缤纷乱坠。《大乘本生心地观经》卷一："六欲诸天来供养，天华（花）乱坠徧虚空。"[3] 映：《全唐诗》一作"散"。[4] 月桂：传说月中有桂树。[5] 华岳三峰：西岳华山有莲花、毛女、松桧峰，称作三峰。[6] 间：《全唐诗》一作"闻"。

【赏析】

此诗写作者在圣善寺阁的所见所闻。首先写高耸入云的楼阁和微凉的天气，以此衬托山寺的海拔之高。接着运用联想手法，借用佛教故事和神话传说，想象天花散落在寺院的窗子上，月中的桂枝可以拂着寺院的屋檐，表现出圣善寺的高峻，为诗歌增添了神奇色彩。之后写远望之景，华山的三个主峰变得很小，北边的黄河像带子一样细长。结尾写俯视之景，作者指出了归路，"烟际有垂杨"之处，便是返回的地方。全诗前半部分文辞清婉，意境幽静恬淡，后半部分境界开阔，体现作者视野的旷阔辽远。

柳中庸

柳中庸，生卒年不详，名淡，以字行。祖籍河东（今山西永济），后迁居京兆（今陕西西安），柳宗元同族，御史柳并弟，与弟中行皆有文名。天宝中师事萧颖士，颖士爱其才，以女妻之。与李端、皎然等友善唱酬。今存诗十三首。

河阳桥送别[1]

黄河流出有浮桥，晋国[2]归人此路遥。
若傍阑干[3]千里望，北风驱马雨萧萧。

【注释】

[1] 诗歌选自《全唐诗》卷二百五十七。河阳桥：黄河上的著名浮桥，故址在今河南孟州西南。古为洛阳通往晋地之要道。河阳：古县名。见李隆基《早登太行山中言志》注 [3]。[2] 晋国：在今山西，唐为河东道。[3] 阑干：同"栏杆"。

【赏析】

河阳桥是唐代由洛阳去黄河以北所必须经过的一座浮桥，此诗写出了作者在河阳桥送别友人远去的情景。前两句点明了送别地点和友人的目的地，滚滚黄河从千里之外奔涌而来，宽阔的河面上架有河阳浮桥，在此送别友人到晋国故里去。一个"遥"字，可以想象出作者目送友人渐行渐远的情景，依依惜别之情，溢于言外。三四句具体写送别场景。作者倚着栏杆，遥望千里之外，但见北风强劲，驱赶着载友人远去的马儿，雨声潇潇，更让人思绪万千，怅然落寞。全诗含蓄婉转，情韵悠长，没有一字言情，却在萧瑟悲凉的意境中，充溢着真挚浓郁的友情，可谓言有尽而意无穷。

征　怨[1]

岁岁金河[2]复玉关[3]，朝朝马策与刀环。
三春白雪归青冢[4]，万里黄河绕黑山[5]。

【注释】

[1] 诗歌选自《全唐诗》卷二百五十七。征怨：《全唐诗》"征，一本下有人字。"[2] 金河：见员半千《陇头水》注 [2]。[3] 玉关：即玉门关。[4] 青冢：西汉王昭君墓，在今内蒙古呼和浩特市南。传说塞外草原，独昭君墓上草青，故称青冢。[5] 黑山：又名杀虎山，在今呼和浩特市境内。

【赏析】

此诗写的是一位出征将士对长期军旅生活的哀怨。前二句是对征戍生活的描绘。征人每年不是出征到金河，就是转战在玉门关，每天过的是与马鞭和刀剑打交道的生活。"岁岁""朝朝""复"等字眼，可见征人对战争这种单调重复生活的厌恶。后二句是对塞外环境的描写。暮春三月本是家乡春暖花开的时候，但边塞之地仍然白雪纷飞，青冢上覆满积雪；黄河九曲，环绕着黑山。这零落荒凉的塞外之景，更折射出征人心中的凄凉。这首诗一二两句成对，三四两句也成对，在一句之中又有成偶的句式，工整对仗，语言自然，杨慎《升庵诗话》卷十一曰："唐绝万首，唯韦苏州'踏阁攀林恨不同'及刘长卿'寂寂孤莺啼杏园'

二首绝妙，盖字句虽对，而意则一贯也。其余如……柳中庸《征人怨》
云……亦其次也。"俞陛云《诗境浅说续编》评此诗："四句皆作对语，
格调雄厚。"

耿　湋

　　耿湋，生卒年不详，河东人，"大历十才子"之一。宝应二年（763）登进士第，历任盩至县尉、左拾遗（一作右拾遗）。约卒于贞元三年（787）后的数年间。《新唐书·艺文志》著录《耿湋诗集》二卷。《唐才子传》卷四有传。

登鹳雀楼[1]

久客心常醉，高楼日渐低。
黄河经海内[2]，华岳镇关西[3]。
去远千帆小，来迟独鸟迷。
终年不得意，空觉负东溪[4]。

【注释】

　　[1] 诗歌选自《全唐诗》卷二百六十八。鹳雀楼：见朱斌《登楼》注[1]。[2] 海内：古人认为我国疆土四面为海所环抱，因而称国境以内为海内。[3] 关西：汉唐时某一区域的统称，"关"指的是函谷关（或潼关），关西就是指函谷关以西的地方。[4] 东溪：指作者隐居的地方。

【赏析】

　　此诗写作者登楼的所见所感。开头即点明自己的乡关之情，人久在异乡，心情低迷似醉，落日也显得空乏无力。接下来四句写远望所见。

黄河连起整个疆域，华山镇守着函谷关以西。千帆竞相远去，鸟儿归来，却找不到归途的方向，就如作者的羁旅之心。结尾二句写失意的感慨，人生不如意，连东溪优美的风景都无心观赏。全诗气势恢宏，诗境壮阔，流露出作者客居在外、人生失意的无助落寞之情。

奉和李观察登河中白楼[1]

城上高楼飞鸟齐，从公一递蹑丹梯。

黄河曲尽流天外，白日轮轻[2]落海西。

玉树[3]九重长在梦，云衢[4]一望杳如迷。

何心更和阳春奏[5]，况复秋风闻战鼙。

【注释】

[1] 诗歌选自《全唐诗》卷二百六十九。李观察：李姓观察使。建中二年（781），河中观察使为李承，此后为李齐运。四年，为吕鸣岳所代。[2] 轻：《全唐诗》一作"倾"。[3] 玉树：汉武帝于神明殿前庭植玉树。《艺文类聚》卷八十三《宝玉部上》："汉武故事曰：'上起神屋，前庭植玉树，以珊瑚为枝，碧玉为叶，华子青赤，以珠玉为之。'"这里用玉树代指宫廷。[4] 云衢：云中道路。喻指朝廷。[5] 阳春奏：阳春曲，战国楚国的高雅歌曲名。宋玉《对楚王问》："客有歌于郢中者，其始曰《下里》《巴人》，国中属而和者数千人。其为《阳阿》《薤露》，国中属而和者数百人；其为《阳春》《白雪》，国中属而和者不过数十人。……是其曲弥高，其和弥寡。"此指李观察原唱。

【赏析】

这是一首奉和诗，写登楼的所见所感。前四句写景，高耸的白楼与飞鸟一样高，远处黄河的尽头流向天外，一轮白日落到大海的西面，诗境恢宏雄壮。五六句写作者的梦境，梦到天宫中华美的仙树，但通往云中的道路却渺茫如同迷宫，暗指自己仕途不遇。结尾二句写作者的感慨，乐心赏景之余，期望听到高雅的《阳春》，然而秋风中却只听见战鼓的声响，点明了当前战争未止的局面。全诗描景壮阔，有实写之景，也有幻梦之境，表现了人生失意、战乱给作者带来的迷茫心境，感伤色彩较浓。

耿

湋

戎　昱

戎昱，生卒年不详，荆州荆门（今湖北荆门）人，少举进士。乾元年间在浙西节度使颜真卿幕。大历四年（769）前后，入湖南观察使崔瓘幕中。后放游湘水，客居桂林。建中三年（782）任殿中侍御史，次年谪辰州刺史。贞元七年（791）前后，出任虔州刺史。晚年事迹不可确考。《新唐书·艺文志》著录其集五卷，已散佚。《唐才子传》卷三有传。

塞下曲六首·其二[1]

上山望胡兵，胡马驰骤速。

黄河冰已合，意又向南牧[2]。

嫖姚[3]夜出军，霜雪割人肉。

【注释】

[1] 诗歌选自《全唐诗》卷二百七十。塞下曲：《全唐诗》"下一作上。"[2] 向南牧：南下牧马，即南下犯边。[3] 嫖姚：汉代武官名。西汉名将霍去病曾官嫖姚校尉。

【赏析】

这是一首边塞诗，描写了边塞将士在恶劣环境中作战的悲惨境遇，体现了作者反战厌战的情绪。开头二句写将士勘探敌情的情景，"胡马驰骤速"烘托出战争的紧张氛围。"胡兵"意在向"南牧"入侵，老将只能领着疲兵再度出发，甚至要在夜晚作战。"黄河冰已合"和"霜雪割人肉"都体现了天气的寒冷和作战环境的恶劣，进而表现战争的艰辛。全诗叙事严整有序，笔力雄健奔放，格调悲壮沉雄，营造的壮烈凄厉的氛围让战争带来的伤害更具震撼力。

泾州观元戎出师[1]

寒日征西将，萧萧万马丛。

吹笳覆楼雪，祝纛[2]满旗风。

遮虏黄云断，烧羌白草空。

金铙[3]肃天外[4]，玉帐[5]静霜中。

朔[6]野长城闭，河源[7]旧路通。

卫青[8]师自老，魏绛[9]赏何功[10]。

枪垒[11]依沙迥[12]，辕门[13]压塞雄。

燕然如可勒，万里愿从公。

【注释】

[1] 诗歌选自《全唐诗》卷二百七十。泾州：据《元和郡县图志》卷三《关内道三》记载，泾州治所在安定（今甘肃泾川北）。元戎：主将。此指关内河东副元帅郭子仪。《旧唐书》卷一百二十《郭子仪列传》载："（永泰元年）回纥、吐蕃自泾、邠、凤翔数道寇京畿，掠奉天、醴泉。京师震恐，天子下诏亲征……是时，急召子仪自河中至，屯于泾阳，子仪大军继其后，大破吐蕃十余万于灵武台西原。"[2] 纛：军中大旗。[3] 金铙：打击乐器，以青铜制成。[4] 肃天外：指金铙一击则鼓声歇止，一片肃静。《周礼·地官司徒·鼓人》："以金铙止鼓。"[5] 玉帐：征战时主将所居之帐幕。[6] 朔：北方。[7] 河源：见贾至《送友人使河源》注[1]。[8] 卫青：西汉名将。汉武帝时，多次领兵征伐匈奴，官至大将军。[9] 魏绛：春秋时晋国大夫。魏绛教晋侯和戎，得以称霸诸侯，

晋侯赐乐。《左传·襄公十一年》载："晋侯以乐之半赐魏绛，曰：'子教寡人和诸戎狄，以正诸华。八年之中，九合诸侯，如乐之和，无所不谐。请与子乐之。'"哥舒翰年老多病，玄宗曾于天宝十二年赏赐乐伎田园。[10] 赏何功：指魏绛无征战之功而获赏。[11] 枪垒：用尖竹木所筑之壁垒。[12] 依沙迥：指枪垒依沙丘之地势而起伏远列。[13] 辕门：军营之门。

【赏析】

这首诗写作者在泾州观看郭子仪出师的过程。在这天寒地冻的日子里，郭子仪率军西征，队伍中成千上万匹战马在嘶鸣。覆盖着白雪的城楼上传来悲凉的笳声，军中旗帜随风飞舞。"寒日""覆楼雪""黄云""白草""朔野"等无一不是西北边地独有的苦寒意象，侧面反映作战之艰难。尽管环境恶劣，但征西大将率领的军队却斗志昂扬，阻遏了回纥前进，拦截了吐蕃军兵，将塞外虏寇涤荡一空。作者借用卫青、魏绛的典故，表达自己立功的决心。结尾作者表示如果可以为国家扫除边患，燕然勒石，即使征战万里也愿意追随将军。全诗表达了作者杀敌卫国、扬名塞外的慷慨抱负，表现了雄健豪放的鲜明特色。

卢　纶

卢纶（748—799），字允言，河中蒲（今山西永济）人。早孤，少依外家韦氏。避安史之乱，客居江西鄱阳。大历初，数举进士不第。经宰相元载举荐，授阌乡尉。后为集贤学士、秘书省校书郎、监察御史等。贞元十三年（797）秋，因其舅太府卿韦渠牟推荐，拜户部郎中。未几卒。卢纶诗以五七言近体为主，在"大历十才子"中较有特色。《新唐书·艺文志》著录《卢纶诗集》十卷，今存《卢户部诗集》（又名《卢纶集》）十卷。《新唐书》卷二百〇三、《唐才子传》卷四有传。

送元赞府重任龙门县[1]

二职[2]亚陶公[3]，归程与梦同。

柳垂平泽雨，鱼跃大河风[4]。

混迹[5]威长在，孤清志自雄。

应嗟向隅者[6]，空寄路尘中。

【注释】

[1] 诗歌选自《卢纶诗集校注》卷一。赞府：唐人对县丞的惯称。龙门县：今山西河津。[2] 二职：即贰职，此指县丞。[3] 亚陶公：仅次于陶潜。[4]"鱼跃"句：用鱼跃龙门事。龙门：山名，在今陕西韩城与山西河津县之间，又名龙津。《文选》卷三十谢朓《观朝雨》李善注引《三秦记》："江海大鱼，薄集龙门下，上则为龙，不得上，曝鳃水

次也。"后以登龙门喻指科举登第，以曝鳃喻失意。[5] 混迹：混杂于众人之中。元赞府以高才屈居卑位，故云混迹。[6] 向隅者：刘向《说苑·贵德》："今有满堂饮酒者，有一人独索然向隅而泣，则一堂之人皆不乐矣。"喻指不得意者，作者自谓。隅：角落。

【赏析】

此诗写作者送元赞府赴任途中的所见所感。三四句写景，描绘了风雨之中柳垂湖边、鱼跃河中的景象，意境开阔，情辞婉丽，借"鲤鱼跳龙门"典故，点明元氏任职龙门县。五六句作者赞颂元县丞虽处于混杂的社会，仍威风不减，依然志气雄豪。结尾二句作者哀叹自己不得志，前程渺茫。全诗情调低沉，唯有第二联，景色一柔媚一宏健，构成了优美雄浑的艺术境界，颇有特色。

送畅当[1]

四望无极[2]路，千里流大河。

秋风满离袂[3]，唯老事唯多。

【注释】

[1] 诗歌选自《卢纶诗集校注》卷一。畅当：唐代诗人，卢纶友。河东（今山西永济）人。[2] 无极：无穷尽。[3] 袂：衣袖。

【赏析】

卢纶与同乡诗人畅当友谊深厚，这是一首送别畅当的诗。举目四望，满是无穷无尽的去路，奔涌千里的黄河也流向远方，绵延无尽的景色使作者迷茫、无所适从，衬托出友人出行之远，表现作者对友人的不舍。"秋风满离袂"写离别的场面，"秋风""离袂"为送别增添了一丝悲凉。结尾作者抒发前景迷茫，暮年困惑增多的感慨。全诗抒写了作者与友人的共同命运，悲凄动人。

将赴京留献令公^[1]

沙鹤惊鸣野雨收，大河风物飒然秋。

力微恩重谅难报，不是行人不解愁。

【注释】

[1] 诗歌选自《卢纶诗集校注》卷一。令公：指浑瑊。贞元十二年（796）二月，浑瑊加检校司徒，兼中书令，诸使、副元帅如故。中书令尊称为令公。

【赏析】

贞元二年（786），卢纶选择从军，并且成为浑瑊身边一名较有地位的僚属，卢纶对浑瑊一直深存感激，将其视作伯乐。此诗写作者辞幕入京任职，向浑瑊辞行时的情景，饱含有难舍难离的复杂心情。前二句写送别之地的景色，"沙鹤""野雨"写出了驻军之地景色的粗犷，黄河周围的风物都染上了秋天的凋零之气。后二句写作者对浑瑊知遇之恩的感激，表达了离别的哀愁。全诗凄清悲苦，情深意重，体现了作者与浑瑊感情之深厚。

送郭判官赴振武^[1]

黄河九曲流^[2]，缭绕古边州^[3]。

鸣雁飞初夜，羌胡正晚秋。

凄凉^[4]金管^[5]思，迢递玉人^[6]愁。

七叶^[7]推^[8]多庆^[9]，须怀杀敌忧。

【注释】

[1] 诗歌选自《卢纶诗集校注》卷五。送郭判官赴振武：《御览诗》题作"边思"。郭判官：生平不详。振武：振武军。乾元元年（758）分朔方节度使置。领镇北大都护、麟、胜二州。广德二年（764）废。大历十四年（779）复置，领镇北大都护府及绥、银二州、东、中二受降城。后为振武军节度使。治所在东受降城（今内蒙古托克托县东）。[2] 九曲流：曲折流。[3] 古边州：指振武军辖地。唐朔方，振武等军州，当汉云中、定襄等边郡。[4] 凉：《全唐诗》一作"清"。[5] 金管：管乐器之美称。[6] 玉人：以称郭判官。[7] 七叶：七世。[8] 推：《全唐诗》一作"虽"。[9] 多庆：《周易·坤卦》："积善之家，必有余庆。"

【赏析】

这是作者送郭判官赴前线所作的边塞诗。首二句写黄河的蜿蜒曲折，表现边地的广阔辽远。三四句写边地晚秋的夜景，既为诗歌创设了苦寒静谧的意境，也为后面抒情铺垫。后四句写战争给征人带来的哀愁，表达了作者对郭判官杀敌报国的期望。全诗风格雄浑悲壮，战乱之忧又为诗歌染上了苍凉、沉郁甚至悲怆的时代色彩。

李 益

　　李益（748？—829？），字君虞。凉州姑臧（今甘肃武威）人。大历四年（769）登进士第，历任都官郎中，中书舍人、秘书少监、集贤院学士、太子右庶子，官至右散骑常侍。《直斋书录解题》著录《李益集》二卷。《旧唐书》卷一百三十七、《新唐书》卷二百〇三、《唐才子传》卷四有传。

效古促促曲为河上思妇作[1]

　　促促何促促，黄河九回曲[2]。

　　嫁与棹船郎[3]，空床将影宿。

　　不道君心不如石[4]，那教[5]妾貌长如玉。

【注释】

　　[1] 诗歌选自《李益诗集》卷一。效古促促曲为河上思妇作：《乐府诗集》题作《促促曲》。古《促促曲》今不传。促促：匆匆。[2] 黄河九回曲：《乐府诗集》卷九十一引《河图》："河水九曲，长九千里，入于渤海。"[3] 棹船郎：船夫。[4] 不如石：比喻爱情不专，不坚定。《诗经·邶风·柏舟》："我心匪石，不可转也。"此化用其语。[5] 那教：怎教。教，《全唐诗》一作"令"。

【赏析】

这是一首怨妇诗。书写了船夫妻子因丈夫经常不回家，嗟叹青春即将逝去的幽怨之情。首句一个"何"字，凸显了时间之急促。而后以黄河水九曲回肠，奔涌不已，暗喻思妇因相思而内心骚动不安。结尾二句揭示了思妇的内心世界，既有对丈夫的挂念，又有一份无奈的美人迟暮之感，体现了思妇害怕被遗弃的复杂心情。全诗将思妇忧伤、悲哀、顾影自怜的心理刻画得细致入微。

塞下曲四首·其一[1]

蕃州[2]部落能结束[3]，朝暮[4]驰猎黄河曲[5]。

燕歌[6]未断塞鸿飞，牧马群嘶边草绿。

【注释】

[1] 诗歌选自《李益诗集》卷四。塞下曲：乐府诗题，《乐府诗集》录这组诗于《新乐府辞·乐府杂题》，四首合为一首。[2] 蕃州：指边地少数民族聚居区。[3] 结束：装扮。此指身着戎装。[4] 暮：《全唐诗》一作"朝"。[5] 黄河曲：泛指黄河所流经的塞外河套地区。[6] 燕歌：泛指燕地歌谣。

【赏析】

这是一首抒发将士豪情的边塞诗。前二句写驻守蕃州的将士善于戎装打扮，驰骋河曲，朝暮训练。"结束"二字，写出将士的飒爽英姿，"驰猎"体现出他们训练有素，百战不殆。后二句描写景物，悲壮燕歌飘荡塞外，群雁飞翔，成群的牧马在碧绿的原野上嘶鸣、撒欢。作者描绘了一幅高远、空阔、壮美的画面，展示了边塞春天生机勃勃的景象。全诗雄浑壮阔、豪情奔放，颇有盛唐气象。

塞下曲四首·其三[1]

黄河东流流九折，沙场埋恨何时绝。

蔡琰没去造胡笳[2]，苏武归来持汉节[3]。

【注释】

[1] 诗歌选自《李益诗集》卷四。[2] 蔡琰没去造胡笳：蔡琰，即蔡文姬，东汉名士蔡邕女。兴平中，为乱兵所掠，嫁南匈奴左贤王，生二子，居匈奴十二年。汉献帝建安十三年（208）曹操遣使以金璧赎回，改嫁屯田尉董祀。胡笳：古代北方民族的管乐器，其音悲凉。乐府琴曲歌辞有《胡笳十八拍》，传为蔡琰作。[3] 苏武归来持汉节：汉代苏武出使匈奴，被单于拘禁，"乃徙武北海上无人处，使牧羝，羝乳乃得归"，苏武"杖汉节牧羊，卧起操持，节旄尽落"。见《汉书》卷五十四《苏武传》。

【赏析】

这是一首反映厌战情绪的边塞诗。首句是作者对边塞黄河风景的描绘，九曲黄河蜿蜒不尽，表现了黄河绵延曲折的特点。"沙场埋恨何时绝"，作者直抒对战争的怨恨，希望战争不要像黄河一样没有尽头。结尾二句借悲吟《胡笳十八拍》的蔡琰和在匈奴持节十九年的苏武两个典故，表现战争给人们带来的伤害。全诗悲凉壮阔，有对边患后果的反思，体现出中唐边塞诗厌战的时代特色。

李 端

　　李端（？—785？），字正己，赵州（今河北赵县）人。李嘉祐从侄。少时曾居庐山、嵩岳。代宗大历五年（770）进士及第，授秘书省校书郎。后因病辞官，居终南山草堂寺。德宗建中年间起为杭州司马，买田园虎丘下。卒于贞元二年（786）前。李端为"大历十才子"之一。《新唐书·艺文志》著录《李端诗集》三卷。事见《旧唐书》卷一百六十三、《新唐书》卷二百〇三，《唐才子传》卷四有传。

送张少府赴夏县[1]

虽为州县职，还欲抱琴[2]过。

树古闻风早，山枯见雪多。

鸡声连绛市[3]，马色傍黄河。

太守新临郡，还逢五袴歌[4]。

【注释】

[1] 诗歌选自《全唐诗》卷二百八十五。少府：县尉的别称。夏县：《元和郡县图志》卷六《河南道二》载："夏县，本汉安邑县地，属河东郡。后魏孝文帝太和十一年，别置安邑县，十八年改为夏县，因夏禹所都为名……贞观十七年隶绛州，大足元年割属陕州，寻属绛州，乾元三年属陕州。"[2] 抱琴：用宓子贱事。子贱，孔子的学生，曾作单父宰。《吕氏春秋·察贤》："宓子贱治单父，弹鸣琴，身不下堂而单父治。"[3]

绛市：绛县街市。绛县在夏县东北，同属绛州。[4] 五袴歌：东汉廉范
字叔度，任蜀郡太守，解禁便民，百姓歌曰："廉叔度，来何暮？不禁
火，民安作。平生无襦今五绔。"事见《后汉书》卷三十一《廉范列传》。
绔，同"袴"。

【赏析】

这是作者为张少府赴任所作的送别诗。首二句借用子贱的典故，写
张少府虽官职不大，但仍抱有为民造福的宏图大志。三四句写送别之地
的景色，古树、山枯、雪等为离别增添了一份悲凉。五六句写想象中的
绛州，反映了绛州一带鸡犬之声相闻的繁忙景象。结尾二句写想象绛州
人民迎接张少府的热闹场面。这首诗语言朴素自然，诗风质朴，平易
近人。

奉送宋中丞使河源[1]

东周[2]遣戍役，才子欲离群。

部领河源去，悠悠陇水分。

笳声悲塞草，马首渡关云。

辛苦逢炎热，何时及汉军[3]。

【注释】

[1] 诗歌选自《全唐诗》卷二百八十五。宋中丞：御史中丞宋若思。
《旧唐书》卷九《玄宗本纪》载："（天宝十五载六月）以监察御史宋若
思为御史中丞充置顿使。"李白有文《为宋中丞自荐表》《为宋中丞请都
金陵表》《为宋中丞祭九江文》，王维有诗《和宋中丞夏日游福贤观天长
寺寺即陈左相宅所施之作》，应和此诗中的"宋中丞"为同一人。中丞，
官名。《通典》卷二十四《职官六》："大唐永徽初，高宗即位，以国讳故，
改持书侍御史为御史中丞。龙朔二年，改为司宪大夫，咸亨元年复为中

丞。"河源，见贾至《送友人使河源》注 [1]。[2] 东周：指洛阳。宋
中丞当在洛阳为官，此时奉使河源。[3] 汉军：指河源军，以汉代唐。

【赏析】

这是一首送别诗。首二句写宋中丞出使的原因，是奉朝廷派遣前去
河源戍守，"才子"体现了作者对宋中丞的钦佩。三四句写宋中丞带领
部队向河源进发的盛况，连陇水都要为其开道。五六句刻画送行场面，
奏响的箛声连边塞的野草都觉得悲凉，出使队伍的马匹密密麻麻正渡过
关口。"辛苦逢炎热"既写行程的艰辛，也道出了行程之遥远，体现作
者对戍守边塞将士的关心。全诗浑然悲凉，尽显送行场面的悲壮。

畅　当

畅当，生卒年不详，河东（今山西永济）人。大历七年（772）进士及第。贞元初，为太常博士。任果州刺史时卒。《新唐书·艺文志》著录其诗二卷。《新唐书》卷二百、《唐才子传》卷四有传。

蒲中道中二首·其一[1]

苍苍中条山[2]，厥形极奇傀[3]。
我欲涉其崖，濯足黄河水。

【注释】

[1] 诗歌选自《全唐诗》卷二百八十七。蒲中：蒲州，治所河东（今山西永济县西蒲州镇）。《元和郡县图志·河东道一》："武德元年罢（河东）郡，置蒲州。"[2] 中条山：在黄河、沫水、沁水之间，主峰在蒲州境内，今永济县东南。[3] 奇傀：高峻貌。

【赏析】

畅当是蒲中人，此诗写在家乡道路上行走时的所见所想。首二句写作者所见之景。中条山在蒲中东南，作者抬眼望去，郁郁苍苍的中条山拔地而起，雄奇峻拔到极点。后二句因见中条山而忽发奇想，作者既想爬上中条山，又打算将双足蹚在黄河里洗濯。境界壮阔，气概豪迈。诗歌寥寥二十字，既写出山之雄伟，又写出水之浩荡，造语凝练，构思巧妙。

王 建

王建(765？—830？)，字仲初，颍川(今河南许昌)人。出身寒微。大历进士，曾任渭南县尉、昭应县丞、侍御史等官，后任陕州司马，故后人称其为王司马。晚年卜居咸阳原上，境况贫困。王建一生仕途坎坷，困顿失意，因而有机会接近下层人民，了解人民疾苦。他的乐府诗多方面反映了当时的社会现实，有较强的思想意义。王建和张籍"年状皆齐"，是挚友，在诗歌创作上主张一致，都是新乐府运动的倡导者和参加者。《新唐书·艺文志》著录其诗集十卷。《唐才子传》卷四有传。

公无渡河[1]

渡河恶风两岸远，波涛塞天如叠阪[2]。

幸无白刃驱向前，何用将身自弃捐。

蛟龙啮骨鱼食肉，黄泥直下无青天。

男儿纵轻妇人语，惜君性命还须取。

妇人无力挽断[3]衣，身沉身死悔难追。无渡河公自为。

【注释】

[1]诗歌选自《王建诗集校注》卷二。公无渡河：见李白《公无渡河》注[1]。[2]叠阪：层叠的山坡。[3]断：《全唐诗》一作"短"。

【赏析】

千百年来，无数诗人被《公无渡河》触动，作诗来抒发自己的感想，王建也不例外，此诗算是最切合原作的拟作了。开头二句写黄河的波涛汹涌，突出其险。三四句是作者对老翁的指责，没人拿着刀子相逼，为何不爱惜自己的生命，"幸无""何用"表现出作者对老翁的惋惜与不解。五六句是作者想象老翁渡河惨死的情景，读之令人扼腕。之后四句写老翁不听妇人劝阻以及妇人无力挽回的哀痛。最后作者将老翁渡河的原因归结于个人意志和自我选择的结果，可看出作者对其激烈行为的惋惜之情。全诗悱恻凄怆，体现了浓郁的悲壮色彩。

独漉歌[1]

独漉独漉[2]，鼠食猫肉。
乌日中[3]，鹤[4]露宿。
黄河水直人心曲。

【注释】

[1] 诗歌选自《王建诗集校注》卷二。独漉歌：乐府旧题，属舞曲歌辞。《乐府诗集》卷五十四："'独漉'一作'独禄'。《南齐书·乐志》曰：古辞《明君曲》后云：'勇安乐，无慈不问清与浊。清与无时浊，邪交与独禄。'《伎录》曰：'求禄求禄，清白不浊。清白尚可，贪污杀我。'晋歌为'鹿'字，古通用也。疑是风刺之辞。"本篇是模拟古辞的讽刺诗。[2]"独漉"句：《全唐诗》一作"独独漉漉"。独漉，也写作独禄、独鹿，两字有声无义。[3]乌日中：神话传说，乌鸦居于日中。《艺文类聚》卷九十二引《春秋元命苞》："火流为乌，乌，孝鸟。何知孝鸟？阳精，阳天之意，乌在日中，从天，以昭孝也。"日属阳，乌为阳精，故在日中。[4]鹤：《全唐诗》一作"雀"。

【赏析】

此诗前四句形象地揭示了小人得志、贤人报国无门的残酷社会现实。"鼠食猫肉"喻指朝廷败坏纲纪、恶人陷害贤人，鼠患已经让猫无法生存，奸佞小人太过猖狂。"乌日中，鹤露宿"写乌鸦在太阳里居住，白鹤反而在野地露宿，用乌鸦喻指身居高位的坏人，用白鹤喻指德才兼备的人受到排挤，不得不栖身野外。最后作者发出慨叹，黄河的水奔腾直下，人心却是那样的扭曲，这是对社会上小人当道、人心险恶现象的怒斥。整首诗语言简括爽利，通俗有趣，鞭辟入里，以生动鲜明的形象讽刺了当时社会是非混淆、人心叵测的现实，表现了作者对时事的关注。

送衣曲[1]

去秋送衣渡黄河，今秋送衣上陇坂[2]。

妇人不知道径处，但问[3]新移军近远。

半年著道[4]经雨湿，开笼[5]见风衣领急。

旧来十月初点衣[6]，与郎著向营中集。

絮[7]时厚厚绵纂纂[8]，贵欲征人身[9]上暖。

愿身莫著裹尸归，愿妾不死长送衣。

【注释】

[1] 诗歌选自《王建诗集校注》卷二。送衣曲：乐府诗题，属于《新乐府辞》中的《乐府杂题》。[2] 陇坂：陇山。陇，《全唐诗》一作"龙"。[3] 问：《全唐诗》一作"闻"。[4] 著道：在路上。[5] 开笼：开箱。[6] 点衣：指军中检查点收衣物。[7] 絮：在衣物里铺丝绵，唐代尚无棉花。[8] 纂纂：攒集貌，指层多柔软的样子。[9] 身：指征人。

【赏析】

此诗描写了征人之妇为在外征战的丈夫千里送寒衣的情景，表现了思妇对征夫的深情厚谊。首二句写征夫作战频繁，经常更换地方。"渡黄河""上陇坂""经雨湿""见风"，可见妇人送衣路程的艰辛凄苦，包括对丈夫的惦念、担心等。最后两句宛如生离死别之语，来送寒衣的妇人只有一个心愿，就是希望丈夫好好活着，只要丈夫健在，再苦再累妇人依旧会来送寒衣。全诗凄婉悱恻，情意缠绵，读来令人倍感心酸。

送 人[1]

白日向西[2]没，黄河复东流。

人生足著地[3]，宁免四方游[4]。

我行无返顾，祝[5]子勿回头。

当须向前去，何用起离忧[6]。

但恐无广路，平地作山丘[7]。

令我车与马，欲疾反停留。

蜀客多积货[8]，边人[9]竞封侯。

男儿恋家乡，欢乐为仇雠[10]。

丁宁[11]相劝勉，苦口幸无尤。

对面无相成，不如豺虎俦[12]。

彼远不寄书，此寒莫寄裘。

与君俱绝迹[13]，两念无因由。

【注释】

[1] 诗歌选自《王建诗集校注》卷三。[2] 西：《全唐诗》一作"天"。[3] 足著地：指降生于世。[4] 四方游：指漂泊异乡。[5] 祝：《全唐诗》一作"况"。[6] 离忧：离别的忧愁。[7] 作山丘：喻前途艰难险峻。[8] 积货：积聚财货。[9] 边人：远在边塞的将士。[10] 仇雠：仇人。《左传·成

公十三年》："君之仇雠，而我婚姻也。"［11］丁宁：同"叮咛"。［12］俦：同类。［13］绝迹：指远方绝域。

【赏析】

这是一首送别诗。首二句以白日西没、黄河东流两个常见的自然现象作比，一方面说明时间流逝匆匆且无情，一方面说明离别就如同落日和水流一样平常。之后八句写作者安慰朋友漂泊异乡是难免的，鼓励朋友勇敢出走，提醒他路上小心。"令我车与马，欲疾反停留"，写出朋友离去的难舍难分。接着作者规劝友人别恋乡贪欢，最后叫他不要思念朋友。全诗语重心长，苦口婆心，反复叮咛，可见作者对友人的关心。

武元衡

武元衡（758—815），字伯苍。河南府缑氏县（今河南偃师南）人。建中四年（783）登进士第，累辟使府，官至检校监察御史。元和二年（807）拜门下侍郎、平章事，兼判户部事，十月充剑南西川节度使。后任宰相。十年，遇刺身亡。赠司徒，谥"忠愍"。武元衡工诗，《唐才子传》卷四评其诗："虽时见雕镌，不动机构，要非高斫之所深忌。"《新唐书·艺文志》著录其诗集十卷。《旧唐书》卷一百五十八、《新唐书》卷一百五十二、《唐才子传》卷四有传。

长相思[1]

长相思，陇云愁，单于台上望伊州[2]。

雁书绝，蝉鬓秋。

行人天一[3]畔，暮雨海西头。

殷勤大河水，东注不还流。

【注释】

[1] 诗歌选自《全唐诗》卷三百一十六。长相思：乐府篇名，属杂曲歌辞。《乐府诗集》卷六十九："古诗曰：'客从远方来，遗我一书札。上言长相思，下言久离别。'李陵诗曰：'行人难久留，各言长相思。'苏武诗曰：'生当复来归，死当长相思。'长者久远之辞，言行人久戍，寄书以遗所思也。古诗又曰：'客从远方来，遗我一端绮。文彩双鸳鸯，

裁为合欢被。着以长相思，缘以结不解。'谓被中著绵以致相思绵绵之意，故曰长相思也。又有《千里思》，与此相类。"[2] 单于台：在今内蒙古呼和浩特西。《汉书·武帝纪》卷六："（武帝）出长城，北登单于台。"伊州，治所在今新疆哈密。[3] 天一：《全唐诗》一作"山北"。

【赏析】

这是一首代言诗，作者以女主人公的口吻抒写她思念丈夫的情感。开头一落笔即点明相思之情。丈夫戍边远去，思妇内心忧愁，连带着看云都染上了"愁"。思妇登上单于台，远望丈夫出征之地，这一动作体现了思念之深。"雁书绝，蝉鬓秋"，写思妇等待书信的急切哀愁，头发已由黑变白。"行人天一畔，暮雨海西头"，这是对丈夫出征画面的想象，夫妻二人相距甚远，思妇远望，只能看见烟雨迷蒙在大海尽头。结尾二句写深沉的思念如奔流的黄河水，绵延不断。全诗表达的情意真挚感人，令人唏嘘不已。

送冯谏议赴河北宣慰[1]

汉代衣冠盛，尧年雨露多。

恩荣辞紫禁，冰雪渡黄河。

待诏孤城启，宣风万岁[2]和。

今宵燕分野[3]，应见使星[4]过。

【注释】

[1] 诗歌选自《全唐诗》卷三百一十六。谏议：即谏议大夫。[2] 岁：《全唐诗》一作"里"。[3] 分野：指将天上的星空区域与地上的国、州互相对应。[4] 使星：代表使者的星辰。《后汉书·方术列传》卷八十二上载："和帝即位，分遣使者，皆微服单行，各至州县，观采风谣。使者二人当到益部，投部候舍。时夏夕露坐，部因仰观，问曰：

'二君发京师时，宁知朝廷遣二使邪？'二人默然，惊相视曰：'不闻也。'
问何以知之。郃指星示云：'有二使星向益州分野，故知之耳。'"

【赏析】

此诗是作者为冯谏议赴河北宣慰所作的送别诗。首二句写尧和汉代
时的盛世情景，实际是对当时祥和繁荣的赞颂。三四句写冯谏议受皇帝
嘱托前去宣慰，代表皇帝视察河北，宣扬政令，安抚百姓，是光荣的出
行。"冰雪渡黄河"点明时令在冬季，表现冯谏议出行的不易。五六句
写出使之地因为冯谏议的到来而变得更加祥和，是作者对宣慰这一行动
的歌颂。结尾二句从天象角度写此次出使，颇具"天人感应"思想的意
味。此诗虽属送别诗，却没有分别的感伤，主要体现对冯谏议宣慰之行
的祝福。

顺宗至德大圣皇帝挽歌词三首·其二[1]

容卫[2]晓徘徊，严城阊阖开。

乌号[3]龙驭远，遏密[4]凤声哀。

昆浪[5]黄河注，崦嵫[6]白日颓。

恭闻天子[7]孝，不忍望铜台[8]。

【注释】

[1]诗歌选自《全唐诗》卷三百一十六。[2]容卫：仪卫，仪仗侍卫。
[3]乌号：弓名。传说黄帝于鼎湖乘龙仙去，弓堕下，百姓抱弓而号，
因名其弓为乌号。见《史记·封禅书》卷二十八。[4]遏密：指天子之死。
《尚书·尧典》："二十有八载，帝乃殂落，百姓如丧考妣。三载，四海
遏密八音。"遏密八音，即禁绝一切音乐。[5]昆浪：昆仑山流下的水。[6]
崦嵫：山名，相传为日入之处。[7]天子：指宪宗李纯，顺宗长子。[8]
不忍望铜台：句谓不忍于铜雀台上望西陵。《曹操集》卷三《遗令》："吾

死之后……使著铜雀台，善待之。于台堂上安六尺牀，施缌帐，朝晡上脯糒之属，月旦十五日，自朝至午，辄向帐中作伎乐。汝等时时登铜雀台，望吾西陵墓田。"

【赏析】

这是作者为唐顺宗李诵写的挽歌。首二句写宫廷为顺宗驾崩所作的准备，三四句用"乌号""凤声哀"写百姓为顺宗离去而悲痛万分，从侧面写出百姓对顺宗的拥戴。五六句用黄河、崦嵫造势，写出顺宗的离去使万里河山为之悲恸。结尾二句以魏武帝之死比拟唐顺宗之死，说新即位的宪宗李纯不忍望其父陵墓，体现天子之孝。全诗对仗工整，于庄重威严中体现悲痛惋惜之情，不失为挽歌中的佳作。

权德舆

权德舆（759—818），字载之，天水略阳（今甘肃秦安）人，七岁丧父，少时即以文章驰名。贞元七年（791），德宗闻其才，召为太常博士。元和五年（810），入阁为相。元和八年罢相，出为东都留守。元和十三年，因病乞还，卒于归途。权德舆能赋诗，工古调乐府。《新唐书·艺文志》著录权德舆《童蒙集》十卷、《集》五十卷、《制集》五十卷。今存《权载之文集》五十卷，其诗编为十卷。《旧唐书》卷一百四十八、《新唐书》卷一百六十五、《唐才子传》卷五有传。

古 兴[1]

月中有桂树[2]，无翼难上天。
海底有龙珠[3]，下隔万丈渊。
人生大限[4]虽百岁，就中三十称一世[5]。
晦明乌兔相推迁[6]，雪霜渐到双鬓边。
沉忧戚戚多浩叹，不得如意居太半[7]。
一气[8]暂聚常恐散，黄河清[9]兮白石烂[10]。

【注释】

[1] 诗歌选自《权载之文集》卷一。[2] 桂树：俗传月中有桂树。[3] 龙珠：骊龙珠。传说得之骊龙颔下。《庄子·列御寇》："夫千金之珠，必在九重之渊而骊龙颔下。"[4] 大限：生命的极限，谓死期。[5] 一

世：三十年。王充《论衡·宣汉篇》："孔子所谓一世，三十年也。"[6]
晦明乌兔相推迁：晦明，从夜到明，昼夜。乌兔：古代神话说日中有乌，
月中有兔。因称日月为乌兔。[7] 太半：大半。太，《全唐诗》一作"大"。
[8] 一气：混沌之气。古代以为构成万物的本原。气散指人卒。[9] 黄
河清：黄河水浑浊。因以黄河清喻罕见之事。[10] 白石烂：本谓山石浩
白耀眼。赵岐《孟子注》："齐桓公夜出迎客，甯戚见之，疾击其牛角而
商歌。歌曰：'南山矸，白石烂，生不逢尧与舜禅。'"疑此"石烂"即
石头变土之意，比喻不可能的事。

【赏析】

这是一首怀古之作，抒发了人生感慨。前四句借用"桂树""龙珠"
典故，认为理想遥不可及，难以获取，不禁感到失落可惜。五六句写作
者对人生短暂的感慨。七八句写时间流逝之匆匆，以及作者双鬓已白的
悲哀。九十句直抒自己的忧虑，并交代自己烦恼的原因。结尾用黄河澄
清和"石烂"来说明拥有顺遂的人生是极其罕见的，表达了自己年岁已
暮的担忧。全诗感情基调低沉，读来令人叹息不已。

杨巨源

　　杨巨源(755—?)，字景山，河中(今山西永济)人。贞元五年(789)以第二名及进士第。历任虞部员外郎、太常博士、礼部郎中等。杨巨源长于律诗，元和、长庆间颇负盛名。《新唐书·艺文志》著录其诗一卷。《唐才子传》卷五有传。

同薛侍御登黎阳县楼眺黄河[1]

倚槛恣流目，高城临大川。

九回纡[2]白浪，一半在青天。

气肃晴空外，光翻晓日边。

开襟值佳景，怀抱更悠然。

【注释】

　　[1] 诗歌选自《全唐诗》卷三百三十三。黎阳县：《元和郡县图志》卷十六《河北道一》："黎阳县……隋开皇三年属卫州，十六年又属黎州。大业二年省黎州，县属卫州。皇朝武德二年重置黎州，县属焉。贞观十七年黎州废，复属卫州。"在今河南浚县东。[2] 九回纡白浪：九回，九曲。纡，弯曲，曲折。

【赏析】

　　此诗写作者远眺黄河的所见所感，赞颂了黄河的开阔壮美。首二句交代自己站立的位置，登临黎阳县楼俯瞰黄河，视野相当开阔。"九回纡白浪"写出黄河的蜿蜒曲折，"一半在青天"写出黄河接天连绵之势，蔚为壮观。五六句将目光移至天边，描绘出晴空万里、日光照耀之景象。结尾抒发观赏美景的悠然心情，体现了他热爱山水的开阔胸怀。全诗气势开阔伟健，气象开合，体现了作者的超然开朗。

薛司空自青州归朝[1]

天眷君陈久在东[2]，归朝人看大司空。

黄河岸畔长无事[3]，沧海东边独有功[4]。

已变畏途成雅俗，仍过旧里揖秋风[5]。

一门累叶[6]凌烟阁，次第仪形汉上公[7]。

【注释】

[1] 诗歌选自《全唐诗》卷三百三十三。薛司空：即薛平，字坦涂。将门之子，父薛嵩、伯祖父薛讷、曾祖父薛仁贵，皆闻名当时。曾任郑滑节度使、平卢节度使。敬宗宝历元年（825）入朝，加检校司空。青州：在今山东益都，为平卢节度使治所。[2] 天眷君陈久在东：天眷，帝王对臣下的恩宠、信赖。君陈，周公旦之子，继之执政，称周平公，封于鲁。此喻薛平。[3] 黄河岸畔长无事：薛平在郑滑节度使任上，曾治理黄河，有功绩，深得百姓赞扬。[4] 沧海东边独有功：薛平任平卢节度使时，统缁、青、齐、登、莱五州，平定王廷凑叛乱，声威大震。据《新唐书》卷一百一十一《薛仁贵列传》所载，"在镇六年，兵铠完砺，徭赋均一"。当薛平归朝时，"民部路愿留，数日得出"。[5]秋风：《晋书》卷九十二《张翰列传》载，张翰为齐王司马固大司马东曹掾，因见秋风起，乃思故乡，曰："人生贵得适志，何能羁宦数千里以要名爵乎！"遂启程归吴郡。后用作思乡归里之典。[6] 一门累叶：指薛平与其子薛从，其父薛嵩、祖父薛楚王、伯祖父薛讷、曾祖父薛仁贵，共五世闻名于朝

野，皇恩有加。累叶，累世。[7] 次第仪形汉上公：仪形，作为楷模。汉上公：指汉宣帝甘露三年（前51）在麒麟阁画中兴名臣之像。《汉书》卷五十四《苏武传》："甘露三年，单于始入朝。上思股肱之美，乃图画其人于麒麟阁，法其形貌，署其官爵姓名……皆有功德，知名当世，是以表而扬之。"

【赏析】

此诗作于作者迎接薛平归朝时。开头二句写皇帝对薛司空的重用，"归朝人看大司空"引出下面对薛平功劳的叙述。三四句是对薛平功绩的具体阐述，治理黄河，平定叛乱，功绩斐然。五六句写薛平此行归朝述职完毕后，将会还第归乡，作者赞赏其看淡功名爵位的品行。结尾是作者对薛门一家的赞颂，薛家五世闻名于朝野，功勋累累，应被奉为楷模，可以看出作者对薛平一家的钦佩之情。全诗气调高昂，体现了作者对薛平的尊重。

述旧纪勋寄太原李光颜侍中二首·其一[1]

玉塞含凄见雁行，北垣新诏拜龙骧[2]。
弟兄间世真飞将[3]，貔虎[4]归时似故乡。
鼓角因风飘朔气[5]，旌旗映水发秋光。
河源[6]收地心犹壮，笑向天西[7]万里霜。

【注释】

[1] 诗歌选自《全唐诗》卷三百三十三。纪勋：记载功业。李光颜：字光远，与其兄李光进俱有威名。初从河东军为裨将，后充忠武军节度使，征讨平叛，屡立战功。宝历元年（825）七月为太原尹、北京留守、河东节度使，并兼司徒、侍中。二年九月卒。[2] 北垣新诏拜龙骧：北垣，指北京，时太原为北京。龙骧：龙骧将军的省称。此指李光颜拜河

东节度使。[3] 弟兄间世真飞将：弟兄，李光颜兄李光进曾任御史大夫、代州刺史。随范希朝平定王承宗的叛乱，升任检校工部尚书、振武节度使。间世：隔世，言隔世而出，即异才不是每世都有之意。飞将：汉名将李广号飞将军。[4] 貔虎：比喻勇猛之士，此喻李光颜。光颜与光进少依葛旃，因家于太原，故云"似故乡"。[5] 朔气：北方的寒气。[6] 河源：黄河发源地。此指西北地区。元和十四年（819）吐蕃入寇，李光颜为邠宁节度使，击退之。[7] 天西：朝廷所在地。东汉桓谭《新论》："人闻长安乐，则出门西向而笑。"

【赏析】

此诗赞颂了李光颜的足智多谋，指挥若定、英勇善战、屡建战功。开头二句写李光颜奉命镇守太原。三四句写作者对李光颜、李光进兄弟的赞赏，二人素以强悍骁勇著称，作者以"飞将""貔虎"赞之。五六句是对战场环境的描写，"鼓角""旌旗"渲染了战争的紧张气氛，"朔气""秋光"增添了一丝萧瑟。最后两句写李光颜蔑视敌寇、出征河源必胜的英雄气概，表现了壮心不已、一往无前的战斗豪情。全诗既抒写了报国豪情，又寄托了羁旅行役之思，虽带有中唐瑟瑟之气，但仍然不失盛唐风神。

韩　愈

　　韩愈（768—824），字退之，河南河阳（今河南孟州）人。自称郡望昌黎，世称韩昌黎。幼孤，由嫂抚养，刻苦自学，尽通六经、百家之学。贞元八年（792）进士。后为节度使推官，调四门博士，迁监察御史。贞元末年因上疏得罪权要，贬为阳山令。元和十二年（817）随宰相裴度平定淮西藩镇之乱，因功迁刑部侍郎。十四年，因上表谏迎佛骨触怒宪宗，贬潮州刺史。后任国子监祭酒、京兆尹、兵部及吏部侍郎。穆宗长庆四年（824）卒，年五十七。赠礼部尚书，谥"文"。生前与孟郊、张籍、崔立之等交往颇多。韩愈是唐代古文运动的倡导者，被后人尊为"唐宋八大家"之首，与柳宗元并称"韩柳"。《新唐书·艺文志》著录其诗集四十卷，有《韩昌黎集》传世。《旧唐书》卷一百六十、《新唐书》卷一百七十六、《唐才子传》卷五有传。

条山苍^[1]

条山苍，河水黄。

浪波沄沄去^[2]，松柏在山^[3]冈。

【注释】

　　[1] 诗歌选自《韩昌黎诗集编年笺注》卷十二。条山：中条山，见畅当《蒲中道中二首·其一》注 [2]。[2] 浪波沄沄去：浪波，《全唐诗》一作"波浪"。沄沄：水涌流的样子。[3] 山：《全唐诗》一作"高"。

【赏析】

此诗作于贞元二年（786），清王元启《读韩记疑》卷一以为"此诗贞元二年初至河东，（阳）城尚未膺李泌之荐，正隐条山，公感事赋此。"韩愈去往河东的途中，见到中条山，不禁写下诗句赞叹。诗题仅以一个"苍"字概括中条山，足见其山之苍翠，浑然一色。诗歌四句写中条山有苍松、翠柏，滔滔黄河流经山下。河水的浑黄，与山色的苍翠形成鲜明对比，一苍一黄，一动一静，相映成趣。后二句也是作者对自身隐居状况的交代，"浪波沄沄去"比喻世人随波逐流，"松柏在山冈"则体现了作者对高洁品行的追求。这首小诗仅短短十六字，写出了山水磅礴之气势，又蕴含哲理，在以追求险怪为主的韩愈诗中可谓别具一格。

嘲鼾睡·其二[1]

澹公坐卧时，长睡无不稳。

吾尝闻其声，虑深五藏[2]损。

黄河弄濆瀑[3]，梗涩连拙鲧[5]。

南帝[6]初奋槌，一窍泄混沌。

迥然忽长引，万丈不可忖[7]。

谓言绝于斯，继出方衮衮[8]。

幽幽寸喉中，草木森莽荽[9]。

盗贼虽狡狯，亡魂敢窥阃[10]。

鸿蒙[11]总合杂，诡谲骋戾很。

乍如斗啾啾[12]，忽若怨恩恩。

赋形苦不同，无路寻根本。

何能堙其源？惟有土一畚[13]。

【注释】

[1] 诗歌选自《韩昌黎诗集编年笺注》卷十二。[2] 藏，通"脏"，指肾、心、肝、肺、脾。[3] 溃瀑：波浪冲激。这里指河水泛滥。[4] 梗涩：阻塞。[5] 拙鲧：大禹的父亲名鲧，相传用堵塞的办法治水，因而多年劳而无功，被舜诛于羽山。[6]南帝：南海之帝。《庄子·应帝王》："南海之帝为倏，北海之帝为忽，中央之帝为浑沌。倏与忽相与遇于浑沌之地，浑沌待之甚善。倏与忽谋报浑沌之德，曰：'人皆有七窍……此独无有。尝试凿之。'日凿一窍，七日而浑沌死。"[7] 忖：测度。[8] 衮衮：同"滚滚"，连续不断。[9] 莽蓁：草木丛生的样子。[10]阃：门槛。[11] 鸿蒙：《庄子·在宥》："云将东游，过扶摇之枝而适遭鸿蒙。"郭象注："鸿蒙，自然元气也。"[12]呶呶：喧闹。[13]畚：土筐一类的盛土器。

【赏析】

这是一首状人情态的奇诗。人打呼噜在以前是从不入诗的，但韩愈却用诗来表现。诗中专写一位叫澹师的和尚，写他如何打呼噜。开头二句写澹师睡眠很好，无论坐还是卧都能睡着。三四句写作者曾经听到他的呼噜声，担心把他的五藏都给损坏，可见其声之大。之后六句作者用比喻，形象地说呼噜声像黄河涛涌，像战鼓咚咚，写出其呼噜声之强壮。"谓言绝于斯，继出方衮衮"写出其呼噜声此起彼伏，令作者不可思议。最后作者得出结论，唯一的办法就是弄一簸箕土，将澹师的出气口堵上，可见作者的诙谐幽默。全诗语言谐谑，状人情态生动，颇有趣味。

欧阳詹

　　欧阳詹（755—800），字行周，泉州晋江（今福建泉州）人。幼有文名，性喜恬静，勤学好问。贞元八年（792）考中榜眼，授四门助教。上书宰相郑余庆，不得进用，全力参与韩愈的古文运动。贞元十五年（799），迁四门博士。次年去世。《新唐书·艺文志》著录集十卷，今存《欧阳行周文集》十卷。《新唐书》卷二百〇三有传。

奉和太原郑中丞登龙兴寺阁[1]

青窗朱户半天开，极目凝神望几回。
晋国颓墉生草树[2]，皇家[3]瑞气在楼台。
千条水入黄河去，万点山从紫塞[4]来。
独恨侍游违长者[5]，不知高意是谁陪。

【注释】

　　[1] 诗歌选自《欧阳行周文集》卷三。郑中丞：郑儋，为太原少尹、节度行军司马当兼中丞。《全唐文》卷五百六十二韩愈《河东节度观察使荥阳郑公（儋）神道碑文》："贞元十六年，将（李）说死，即诏授司马节，节度河东军，除其官为工部尚书、太原尹，兼御史大夫、北都留守。"龙兴寺：（光绪）《山西通志》卷五十七《寺观》："龙兴寺，在蒲县北五里下泉村。"[2] 晋国颓墉生草树：晋国，春秋时拥有山西大部及河北西南部地区。颓墉：破败的城墙。[3] 皇家：指李唐王朝。[4] 紫塞：

泛指北方的边塞。[5] 长者：指郑中丞。

【赏析】

此诗写作者登临龙兴寺阁的所见所感。开头二句写对寺阁的观察，三四句写寺阁的历史兴衰变化。五六句将目光放远，写山川雄峻，展现出壮丽宏阔的山川景致，对仗工整，这无疑是对太原山水景致的最高礼赞。尾联写作者为不能与郑中丞一同游览龙兴寺阁而感到遗憾。全诗气魄宏大，境界高远。

刘禹锡

刘禹锡（772—842），字梦得，洛阳人。贞元九年（793）进士及第，又登博学宏词科。历任幕府掌书记、渭南主簿、监察御史。贞元二十一年（805），与柳宗元等人一起参加王叔文领导的政治革新运动，失败后被贬连州刺史。后任朗州司马、夔州刺史、和州刺史。大和元年（827）除主客郎中分司东都，明年入长安，为主客郎中、集贤学士。后官至检校礼部尚书，兼太子宾客。会昌二年（842）七月卒，享年七十一。贬谪时期，多讽托之作。晚年居洛阳，与白居易颇多唱和。《新唐书·艺文志》著录《刘禹锡集》四十卷。今有《刘禹锡集》三十卷，外集十卷。《旧唐书》卷一百六十、《新唐书》卷一百六十八、《唐才子传》卷五有传。

平齐行二首·其一[1]

胡尘昔起蓟[2]北门，河南地属平卢军[3]。

貂裘代[4]马绕东岳，峄阳[5]孤桐削为角。

地形十二[6]虏意骄，恩泽含容历四朝[7]。

鲁人皆科带弓箭，齐人不复闻箫韶[8]。

今朝天子[9]圣神武，手握玄符[10]平九土[11]。

初哀狂童袭故事[12]，文告不来方震怒[13]。

去秋诏下诛东平[14]，官军四合[15]犹婴城[16]。

春来群乌噪且惊，气如坏山堕其庭。

牙门大将[17]有刘生[18]，夜半射落搀枪星[19]。

帐中虏血流满地，门外三军舞连臂。

驿骑函首过黄河，城中无贼天气和。

朝廷侍郎[20]来慰抚，耕夫满野行人歌。

【注释】

[1] 诗歌选自《刘禹锡集》卷二十五。平齐：齐，指淄青，所辖青、齐、曹、濮诸州均古齐地。时淄青节度使为李师道。《旧唐书》卷十五《宪宗纪下》：元和十四年二月，"田弘正奏，今月九日，淄青都知兵马使刘悟斩李师道并男二人首请降，师道所管十二州平"。[2] 蓟：唐县名，在今北京城西南。范阳节度使治所。安禄山于此起兵反唐。[3] 河南地属平卢军：河南，河南道，辖地大约在今山东、河南黄河以南和江苏安徽淮河以北地区。平卢军：原治营州。上元二年（761），平卢节度使侯希逸引军至青州，镇淄青。永泰元年（765），军士逐希逸，拥立李正己。朝廷因授正己平卢淄青节度观察使。初治青州，贞元四年（788）徙郓州。[4]代：古国名，在今河北省蔚县东北。[5]峄阳：峄山的南面。峄山在今山东省邹县东南。《尚书·禹贡》："峄阳孤桐。"《尚书孔传参正·夏书》卷六："峄山之阳特生桐，中琴瑟。"[6]地形十二：《资治通鉴》卷二百四十胡三省注云："十二州，郓、兖、曹、濮、淄、青、齐、海、登、莱、沂、密也。"[7]四朝：谓代宗、德宗、顺宗、宪宗四朝。代宗时，李正己官至检校司空、左仆射，兼御史大夫，加平章事、太子太保、司徒。封饶阳郡王。德宗时，李纳加检校右仆射，同中书门下平章事，又加检校司空，封五百户。顺宗时，李师古加检校司徒，兼侍中。宪宗时，李师道加检校尚书右仆射。[8]箫韶：舜乐名。[9]今朝天子：谓宪宗。[10]玄符：即玄女符。《史记》卷一《五帝本纪》张守节《史记正义》引《龙鱼河图》云："黄帝摄政，有蚩尤兄弟八十一人……威振天下，诛杀无道。……黄帝以仁义不能禁止蚩尤，乃仰天而叹。天遣玄女下授黄帝兵信神符，制伏蚩尤。"后以玄女符指兵法。[11]九土：九州。[12]初哀狂童袭故事：初哀，谓服丧。狂童：指李师道。袭

251

故事：承袭旧例。唐时藩镇每不得朝廷之命而父子、兄弟自相承袭。元和元年（806）李师古死，李师道受部下拥立。后朝廷授以淄青节度留后、郓州大都督府长史，充平卢军及淄青节度副大使，知节度事。[13] 文告不来方震怒：文告，章奏。吴元济被斩，师道惧，上表乞听朝旨，请割三州并遣长子入侍宿卫。诏许之，后师道从妻、婢之议，不听纳质割地。上怒，决意讨之。[14] 去秋诏下诛东平：元和十三年（818）七月，宪宗诏沧州节度使郑权、徐州节度使李愬、魏博节度使田弘正、陈许节度使李光颜等进讨李师道。东平，即郓州。天宝元年改郓州为东平郡，乾元元年，复为郓州。[15] 官军四合：《旧唐书》卷一百二十四《李正己传》："诸将四合，累下城栅。"[16] 婴城：据城固守。[17] 牙门大将：衙军大将。衙军即亲军及卫队。[18]刘生：刘悟，时为都知兵马使。[19] 搀枪星：彗星，喻指李师道。《资治通鉴》卷二百四十一《唐纪》载，李师道使刘悟将兵万余人屯阳谷以拒官军，悟务为宽惠，军中号为"刘父"，师道遣二使令兵马副使斩悟首以献。悟遣人先执二使，杀之。时已向暮，悟使士卒饱食执兵，夜半听鼓三声绝即行。比至，牙城拒守，寻纵火斧其门而入。悟勒兵升听事，使捕索师道。师道与二子伏厕床下，索得，皆斩之。[20]侍郎：谓杨于陵。《资治通鉴》卷二百四十一《唐纪》："（元和十四年二月）乙丑，命户部侍郎杨于陵为淄青宣抚使。"

【赏析】

这是反映朝廷平叛战乱的诗篇。首四句揭示了藩镇割据的局面。"地形十二虏意骄，恩泽含容历四朝"，写出了割据者的横行霸道。"今朝天子圣神武"至"夜半射落搀枪星"，作者叙述朝廷平叛战乱的经过。"春来群乌噪且惊，气如坏山堕其庭"，作者将割据势力的狼狈不堪表现得淋漓尽致。末尾六句描写了战争胜利后祥和喜悦的情景，军营门外是军民歌舞庆祝的热烈场面，肃清了叛军之后，天气都变得晴朗起来，作者极力渲染平叛战乱后的欢乐气氛。全诗流露出战争胜利的喜悦，宣扬了朝廷声威。

浪淘沙九首·其一[1]

九曲黄河[2]万里沙，浪淘风簸自天涯。

如今直上银河去，同到牵牛织女家。

【注释】

[1] 诗歌选自《刘禹锡集》卷二十七。浪淘沙：唐教坊曲名，属于近代曲辞，见《乐府诗集》卷八十二。[2] 九曲黄河：谓黄河河道曲折。《乐府诗集》卷九十一高适《九曲词三首》序："河水九曲，长九千里，入于渤海。"

【赏析】

这是一首描写黄河的著名诗篇。"九曲黄河万里沙"写黄河的雄壮绵长与磅礴气势，弯弯曲曲，百转千回，又波涛汹涌，夹带着黄色的泥沙，仿佛从天边奔流而下。"浪淘风簸自天涯"承接上句，更加渲染了黄河一泻千里的气派，大浪淘沙，奔腾不息。三四句引用"张骞泛槎"的典故，形象地描述"黄河之水天上来"，让诗的意境更加唯美浪漫。全诗巧用典故、比喻，想象新奇，自然流畅，情韵无限，是一首富有民歌气息的浪漫主义诗篇。

送李尚书镇滑州[1]

南徐报政入文昌[2]，东郡须才别建章[3]。

视草名高同蜀客[4]，拥旄年少胜荀郎[5]。

黄河一曲当城下[6]，缇骑[7]千重照路傍。

自古相门还出相[8]，如今人望在岩廊。

【注释】

[1] 诗歌选自《刘禹锡集》卷二十八。李尚书：谓李德裕。《旧唐书》卷一百七十四《李德裕列传》："大和三年（829）八月，（自浙西观察使）召为兵部侍郎……九月，检校礼部尚书，出为郑滑节度使。"郑滑节度使治滑州。[2] 南徐报政入文昌：南徐，指润州，时为浙西观察使治所。《元和郡县图志》卷二十五《江南道一》："晋咸和中，郗鉴自广陵镇于此，为侨徐州理所。……后徐州寄理建业，又为南兖州，后又为南徐州。"文昌：指尚书省。武后光宅元年改尚书省为文昌台，又改为文昌都省。[3] 东郡须才别建章：东郡，滑州在秦汉、南朝宋和隋时为东郡。建章：汉宫名，武帝时建，在未央宫西。[4] 视草名高同蜀客：视草，古代词臣奉旨修正诏谕称视草。《汉书》卷四十四《淮南衡山济北王传》："（武帝）每为报书及赐，常召司马相如等视草乃遣。"蜀客：指司马相如。相如，蜀郡成都人。[5] 拥旄年少胜荀郎：拥旄，持旄节为节度使。荀郎：指荀羡。《晋书》卷七十五《荀羡列传》："除北中郎将、徐州刺史，监徐兖二州扬州之晋陵诸军事、假节。殷浩以羡在事有能名，故居以重任。时年二十八，中兴方伯，未有如羡之少者。"荀，《全唐诗》一作"周"。周郎即周瑜。[6] 当城下：《元和郡县图志》卷八《河南道四》："白马县……黄河，去外城二十步。"滑州以白马县为治所。[7] 缇骑：贵官的前导和随从的骑士。[8] 自古相门还出相：《史记》卷七十五《孟尝君列传》："文（孟尝君）闻将门必有将，相门必有相。"李德裕父李吉甫曾为宰相。大和七年（833）二月，李德裕以兵部尚书平章事，始为相。

【赏析】

这是作者送别李德裕镇守滑州所作的送别诗。前两句写李德裕刚由润州回到朝廷报告政绩，随即又辞别朝廷出镇润州，昭示了政局不稳。三四句称颂李德裕像才名卓著的司马相如一样擅长文赋写作，像少年得志的荀羡一样会统领军队，言语间充溢着对友人的钦佩和鼓励。"黄河一曲当城下"写黄河绕经城下之景象。"缇骑千重照路傍"是对李德裕所率军队的描写，整装待发，军容壮盛。最后二句作者为了提振李德裕的信心，鼓励他会像其父一样任为宰相。全诗气势浑厚，境界开阔疏朗。

和令狐相公入潼关[1]

寒光照旌节，关路晓无尘。

吏谒前丞相[2]，山迎旧主人[3]。

东瞻军府静，西望敕书频。

心共黄河水，同升天汉[4]津。

【注释】

[1] 诗歌选自《刘禹锡集》卷三十三。潼关：见李世民《入潼关》注〔1〕。大和二年（828）十月，令狐楚自宜武节度使征为户部尚书，此诗即作于是时。[2] 前丞相：令狐楚于元和十四年（819）自朝议郎授朝议大夫、中书侍郎、同平章事。见《旧唐书·令狐楚列传》卷一百七十二。[3]旧主人：令狐楚于元和十三年（818）为华州刺史。[4]天汉：银河。

【赏析】

此诗作于大和二年冬，是作者为令狐楚重回长安入相所作。开头二句是对沿途景色的描绘，三四句看似平淡的描述，却表达了对令狐楚归京的喜悦之情。令狐楚曾在宪宗朝入相，又曾任华州刺史，故称其为"前丞相""旧主人"，连山峰都在欢迎他的归来。结尾二句，既是说令狐楚身在潼关而心已随着黄河驰往长安，同时也是对令狐楚事业的美好祝愿，希望他能如同黄河水直上天际那样事业高升。全诗表现了作者与令狐楚的美好情谊。

张仲素

张仲素（？—819），字绘（一作缋）之，河间（今属河北）人。贞元十四年（798）进士及第，复中博学宏词科。始任武宁军节度使张愔从事。元和七年（812）以屯田员外郎充吏部考判官，后转司勋员外郎，十一年（816）自礼部郎中充翰林学士，十三年（818）加司封郎中、知制诰，十四年（819）迁中书舍人，是年卒官，赠礼部侍郎。今存诗一卷。《唐才子传》卷五有传。

塞下曲五首·其四 [1]

陇水 [2] 潺湲陇树秋，征 [3] 人到此泪双流。
乡关万里无因见，西戍河源 [4] 早晚 [5] 休 [6]。

【注释】

[1] 诗歌选自《全唐诗》卷三百六十七。[2] 陇水：即陇头水。清张澍《辛氏三秦记》引俗歌云："陇头流水，鸣声幽咽。"[3] 征：《全唐诗》一作"无"。[4] 河源：见贾至《送友人使河源》注 [1]。[5] 早晚：何时。[6] 休：《全唐诗》一作"收"。

【赏析】

本诗借乐府旧题《塞下曲》，写边塞征战生活，表达了作者渴望和平的思想。首句写陇山独有的景致：陇水缓慢流淌，陇树未秋先凋。第二句写塞外萧瑟之景引起无数征人落泪，想到自己离乡别亲，孤身赴边征战，内心凄怆，不免悲从中生。三四句作者感叹征人离家万里，无法见到故乡家园，只盼望河源早日收复。全诗语意深沉，感情真挚，不仅写乡关之思，还有对战争的深刻反思，表达了作者厌恶战争、渴望和平的思想。

吕　温

　　吕温（772—811），字和叔，一字化光，河中（今山西永济）人。德宗贞元十四年（798）登进士第，次年中宏词科。授集贤殿校书郎，迁左拾遗。贞元二十年（804），出使吐蕃。永贞元年（805）回朝任户部员外郎，转司封员外郎，迁刑部郎中。元和六年（811）八月卒于衡州，年四十。《新唐书·艺文志》著录有集十卷。《旧唐书》卷一百三十七、《新唐书》卷一百六十、《唐才子传》卷五有传。

经河源军汉村作[1]

行行忽到旧河源，城外千家作汉村。
樵采未侵征虏墓[2]，耕耘犹就破羌屯[3]。
金汤[4]天险长全设，伏腊[5]华风[6]亦暗存。
暂驻单车空下泪，有心无力复何言。

【注释】

　　[1] 诗歌选自《吕衡州文集》卷二。河源军：唐陇右节度使统临洮、河源等十军，河源军在鄯州（今青海乐都）西一百二十里。宝应元年没于吐蕃。汉村：汉人聚居的村落。[2] 征虏墓：指屯戍边地的唐代死亡将士的坟墓。东汉置征虏将军。[3] 破羌屯：西汉有破羌将军名号，这里指唐代将士屯田戍守的村庄。[4] 金汤："金城汤池"之省，比喻城池险固。[5] 伏腊：秦汉时，夏天的伏日，冬天的腊日，都是节日，合

称伏腊。[6] 华风：华夏风俗。

吕
温

【赏析】

　　唐玄宗前期，国力强盛，注重对外开疆拓土，与漠北、西域之间战争连年不断，塞外之地随着中原势力的扩张而纳入唐朝势力范围，曾经传统的畜牧生产方式也被农耕定居的农业生产方式所替代，对当地的经济、文化产生了较大影响。吕温笔下的河源军汉村即是如此。当此之时，河源军已陷落吐蕃多年，故作者称其"旧河源"。"城外千家作汉村"，河源军虽在吐蕃控制之下，但百姓依然大多为汉人，其生活、生产方式一如往日。"征虏墓""破羌屯"说明了此地曾战争频繁，伤亡惨重。五六句写即使吐蕃城池险固，游牧民族已占领当地，但仍阻挡不住汉族百姓对其的同化，华夏的生活习惯、生产方式与社会风俗对其产生了极大的影响。结尾表达了对朝廷腐败无能的忧愤，反映了作者盼望李唐收复边陲，使汉民免受吐蕃奴役的强烈愿望，抒发了希望国家统一的爱国情怀。

孟　郊

孟郊（751—814），字东野，湖州武康（今浙江德清）人。早年在江南与皎然、陆羽等交往，曾隐居嵩山。贞元八年（792）、九年（793），两应进士试，皆落榜。贞元十二年登第。贞元十六年（800），选为溧阳（今江苏溧阳）尉。贞元末辞官。元和元年（806），入河南尹郑余庆幕，为河南水陆运从事、试协律郎，从此定居洛阳。元和九年（814），郑余庆任山南西道节度使，召孟郊为兴元军参谋、试大理评事。在赴兴元（今陕西汉中）途中，卒于阌乡（在今河南灵宝境内）。友人张籍等私谥为"贞曜先生"。孟郊与韩愈交好，与张籍、李翱、卢仝诸人亦多往来。《新唐书·艺文志》著录孟郊诗集十卷。《旧唐书》卷一百六十、《新唐书》卷一百七十六、《唐才子传》卷五有传。

出门行二首·其一[1]

长河悠悠去无极[2]，百龄同此可叹息。

秋风白露沾人衣，壮心凋落夺颜色[3]。

少年出门将诉谁，川无梁[4]兮路无岐。

一闻陌上苦寒[5]奏，使我伫立惊且悲。

君今得意厌梁肉，岂复念我贫贱时。

【注释】

[1] 诗歌选自《孟东野诗集》卷一。出门行：乐府诗题，属于杂曲

歌辞。[2]无极：无穷尽。[3]夺颜色：失去青春的面容。夺，丧失。[4] 梁：桥。[5] 苦寒：古歌曲名。曹操有《苦寒行》。江淹《望荆山》："一闻苦寒奏，再使艳歌伤。"

【赏析】

此诗是孟郊早年出游感怀之作，写出行之人的行路难和苦思感。首句写黄河悠长没有尽头，与人生短暂一世相比，不禁令人叹息。三四句用"秋风白露"渲染悲凉氛围，青春不再，壮心不已，抒写了作者内心的失落。五六句写作者出行的孤独之感以及路途的艰辛。《苦寒》一曲奏起，令作者更加悲痛。结尾通过"得意厌粱肉"与"我贫贱"作对比，凸显作者在外羁旅的不易。全诗既有哀怨愁苦之气，又有悲凉慷慨之风。

羽林行[1]

朔雪[2]寒断指，朔风劲裂冰。

胡中射雕者[3]，此日犹不能。

翩翩羽林儿[4]，锦臂[5]飞苍鹰[6]。

挥鞭快[7]白马，走出黄河凌[8]。

【注释】

[1] 诗歌选自《孟东野诗集》卷一。羽林行：乐府杂曲歌辞名。东汉辛延年作《羽林郎》，《羽林行》即出于此。羽林，禁卫军名。始置于汉武帝时。唐置左右羽林军。《旧唐书·职官志三》："左右羽林军。汉置南北军，掌卫京师。南军，若今诸卫也；北军，若今羽林军也。汉武置羽林，名曰建章营骑，属光禄勋，后更名羽林骑，取六郡良家子，及死事之孤为之。后汉置左右羽林监，南朝因之，后魏、周曰羽林率，随左右屯卫，所领兵名曰羽林。龙朔二年，置左右羽林军。"[2] 朔雪：

北方的雪。[3] 射雕者：指射技高超的勇士。《史记》卷一百〇九《李将军列传》："中贵人将骑数十纵，见匈奴三人，与战，三人还射，伤中贵人，杀其骑且尽。中贵人走广。广曰：'是必射雕者也。'"雕，一名鹫，大型猛禽。[4]羽林儿：羽林军的健儿。[5]锦臂：指臂膊套有臂韝，即臂衣。[6] 飞苍鹰：纵鹰行猎。猎者出猎时驾鹰于臂，遇猎物，即纵鹰搏击。[7] 快：《全唐诗》一作"决"。[8] 凌：冰。

【赏析】

此诗写羽林军征战塞外的雄壮场面。首二句写塞外气候寒冷恶劣，"寒断指"极言天气之冷，"劲裂冰"写风之强劲凛冽，由此衬托出征战的不易。气候恶劣，连胡地都不能射雕了，而羽林军却迎风傲雪，展示高超武艺和军威。两相对照，写出羽林军的骁勇。结尾二句写羽林军将士身骑快马，跨越结冰的黄河，驰骋于边塞之上的威武形象。全诗表达了作者对羽林军不畏严寒、英勇作战的高度赞赏。

自　叹[1]

愁与发相形[2]，一愁白数茎。

有发能几多，禁愁日日生。

古若不致兵[3]，天下无战争。

古若不置名[4]，道路无敧倾[5]。

太行[6]耸巍峨，是天产不平。

黄河奔浊浪，是天生不清。

四蹄[7]日日多，双轮日日成。

二物不在天[8]，安能免营营[9]。

【注释】

[1] 诗歌选自《孟东野诗集》卷三。[2] 相形：互相衬托。[3] 致兵：

设置军队。[4]置名：设置功名。[5]欹倾：倾斜。[6]太行：太行山。[7]
四蹄：代指马。[8] 不在天：不取决于天。意谓是人力所成。[9] 营营：
不知疲倦地谋求。

【赏析】

孟郊一生穷愁，故多对人世间的感慨，此诗就是作者的感慨之作。
前四句写作者因烦恼而生白发。紧接着四句是作者的假设，体现了其对
战争、功名的憎恶，突出其愤世骂俗的风格。"太行耸巍峨，是天产不
平。黄河奔浊浪，是天生不清"，这是作者激怒难抑的呼喊，是对不平
社会的有力抗争，表现了作者高度的正义感。结尾四句表达了作者对社
会贫富不均的愤慨。全诗揭露了现实的腐败与黑暗，体现了作者作为中
下层知识分子的不幸境况和政治要求，具有进步的社会意义。

秋怀十五首·其十四[1]

黄河倒上天[2]，众水有却来。

人心不及水，一直去不回。

一直亦有巧，不肯至蓬莱[3]。

一直不如疲，唯闻至省台[4]。

忍古[5]不失古[6]，失古志易摧。

失古剑亦折，失古琴亦哀。

夫子[7]失古泪[8]，当时落漼漼[9]。

诗老[10]失古心，至今寒皑皑。

古骨无浊肉，古衣如藓苔。

劝君勉忍古，忍古销尘埃[11]。

【注释】

[1]诗歌选自《孟东野诗集》卷四。[2]黄河倒上天：倒，倾出，倒出。

此即"黄河之水天上来，奔流到海不复回"之意。[3] 蓬莱：犹蒿莱，谓隐者所居。[4] 省台：中央官署。[5] 忍古：肩负古道。[6] 失古：指古道沦丧。[7] 夫子：指孔子。[8] 失古泪：《史记》卷四十七《孔子世家》载，孔子临死，曾说："天下无道久矣！莫能宗予。"作歌自叹，"因以涕下"。[9] 潍潍：涕泪交流貌。[10] 诗老：孟郊自谓。[11] 销尘埃：消除尘埃的污染，意谓保持高节。

【赏析】

这首诗几乎以"古"字成篇，书写了"古"的内涵，以及作者奉行古道的艰难。开头以黄河起兴，将黄河之水有来回循环与人心一去不回作对比，体现如今人心不古的社会风气。接着四句写作者因案牍之事而拒绝到蓬莱岛去寻求长生不老。"忍古不失古，失古志易摧"，写作者执着守"古"，并提到了"失古"的危害——"志易摧"，说明守"古"的重要性。"失古剑亦折，失古琴亦哀"，写"失古"的严重后果。古道沦丧，是孔夫子逝世前的遗憾，也是作者所担忧的。"至今寒皑皑"体现了作者因"失古"而感到心寒意冷。"古骨无浊肉，古衣如薜苔"，写复"古"之益处。因此，作者在结尾呼喊要坚持古道："劝君勉忍古，忍古销尘埃。"这首诗古朴凝重，以"古"明志，表现了作者守"古"的艰难不易，体现出其意志的坚定。

泛黄河[1]

谁开昆仑[2]源，流出混沌[3]河。

积雨[4]飞作风，惊龙喷为波。

湘瑟[5]飕飗[6]弦，越宾[7]呜咽歌。

有恨不可洗，虚此来经过。

【注释】

[1] 诗歌选自《孟东野诗集》卷五。[2] 昆仑，昆仑山。见李白《公无渡河》注[2]。[3] 混沌：同"浑沌"，清浊不分貌。[4] 雨：《孟东野诗集》一作"羽"。[5] 湘瑟：湘妃所弹之瑟。湘妃，舜之二妃，湘水女神。《楚辞·远游》："使湘灵鼓瑟兮，令海若舞冯夷。"湘灵，即湘妃。[6] 飕飗：风雨声。[7] 越宾：寄居他乡的越人，作者自谓。宾，《孟东野诗集》一作"客"。

【赏析】

孟郊乘舟过黄河，作诗抒怀，表达自己横渡黄河时感受。诗歌开篇描绘黄河疾风骤雨、波涛汹涌的雄伟景观。面对浩浩之水，作者惊诧于黄河奔泻万里、摧折一切的气势。在他眼中，河水东来，一曲九折，那喷波溅珠的气势，逼人心魄。接下来写湘灵鼓瑟、越客思乡，寄寓作者仕途失意、羁旅思乡的寂寞和哀愁。结尾作者感叹人生遗恨不能以黄河之水洗涤，虚度了此次游行，可见作者的绝望处境。全诗想象与现实交织，写出作者有志难酬的失落。

寄张籍[1]

夜镜不照物，朝光何时升。

黯然秋思[2]来，走入志士膺。

志士惜时逝，一宵三四兴[3]。

清汉[4]徒自朗，浊河终无澄[5]。

旧爱[6]忽已远，新愁坐[7]相凌。

君其隐壮怀[8]，我亦逃名称[9]。

古人贵从晦[10]，君子忌党朋[11]。

倾败生所竞[12]，保全归暧曃。

浮云何当来[13]，潜虬[14]会飞腾。

【注释】

[1]诗歌选自《孟东野诗集》卷六。张籍：唐诗人，字文昌，吴郡（今江苏苏州）人，与孟郊交厚。[2]秋思：《孟东野诗集》一作"愁气"。[3]兴：起床。[4]清汉：银河。[5]浊河终无澄：浊河，黄河。黄河水浑浊，故有浊河之称。终无澄，《左传·襄公八年》："子驷曰：周诗有之曰：'俟河之清，人寿几何?'"杜预注："言人寿促而河清迟。"[6]旧爱：旧交，老朋友。[7]坐：顿时。[8]隐壮怀：指未仕。张籍于贞元十五年（799）登进士第后，未即入仕，元和元年（806）方为太常寺太祝，其间约五六年光景，多赋闲于和州（今安徽和县）。[9]逃名称：逃避名声。孟郊初仕溧阳尉，不治官事。被罚俸，又于贞元二十年（804）辞官。[10]贵从晦：重在韬晦，隐匿形迹，不自炫露。[11]党朋：结党营私，排斥异己。贞元末，王叔文秉政，引进刘禹锡、柳宗元等，欲图革新。但反对势力强大。孟郊从叔孟简与王叔文等龃龉不合。韩愈更被贬。王叔文等失败后，韩愈即称之为"小人""私党"，大加挞伐。二十余年后，刘禹锡犹以"素无党援""实无朋附"申雪于父宗。故郊诗"忌党朋"之说，实有背景，不为无因。[12]生所竞：产生于争竞。[13]浮云何当来：浮云何时来集，喻际遇至。古谓龙是水畜，云是水气，云兴而龙起。[14]虬：传说中无角的龙。

【赏析】

这首诗写作者对现实政治的看法和态度。前半部分是对当前黑暗政治环境的影射，"浊河终无澄"借黄河难澄喻指王叔文集团控制下的政局浑浊不明。后半部分是作者对自己处世方式的生动表述，认为应像古人那样，韬光养晦，不参与朋党斗争，独善其身，保全自己，若能坚持以上原则，际遇自会到来。全诗不仅是作者对友人的寄语，更是作者孤直个性、洁身自好的人格操守和独立正直的政治倾向的体现。

送卢汀侍御归天德幕[1]

仲宣[2]领骑射，结束皆少年。

匹马黄河岸[3]，射雕[4]清霜天。

旌旗防日北[5]，道路上云巅。

古雪无销铄，新冰有堆填。

清溪徒笑诮，白璧[6]自招贤。

岂比重思者，闭门方独全。

【注释】

[1] 诗歌选自《孟东野诗集》卷八。卢汀：字云夫，贞元元年（785）进士。韩愈有酬和卢汀诗多首。侍御：即殿中侍御史（或监察御史），是卢汀为幕僚时所带台衔。天德幕：天德军幕府。《元和郡县图志·关内道四》："十二年，安思顺奏废横塞军，请于大同川西筑城置军，玄宗赐名曰大安军。十四年，筑城功毕，移大安军理焉。乾元后改为天德军。"[2] 仲宣：建安诗人王粲。[3] 黄河岸：天德军治所临黄河。[4] 射雕：北齐斛律光从世宗校猎，引弓射下一只大雕，被丞相属邢子高赞为"射雕手"。《北齐书》卷十七《斛律金列传》载："光，字明月，少工骑射，以武艺知名。……世宗为世子，引为亲信都督，稍迁征虏将军，累加卫将军。武定五年，封永乐县子。尝从世宗于洹桥校猎，见一大鸟，云表飞扬，光引弓射之，正中其颈。此鸟形如车轮，旋转而下，至地乃大雕也。世宗取而观之，深壮异焉。丞相属邢子高见而叹曰：'此射雕手也。'"[5] 日北：极远的北方。[6] 白璧：平圆而中间有孔的白玉。古用为征聘贤士的礼品。

【赏析】

这是一首送别诗。首二句借王粲领军的典故，赞誉卢汀及其军队的雄姿英发。"匹马黄河岸"写千军万马渡过黄河的雄壮场面，"射雕清霜天"是作者对卢汀高超射箭水平的赞美。之后四句写去往幕府的路途有着极端严寒的天气和难行遥远的道路，以示行军的艰难。全诗表现了作者对卢侍御高超武艺和杰出才能的赞美。

送柳淳[1]

青山临黄河，下有长安道。

世上名利人，相逢不知老。

【注释】

[1] 诗歌选自《孟东野诗集》卷八。柳淳：吕渭（贞元间曾任礼部侍郎等职）之婿，吕渭卒于贞元十六年（800），时柳淳已登第。

【赏析】

这是作者写给柳淳的送别诗。开头二句写送别之地的景色，巍巍青山，倚临滔滔黄河，一青一黄，色彩斑斓，山脚下正是友人此去必经的长安道，作者描绘了一幅开阔明朗的山水画卷。后二句作者笔锋一转，感慨世人只知追求名利，却忽视了友朋之情。全诗情真意切，真挚感人。

闻夜啼赠刘正元[1]

寄泣须寄黄河泉，此中怨声流彻[2]天。

愁人独有夜灯见，一纸乡书泪滴穿。

【注释】

[1] 诗歌选自《孟东野诗集》卷九。[2] 流彻：《孟东野诗集》一作"方到"。

【赏析】

这是作者给友人的赠诗。开头二句写作者夜晚思念家乡,悲从中来,不禁落泪。如果能给友人寄去眼泪,应该会如黄河之水一般汹涌,将泪水比作黄河,可见作者悲痛之深,其哀怨的哭声响彻天空。后二句写作者因思念夜不能寐,其愁苦之状,只有深夜的灯光知道。全诗充溢着凄楚、哀怨、悲凉基调,道出了强烈的思乡情绪。

卢　仝

　　卢仝（795？—835），祖籍范阳（河北涿州）人。初隐少室山，号玉川子。家贫，终日苦读，不愿仕进。朝廷曾两度要起用他为谏议大夫，均不就。时韩愈为河南令，爱其诗，厚礼之。一生未仕，与孟郊交往甚密。卒于甘露之变。卢仝诗自成一家，语辞奇谲。《新唐书·艺文志》著录《玉川子诗》一卷。《新唐书》卷一百七十六、《唐才子传》卷五有传。

蜻蜓歌[1]

黄河中流日影斜，水天一色无津涯[2]，处处惊波喷流飞雪花。

篙工[3]楫师[4]力且武，进寸退尺莫能度。吾甚惧。

念汝小虫子，造化借羽翼。

随风戏中流，翩然有余力。

吾不如汝无他，无羽翼。

吾若有羽翼，则上叩天关。

为圣君请贤臣，布惠化于人间。

然后东飞浴东溟[5]，吸日精[6]，撼若木[7]之英，纷而零。

使地上学仙之子，得而食之皆长生。

不学汝无端小虫子，叶叶[8]水上无一事，忽遭风雨水中死。

【注释】

[1]诗歌选自《全唐诗》卷三百八十五。《全唐诗》注:"黄河中蜻蜓,其力小,犯险无溺。"[2]津涯:岸。[3]篙工:船工。篙,撑船的长杆。[4]楫师:船工。[5]东溟:东海。[6]日精:日之精华。[7]若木:神话中日入处的一种树木。[8]叶叶:世世代代。

【赏析】

这是一首状物抒情诗。开头至"吾甚惧"为第一部分,交代了时间、地点、人物和事件,刻画了作者的心理活动。前三句用"水天一色""惊波喷流"写黄河水天相接、波涛汹涌的辽阔景色。然后笔锋一转,叙述船行走在黄河中央,虽然船工勇猛有力,但黄河风急浪大,前行依旧艰难,写出作者所处环境之险恶。"念汝小虫子"至"无羽翼"是第二部分,作者紧扣诗题,描写蜻蜓于黄河中流嬉戏的状态。黄河风急浪高,但蜻蜓仍能翩然飞舞、游刃有余,是"借羽翼"之功劳。作者渴望拥有"羽翼",之后便是对拥有"羽翼"的联想。剩下的为第三部分,作者幻想"叩天关""飞浴东溟""吸日精""撼若木",只为寻找到贤臣辅佐圣君,施惠人间。全诗由蜻蜓引发联想,实则隐含对当时社会现实的愤懑,爱国忧民之情溢于言表。

李 贺

　　李贺（790—816），字长吉，河南福昌（今河南宜阳）人。尝以诗谒韩愈，受赏识。李贺父名"晋肃"，因与"进士"避讳，不能考进士。李贺才名早著，与李益齐名，人称"二李"，长于乐府诗，与皇甫湜、沈亚之、杨敬之等人交善。杜牧《李长吉歌诗叙》称贺诗"二百三十三首"，《新唐书·艺文志》著录《李贺集》五卷，后世刻本较多，评注本有吴正子注、刘辰翁评《李长吉歌诗》、王琦《李长吉歌诗汇解》等。《旧唐书》卷一百三十七、《新唐书》卷二百〇三、《唐才子传》卷五有传。

秦宫诗[1]

汉秦宫，将军梁冀之嬖奴[2]也。

秦宫得宠内舍[3]，故以骄名大噪于人。

予抚旧而作长辞，辞以冯子都之事[4]相为对望，又云昔有之诗[5]。

越罗衫袂[6]迎春风，玉刻麒麟腰带红。

楼头曲宴[7]仙人语，帐底吹笙香雾浓。

人间酒暖春茫茫，花枝入帘白日长。

飞窗复道传筹饮[8]，十夜铜盘[9]腻烛黄。

秃襟小袖[10]调鹦鹉，紫绣麻鞨[11]踏哮虎[12]。

斫桂[13]烧金待晓筵，白鹿[14]青酥夜半煮。

桐英[15]永巷骑新[16]马，内屋深[17]屏生色画。

开门烂用水衡钱[18]，卷起黄河向身泻[19]。

皇天厄运犹曾裂[20]，秦宫一生花底活[21]。

鸾篦[22]夺得不还人，醉睡氍毹[23]满堂月。

李
贺

【注释】

[1] 诗歌选自《李长吉歌诗编年笺注》卷三。秦宫：东汉大将军梁冀的家奴，既得梁冀宠信，又得冀妻孙寿嬖爱，骄横异常，生活奢靡。《后汉书》卷三十四《梁统列传》："冀爱监奴秦宫，官至太仓令，得出入寿所。寿见宫，辄屏御者，托以言事，因与私焉。宫内外兼宠，威权大震，刺史、二千石皆谒辞之。"[2] 嬖奴：宠爱的家奴。[3] 内舍：即内室，指孙寿。[4] 冯子都之事：汉昭帝时，大司马霍光宠爱家奴冯子都，霍光死后，冯与霍妻私通。《汉书》卷六十八《霍光传》："初，（霍）光爱幸监奴冯子都，常与计事，及显寡居，与子都乱。"[5] 又云昔有之诗：东汉辛延年《羽林郎》诗，写冯子都事，首句云"昔有霍家奴"。[6] 衫袂：《全唐诗》一作"夹衫"。[7] 曲宴：宫中之宴。[8] 飞窗复道传筹饮：飞窗，高楼之窗。复道，楼阁间架空的通道，因上下有道，故云。筹，《全唐诗》一作"头"。[9] 十夜铜盘：《全唐诗》一作"半夜朦胧"。铜盘：燃烛之托盘。[10] 秃襟小袖：无领窄袖衣。襟，古代衣服的交领。[11]麻鞦：细麻制成的鞋。[12]踏哮虎：麻鞋上的虎头饰。[13] 斫桂：以桂为薪。[14] 白鹿：不易得之鹿。《述异记》卷上载："鹿千年化为苍，又五百年化为白。"[15] 桐英：桐花。[16] 新：《全唐诗》一作"主"。[17] 深：《全唐诗》一作"珍"。[18] 水衡钱：天子私藏之钱。[19]卷起黄河向身泻：形容挥霍滥用金钱。[20]皇天厄运犹曾裂：《汉书》卷二十六《天文志》载："孝惠二年，天开东北，广十余丈，长二十余丈。地动，阴有余；天裂，阳不足：皆下盛彊将害上之变也。其后有吕氏之乱。"[21] 花底活：在花丛中生活，喻其荒淫无度。底，《全唐诗》一作"里"。[22] 鸾篦：用象牙或玳瑁制成的鸾形篦子。[23] 氍毹：毛毯。

【赏析】

这是一首咏史诗。作者借东汉外戚梁冀家奴秦宫的故事讽刺权贵者的嚣张气焰及荒淫无度的生活。首二联直接描写秦宫的穿着打扮，通过"越罗衫袂"、"玉刻麒麟"、红腰带可以看出其衣着华丽奢侈。二到四联描绘了秦宫宴请的盛况，表现了秦宫日夜寻欢作乐、荒淫无度的生活。五到八联描述了秦宫奢华的生活，衣、食、行、乐无不彰显着豪奢。"卷起黄河向身泻"用夸张的手法，将秦宫挥霍金钱比拟为黄河之水倾泻，生动形象。第九、十联将朝廷的厄运和秦宫花天酒地的生活做对比，当底层人民生活在水深火热之中时，秦宫却醉倒在温柔乡。秦宫如此荒淫糜烂的生活，是外戚宦官专权的结果，此诗正是为了批判这种黑暗的社会现实，可见作者深重的忧患意识。

日出行[1]

白日下[2]昆仑，发光如舒丝[3]。

徒照葵藿[4]心，不照游子悲。

折折黄河曲，日从中央转。

旸谷[5]耳曾闻，若木[6]眼不见。

奈尔[7]铄石[8]，胡为销人[9]。

羿弯弓属矢[10]，那不中足，令久[11]不得奔，讵教晨光夕昏。

【注释】

[1]诗歌选自《李长吉歌诗编年笺注》卷三。[2]下：下照。[3]舒丝：喻日光如丝之柔和舒展。[4]葵藿：葵，阳草，一名卫足葵，倾叶向阳，不令照其根。藿，豆叶。[5]旸谷：日出处。[6]若木：传说长在日入处的一种树木。《山海经》卷十七《大荒北经》："大荒之中，有衡石山、九阴山、洞野之山，上有赤树，青叶赤华，名曰若木。"[7]尔：《全唐诗》一作"何"。[8]铄石：融化金石。宋玉《招魂》："十日代出，流金

铄石。"[9]销人：毁灭人。[10]属矢：搭箭。[11]久：《全唐诗》一作"火"。

李贺

【赏析】

此诗借乐府旧题抒写作者对太阳的感受，分别从日光、日速、日热等不同的角度表达岁月流逝而自己一事无成的悲哀。前四句写日光。"不照游子悲"，既是怀才不遇之慨，也是时不我与之叹。五六句以绵长曲折的黄河作对比，写出太阳移动之快，进而写出时间流逝之急促。九十句写日光之灼热。结尾作者幻想使太阳不得奔驰，长在天上，这样时间就可以凝固。全诗想象奇诡，境界雄奇，情感充沛，表达了作者珍惜时光，期待有所作为的情感，体现了作者对生命执着热烈的追求。

箜篌引[1]

公乎公乎，提壶将焉如。

屈平沉湘[2]不足慕，徐衍[3]入海诚为愚。

公乎公乎，牀有菅席[4]盘有鱼。

北里有贤兄，东邻有小姑。

陇亩油油[5]黍与葫[6]，瓦甒[7]浊醪蚁浮浮[8]。

黍可食，醪可饮，公乎公乎其奈居。

被发奔流竟何如，贤兄小姑哭呜呜。

【注释】

[1]诗歌选自《李长吉歌诗编年笺注》卷三。箜篌引：乐府旧题。《文苑英华》题《公无渡河》。[2]屈平沉湘：屈原自投湘水汨罗而死。[3]徐衍：周末世人，负石入海。[4]菅席：以菅草织成的席。[5]油油：禾黍之苗光泽晶莹。[6]葫：胡，大蒜。《全唐诗》一作"禾"。[7]甒：瓦制盛器，容量五斗。[8]蚁浮浮：酒初开时，面有浮花，若蚁。

【赏析】

此诗是作者对"公无渡河"典故的感叹。首四句是作者对老翁的劝诫，劝他不必学古人的狂狷、愚鲁。中间九句写老翁食用无缺，家庭幸福，不乏维持生存所需的物质条件，大可安居。但他最终却仍不顾亲人的悲痛，毅然投河而去，结果只能使"贤兄小姑哭呜呜"。李贺借助对古乐曲《箜篌引》的改造与铺写，表现"公无渡河"悲剧的悲怆之情。全诗反复出现的"公乎公乎"，如乐曲中的歌吟，一次次不停撞击着人们的心灵。

北中寒[1]

一方黑[2]照三方紫，黄河冰合鱼龙死。

三尺木皮断文理，百石强车上河水。

霜花草上大如钱，挥刀不入迷濛天。

争潆[3]海水飞凌喧，山瀑无声玉虹[4]悬。

【注释】

[1] 诗歌选自《李长吉歌诗编年笺注》卷五。[2] 一方黑：北方阴黑寒冷。[3] 争潆：水波激荡回旋貌。争，《全唐诗》一作"净"。[4] 玉虹：形容冻结不流的瀑布。

【赏析】

此诗描写了北地的奇寒。"一方黑照三方紫"写出北方天色晦暗，竟将其他三方都映照成了紫色，"黑""紫"的浓重色调给人以神秘压迫之感。"黄河冰合鱼龙死"写冰封的黄河。黄河冰合时，应是鱼龙潜底，不会致死，"鱼龙死"意味着黄河河水冻结程度之深，表现了异乎寻常的严寒。三四句写河上的行车。"三尺木皮"因天气严寒，结冰断裂，这无疑为出行增添了不少难度。五六句写霜雾之浓重，如钱一般大的霜花，浓重的雾幔，体现了天气的寒冷恶劣。结尾二句写浮冰充斥的海洋和冻结了的瀑布，一动一静，一喧闹一无声，用水结冰体现天气之寒。全诗语言巧丽，既有实景的描绘，又糅合了作者奇特的想象和比喻。

李
贺

元 稹

　　元稹（779—831），字微之，别号威明，鲜卑族后裔。世居京兆万年（今陕西西安）。贞元九年（793）以明经擢第。十九年，登书判拔萃科。元和元年（806），登才识兼茂明于体用科。长庆二年（822），以工部侍郎同平章事。居相位三月，被李逢吉陷害诬告，出为同州刺史，历任浙东观察使、尚书左丞、武昌军节度使。大和五年（831）卒，死后追赠尚书右仆射。元稹诗与白居易齐名，并称"元白"，风格亦相近，合称"元和体"。著《元氏长庆集》一百卷，仅存六十卷。《旧唐书》卷一百六十六、《新唐书》卷一百七十四、《唐才子传》卷六有传。

竞　渡[1]

吾观竞舟子，因测大竞源[2]。天地昔将竞，蓬勃昼夜昏。
龙蛇相嗔薄，海岱[3]俱崩奔。群动皆搅挠，化作流浑浑。
数极[4]斗心息，大和[5]蒸混元[6]。一气[7]忽为二，矗然画乾坤。
日月复照耀，春秋递寒温。八荒[8]坦以旷，万物罗以繁。
圣人中间立，理世了不烦。延绵复几岁，逮及羲与轩[9]。
炎皇[10]炽如炭，蚩尤[11]扇其燔。有熊[12]竞心起，驱兽出林樊。
一战波委焰，再战火燎原。战讫天下定，号之为轩辕。
自是岂无竞，琐细不复言。其次有龙竞，竞渡龙之门[13]。
龙门浚如泻，淙射不可援。赤鳞化时至，唐突鳍鬣掀。
乘风瞥然去，万里黄河翻。接瞬电熛出，微吟霹雳喧。

傍瞻旷宇宙，俯瞰卑昆仑。庶类咸在下，九霄行易扪。   元

倏辞蛙黾穴[14]，遽[15]排天帝阍[16]。回悲曝鳃者[17]，未免鲸鲵吞。   稹

帝命泽诸夏[18]，不弃虫与昆。随时布膏露，称物施厚恩。

草木沾我润，豚鱼望我蕃。向来同竞辈，岂料由我存。

壮哉龙竞渡，一竞身独尊。舍此皆蚁斗，竞舟何足论。

【注释】

[1] 诗歌选自《元稹集》卷三。[2] 大竞源：指引起世间万物竞争的本源。[3] 岱：山名，即泰山。[4] 数极：数之极限，指竞争最激烈时。[5] 大和：阴阳会合冲和之气。[6] 混元：指天地元气。[7] 一气：指混元之气。《法苑珠林》卷四引《河图》："元气无形、匈匈蒙蒙，偃者为地，伏者为天。"[8] 八荒：八方极远之地。[9] 羲与轩：古代传说中上古帝王伏羲及黄帝。[10] 炎皇：传说中上古帝王神农氏，以火德王，故称炎帝。[11] 蚩尤：传说中上古黎族部落酋长。[12] 有熊：黄帝，受国于有熊，故名。相传黄帝驯养猛兽与神农战于坂泉之野，三战而克之，又讨蚩尤，擒之于涿鹿之野，杀之于凶黎之丘，凡五十五战而天下服。[13]龙之门：即龙门，在黄河流经山西河津与陕西韩城处。《艺文类聚》卷九十六引《三秦记》："河津一名龙门，大鱼集龙门下，数千不得上，上者为龙，不上者鱼，故云曝鳃龙门。"[14] 蛙黾穴：指水中洞穴。[15] 遽：《全唐诗》一作"递"。[16] 天帝阍：天门。[17] 曝鳃者：即曝鳃龙门的鱼。[18] 诸夏：中原华夏之地，此犹言天下。句指鱼化龙后奉天帝命到各地行雨。

【赏析】

这是一首五言长诗，写作者观看竞舟的感想。开篇即点明观竞舟这一行动，"因测大竞源"引出下文对竞争的阐述。"天地昔将竞"到"逮及羲与轩"，写开辟天地的过程，为天地之竞。"炎皇炽如炭"到"琐细不复言"，写黄帝战胜炎帝和蚩尤，统一天下之"竞"，为先人之竞。"其

次有龙竞"到"未免鲸鲵吞",写群鱼龙门之争和大禹治水的艰苦卓绝,为大禹的龙门之竞。其中"万里黄河翻"写出了黄河的汹涌猖狂,以表现人和自然之"竞"的艰难。结尾回到竞渡主题,写龙舟竞技的非凡气势。全诗雄浑刚健,赞颂了自强不息的龙舟精神。

赋得鱼登龙门[1]

鱼贯终何益? 龙门在苦登。

有成当作雨[2],无用耻为鹏。

激浪诚难溯,雄心亦自[3]凭。

风云潜会合,鬐鬣忽腾凌[4]。

泥滓辞河浊,烟霄见海澄[5]。

回瞻顺流辈[6],谁敢望同升?

【注释】

[1] 诗歌选自《元稹集》卷四。题下注:"用登字。"[2] 有成当作雨:有成,谓鱼化龙。成当,《全唐诗》一作"时常"。[3] 亦自:《全唐诗》一作"庶亦"。[4] 鬐鬣:鱼鳍。腾凌:腾飞。[5] 海澄:大海平静澄澈,喻天下太平。[6] 顺流辈:指未能跃上龙门顺流而下的众鱼。

【赏析】

此诗写作者对"鱼跃龙门"寓言的感想。首二句扣题,写登龙门之苦。次联写鱼的欲"登"之心。第三联"激浪诚难溯",写出登龙门过程的艰难,需逆流而上,全凭一腔雄心自勉。第四联写登龙门的过程,第五联写跃过龙门之后的景象,一切都变得澄明祥和。最后二句体现了登龙门成功之后的趾高气扬。全诗以鱼登龙门之苦,喻成事之不畏艰险。只要树立雄心大志,坚韧不拔,锲而不舍,即可获得成功。

感石榴二十韵[1]

何年安石国[2]？万里贡榴花。迢递河源道，因依汉使[3]槎。

酸辛犯葱岭[4]，憔悴涉龙沙[5]。初到摽[6]珍木，多来比乱麻。

深抛故园[7]里，少种贵人家。唯我荆州见，怜君胡地[8]赊。

从教当路长，兼恣入檐斜。绿叶裁烟翠，红英动日华。

新帘裙[9]透影，疏牖烛笼纱[10]。委作金炉焰，飘成玉砌瑕。

乍惊珠缀密，终误绣帡[11]奢。琥珀[12]烘梳碎，燕支懒颊涂。

风翻一树火，电转五云车[13]。绛帐[14]迎宵日，芙蕖绽早牙。

浅深俱隐映，前后各分葩。宿露低莲脸，朝光借绮霞。

暗虹徒缴绕，濯锦莫周遮。俗态能嫌旧，芳姿尚可嘉。

非专爱颜色，同恨阻幽遐。满眼思乡泪，相嗟亦自嗟。

【注释】

[1]诗歌选自《元稹集》卷十三。[2]安石国：即安息国，古波斯国名。《博物志》附录载："张骞使西域还，得安石榴。"[3]汉使：指张骞。传说张骞出使大夏，乘槎，经天河。[4]葱岭：今帕米尔高原和喀喇昆仑山脉的总称。[5]龙沙：白龙堆沙漠，在今新疆罗布泊东、甘肃敦煌西。[6]摽：通标，标榜。[7]故园：古旧的园苑。[8]胡地：指石榴的原产地安石国。[9]裙：指石榴裙。[10]烛笼纱：指石榴形的纱灯。[11]绣帡：指将石榴子隔开的一道道薄膜。[12]琥珀：喻石榴子。[13]五云车：道家称神仙所乘的五色云车。[14]绛帐：红色帷帐，喻石榴花。

【赏析】

这是一首咏物诗。开头即点明了石榴的发源地——安息国。之后四句写传递石榴的艰辛，赞颂了张骞通西域的功勋。"初到摽珍木"至"兼恣入檐斜"，写栽种石榴的过程，体现作者对其的爱惜。之后用大段篇幅描写石榴的形态，赞美了石榴花的妖媚，辞藻华丽。"非专爱颜色，同恨阻幽遐"，道出惜花之缘由，为其悲惨待遇抱屈。"满眼思乡泪，相嗟亦自嗟"，由石榴远离故地的遭遇，联想到自身的漂泊无依，表达了对石榴流落异乡的怜惜。全诗极尽铺叙之能事，努力勾勒石榴之"颜色"，表面看似咏石榴花，实是托花自伤身世之辞。

白居易

  白居易（772—846），字乐天，号香山居士、醉吟先生，排行第二十二。太原（今属山西）人，迁华州下邽（今陕西渭南北）。贞元十六年（800）进士及第。元和十年（815）六月，白居易上疏请捕刺武元衡，贬江州司马。大和九年（835），改授太子少傅，分司东都，后世因称白傅。会昌二年(842)，以刑部尚书致仕。六年卒，赠尚书左仆射，谥曰"文"，世称白文公。有集七十五卷，现存《白氏长庆集》七十一卷。《旧唐书》卷一百六十六、《新唐书》卷一百一十九、《唐才子传》卷六有传。

羸　骏[1]

骅骝[2]失其主，羸饿无人牧。

向风嘶一声，莽苍黄河曲。

蹋冰水畔立，卧雪冢间宿。

岁暮田野空，寒草不满腹。

岂无市骏[3]者，尽是凡人目。

相马失于瘦[4]，遂遗千里足[5]。

村中何扰扰？有吏征刍粟[6]。

输[7]彼军厩[8]中，化作驽骀[9]肉。

【注释】

[1] 诗歌选自《白居易集》卷一。[2] 骅骝：赤色骏马。相传为周穆王八骏之一。[3] 市骏：指战国燕郭隗所说古君主以千金买千里马之事。《战国策·燕策一》载："古之君人，有以千金求千里马者，三年不能得，涓人言于君曰：'请求之。'君遣之。三月得千里马。马已死，买其首五百金，反以报君。君大怒曰：'所求者生马，安事死马而捐五百金？'涓人对曰：'死马且买之五百金，况生马乎？天下必以王为能市马，马今至矣。'于是不能期年，千里之马至者三。"[4] 相马失于瘦：意为相马者之失在于以肥瘦论优劣。《史记·滑稽列传》卷一百二十六："谚曰：'相马失之瘦，相士失之贫。'"[5] 千里足：千里马。[6] 刍粟：指饲马的粮料。[7] 输：《全唐诗》一作"沦"。[8] 军厩：军营中马厩。[9] 驽骀：劣马。

【赏析】

这首诗借千里马不为人识以自喻，表达了怀才不遇的苦闷心情。前八句都在写骅骝不受赏识的悲惨境遇。没有主人，无人放牧，于是落入饥饿的境地。它面向莽莽黄河哀鸣长嘶，一方面表现了此马的威风，另一方面也是无人赏识的不平之鸣。"岂无市骏者，尽是凡人目。相马失于瘦，遂遗千里足"，写骅骝被抛弃的过程，肤浅的相马者只会以貌取神，看到瘦马的外在形象，便弃而不取。有才者不受赏识而被埋没，无才之人被拥戴，这正是作者批判的不良现象。全诗笔笔写马，实则处处喻人，可谓深得比兴之义。

伤唐衢二首·其一 [1]

自我心存道，外物少能逼。常排伤心事，不为长叹息。

忽闻唐衢死，不觉动颜色。悲端 [2] 从东来，触我心恻恻。

伊昔未相知，偶游滑台 [3] 侧。同宿李翱 [4] 家，一言如旧识。

酒酣出送我，风雪黄河北。日西并马头，语别至昏黑。

君归向东郑[5]，我来游上国[6]。交心不交面，从此重相忆。

怜君儒家子，不得诗书力。五十著青衫[7]，试官[8]无禄食。

遗文仅千首，六义[9]无差忒。散在京索间，何人为收得！

【注释】

[1] 诗歌选自《白居易集》卷一。唐衢：屡举进士不第，年五十而未授朝官，有所感触，必哭，世称"唐衢善哭"。约卒于元和六年（811）至九年间。[2] 悲端：悲绪。[3] 滑台：指滑州，今河南滑县。《元和郡县图志》卷八《河南道四》载："隋开皇九年，又于今州理置杞州，十六年改杞州为滑州（取滑台为名），大业三年又改为东郡。武德元年罢郡置滑州，二年陷寇，四年讨平王世充，依旧置滑州。"[4] 李翱：字习之，陈留（今河南开封）人。[5] 东郑：即郑州新郑。春秋郑桓公始封西郑，唐为华州郑县；郑武公居东郑，又称新郑。[6] 上国：上都，指京城长安。[7] 青衫：唐制，八九品官所着之服。《旧唐书》卷四十五《舆服志》："贞观四年又制，三品以上服紫，五品以下服绯，六品、七品服绿，八品、九品服以青。"[8] 试官：试用待录之官，无俸禄。[9] 六义：亦称六诗，指风、雅、颂、赋、比、兴。

【赏析】

此诗是作者为伤悼朋友唐衢而作。开头八句写作者听闻友人死讯时的反应，"悲端从东来，触我心恻恻"，足见其悲痛欲绝。"伊昔未相知"至"从此重相忆"，写作者回忆二人早年相知的往事。"酒酣出送我，风雪黄河北。日西并马头，语别至昏黑"，唐衢冒着风雪天气也要送作者回家，二人难舍难分，直到天黑才肯分别，从作者讲述的这个小故事可以看出唐衢与作者情谊之深重。最后一部分写唐衢生前的穷困以及去世后无人整理其作品的悲惨境况，表达了对唐衢不幸一生的深切同情和悲悯。全诗情深意切，非常动人。

胡旋女[1]

胡旋女，胡旋女。

心应弦，手应鼓。

弦鼓一声双[2]袖举，回雪飘飖转蓬舞。

左旋右转不知疲，千匝万周无已时。

人间物类无可比，奔车轮缓旋风迟。

曲终再拜谢天子，天子为之微启齿。

胡旋女，出康居[3]，徒劳东来万里余。

中原自有胡旋者，斗妙争能尔不如。

天宝季年时欲变，臣妾人人学圜转。

中有太真外禄山，二人最道能胡旋[4]。

梨花园中册作妃[5]，金鸡障[6]下养为儿。

禄山胡旋迷君眼，兵过黄河疑未反[7]。

贵妃胡旋惑君心，死弃马嵬念更深[8]。

从兹地轴天维转，五十年来制不禁。

胡旋女，莫空舞，数唱此歌悟明主。

【注释】

[1] 诗歌选自《白居易集》卷三。题注："天宝末，康居国献之。"胡旋：舞名。源自中亚康国。唐玄宗时传入。《乐府杂录·俳优》："舞有骨鹿舞、胡旋舞，俱于一小圆球子上舞，纵横腾踏，两足终不离于球子上，其妙如此也。"[2] 双：《全唐诗》一作"两"。[3] 康居：国名。在今哈萨克斯坦共和国境内。唐称康国，《旧唐书·西戎列传》卷一百九十八："康国，即汉康居之国也"。[4]"中有"二句：太真，杨贵妃。其能胡旋舞未见记载。《安禄山事迹》卷上："禄山每行，以肩膊左右抬挽其身，方能移步。玄宗每令作胡旋舞，其疾如风。"[5] 梨花园中册作妃：宋乐史《杨太真外传》卷上：天宝四载七月，"于凤凰园册太真宫

女道士杨氏为贵妃"。梨花园即梨园，在宜春北苑。[6] 金鸡障：画有金鸡的屏风。《安禄山事迹》卷上："玄宗尝御勤政楼，于御座东间为设一大金鸡帐，前置一榻，坐之，卷去其帘，以示荣宠。"又："时贵妃太真宠冠六宫，禄山遂请为养儿。每对见，先拜太真，玄宗问之，奏曰：'蕃人先母后父耳。'"[7] 兵过黄河疑未反：《安禄山事迹》卷中："东受降城奏禄山反，玄宗犹疑以仇嫌毁谮，尚不之信。"[8]死弃马嵬念更深：唐陈鸿《长恨歌传》载，玄宗幸蜀，道次马嵬亭。六军徘徊，持戟不进，请诛贵妃以塞天下怨，贵妃竟死于尺组之下。自此之后，玄宗"三载一意，其念不衰"。

【赏析】

胡旋是唐代最盛行的舞蹈之一，这首诗即写作者观胡旋舞的感受。前半部分主要写胡旋舞和舞女，开头至"天子为之微启齿"部分，写舞女跳胡旋舞的姿态，生动地刻画了胡旋舞的动作、节奏，写其旋律之快，转圈之疾。"胡旋女，出康居"至"臣妾人人学圜转"，写胡旋女舞技精湛及胡旋舞的风靡程度。作者由胡旋联想到引起唐朝动乱的祸根："禄山胡旋迷君眼，兵过黄河疑未反""贵妃胡旋惑君心"，这里旨在批判统治者昏庸耽乐、不理朝政的奢靡生活。结尾发出渴望明主的感叹。这首讽喻诗警策动人，虽写胡旋舞，实际是为了提醒统治者"戒近习"。

缚戎人[1]

缚戎人，缚戎人，耳[2]穿面破驱入秦。

天子矜怜不忍杀，诏徙东南吴与越。

黄衣小使[3]录姓名，领出长安乘递[4]行。

身被金创面多瘠，扶病徒行[5]日一驿。

朝餐饥渴费杯盘，夜卧腥臊污床席。

忽逢江水忆交河[6]，垂手齐声[7]呜咽歌。

其中一虏语诸虏，尔苦非多我苦多。

同伴行人因借问，欲说喉中气愤愤。

自云乡管[8]本凉原[9]，大历年中没落蕃[10]。

一落蕃中四十载，遣[11]著皮裘系毛带。

唯许正朝服汉仪，敛衣整巾潜[12]泪垂。

誓心密定归乡计，不使蕃中妻子知。

暗思幸有残筋力[13]，更恐年衰归不得。

蕃候严兵鸟不飞，脱身冒死奔逃归。

昼伏宵行经大漠，云阴月黑风沙恶。

惊藏青冢[14]寒草疏，偷渡黄河夜冰薄。

忽闻汉军鼙鼓声，路傍走出再拜迎。

游骑不听能汉语，将军遂缚作蕃生[15]。

配向东[16]南卑湿地，定[17]无存恤空防备。

念此吞声仰诉天，若为辛苦度残年！

凉原乡井不得见，胡地妻儿虚弃捐！

没蕃被囚思汉土，归汉被劫为蕃虏。

早知如此悔归来，两地宁如一处苦？

缚戎人，戎人之中我苦辛。

自古此冤应未有，汉心汉语吐蕃身！

【注释】

[1] 诗歌选自《白居易集》卷三。[2] 耳：《全唐诗》一作"口"。[3] 黄衣小使：唐代流外官、胥吏通服黄。《旧唐书·职官志一》卷四十二："朝议郎已下，黄衣执笏，于吏部分番上下承使及亲驱使，甚为猥贱。"[4] 乘递：乘坐驿传之车，此指使者。[5] 徒行：徒步。此指被俘戎人。[6] 交河：唐西州交河郡交河县有交河，出县北天山。西州贞元七年没于吐蕃。[7] 声：《全唐诗》一作"唱"。[8] 乡管：故乡。管，《全唐诗》一作"贯"。贯，籍贯。[9] 凉原：凉州、原州。[10] 大历年中没落蕃：

《元白诗笺证稿》第五章:"吐蕃之陷凉原,实在大历以前。乐天以代宗一朝大历纪元最长,遂牵混言之。"[11] 遣:《全唐诗》一作"身"。[12] 潜:《全唐诗》一作"双"。[13] 力:《全唐诗》一作"骨"。[14] 青冢:见柳中庸《征怨》注[4]。[15] 蕃生:吐蕃生口。[16] 东:《全唐诗》一作"江"。[17] 定:《全唐诗》一作"岂"。

【赏析】

唐代中叶,边患严重,有些边将将边民当作俘虏冒功求赏,由此伤及了许多无辜百姓。这首诗以"戎人"的不幸遭遇为线索进行叙事抒情,旨在讽刺这种恶行。开头至"垂手齐声呜咽歌",写被缚"戎人"所受的凌辱与折磨,"朝餐饥渴费杯盘,夜卧腥臊污床席",写出了"戎人"一路的艰辛。"其中一虏语诸虏"至"定无存恤空防备",通过对话回忆"戎人"被缚、流落异乡的经过。"昼伏宵行经大漠,云阴月黑风沙恶。惊藏青冢寒草疏,偷渡黄河夜冰薄",跨越风沙狠厉的大漠,渡过覆盖薄冰的黄河,写其处境之艰难。最后一部分,写"戎人"悲苦的呐喊,表达了"戎人"对家国故土的怀恋与思念妻子的痛苦心情,抒写其"没蕃被囚思汉土,归汉被劫为蕃虏"的愤激痛切之情。末句"汉心汉语吐蕃身"更是"戎人"悲剧命运的写照,不仅抨击了边将的恶行,也揭露了战争给边地人民带来的灾难。全诗情感激烈悲怆,语言如泣如诉,《唐宋诗醇》卷二十评此诗:"边将冒功之状,无辜被俘之情,曲曲传出。结语尤令人失笑。"

隋堤柳[1]

隋堤柳,岁久年深尽衰朽。

风飘飘兮雨萧萧,三株两株汴河口。

老枝病叶愁杀人,曾经大业[2]年中春。

大业年中炀天子,种柳成行夹流水。

西自黄河东至[3]淮，绿阴一千三百里。

大业末年春暮月，柳色如烟絮如雪。

南幸江都恣侠游，应将此柳系龙舟[4]。

紫髯郎将护锦缆，青娥御史[5]直迷楼[6]。

海内财力此时竭，身中歌笑何日休？

上荒下困势不久，宗社之危如缀旒[7]。

炀天子，自言福祚长无穷，岂知皇子封酅公。

龙舟未过彭城阁[8]，义旗[9]已入长安宫。

萧墙[10]祸生[11]人事变，晏驾不得归秦中。

土坟数尺何处葬，吴公台[12]下多悲风。

二百年来汴河路，沙草和烟朝复暮。

后王何以鉴前王？请看隋堤亡国树！

【注释】

[1] 诗歌选自《白居易集》卷四。隋堤柳：《隋书》卷二十四《食货志》："（隋炀帝）又自板渚引河，达于淮海，谓之御河。河畔筑御道，树以柳。"[2]大业：隋炀帝年号(605—618)。[3]至：《全唐诗》一作"接"。[4] 应将此柳系龙舟：《隋书》卷二十四《食货志》："（炀帝）又造龙舟凤榻，黄龙赤舰，楼船篾舫。募诸水工，谓之殿脚，衣锦行縢，执青丝缆挽船，以幸江都……舳舻相接，二百余里。"[5] 青娥御史：《旧唐书》卷五十一《后妃列传》："唐因隋制，皇后之下，有贵妃、淑妃、德妃、贤妃各一人，为夫人，正一品。昭仪、昭容、昭媛、修仪、修容、修媛、充仪、充容、充媛各一人，为九嫔，正二品。婕妤九人，正三品。美人九人，正四品。才人九人，正五品。宝林二十七人，正六品。御女二十七人，正七品。"朱金城《白居易集笺校》引何焯云："隋唐内职有御史名。"[6] 迷楼：隋炀帝所建楼名。故址在今江苏扬州西北郊。唐冯贽《南部烟花记》："迷楼凡役夫数岁，经岁而成。楼阁高下，轩窗掩映，幽房曲室，玉栏朱楯，互相连属。帝大喜，顾左右同：'使真仙游

其中，亦当自迷也。'故云。"[7] 宗社之危如缀旒：《全唐诗》"一本此下有炀天子，自言欢乐殊未极，岂知明年正朔归武德三句。"[8] 彭城阁：在江都。阁中有温室。《大唐创业起居注》卷三："宇文化及兼弟智及等……遂夜率之而围江都宫，杀后主于彭城阁。"[9] 义旗：指唐高祖李渊起义兵。[10] 萧墙：屏风。《论语·季氏》："吾恐季孙之忧不在颛臾，而在萧墙之内也。"[11] 祸生：指宇文化及谋杀炀帝。[12] 吴公台：在江都。炀帝遇害于彭城阁温室中，葬于吴公台下。

【赏析】

此诗借咏柳体现作者关心国家命运的忧患意识。隋炀帝酷爱杨柳，命人沿运河两岸栽种杨柳，故名"隋堤柳"。"大业年中炀天子，种柳成行夹流水。西自黄河东至淮，绿阴一千三百里"是作者对隋炀帝栽种杨柳盛况的描绘。隋堤柳令人驻足流连，却与隋朝亡国有着密切的关系，一定程度上体现了隋炀帝荒废朝政。"南幸江都恣佚游，应将此柳系龙舟。紫髯郎将护锦缆，青娥御史直迷楼"，写出了隋炀帝荒淫享乐的生活，这样的后果是"海内财力此时竭"。最终"龙舟未过彭城阁，义旗已入长安宫"，在炀帝乘舟南游途中，李渊的义军已攻占国都，不免为这隋堤柳笼罩上一层亡国的悲凉之痛。末尾四句抒发对前朝盛衰兴亡的无限感慨，不仅讽刺了隋炀帝的淫靡亡国，也向李唐统治者提出了历史警示。《唐宋诗醇》卷二十评此诗："一起似谚似谣，最有古意。详叙兴亡之事，仍以柳结，俯仰情深。"

生离别[1]

食檗[2]不易食梅难，檗能苦兮梅能酸。

未如生别之为难，苦在心兮酸在肝。

晨鸡再鸣残月没，征马连嘶[3]行人出。

回看骨肉哭一声，梅酸檗苦甘如蜜。

黄河水白黄云[4]秋，行人河边相对愁。

天寒野[5]旷何处宿？棠梨[6]叶战风飕飕。

生离别，生离别，忧从中[7]来无断绝！

忧极[8]心劳血气衰，未年三十生白发。

【注释】

[1] 诗歌选自《白居易集》卷十二。生离别：乐府杂曲歌辞有《生别离》《长别离》《远别离》等。[2] 檗：木名，即黄檗。俗作黄柏，皮与根可入药，味苦。[3] 连嘶：《全唐诗》一作"嘶风"。[4] 黄云：黄色尘埃。《文选》谢灵运《拟魏太子邺中集诗》："河洲多沙尘，风悲黄云起。"李善注引《淮南子》："黄泉之埃，上为黄云。"[5] 野：《全唐诗》一作"路"。[6] 棠梨：木名。一名甘棠，俗称野梨。[7] 中：《全唐诗》一作"何"。[8] 极：《全唐诗》一作"积"。

【赏析】

此诗作于贞元十六年（800）前。首二句写离别的伤感之痛，黄檗和梅子的苦酸远不及离别的心痛。之后写分别的场面，战马嘶鸣，仿佛是对离人的不舍，征人回看自己的亲人，不禁泪流满面。在离别之痛的衬托下，黄檗和梅子的苦酸也能食之如蜜了。黄河之上，河水滚滚不停歇，出征在外的人在河边又想起了亲人，不禁愁容满面。行至野外，地势低平开阔，却有一股寒意袭来，叶子也在寒风中瑟瑟发抖。作者通过对凄凉萧瑟环境的描写，表达征人心里的悲伤。末尾两联表达了对战乱的痛恨以及对人民生活的深切担忧。全诗情深意苦，字字渗透着离别之伤。

浩歌行[1]

天长地久无终毕，昨夜今朝又明日。

鬓发苍浪[2]牙齿疏，不觉身年四十七。

前去五十有几年？把镜照面心茫然！

既无长绳系白日，又无大药驻朱颜。

朱颜日渐不如故，青史[3]功名在何处？

欲留年少待富贵，富贵不来年少去。

去复去兮如长河，东流赴海无回波。

贤愚贵贱同归尽，北邙[4]冢墓高嵯峨。

古来[5]如此非独我，未死有酒且高歌。

颜回短命[6]伯夷[7]饿，我今所得亦已多。

功名富贵须待[8]命，命若[9]不今知[10]奈何！

【注释】

[1] 诗歌选自《白居易集》卷十二。浩歌行：乐府杂曲歌辞名。作于元和十三年（818）。[2] 苍浪：花白。[3] 青史：古以竹简记事，因称史册为青史。[4] 北邙：北邙山，西自洛阳县界，东入巩县界，连绵四百余里。唐代洛阳死者多葬北邙山。[5] 来：《全唐诗》一作"今"。[6] 颜回短命：《论语·雍也》："孔子对曰：'有颜回者好学，不迁怒，不贰过。不幸短命死矣，今也则亡，未闻好学者也。"[7] 伯夷：商朝孤竹国君之子。武王伐纣灭商，天下宗周。伯夷耻之，义不食周粟，与其弟叔齐同饿死于首阳山。[8] 待：《全唐诗》一作"推"。[9] 若：《全唐诗》一作"苟"。[10] 知：《全唐诗》一作"争"。

【赏析】

此诗作于元和十三年（818）作者在江州司马任时，抒发对时间易逝、青春不再的感慨。首二句写年复一年、日复一日的时间变迁，表现时间流逝之快和无情。第二联至第五联是作者对年老色衰的哀叹，红颜衰退了，可富贵功名又在哪里呢？作者念及此，不禁感到失落和惆怅。"去复去兮如长河，东流赴海无回波"，以黄河东流入海暗喻光阴的流逝，黄河奔流浩浩荡荡，永无返回之日。"古来如此非独我，未死有酒且酣歌。颜回短命伯夷饿，我今所得亦已多"，作者借用颜回和伯夷的典故，安慰自己拥有的东西还很多，应感到知足。结尾二句表达了对求取功名富贵无果的无奈。全诗节奏错落有致，铿锵激昂，一气呵成，极富感染力。

点额鱼[1]

龙门点额意何如？红尾青鬐却返初。

见说在天行雨苦，为龙未必胜为鱼。

【注释】

[1] 诗歌选自《白居易集》卷十七。点额鱼：谓未跳过龙门化龙的鲤鱼。《水经注·河水四》："《尔雅》曰："'鳣，鲔也。出巩穴，三月则上渡龙门。得渡为龙矣，否则点额而还。'"

【赏析】

此诗作于作者任江州司马时。诗题"点额鱼"喻指仕途不顺的自己，开头二句也写自己不得志的境况。"见说在天行雨苦"写化为龙的愁苦。鱼跃龙门的典故常用来形容科举及第、地位高升，这本是让人骄傲欣喜的事情，但白居易此诗却写龙之苦，未必有鱼在江中嬉戏的自在。作者实际是在借龙说人，"为龙未必胜为鱼"，是劝慰自己仕途失意之语。全诗构思精巧，立意免于俗套。

送友人上峡赴东川辟命[1]

见说瞿塘峡，斜衔[2]滟滪[3]根。

难于寻鸟路[4]，险过上龙门[5]。

羊角风^[6]头急，桃花水^[7]色浑。

山回若鳌转^[8]，舟入似鲸吞。

岸^[9]合愁天断，波跳恐地翻。

怜君经此去，为感主人^[10]恩。

【注释】

[1] 诗歌选自《白居易集》卷十七。东川：唐方镇名。治所在梓州，今四川三台。《旧唐书》卷四十一《地理志四》："梓州上。隋新城郡。武德元年，改为梓州，领郪、射洪、盐亭、飞乌四县。三年，又以益州玄武来属。四年，又置永泰县。调露元年，置铜山县。天宝元年，改为梓潼郡。乾元元年，复为梓州。乾元后，分蜀为东、西川，梓州恒为东川节度使治所。"辟命：征召为官之命。[2] 衔：《全唐诗》一作"横"。[3] 滟滪：长江瞿塘峡口的险滩。在今重庆奉节东。[4] 路：《全唐诗》一作"道"。[5] 龙门：一名禹门口。在今山西河津西北。"其水尚崩浪万寻，悬流千丈，浑洪赑怒，鼓若山腾。"见《水经注·河水四》。[6] 羊角风：旋风。《太平御览》卷九引庄子《逍遥游》注曰："扶摇，羊角风也。今旋风上如羊角也。"[7] 桃花水：指春汛。见李峤《河》注 [4]。[8] 鳌转：鳌首回旋。传说渤海之东有五座仙山，由十五只巨鳌举首戴之。见《列子·汤问》。[9] 岸：《全唐诗》一作"岩"。[10] 主人：指东川节度使。

【赏析】

此诗作于元和十二年（817），是作者写给友人的送行诗，想象友人途经三峡中最为陡险的瞿塘峡时将会看到的景象。滟滪堆变幻莫测，"斜衔"刻画出滟滪堆矗立在江水中的险恶形势。三四句采用夸张手法，进一步描写瞿塘峡的高峻险恶。要穿行瞿塘峡，比寻找鸟儿飞行的路径还难，其险要的程度甚至超过跃上龙门。五六句写瞿塘峡的风和水。之后四句写船行峡中的感受。最后两句，作者称赞友人不惧风险，"怜"

既表现作者对友人的同情与担心，又饱含安慰之意。全诗气势浑厚，意境愁苦悲凉。

河阴夜泊忆微之[1]

忆君我正泊行舟，望我君应上郡楼。

万里月明同此夜，黄河东面海西头。

【注释】

[1] 诗歌选自《白居易集》卷二十三。河阴：在今河南广武县境。开元二十二年（734），在古汴河口筑河阴仓。

【赏析】

此诗作于长庆四年（824）作者自杭州至洛阳途中，写作者泊舟时对友人元稹的深切思念，赞美了二人的真挚情谊。作者在夜泊河阴的船头思念友人，他设想友人也一定在郡府的城楼上遥望挂念自己。二人所处地方一东一西，远隔万里，所幸还能共赏一轮明月，写出了作者与友人彼此的默契和思念。全诗借助幻想，能动地改变现实时空样式，虚实相生，诗旨婉切，情味隽永。

别陕州王司马[1]

笙歌惆怅欲为别，风景阑珊初过春。

争得遣君诗不苦？黄河岸上白头人！

【注释】

[1]诗歌选自《白居易集》卷二十七。陕州王司马：指陕州司马王建。王建，大和中出为陕州司马。

【赏析】

这是一首写给王建的赠别诗。王建时任陕州司马，白居易过陕州，二人作别时以此诗相赠。"笙歌惆怅欲为别"写二人设宴钱别的场面，离别让人惆怅，宴席间笙歌吟诗直到深夜，可见情谊之深。三四句写送行场面，作者站在黄河岸边与友人分别，彼此承诺不作悲苦之诗。然而此诗仍流露出离别之愁，"黄河岸上白头人"刻画了二人分别的凄楚场面，"白头"令人心酸不已。全诗凄恻愁苦，抒写了作者与友人难舍难分的离情别绪。

醉别程秀才[1]

五度龙门点额[2]回，却缘多艺复多才。

贫泥[3]客路黏难出，愁锁乡心掣不开。

何必更游京国去？不如且入醉乡来。

吴弦楚调潇湘弄[4]，为我殷勤送一杯。

【注释】

[1] 诗歌选自《白居易集》卷三十一。[2] 点额：见白居易《点额鱼》注[1]。[3] 泥：滞留。[4] 潇湘弄：指《沉湘曲》。沉湘，节鼓曲，又为琴曲。《新唐书·仪卫志下》卷二十三下："大横吹部有节鼓二十四曲：一悲风，二游弦，三闲弦明君，四吴明君，五古明君，六长乐声，七五调声，八乌夜啼，九望乡，十跨鞍，十一闲君，十二瑟调，十三止息，十四天女怨，十五楚客，十六楚妃叹，十七霜鸿引，十八楚歌，十九胡笳声，二十辞汉，二十一对月，二十二胡笳明君，二十三湘妃怨，二十四沈湘。"

【赏析】

此诗作于大和七年（833），写与友人程秀才分别时。鲤鱼跃龙门意指仕途顺达，反之若仕途不如意或是科举失败，则用"点额鱼"暗示。"五度龙门"指程秀才多次参加科举考试未果，没能成功入仕，故称"点额回"。作者劝慰友人，"不如且入醉乡来"，也体现了作者内心的失意，是想要自己置身"醉乡"，远离现实的挫折烦恼，回归故里寻找归属和安适。此诗是作者晚年消极避世的反映，表面上看似洒脱，劝友人看开些，实则也在劝慰自己，体现了作者低沉失意的情感。

新沐浴[1]

形适外无羔，心恬内无忧。

夜来新沐浴，肌发舒且柔。

宽裁夹乌帽[2]，厚絮长白裘[3]。

裘温裹我足，帽暖覆我头。

先进酒一盂，次举粥一瓯。

半酣半饱时，四体春悠悠。

是月岁阴暮，惨冽天地愁。

白日冷无光，黄河冻不流。

何处征戍行？何人羁旅游？

穷途绝粮客，寒狱无灯囚。

劳生彼何苦[4]！遂性[5]我何优！

抚心但自愧，孰知其所由？

唐代卷

【注释】

[1] 诗歌选自《白居易集》卷三十六。[2] 夹乌帽：夹层的黑帽。唐代多为隐者之帽。[3] 长白裘：长绵袍。[4] 劳生彼何苦：《庄子·大宗师》："夫大块载我以形，劳我以生，佚我以老、息我以死。"后以"劳生"指辛苦劳累的生活。[5] 遂性：顺适性情。

【赏析】

此诗作于开成三年（838），主要写作者沐浴之后的舒适感受，是白居易闲适诗中比较有代表性的一首。开头四句写作者沐浴后形体舒适、心情舒爽。之后四句写作者着衣过程，紧接着的四句写沐浴后饮酒喝粥，"四体春悠悠"可以看出其心情的闲逸。作者在享受闲适之乐的同时，并没有忘记天下受苦的人民。作者关心戍边的兵士、异乡远游的旅人、穷途末路断粮的人和在寒狱中的罪囚，他们的劳累与作者的悠哉生活形成鲜明对比，这让作者倍感惭愧。全诗语言平易浅俗，作者由自己的享乐联想到平民劳生之苦，显示了他的博爱胸怀。

李德裕

李德裕(787—850)，字文饶，赵郡赞皇(今属河北)人，父李吉甫。元和间，以荫补秘书省校书郎，累辟诸府从事。长庆二年（822）九月，出为浙西观察使，在任八年，政绩颇著。大和三年（829）八月，召为兵部侍郎，裴度荐以为相。武宗朝复为相，以平刘积功，进太尉，封卫国公。宣宗大中初为牛党所排，累贬崖州（今海南琼山）司户。卒于贬所。后人因称"李赞皇"、"李卫公"或"李崖州"。《新唐书·艺文志》著录其集有《会昌一品集》二十卷、又姑臧集五卷、穷愁志三卷、杂赋二卷。《旧唐书》卷一百七十四、《新唐书》卷一百八十有传。

上巳忆江南禊事[1]

黄河西绕郡城[2]流，上巳应无祓禊游。
为忆渌江[3]春水色，更无宵梦向吴州[4]。

【注释】

[1] 诗歌选自《李德裕文集校笺·李卫公集补》。上巳忆江南禊事：《全唐诗》一作张志和诗。上巳，《后汉书·礼仪志上》："（三月）上巳，官民皆絜（洁）于东流水上，曰洗濯祓除去宿垢疢为大絜。"魏晋以后，习用三月三日。刘禹锡有《和滑州李尚书上巳忆江南禊事》诗，滑州李尚书谓李德裕，时德裕任滑州刺史、义成节度使。[2]郡城：指滑州（今河南滑县东），临黄河。[3] 渌江：清江。[4] 吴州：吴地之洲渚。

【赏析】

大和四年（830），作者改为西川节度使，由滑州前往成都，赴任之前创作此诗，主要写作者回忆与友人在上巳节一同修禊之事。前二句写作者看到奔腾流淌的黄河，不禁勾起对浙西往事的美好回忆，只是现在上巳已无被禊，作者不胜惋惜。后二句写作者对禄江、吴州之地美景的想念，既是对故地的留恋，也是对友人的思念。全诗语言冲淡自然，情感含蓄蕴藉。

李　涉

　　李涉，生卒年不详，自号清溪子，李渤之仲兄。早岁客居梁园（今河南商丘），贞元中因兵乱避地南来，与弟李渤隐于庐山。大和中，宰相累荐，征为太学博士。李涉善七言绝句及长篇。今存诗一卷。《唐才子传》卷五有传。

寄河阳从事杨潜[1]

忆昨天台[2]寻石梁，赤城[3]枕下看扶桑[4]。

金乌[5]欲上海如血，翠色一点蓬莱光。

安期先生[6]不可见，蓬莱目极沧海长。

回舟偶得风水便，烟帆数夕归潇湘。

潇湘水清岩嶂曲，夜宿朝游常不足。

一自无名身事闲，五湖云月偏相属。

进者恐不荣，退者恐不深。

鱼游鸟逝两虽异，彼此各有遂生心。

身解耕耘妾能织，岁晏饥寒免相逼。

稚子才年七岁余，渔樵一半分渠[7]力。

吾友从军在河上，腰佩吴钩[8]佐飞将。

偶与嵩山道士期，西寻汴水来相访。

见君颜色犹憔悴，知君未展心中事。

落日驱车出孟津[9]，高歌共叹伤心地。

洛邑秦城少年别，两都陈事空闻说。

李

汉家天子不东游，古木行宫闭烟月。

涉

洛滨老翁年八十，西望残阳临水泣。

自言生长开元中，武皇恩化亲沾及。

当时天下无甲兵，虽闻赋敛毫毛轻。

红车翠盖满衢路，洛中欢笑争逢迎。

一从戎马来幽蓟[10]，山谷虎狼无捍制。

九重宫殿闭豺狼，万国生人自相噬。

蹭蹬疮痍今不平，干戈南北常纵横。

中原膏血焦欲尽，四郊贪将犹凭陵[11]。

秦中豪宠争出群，巧将言智宽明君。

南山四皓[12]不敢语，渭上钓人[13]何足云。

君不见昔时槐柳八百里，路傍五月清阴起。

只今零落几株残，枯根半死黄河水。

【注释】

[1] 诗歌选自《全唐诗》卷四百七十七。寄河阳从事杨潜：河阳，见李隆基《早登太行山中言志》注[3]。从事：节度使的幕僚。杨潜：元和末官户部员外郎、金部郎中，洋州刺史。[2] 天台：山名，在今浙江天台东北，山有石桥。[3] 赤城：山名，因山呈赤色而得名，为天台山的南门。[4] 扶桑：指日出。古代传说有神木名扶桑，日出其下。《山海经·海外东经》载："汤谷上有扶桑，十日所浴。在黑齿北。"郭璞注："扶桑木也。"[5] 金乌：太阳。相传日中有三足乌。《山海经·大荒东经》载："汤谷上有扶木，一日方至，一日方出，皆载于乌。"郭璞注："中有三足乌。"[6] 安期先生：安期生，生卒年不详。晋皇甫谧《高士传》卷中记载："安期生者，琅琊人也，受学河上丈人，卖药海边，老而不仕，时人谓之千岁公。"[7] 渠：他。[8] 吴钩：吴地出产的一种弯曲的刀。[9] 孟津：在河南孟县南。[10] 幽蓟：幽州和蓟州，这是安（禄山）史（思

303

明）叛军的根据地，在今河北北部。[11]凭陵：侵犯。陵，通"凌"。[12]
南山四皓：秦末四位隐士，指东园公、绮里季、夏黄公、甪里先生，曾
隐居商山及终南山，及汉初，四人须眉皆白，因称四皓。[13]渭上钓人：
指太公望垂钓之事。事迹见李白《行路难三首·其一》注[1]。

【赏析】

此诗是作者在嵩山隐居期间给军中友人杨潜写的一首寄赠诗。全诗
通过对洛阳一带残破的描写，表现了唐王朝从开元以来由盛而衰的历
史。昔日洛阳的繁华都被安史边将的铁蹄踏得粉碎。尽管唐王朝东征西
讨，但仍捉襟见肘，烽烟难平。作者写出了"中原膏血焦欲尽"的残酷
事实。"贪将"跋扈，朝廷中"豪宠"把持朝政，妒贤嫉能，"明君"不
辨是非、昏聩荒淫。面对如此内忧外患的困境，作者哀痛不已。结尾作
者将唐王朝不可逆转的厄运作了形象的比喻，昔日的繁盛就像东去的黄
河河水一般不可挽回，唐王朝已如同枯根半死的槐柳。全诗以写实的精
神直面唐朝动乱，颇具历史价值，故《唐才子传》评价李涉时说："工
为诗，词意卓荦，不群世俗。长篇叙事，如行云流水，无可牵制。"

逢旧二首·其二[1]

将作乘槎[2]去不还，便寻云海住三山[3]。

不知留得支机石[4]，却逐黄河到世间。

【注释】

[1]诗歌选自《全唐诗》卷四百七十七。[2]乘槎：见刘孝孙《早
发成皋望河》注[5]。[3]三山：传说海外有三仙山，即蓬莱、方丈、
瀛洲。[4]支机石：《太平御览》卷八引《集林》载，古代有人寻河源，
见妇人浣纱，妇人告诉他这是天河，且给他一块石头。他回到人间问严
君平，知那石头是织女支机石。

【赏析】

此诗是作者与故友相逢有感而发。前二句写友人上山学仙修道，将"乘槎"典故引申为修仙。后二句用海客乘槎上银河得到支机石又返回人世的故事，以黄河指代俗世，比喻旧友学仙访道没有成功，又返回尘世。全诗语言简洁洗练，诗境意蕴无穷。

陆 畅

陆畅，生卒年不详，字达夫，吴郡吴县(今江苏苏州）人。初居蜀，曾作《蜀道易》一诗赞美西川节度使韦皋。元和元年（806）登进士第，官太子率府参军。后官凤翔少尹。陆畅诗歌，《全唐诗》录存一卷。事见《唐诗纪事》卷三十五、《登科记考》卷十六。

宿陕府北楼奉酬崔大夫二首·其一[1]

楼压黄河山满坐，风清水凉谁忍卧。
人定军州[2]禁漏传，不妨秋月城头过。

【注释】

[1]诗歌选自《全唐诗》卷四百七十八。陕府：陕州大都督府。陕州，见薛稷《秋日还京陕西十里作》注 [1]。崔大夫：崔郾，大和四年（830）正月为陕虢观察使，兼御史大夫。[2] 军州：指陕州。

【赏析】

这是作者写给崔郾的应酬诗。前二句写陕府的地理位置和环境，"楼压黄河山满坐"写出陕府楼依山傍水的地理优势和其威仪气势，实际是对任陕虢观察使的崔郾的奉承。"风清水凉谁忍卧"写此地环境优美。后二句写夜间军营戒备森严，是对崔郾治军有方的赞颂。全诗语言清新质朴，诗风雄健而又不失清丽。

李　廓

李廓（？—851？），陇西成纪（今甘肃秦安）人，李程之子。元和十三年（818）进士及第，授司经局正字。宝历中官鄠县尉，大和初，佐西川行营幕。后历颍州刺史。大中二年（848）为武宁军节度使。徐州兵乱，贬澧、唐二州司马。与贾岛、姚合友善，常相酬唱。有集，已佚，今存诗十九首。《唐才子传》卷六有传。

送振武将军[1]

叶叶归边骑，风头万里干。

金装腰带重，铁缝耳衣[2]寒。

芦酒烧蓬暖[3]，霜鸿捻箭看。

黄河古戍道，秋雪白漫漫。

【注释】

[1] 诗歌选自《全唐诗》卷四百七十九。振武将军：指某振武节度使。振武辖区在今山西、陕西北部，内蒙古南部。[2] 耳衣：护耳的套子。[3] 芦酒烧蓬暖：杨慎《艺林伐山·芦酒》：“以芦为筒，吸而饮之。今之咂酒也。”

【赏析】

这是为振武将军所写的一首送行诗。前二句写将军率部队出行的场面，"风头万里干"写视野之辽阔。三四句是对出征将士着装的描绘，"铁缝耳衣寒"通过写将士们准备的保暖装备突出边地的寒冷。五六句是对边地征战生活的想象。末二句是对边地自然环境的描绘，表现了塞外环境的萧瑟苦寒。清谭宗《近体秋阳》评此诗："格变更律肃，体平而气高。"

唐代卷

鲍　溶

　　鲍溶，生卒年、籍贯不详，字德源。自称"楚客"，或为楚人；又称"少小见太平"。初隐江南山中，宪宗元和四年（809）登进士第，时已过"壮岁"。元和末，卧病淮南。与李益、孟郊、韩愈、李正封等友善，其诗多旅思自伤之作，尤善古诗乐府。《新唐书·艺文志》著录《鲍溶集》五卷。《唐才子传》卷六有传。

述德上太原严尚书绶[1]

帝命河岳神[2]，降灵翼轩辕[3]。天王委管籥[4]，开闭秦北门[5]。
顶戴日月光[6]，口宣[7]雨露言。甲马不及汗，天骄[8]自亡魂。
清冢[9]入内地，黄河穷本源。风云寝气象，鸟兽翔旗幡。
军人歌无胡[10]，长剑倚昆仑。终古鞭血地，到今耕稼繁。
樵客天一畔，何由拜旌轩。愿请执御臣[11]，为公动朱轓。
岂令群荒外，尚有辜帝恩。愿陈田舍歌，暂息四座喧。
条桑[12]去附枝，薙草[13]绝本根。可惜汉公主，哀哀嫁乌孙[14]。

【注释】

　　[1] 诗歌选自《全唐诗》卷四百八十五。述德：犹颂德。严尚书绶：《全唐诗》一作"王尚书，无绶字"。严绶（746—822），贞元十七年（801）至元和四年（809）任检校工部尚书，兼太原尹、御史大夫、河东节度使。[2] 河岳神：喻严绶。《诗经·大雅·嵩高》："惟岳降神，生甫及申。"

[3] 轩辕：喻唐天子。[4] 管籥：钥匙。[5] 秦北门：指北都太原。秦，指关中长安带。《左传·僖公三十二年》："杞子自郑使告于秦曰：'郑人使我掌其北门之管。'"[6] 光：《全唐诗》一作"华"。[7] 口宣：《全唐诗》一作"沾濡"。[8] 天骄：见郎士元《送李将军赴定州》注 [10]。[9]清冢：王昭君墓，在今呼和浩特市南。清，《全唐诗》一作"青"。[10]歌无胡：乐府《相和歌·瑟调》有《胡无人行》。[11] 执御臣：犹执事，指严绶的下属官员。[12] 条桑：修剪桑枝。《诗经·豳风·七月》："蚕月条桑，取彼斧斨，以伐远扬。"[13] 薅草：除草。[14] 乌孙：汉时西域国名。汉武帝先后以江都王刘建女为江都公主、楚王刘戊孙女为解忧公主，嫁乌孙昆弥。

【赏析】

这是一首颂德诗。前六句写严绶临危受命，场面庄重，体现了天子的威仪。"甲马不及汗，天骄自亡魂"，写军威强盛，其势雄伟，大军出击，带着厚甲的战马还没冒汗，敌人便已丧魂失魄。"清冢入内地，黄河穷本源"二句谓塞北及黄河源头地区尽入唐帝国版图，这里用"清冢"和黄河源头来指代唐收复的塞外领土，体现唐帝国的强大，说明严绶功劳之大。之后八句写战后和平繁盛的景象，可见严绶的功劳。最后十句表达了作者对严绶的钦佩之情，末尾"可惜汉公主，哀哀嫁乌孙"，借用典故反衬严尚书的丰厚功绩。全诗恢宏雄伟，格调昂扬。

夏日华山别韩博士愈[1]

别地泰华[2]阴，孤亭潼关口。夏日可畏[3]时，望山易迟久。

暂因车马倦，一逐云先后。碧霞气争寒，黄鸟语相诱。

三峰[4]多[5]异态，迥举仙人手[6]。天晴捧日轮，月夕弄星斗。

幽疑白帝[7]近，明见黄河走。远心不期来，真境非吾有。

鸟鸣草木下，日息天地右。踯躅因风松，青冥[8]谢仙叟。

不知无声泪，中感一颜厚。青霄[9]上何阶，别剑[10]空朗扣。　　　鲍

故乡此关外，身与名相守。迹比断根蓬，忧如长饮酒。　　　　溶

生离抱多恨，方寸安可受。咫尺岐路分，苍烟蔽回首。

【注释】

[1] 诗歌选自《全唐诗》四百八十六。博士：国子监所属教授官。韩愈曾为四门及国子博士。[2]泰华：即太华，就是华山。[3]夏日可畏：像夏天酷热的太阳那样让人可怕。比喻为人严厉，令人敬畏。《左传·文公七年》："鄌舒问于贾季曰：'赵衰、赵盾孰贤？'对曰：'赵衰，冬日之日也；赵盾，夏日之日也。'"杜预注："冬日可爱，夏日可畏。"[4] 三峰：华山有芙蓉、明星、玉女三峰。[5] 多：《全唐诗》一作"各"。[6] 仙人手：指仙掌崖。华山东峰北端有巨崖直垂，黄白相间，远望如巨掌。[7] 白帝：西方之帝，名招拒。《新唐书》卷十二《礼乐志二》载："冬至祀昊天上帝于圆丘，以高祖神尧皇帝配。东方青帝灵威仰、南方赤帝赤熛怒、中央黄帝含枢纽、西方白帝白招拒、北方黑帝汁光纪及大明、夜明在坛之第一等。"[8]青冥：青幽高远之处，此指华山之中。[9]青霄：天空，此指朝廷。[10]别剑：鲍照《赠故人马子乔》之六："双剑将离别，先在匣中鸣。烟雨交将夕，从此遂分形。雌沈吴江里，雄飞入楚城。"此借喻别离。

【赏析】

此诗写作者在华山与韩愈作别时的所想所感。首二句点明分别地点，之后用大段篇幅描绘了分别之地的景色：高耸的华山、孤独的长亭、分别的潼关关口、奔流不息的黄河，依依草木、婉转的鸟鸣等，共同构成此地特有的自然景观。后十二句写作者内心的纷杂思绪，在作者看来，潼关内外是身与名的相守与分裂，一头身系故乡，一头系着功名，让作者生出如断根之蓬的身世飘零感以及生离之遗憾。末尾二句的"回首"表达了真挚的惜别之情。全诗气势浑厚，境界开阔，情深意重。

塞上行[1]

西风应时[2]筋角坚[3]，承露牧马水草冷。

可怜黄河九曲尽，毡馆[4]牢落[5]胡[6]无影。

【注释】

[1]诗歌选自《全唐诗》四百八十七。[2]应时：适应时节的变化。[3]筋角坚：指入秋后弓弦变硬。[4]毡馆：犹毡帐，指北方少数民族用毡做的帐篷。[5]牢落：稀疏。[6]胡：《全唐诗》一作"树"。

【赏析】

此诗写作者在塞外出行的见闻。西风吹拂，牛羊筋角强壮，此时正是牧马的好时节，再看黄河曲曲折折的尽头，是稀疏的帐篷和稀少的人烟，写出塞外地广人稀的特点。全诗笔调古朴有力，着力表现了塞外的辽阔景象。

姚　合

　　姚合（775？—854？），吴兴（今浙江湖州）人，姚崇侄曾孙。元和十一年（816）进士及第。会昌末，官终秘书监，谥"懿"，赠礼部尚书。人称"姚武功"或"姚秘监"。在谏议大夫任时，曾编选王维等人诗百首为《极玄集》一卷，人以为裁鉴甚精。与贾岛齐名，世称"姚贾"。《新唐书·艺文志》著录其《诗例》一卷，已佚。现存《姚少监诗集》十卷。《旧唐书》卷九十六、《新唐书》卷一百二十四、《唐才子传》卷六有传。

送独孤焕评事赴丰州[1]

东门携酒送廷评[2]，结束从军塞上行。
深碛[3]路移唯马觉，断蓬[4]风起与雕平。
烟生远戍侵云色，冰叠黄河长雪声。
须凿燕然山上石，登科记[5]里是闲名。

【注释】

　　[1] 诗歌选自《姚少监诗集》卷二。评事：大理评事，大理寺属官。《新唐书》卷四十八《百官志三》"大理寺"："评事八人，从八品下。丰州：治所在今内蒙古临河东。"《元和郡县图志》卷四《关内道四》："贞观四年，突厥降附，又权于此置丰州都督府，不领县，唯领蕃户，以史大奈为都督。十一年，大奈死，复废府，以地属灵州。二十二年，又分置丰州。永徽（元）年，于州复重置永丰县。四年，于郭下又置九原县。麟德元

年，又置丰安县。天宝元年，改为九原郡，乾元元年，复为丰州。"[2]
廷评：汉官名，即廷尉平，唐人以称大理评事。[3]碛：沙漠。[4]断蓬：
随风卷起的蓬草。[5] 登科记：逐年记载科举考试及第者姓名等的书。

【赏析】

此诗是作者为独孤焕赶赴丰州从军作的一首送行诗。开头二句写作
者以酒饯别的送行场面，中间四句写路程的难行和大漠的奇异风光，表
现从军出塞的艰辛。"断蓬"体现了独孤焕将要离开故乡的漂泊之感。"烟
生远戍侵云色，冰叠黄河长雪声"描写风光景物的壮美，烟雾从远处升
起与云色相融，黄河冰封雪压，云烟、哨所、黄河、雪，交织成一幅辽
阔雄壮的大漠景象。最后二句是作者对独孤焕的鼓励，希望他能杀敌卫
国、封功领赏。这首诗刻画景物琐细，诗境萧索雄浑，语言朴直中又寓
工巧。

寄杨茂卿校书[1]

去年别君时，同宿黎阳[2]城。黄河冻欲合，船入冰罅[3]行。
君为使滑州[4]，我来西入京。丈夫不泣别，旁人叹无情。
到京就省试[5]，落籍先有名。[6]惭辱乡荐[7]书，忽欲自受刑。
还家岂无路，羞为路人轻。决心住城中，百败望一成。
腐草众所弃，犹能化为萤。[8]岂我愚暗身，终久不发明。
所悲道路长，亲爱难合并。还如身与车，奔走各异程。
耳目甚短狭，背面若聋盲。安得学白日，远见君仪形。[9]

【注释】

[1]诗歌选自《姚少监诗集》卷二。杨茂卿：字士藻，元和六年(811)
进士，授校书郎，历监察御史，为田弘正魏博、成德二镇从事。长庆元
年(821)，成德军乱，死之。[2]黎阳：县名，在今河南浚县东。[3]罅：

裂缝。[4] 滑州：今河南滑县，时为义成军节度使治所。杨茂卿乃为魏滑分河事使滑州。[5] 省试：唐时各州县贡士到京师参加由尚书省主持的礼部考试。[6]"到京"二句：《全唐诗》"一本无此二句。"[7] 乡荐：州府举荐。[8]"腐草"二句：萤火虫产卵草上，古人以为腐草所化。《礼记·月令》："腐草化为萤。"[9]"还如"四句：《全唐诗》"一本无此四句。"

【赏析】

这是作者写给友人杨茂卿的寄赠诗。前八句回忆了二人的友谊，"黄河冻欲合，船入冰罅行"写出黄河结冰之后行船的艰难。之后六句写作者落第之悲痛羞愧，紧接着表达了再战科举的决心。结尾既表达了与友人各自奔走的无奈，也抒写了对友人的思念。全诗情感真挚，让人为之所动。

陕城即事[1]

左右分京阙，黄河与宅连。

何功来此地，窃位已经年。

天下才弥小，关中[2]镇最先。

陇山望可见，惆怅是穷边[3]。

【注释】

[1] 诗歌选自《姚少监诗集》卷八。陕城：即陕州，见薛稷《秋日还京陕西十里作》注[1]。[2] 关中：见李白《登广武古战场怀古》注[5]。[3] 穷边：荒远的边境。安史之乱后，陇山之西、河湟诸州均陷入吐蕃。

【赏析】

此诗写作者在陕城任官时的所见所感。开头二句描写了黄河的雄壮气势，滔滔黄河奔涌而来，不仅将京城一分为二，而且也与作者的官宅相连，不仅写出京城、黄河与官宅的地理分布，也写出作者官宅地理位置的得天独厚。三四句是作者的自谦之辞，表达了对陕城的喜爱与崇敬。五六句写关中地理位置的优越性。最后二句将目光放远，望见陇山，作者想到边事未了，体现了为国事忧愁的家国情怀。全诗语言质朴刚健，无论是空间建构还是情怀表现，都具有一股苍劲之气。

答窦知言[1]

冬日易惨恶，暴风拔山根。尘沙落黄河，浊波如地翻。

飞鸟皆束翼，居人不开门。独我赴省期[2]，冒此驰毂辕[3]。

陕城城西边，逢子亦且奔。所趋事一心，相见如弟昆。

我惨得子舒，我寒得子温。同行十日程，僮仆性亦敦。

到京人事多，日无闲精魂。念子珍重我，吐词发蒙昏。

反复千万意，一百六十言。格高思清冷，山低济浑浑[4]。

尝闻朋友惠，赠言始为恩[5]。金玉日消费，好句长存存。

倒篚[6]别收贮，不与俗士论。每当清夜吟，使我如哀猿。

【注释】

[1] 诗歌选自《姚少监诗集》卷九。[2] 省期：省试考试时间。[3] 毂辕：代指车。[4] 浑浑：同"滚滚"。《全唐诗》一作"水浑"。[5] 赠言始为恩：《荀子·大略》："君子赠人以言，庶人赠人以财。"[6] 篚：圆形竹筐。

【赏析】

此诗就是姚合写给窦知言的赠答诗，意在感谢窦知言对自己的帮扶。开头八句写作者"赴省期"途中的艰辛不易。中间部分作者写与窦知言的相遇，感谢他对自己的舒解、温暖和启发。在窦氏的帮助和影响下，姚合方才明确了目标，开始追求"格高思清"的风格。"发蒙昏""别

收贮""清夜吟"都是对作者揣摩学习，醉心其中情形的刻画，可见窦
知言对姚合的影响之大，所以作者要"赠言始为恩"。全诗情感真挚，
在叙事中穿插细节描绘，读来生动感人。

拾得古砚[1]

僻性爱古物，终岁求不获。

昨朝得古砚，黄河滩之侧。

念此黄河中，应有昔人宅。

宅亦作流水，斯砚未变易。

波澜所激触，背面生蟆隙。

质状朴且丑，今人作不得。

捧持且惊叹，不敢施笔墨。

或恐先圣人，尝用修六籍[2]。

置之洁净室，一日三磨拭。

大喜豪贵嫌，久长得保惜。

【注释】

[1] 诗歌选自《姚少监诗集》卷十。[2] 六籍：六经，即《诗》《书》
《礼》《易》《乐》《春秋》。

【赏析】

这是一首咏物诗，写作者对古砚的赞咏。前六句写发现古砚的过
程，作者在黄河滩侧寻得古砚，他推测黄河中昔日有人居住。《唐诗归》
评此二句："想头奇。"中间六句是对古砚外观的描绘，可见作者对其端
详之仔细。后八句写对古砚的爱惜，"捧持""惊叹""不敢施笔墨""置
之洁净室，一日三磨拭"都体现了对古砚的珍视。末尾二句更是表达了
作者要长久保惜古砚的决心。作者推测古砚历史过往的想法大胆新奇，

为古砚增添了神秘和神圣色彩。

剑器词三首·其二^[1]

昼^[2]渡黄河水，将军险用师。

雪光^[3]偏著甲，风力不禁旗。

阵变龙蛇^[4]活，军雄鼓角知。

今朝重起舞，记得战酣时。

【注释】

[1] 诗歌选自《姚少监诗集》卷十。[2] 昼：《全唐诗》一作"夜"。[3] 光：《全唐诗》一作"声"。[4] 龙蛇：阵名。

【赏析】

这是舞剑时伴唱歌词中的一首，描写的是士兵激烈的征战生活。前六句所描状的场面是作者观剑器舞时想象出来的有始有终、有起伏高低的疆场征战情状，黄河是他们作战的环境。"阵变龙蛇活"的舞蹈队形逼真地再现了战斗生活，突出了实战气息。从末尾二句可以看出，跳剑舞的演员都是参加过实战的士兵，今日跳起此舞，不禁想起与敌人酣战时的场景。全诗之所以将战争场面刻画得生动逼真，正是由于取材来源于现实生活，这也是此诗一大特色。

周 贺

周贺，生卒年不详，字南卿，东洛（今河南洛阳）人。早年居庐山为僧，法名清塞。文宗大和末，姚合任杭州刺史，爱其诗。周贺诗格清雅，张为将其与无可同列"清奇雅正主""入室"下（《作者主客图》）。与姚合、贾岛、方干、朱庆余友善，多酬唱之作。今存诗一卷。《唐才子传》卷六有传。

同徐处士秋怀少室旧居[1]

曾居少室黄河畔[2]，秋梦长悬未得回。

扶病半[3]年离水石，思归一夜隔风雷。

荒斋几遇僧[4]眠后，晚菊频经鹿踏[5]来。

灯下此心谁[6]共说，傍松幽[7]径已多栽[8]。

【注释】

[1] 诗歌选自《全唐诗》卷五百〇三。同徐处士秋怀少室旧居：《全唐诗》一作"秋日同朱庆余怀少室旧隐"。少室：山名，在河南登封北。[2] 畔：《全唐诗》一作"上"。[3] 半：《全唐诗》一作"十"。[4] 遇僧：《全唐诗》一作"度曾"。[5] 鹿踏：《全唐诗》一作"尘路"。[6] 谁：《全唐诗》一作"君"。[7] 幽：《全唐诗》一作"孤"。[8] 已多栽：《全唐诗》一作"几生苔"。

【赏析】

这是一首七言律诗,主要写同友人一起怀念昔日隐居少室山时的感受。首联点明旧居的地点和未能回到旧居的遗憾。颔联写作者身心俱疲,同时遭受疾病和思归心切的折磨,令人烦恼。颈联想象旧居现状。尾联透露出一种无可奈何而又颇有些平静的心情。全诗以少室山旧居为情感线索,展现了作者内心情感的起伏,可见曾经的僧侣隐居生活对作者心境的影响。

王　叡

王叡，生卒年不详，宣宗大中年间诗人，蜀中新繁县（今四川彭县东南）人。自号炙毂子。著《炙毂子诗格》一卷、《炙毂子杂录注解》五卷，今存诗九首。事见《唐诗纪事》卷五十、《郡斋读书志》卷三上。

公无渡河[1]

浊波洋洋兮凝晓雾，公无渡河兮公苦渡。

风号水激兮呼不闻，提壶看入兮中流去。

浪摆衣裳兮随步没，沉尸深入兮蛟螭窟。

蛟螭尽醉兮君血干，推出黄沙兮泛君骨。

当时君死妾何适，遂就波澜合魂魄。

愿持精卫衔石[2]心，穷取河源塞泉脉。

【注释】

[1] 诗歌选自《全唐诗》卷五百〇五。公无渡河：乐府旧题。见李白《公无渡河》注[1]。[2]精卫衔石：古代神话中鸟名，为溺水少女所化，常衔木石以填沧海。《山海经·北山经》："有鸟焉，其状如乌，文首白喙赤足，名曰精卫。其名自詨。是炎帝之少女，名曰女娃。女娃游于东海，溺而不返，故为精卫。常衔西山之木石，以堙于东海。"

【赏析】

此诗主要写作者对"公无渡河"传说的感想。前四句是作者对老翁渡河场景的想象,"风号水激兮呼不闻"写老翁去意已决,可见其渡河之决心。中间四句是作者对老翁惨死河中场面的想象,言语骇人,令人深感老翁渡河之悲壮。最后四句作者托老翁妻子的口吻叙述,写出妻子的从死之心,妻子不忍挚爱的夫君弃己而去,恨不能变作一只精卫鸟,朝思暮想之情溢于言表。全诗表达了对老翁溺死的深切惋惜。

陈　标

陈标，字、籍贯、生卒年均不详，约唐文宗太和中前后在世。长庆二年（822）登进士第，终侍御史。今仅见存于《全唐诗》十二首。事见《唐诗纪事》卷六十六、《登科记考》卷十九。

公无渡河[1]

阴云飒飒浪花愁，半度惊湍半挂舟。

声尽云天君不住，命悬鱼鳖妾同休。

黛娥芳脸垂珠泪，罗袜香裾赴碧流。

余魄岂能衔木石，独将遗恨付莹蒗。[2]

【注释】

[1] 诗歌选自《全唐诗》卷五百〇八。公无渡河：乐府旧题。见李白《公无渡河》注[1]。[2]"余魄"句：用精卫衔石填海典故，见王叡《公无渡河》注 [2]。

【赏析】

"公"是"公无渡河"传说的主人公，这首诗虽也铺陈叙述了此事经过，但主要歌咏的是老翁其妻。诗歌前二句描绘了事件发生的环境及情状，阴云密布，浪花翻涌，为老翁渡河增添了悲壮色彩，"半度惊湍半挂舟"写出老翁境况的危急。三四句写妻子毅然随丈夫投河而去，表现其赴死的坚贞。妻子年龄尚轻，五六句是对其美貌的刻画，可见作者的惋惜。全诗语词纤秾，情感比较柔弱。

雍　陶

雍陶（805？—?），字国钧，成都人，少贫。大和八年（834）进士及第。大中八年（854），出任简州（今四川简阳）刺史，后为雅州（今四川雅安）刺史。与王建、贾岛、姚合等交往唱和。《新唐书·艺文志》著录《雍陶诗集》十卷。《唐才子传》卷七有传。

罢还边将[1]

白须虏将话边事，自失公权怨语多。
汉主岂劳思李牧[2]，赵王犹是[3]用廉颇[4]。
新鹰饱肉[5]唯闲猎，旧剑生衣[6]懒更磨。
百战无功身老去，羡他年少渡黄河。

【注释】

[1]诗歌选自《全唐诗》卷五百一十八。[2]李牧：古时赵国良将，秦用反间计使赵王斩牧。事见《史记》卷八十一《廉颇蔺相如列传》。[3]是：《全唐诗》一作"自"。[4]廉颇，赵国名将，晚年被谗出国，赵王因数困于秦兵，尝思复得颇。事见《史记》卷八十一《廉颇蔺相如列传》。[5]饱肉：饲鹰过饱，则不思搏击。《三国志·魏书·吕布传》载曹操语，言待吕布"譬如养鹰，饥则为用，饱则扬去"。[6]衣：指铁锈。

【赏析】

此诗主要写作者聆听白须将士诉说其不受重用的抱怨之声。开头二句写这位将领被免职的事实。三四句借用李牧、廉颇的典故，慨叹朝廷不能任用良将，表现对被罢还边将的不平。五六句写罢归的将士无事虚度，壮志也被消磨，表现其内心的不甘。结尾二句写边将回忆自己驰骋战场的雄姿，用"渡黄河"既体现其勇猛无比，同时也对边将如今的境况表示了同情与惋惜。全诗雄浑悲壮，体现了作者为将士不公遭遇的愤懑不平。

杜　牧

杜牧（803—853?），字牧之，京兆万年（今陕西西安）人。少小博览群书，留意治乱兴亡之事。大和二年（828）登进士第，复举贤良方正直言极谏科，授弘文馆校书郎。大中六年（852），迁中书舍人，是年十二月卒（853），享年五十。杜牧刚直有奇节，不为龊龊小谨，敢论列大事，指陈病利尤切。其诗情致豪迈，号为"小杜"。《新唐书·艺文志》著录其《樊川集》二十卷、注《孙子》二卷。今存《樊川文集》二十卷。后人辑有《外集》《别集》《补遗》等，多为他人诗误入。《旧唐书》卷一百四十七、《新唐书》卷一百六十六、《唐才子传》卷六有传。

今皇帝陛下一诏征兵不日功集河湟诸郡次第归降臣获睹圣功辄献歌咏[1]

捷书皆应睿谋期，十万曾无一镞遗[2]。
汉武惭夸朔方[3]地，周宣[4]休道太原[5]师。
威加塞外寒来早，恩入河源冻合迟。
听取满城歌舞曲，凉州声韵[6]喜参差。

【注释】

[1] 诗歌选自《杜牧集系年校注》卷二。据缪钺《杜牧年谱》，此诗乃大中三年（849）所作。其年二月，吐蕃内乱，为吐蕃所占的秦、原、安乐三州及石门等七关的人民起义归唐。六月，泾原节度使康季荣

等取原州和石门等六关。七月，安东州、萧关、秦州皆为唐所收复。八月，河陇百姓一千余人来长安，宣宗登延喜楼接见。百姓欢呼雀跃，脱去胡服，换上汉装，欢者皆呼"万岁"。[2]无一镞遗：谓毫无损失。镞：箭头。[3]朔方：汉郡名，汉武帝收复为匈奴所占的河套地区而置。[4]周宣：《全唐诗》一作"宣王"。[5]太原：今属山西。周宣王北伐匈奴，至于太原。见《诗经·小雅·六月》。[6]凉州声韵：指凉州音乐。

【赏析】

此诗咏唐宣宗趁吐蕃内乱收复河湟失地之事。开头二句写捷报传来的盛况，一个"睿"字体现了唐宣宗的圣智英明，一切都在他的掌控之中。"十万曾无一镞遗"用夸张的手法写我方军队伤亡较小，战争结果令人可喜。三四句借用汉武帝和周宣王的典故，衬托当今圣上的丰功伟绩。五六句写圣上的声威远传到边塞之外，恩惠遍布河源地区，连黄河冰封的时间都推迟了。最后二句写百姓庆祝战争胜利的喜悦场面。收复河湟地区并不完全归功于朝廷，但杜牧此诗是献给宣宗皇帝的颂诗，自然免不了歌功颂德的奉承之辞。尽管如此，作者因故土恢复的欣喜之情，仍溢于言外。

许 浑

许浑（788？—858？），字用晦，一字仲晦。祖籍安陆（今属湖北），寓居丹阳（今属江苏）。遂为丹阳人。高宗朝宰相许圉师六世孙。家道中落，苦学劳心。早岁曾漫游，北至燕赵，南至天台。大和六年（832）登进士第。大中三年（849）谢病东归，除润州司马。后历仕虞部员外郎，睦、郢二州刺史，享年七十余岁。大中四年（850）在京口丁卯涧村舍自编诗集，收诗五百篇。《新唐书·艺文志》著录《丁卯集》二卷，《续古逸丛书》影印蜀本《许用晦文集》二卷、拾遗二卷。《唐才子传》卷七有传。

始至潼关^[1]

飞阁极层台，终童^[2]此路回。
山形朝岳去，河势抱^[3]关来。
雁过秋风急，蝉^[4]鸣宿雾开。
平生无限意，驱马任尘埃。

【注释】

[1] 诗歌选自《丁卯集笺证》卷一。[2] 终童：汉代终军，字子云，武帝时官谏大夫，自请"愿受长缨，必羁南越王而致之阙下"，后出使未果，被杀。事见《汉书》卷六十四《终军传》。终军少即出众，世称"终童"。[3] 抱：《全唐诗》一作"入"。[4] 蝉：《全唐诗》一作"鸡"。

【赏析】

此诗写作者到潼关的所见所感。前六句描绘了潼关景色，"飞阁极层台"显现出视野的辽远。三四句集中表现潼关山形河势的雄伟险要，潼关南连秦岭，北临黄河，秦岭由南而北，绵延至关处，崖绝谷深；黄河北来至关下，折而东去，水急浪高，潼关正当河山际会之处，其地势雄胜，"朝""抱"二字让本来静止的山水动了起来，构筑了动态的山水空间形态。末尾二句抒情，表达了漫游山水的洒脱。全诗诗意径直，少于曲折含蓄。《诗源辩体》："（许浑）五言如'雁过秋风急，蝉鸣宿雾开'……对皆工巧，语皆衬贴。"

行次潼关驿[1]

红叶晚萧萧[2]，长亭[3]酒一瓢。
残云归太华[4]，疏雨过中条[5]。
树色随关迥，河声入海[6]遥。
帝乡[7]明日到，犹自梦渔樵。[8]

【注释】

[1]诗歌选自《丁卯集笺证》卷二。[2]红叶晚萧萧：《全唐诗》一作"南北断蓬飘"。[3]长亭：驿路上供行人休息之处。[4]太华：即华山，见王维《华岳》注[1]。[5]中条：中条山，见畅当《蒲中道中二首·其一》注[2]。[6]海：《全唐诗》一作"塞"。[7]帝乡：京城。[8]末二句《全唐诗》一作"劳歌此分手，风急马萧萧"。

【赏析】

作者赴京求官，途中于潼关驿楼休息，被眼前美丽的山河风光打动，于是挥毫写下此诗。"红叶晚萧萧"透露一丝悲凉情绪，"长亭酒一瓢"写作者此时的境况。中间四句笔势陡转，勾画四周景色。骋目远望，高耸的华山，连绵苍莽的中条山，都是潼关附近的著名景观。残云收去，意味着天将放晴，疏雨乍过，给人清新之感。接着又描绘了苍苍树色一路远去，黄河从北面奔涌而来，又翻滚着涌入渤海，一个"遥"字写出作者站在高处远望倾听的神情。结尾二句点明目的地——京城，"犹自梦渔樵"含蓄表达了对故乡闲适生活的眷念。作者的心绪是矛盾的，一面上京求官，一面又向往逍遥自在的归隐生活，这也是晚唐许多文人的共同心态。

许
浑

李商隐

李商隐（812—858），字义山，号玉谿生，又号樊南生。原籍怀州河内（今河南沁阳），祖父起迁居荥阳（今属河南郑州）。弱冠以文谒令狐楚，并随楚至郓州为天平军节度使巡官。开成二年（837）登进士第。楚卒，应博学宏词科不第，于三年春入泾原节度使王茂元幕，娶其女。五年秋移家关中，应茂元之召赴陈许幕为掌书记。大中五年（851）春夏间罢幕归京，妻已病故。十二年病废还郑州，未几卒。今存《玉谿生诗》三卷，《樊南文集》八卷，《樊南文集补编》十二卷。《旧唐书》卷一百九十、《新唐书》卷二百〇三、《唐才子传》卷七有传。

安平公诗[1]

丈人[2]博陵王[3]名家，怜我总角[4]称才华。

华州[5]留语晓至暮，高声喝吏放两衙[6]。

明朝骑马出城外，送我习业[7]南山阿[8]。

仲子[9]延岳年十六，面如白玉歆乌纱[10]。

其弟炳章犹两丱[11]，瑶林琼树含奇花。

陈留阮家诸姓秀[12]，逦迤出拜何骈罗。

府中从事杜与李，麟角虎翅[13]相过摩。

清词孤韵有歌响，击触钟磬鸣环珂。

三月石堤冻销释，东风开花满阳坡。

时禽得伴戏新木，其声尖咽如鸣梭。

公时载酒领从事，踊跃鞍马来相过。

仰看楼殿撮清汉，坐视世界如恒沙[14]。

面热脚掉互登陟，青云表柱白云崖。

一百八句[15]在贝叶[16]，三十三天[17]长雨花[18]。

长者子来辄献盖[20]，辟支佛去空留靴[20]。

公时受诏镇东鲁，遣我草奏随车牙[21]。

顾我下笔即千字，疑我读书倾五车。

呜呼大贤苦不寿，时世方士无灵砂。

五月至止六月病，遽颓泰山惊逝波。

明年徒步吊京国，宅破子毁哀如何。

西风冲户卷素帐，隙光斜照旧燕窠。

古人常叹知己少，况我沦贱艰虞多。

如公之德世一二，岂得无泪如黄河[22]。

沥胆呪愿天有眼，君子之泽方滂沱[23]。

【注释】

[1] 诗歌选自《李商隐诗歌集解》。安平公：朱鹤龄《李义山诗集笺注》："崔戎也。"崔戎，字可大。裴度领太原，崔戎为参谋。迁剑南东西川宣慰使。还，拜给事中。改华州刺史。迁衮海沂密都团练观察使。大和八年（834）五月卒，赠礼部尚书。事见《旧唐书》卷一百六十二《崔戎列传》。[2] 丈人：对年长有德者尊称，此指崔戎。[3] 博陵王：《旧唐书》卷一百六十二《崔戎列传》："高伯祖玄暐，神龙初有大功，封博陵郡王。"[4] 总角：把头发聚拢梳成两角形状。《礼记·内则》谓指"男女未冠（男二十）笄（女好十五）者"。李商隐十六岁著古文，为任华州刺史的崔戎所称。李商隐《樊南甲集序》曰："樊南生十六能著《才论》《圣论》，以古文出诸公间。后联为郓相国、华太守所怜。"[5] 华州：州治在今陕西华县。李商隐大和七年（833）谒崔戎于华州。[6] 两衙：早晚衙。长官早晚两次坐衙治事，事毕而散，谓之放衙。此放衙

当为免除坐衙之意，承上"留语晓至暮"而来。[7] 习业：习举业，准备参加科举考试。[8] 南山阿：终南山深曲处。[9] 仲子：次子。[10] 欹乌纱：侧戴乌纱帽。欹：倾侧。[11] 两丱：未成年男子发髻两角向上分开状，即总角。[12] 陈留阮家诸姓秀：《晋书·阮籍列传》卷四十九载：籍，陈留尉氏人。子浑、侄咸、咸子瞻、瞻子孚、咸从子修、孚族弟放、放弟裕，皆知名。[13] 麟角虎翅：喻人才出众。朱鹤龄《李义山诗集笺注》："北史文苑传：'学者如牛毛，成者如麟角。'"虎翅：虎翼。[14] 坐视世界如恒沙：《金刚般若经》："恒河沙数三千大千世界"句言在山上下望，世界广大无边，如恒河沙数。[15] 一百八句：道源注《楞伽经》有不生句、生句等一百八句。佛言大慧，是百八句。先佛所说，汝及诸菩萨摩诃萨应当修学。此处一百八句指佛经经文，一百八为佛教习用之数。句意谓佛寺中多藏佛经。[16] 贝叶：佛经，以贝多罗树叶写成。[17] 三十三天：梵语忉利天的意译。明蕅益智旭《佛说斋经科注》："忉利天。此翻三十三天。居须弥山顶。四方各八天。中为帝释。"[18] 雨花：《妙法莲华经》卷四："佛前有七宝塔……高至四王天宫，三十三天雨天曼陀罗华，供养宝塔。"此句谓置身佛寺高处，恍见三十三天雨花景象。或当时有落英缤纷景象，故作此联想，借以渲染宗教气氛。[19] 献盖：《维摩诘所说经》载："昆耶离城有长者子，名曰宝积，与五百长者子俱持七宝盖来诣佛所，头面礼足，各以其盖共供养佛。佛之威神，令诸宝盖合成一盖，遍覆三千大千世界。"[20] 辟支佛去空留靴：《北史·西域列传》卷九十七："（于阗国）城南五十里有赞摩寺……石上有辟支佛跣处，双迹犹存。"《酉阳杂俎·物异》："于阗国赞摩寺有辟支佛靴，非皮非丝，岁久不烂。"《旧唐书·崔戎列传》卷一百六十二：戎自华州"迁兖海沂密都团练观察等使，将行，州人恋惜遮道，至有解靴断镫者"。二句含义多重：既言寺中有宝盖佛迹，又暗喻崔戎有所施舍及访毕离去情景，同时借游佛寺暗寓戎离华时州民爱恋。[21] 车牙：指车。《周礼·冬官考工记·轮人》："牙也者，以为固抱也。"郑众注："牙，谓轮辏也，世间或谓之罔。"牙，指车轮之外周。[22] 岂得无泪如黄河：《晋书》卷九十二《顾恺之列传》载，桓温生前对恺之十分亲昵，温死后，有人问恺之："卿凭重桓公乃尔，哭状其可见乎？"恺之答云："声如震雷破山，泪如倾河注海。"[23]君子之泽方滂沱：《孟子·离娄》："君子之泽，五世而斩。"此反其意而用之。二句谓愿天有眼，俾君子之德泽滂沱流布，及于后人。

【赏析】

此诗为悼念崔戎所作。大和八年（834），崔戎病死在兖州任上。崔戎对李商隐非常器重，他的离去对李商隐是一次沉重的打击，作者为失去这位师长和知己万分悲痛。全诗主要回忆了崔戎厚待自己的往事。"怜我总角称才华""送我习业南山阿"，可见崔戎对李商隐的怜爱与提携，表现作者对崔戎的深切悼念。"古人常叹知己少，况我沦贱艰虞多"，作者不仅为失去和难觅知己失落，更为自己渺茫的前途伤感。结尾四句作者又发出对崔戎德行厚重的钦佩，用顾恺之悼念桓温痛哭的典故来形容自己的悲伤，涕泪不止，就如汹涌的黄河注海。全诗对崔戎的感遇之恩，读之令人动容。

燕台诗四首·夏[1]

前阁雨帘愁不卷，后堂芳树阴阴见。

石城[2]景物类黄泉[3]，夜半行郎[4]空柘弹[5]。

绫扇唤风阊阖天，轻帷翠幕波渊旋[6]。

蜀魂[7]寂寞有伴未？几夜瘴花[8]开木棉。

桂宫留影光难取，嫣薰[9]兰破[10]轻轻语。

直教银汉堕怀中，未遣星妃[11]镇来去[12]。

浊水清波何异源？济河水清黄河浑。[13]

安得薄雾起缃[14]裙，手接云軿[15]呼太君？

【注释】

[1] 诗歌选自《李商隐诗歌集解》。[2] 石城：《旧唐书》卷二十九《音乐志二》载："石城，宋臧质所作也。石城在竞陵，质尝为竞陵郡，于城上眺瞩，见群少年歌谣通畅，因作此曲。"又："莫愁乐出于石城乐，石城有女子名莫愁，善歌谣。"石城夸窈窕，指女子窈窕美好如石城之莫愁。[3] 类黄泉：形容其地阴森。黄泉，指人死后埋葬的地方。宋玉《讽赋》："君不御兮妾谁怨，日将至兮下黄泉。"[4] 行郎：少年行人。[5] 柘弹：用柘木作弹以弹鸟雀。[6] 波渊旋：形容帐幕受风如水波之涡旋。[7] 蜀魂：杜鹃鸟，可能指男方。魂，《全唐诗》一作"魄"。[8] 瘴花：指木棉花，因生于岭南瘴疬之地，故称。[9] 嫣薰：犹嫣香。[10] 兰破：兰花绽苞开放。句谓女子对月轻声自语，气若幽兰。[11] 星妃：指织女。[12] 镇来去：指织女长久苦于来去渡过银河。[13]"浊水"两句：谓济、黄二河源虽不异，但后来却一清一浊。[14] 缃：浅黄色。[15] 云軿：云车，神仙所乘。《真诰》卷四《运题象》："驾风骋云軿。"

【赏析】

此诗以女子视角写女主人公渴望与恋人相会的迫切心情。首六句写景，细密如帘的夜雨使女主人公心情烦闷，夜晚昏暗寂静，只听到少年挟弹弹鸟之声。"蜀魂寂寞有伴未？几夜瘴花开木棉"是女主人公因思念之深而生出的想象，不知寂寞的他是否有伴侣，几夜来的蛮烟瘴雨，想必思念之人那里的木棉花已经盛开。"直教银汉堕怀中，未遣星妃镇来去"写女主人公由己及人，表现她思念恋人时的心理活动，女子想象不如让银河降落到她怀中，不要再使织女为相会而总是来来去去。"浊水清波何异源，济河水清黄河浑"，以济、黄二河清浊的不同来比喻女主人公与恋人的差距，二人地位没有什么不同，现在却泾渭分明了，这是导致二人不能相见的原因。诗歌最后以女子祈盼对方的到来作结，女子想象穿上浅黄色衣裙与对方相见重逢的场面，言语间见其激奋之情。全诗意象繁密，意旨深奥，清人何焯在《义门读书记》卷五十八评："唯

《夏》一首，思致太幽，寻味不出。"

次陕州先寄源从事[1]

离思羁愁日欲晡[2]，东周西雍此分涂[3]。
回鸾佛寺高多少[4]，望尽黄河一曲无[5]？

【注释】

[1] 诗歌选自《李商隐诗歌集解》。陕州：见薛稷《秋日还京陕西十里作》注[1]。源从事：当为陕虢观察使僚属。[2] 晡：申时，黄昏时。杜甫《徐步》："荒庭日欲晡。"[3] 东周西雍此分涂：《公羊传·隐公五年》："自陕而东者，周公主之。自陕而西者，召公主之。"东周，指洛阳及附近地区，东周都此。西雍，指长安及关中地区，为古雍州地。[4] 回鸾佛寺高多少：《旧唐书》卷十一《代宗本纪》记载，广德元年（763）十月，吐蕃犯京畿，驾幸陕州。十二月车驾还京。此佛寺当以此为名。[5] 望尽黄河一曲无：《尔雅·释水》："河出昆仑虚，色白。所渠并千七百，一川色黄。百里一小曲，千里一曲一直。"

【赏析】

唐文宗开成四年（839），李商隐由秘书省校书郎调补弘农（今河南灵宝）尉，此诗正是作者未到尉任前，于陕州（今河南陕县）停歇时所作。诗歌表达了对源从事的怀念，含蓄表现了作者对调补尉职的不满。一二句写日暮降临生出的离思羁愁，即思念亲友和羁旅漂泊的愁苦。三四句写作者登上高高的佛寺远望，佛寺虽高，却仍望不见黄河一曲，更未能望见河源。此诗将平常的内容以摇曳生姿之笔写出，颇有情致。纪昀《玉溪生诗说》评此诗："浅浅语，风骨自老，气脉亦厚。"

李夫人三首·其三^[1]

蛮丝^[2]系条脱^[3]，妍眼和香屑^[4]。

寿宫^[5]不惜铸南人，柔肠早被秋眸割。

清澄有余幽素香，鳏鱼渴凤^[6]真珠房。

不知瘦骨类冰井^[7]，更许夜帘通晓霜。

土花漠漠^[8]云茫茫，黄河欲尽天苍苍^[9]。

【注释】

[1]诗歌选自《李商隐诗歌集解》。[2]蛮丝：产于南方的丝。[3]条脱：腕钏。[4]香屑：百和香屑。[5]寿宫：《汉书》卷二十五上《郊祀志》："上病瘳，遂起，幸甘泉，病良已。大赦，置寿宫神君。"臣瓒《汉书集解音义》注："寿宫，奉神之宫也。"[6]鳏鱼、渴凤：均自况。[7]冰井：藏冰的井室。[8]漠漠：《全唐诗》一作"漠碧"。[9]苍苍：《全唐诗》一作"苍黄"。

【赏析】

这是李商隐为妻子创作的悼亡诗。首四句写作者为亡妻铸造的遗像栩栩如生，碧如秋水的眼睛酷似妻子真容，令作者肝肠寸断。"清澄"四句写作者独居幽室，想念妻子，形如槁木。末二句写作者遥想亡妻墓地的荒凉，愁云漫天，连绵绵无尽的黄河也为之悲伤而"欲尽"。全诗苦悲凄婉，处处洋溢着哀痛之思，蕴含着绵绵不尽的情意。

河阳诗^[1]

黄河摇溶^[2]天上来，玉楼影近中天台^[3]。

龙头^[4]泻酒客寿杯，主人浅笑红玫瑰^[5]。

梓泽东来七十里^[6]，长沟复堑埋云子^[7]。

可惜秋眸[8]一脔光，汉陵[9]走马黄尘起。

南浦老鱼腥古涎[10]，真珠密字芙蓉篇。

湘中寄到梦不到，衰容自去抛凉天。

忆得蛟丝[11]裁小棹，蛱蝶飞回木绵薄。

绿绣笙囊不见人，一口红霞[12]夜深嚼。

幽兰泣露新香死，画图浅缥[13]松溪水。

楚丝[14]微觉竹枝[15]高，半曲新辞写绵纸。

巴陵夜市红守宫[16]，后房点臂斑斑红。

堤南渴雁自飞久，芦花一夜吹西风。

晓帘串断蜻蜓翼，罗屏但有空青色。

玉湾不钓三千年，莲房暗被蛟龙惜。

湿银注镜[17]井口[18]平，鸾钗映月寒铮铮。

不知桂树在何处，仙人不下双金茎[19]。

百尺相风[20]插重屋，侧近嫣红伴柔绿。

伯劳[21]不识对月郎，湘竹千条[22]为一束。

【注释】

[1]诗歌选自《李商隐诗歌集解》。河阳：有三城，均在河阳县（故城在今河南孟县西南）境内。其北中城为隋唐河阳县治所，又为唐建中后河阳三城节度使治所。[2]摇溶：水摇动貌。溶，《全唐诗》一作"落"。[3]中天台：指有半天高的台。《集仙录》："西王母所居宫阙在阆风之苑，有城千里，玉楼十二。"[4]龙头：指刻作龙形的酒器。[5]红玫瑰：喻伊人红润美好的面容。[6]梓泽东来七十里：《晋书》卷三十三《石崇传》："崇有别馆在河阳之金谷，一名梓泽。"晋戴延之《西征记》："梓泽去洛城六十里。"[7]埋云子：意谓所埋皆古来如云女好之香骨。[8]秋眸：似秋水之明眸。[9]汉陵：冯浩《玉谿生诗笺注》注："后汉诸帝皆葬洛阳近地，故曰汉陵。"《南史》卷十《陈本纪下》："梁末童谣云：'……不见马上郎，但见黄尘起。'"意谓今走马汉陵，其人已不可寻，唯见黄

尘扬起而已。[10] 南浦老鱼腥古涎：南浦，古代习用为送别之地代称。此点离别，系追忆。冯浩《玉谿生诗笺注》："唐时有鱼子笺，且兼取鲤鱼传书。"指别后所寄书信。[11] 蛟丝：即鲛丝，指丝织品。传说海底有鲛人，能纺织。《搜神记》："南海之外有鲛人，水居如鱼，不废绩织。"[12] 红霞：指刺绣用的彩色丝缕之类。[13] 浅缥：淡青色。[14] 楚丝：犹言楚弄。[15] 竹枝：巴渝民歌。[16] 守宫：蜥蜴的一种。张华《博物志》卷四："蜥蜴或名蝘蜓，以器养之，食以朱砂，体尽赤，所食满七斤，治捣万杵，点女人支体，终年不灭，有房室事则灭，故号守宫。"[17] 湿银注镜：银般的月光投射在镜面上。[18] 井口：镜面呈圆形如井口。[19] 仙人不下双金茎：金茎，汉武帝所造之仙人承露盘。《太平御览》卷十二引《汉武故事》曰："帝作金茎，擎玉杯，以承云表之露，拟和玉屑服之以求仙。""仙人不下"指其人已逝。[20] 相风：相风竿。竿端有风向标。[21] 伯劳：鸟名。《玉台新咏》二《东飞伯劳歌》："东飞伯劳西飞燕，黄姑织女时相见。"后以劳燕分飞喻别离。此以伯劳对己而啼，渲染孤独寂寞气氛。[22] 湘竹千条：用娥皇、女英哭舜泪滴成斑竹典故，言己流泪之多。

【赏析】

从"长沟复堑埋云子""幽兰泣露新香死"等直接点出"死""埋"的诗句可以看出，这是一首悼亡之作。诗歌写河阳女子，被贵人纳为后房，又流落湘中，在离愁怨思折磨中的生活。诗歌第一部分写男子昔日在河阳与女子相识的过程，开头二句写女子的住处，用"玉楼""中天台"将其住处比喻成仙家，从天上奔涌而来的黄河也增添了诗歌的浪漫色彩，以衬托女子的美貌。从"汉陵走马黄尘起"开始，极力书写二人分别后的离愁与思念。全诗实境与想象错综交织，以秾丽的辞采、炽烈又哀戚的情感来歌咏爱情悲剧。

薛 逢

薛逢,生卒年不详,字陶臣,蒲州河东(今山西永济)人。会昌元年(841)进士,授校书郎,佐崔铉河中幕。后历万年尉、秘书郎,直弘文馆,预修《续会要》。咸通初,出为成都少尹,历嘉、绵二州刺史,更巴、蓬二州刺史。以太常少卿召还,迁给事中、秘书监,卒。有《薛逢诗集》十卷、《别纸》十三卷、《赋集》十四卷,均佚。《旧唐书》卷一百九十下、《新唐书》卷二百〇二、《唐才子传》卷七有传。

潼关河亭[1]

重冈如抱岳如蹲,屈曲[2]秦川[3]势自尊。

天地并功开帝宅[4],山河相凑束龙门[5]。

橹声呕轧中流渡,柳色微茫远岸村。

满眼波涛终古事,年来惆怅与谁论。

【注释】

[1]诗歌选自《全唐诗》卷五百四十八。[2]屈曲:《全唐诗》一作"气蹙"。[3]秦川:指渭水,至潼关入黄河。[4]帝宅:帝京。[5]龙门:即禹门口,在今陕西韩城东北、山西河津西北,黄河至此,两岸峭壁对峙,形如阙门,水流湍急。

【赏析】

此诗主要写潼关险要的地势，诗歌境界阔大，气势非凡，抒发了作者由观览潼关而生出的感慨。前四句以雄浑之笔写潼关的地势。"重岗如抱岳如蹲"造境雄奇，"抱""蹲"二字勾画出华山雄镇潼关的独尊气势，此句从垂直空间落笔，给人以高耸之感。"屈曲秦川势自尊"则从横向空间写秦川的曲折及气势之"尊"。三四句写作者想象潼关是上天专门为入主长安的帝王设置的雄关，一"湊"一"束"，写出群山与黄河同赴龙门的景象，使人如临其境，给人奇险惊人之感。《通斋诗话》评此二句："有华贵之气。"五六句作者将目光收回，描绘了一个宁静祥和的场景，与开头的雄健之境迥然不同。结尾二句作者抒情，人间盛衰之事都如波涛一去不返，再想到自己宦途落魄，满腹惆怅不知向何人诉说。全诗以雄健之景写起，却以低沉的情绪收尾，大起大落间，凸显作者境遇之悲凉。

醉中闻甘州[1]

老听笙歌亦解愁，醉中因遣合甘州。

行追赤岭[2]千山外，坐想黄河一曲[3]流。

日暮岂堪征妇怨，路傍能结旅人愁。

左绵[4]刺史心先死，泪满朱弦催白头。

【注释】

[1] 诗歌选自《全唐诗》卷五百四十八。甘州：唐教坊舞曲，《乐府诗集》卷八十："《乐苑》曰：'《甘州》，羽调曲也。'"以甘州（今甘肃张掖）命名。[2] 赤岭：即今青海湟源西日月山。唐代自关中、陇右赴吐蕃经此。赤岭西为吐蕃辖地，有开元中所立唐蕃分界碑。《旧唐书》卷八《玄宗本纪上》："六月乙未，遣左金吾将军李佺于赤岭与吐蕃分界立碑。"[3] 一曲：黄河九曲，然天宝后，甘、凉、兰诸州等河陇之地，

尽陷吐蕃，故云一曲。[4] 左绵：即绵州，治所在今四川绵阳东。因在绵水左，故称左绵。

【赏析】

此诗写作者欣赏《甘州》舞曲的感受。首二句写希望用音乐缓解心中的愁绪，于是醉中命人演奏《甘州》乐曲。此后四句写音乐引起的联想。《甘州》曲使人想到赤岭，想到黄河，想到沦陷吐蕃的国土，这里用赤岭、黄河指代落入敌寇手中的失地，表现对国土沦丧的担忧。五六句写乐曲声引起的征人及其妇人的怨愁，表达了对战争的抱怨。末二句写音乐激起的复杂情感，作者因讥讽宰相贬为绵州刺史，"心先死"写其心情低落。"泪满朱弦催白头"表现功业未成而年事已高的无奈。《沧浪诗话校笺》曰："许学夷则指出其七言律'老听笙歌'一篇'声气亦胜'，以声调、气格胜者……此诗情虽悲愁，但声调颇壮。《唐才子传》所谓豪逸之态，亦当指此一类诗。"

凉州词[1]

昨夜蕃兵报国仇，沙州[2]都护破凉州。

黄河九曲今归汉，塞外纵横战血流。

【注释】

[1] 诗歌选自《全唐诗》卷五百四十八。凉州：见杜甫《送蔡希鲁都尉还陇右因寄高三十五书记》注[10]。天宝年间乐曲多以边地州郡命名。[2]沙州：今甘肃敦煌。《元和郡县图志》卷四十《陇右道下》："汉武帝元鼎六年，分酒泉置敦煌郡……隋末丧乱，陷于寇贼，武德二年西土平定，置瓜州，五年改为沙州建中二年陷于西蕃。"咸通七年（866），沙州节度使张义潮大败吐蕃。《唐会要》卷九十七《吐蕃》："咸通七年十月。沙州节度使张义潮奏。差回鹘首领仆固俊与吐蕃大将尚恐热交

战。大败蕃寇。斩尚恐热。传首京师。"

【赏析】

作者听到凉州收复的喜讯之后，激动之余写诗纪念。开头二句写战争的过程，"昨夜""破凉州"点明战争时间之短，一夜之间凉州就被收复。寥寥数语，写出了战争胜利的大好局面。"黄河九曲今归汉"，黄河是汉民族领土范围的象征，此句歌颂了张义潮收复凉州的显赫功绩。战争也意味着要付出生命的代价，"塞外纵横战血流"写出战后尸横遍野、血流成河的惨烈场面。全诗雄壮慷慨，既有为凉州收复、战争胜利的欣喜之情，也有为战争伤亡惨重的悲痛。

马　戴

　　马戴，生卒年不详，字虞臣，曲阳（今江苏东海西南）人。前半生屡试不第，长期滞留长安及关中一带。会昌四年（844）登进士第。大中初为太原幕府掌书记，以直言获罪，贬朗州龙阳尉。咸通末，终国子博士。与姚合、贾岛、殷尧藩、顾非熊等为诗友，其诗以五律为主，严羽、杨慎、王士祯等咸推其成就在晚唐诸人之上。有《会昌进士集》行世。《唐才子传》卷七有传。

冬日寄洛中杨少尹[1]

　　黄河岸柳衰，城下度流澌[2]。

　　年长从公懒，天寒入府迟。

　　家山[3]望[4]几遍，魏阙[5]赴何时。

　　怀古心谁识，应多谒舜祠[6]。

【注释】

　　[1] 诗歌选自《全唐诗》卷五百五十五。冬日寄洛中杨少尹：洛中，《文苑英华》卷二百六十三作"河中"。贾岛有《寄河中杨少尹》诗。河中：府名，府治在今山西永济。杨少尹：杨巨源，字景山，河中人。贞元五年（789）擢进士第，为张弘靖从事，由秘书郎擢太常博士、礼部员外郎，出为凤翔少尹，复召国子司业。年七十致仕归。[2] 流澌：融化流动的冰块。[3] 家山：杨巨源为河中人。[4] 望：《全唐诗》一作"登"。

[5]魏阙：指朝廷。《庄子·让王》："身在江海之上，心居乎魏阙之未下。"

[6] 舜祠：河中府城相传为舜都浦坂城，城中有舜祠，城外有舜宅及二妃坛。见《元和郡县图志》卷十二《河东道一》。

【注释】

这是作者写给杨巨源的寄赠诗。开头二句写冬日黄河岸边的景色，柳树衰败，江河解冻，冰块流下，突出氛围之冷清。三四句写作者年事已高，消极怠工的状态。五六句写作者因追求功名而远离家乡。结尾二句写作者对杨少尹的勉励，希望他在任为官清廉，同时也是对自己的劝勉。全诗基调低沉，流露出作者倦怠惆怅的心情。

陇上独望[1]

斜日挂边树，萧萧独望间。

阴云藏汉垒，飞火照胡山。

陇首[2]行人绝，河源[3]夕鸟还。

谁为立勋者，可惜宝刀闲。

【注释】

[1] 诗歌选自《全唐诗》卷五百五十五。陇上：陇山之上。陇山，绵亘于陕西西部及甘肃东南部，为关中西部之险塞。[2]陇首：犹陇头，即谓陇山。[3] 河源：黄河发源地。

【赏析】

马戴曾深入西北边陲，谋求军功。这首诗就是他独立陇山之上，感慨不能为国建功、抵御异族入侵而作。前六句写恢宏的边塞场面，站在陇山上西望，"斜日""边树""阴云""行人绝""夕鸟"都写出塞外的荒凉萧瑟，"汉垒""飞火""胡山"写出战争的紧张对峙。结尾二句写作者想投笔从戎、建立军功的志向。宝刀闲置，请缨无路，长望黄河，作者悲慨万端。这种期望在疆场上建立勋业的意境和情怀，在晚唐作者身上极其少见，正因为如此，清翁方纲《石洲诗话》卷二评其诗："可与盛唐诸贤齐伍，不当以晚唐论矣。"

马戴

张良器

张良器，生卒年不详，唐武宗会昌时登进士第，今存诗一首。

河出荣光[1]

引派昆山峻，朝宗[2]海路长。

千龄逢圣主[3]，五色瑞荣光。

隐映浮中国，晶明助太阳。

坤维[4]连浩漫，天汉[5]接微茫。

丹阙[6]清氛里，函关紫气[7]旁。

位尊常守伯[8]，道泰每呈祥。

习坎[9]灵逾久，居卑德有常。

龙门[10]如可涉，忠信是舟梁。

【注释】

[1] 诗歌选自《全唐诗》卷五百五十七。河出荣光：此为省试诗题。河，黄河。荣光，五色云气。古人以为吉祥之兆。《初学记》卷六引《尚书中候》："荣光出河，休气四塞。"[2] 朝宗：百川归流入海。《诗经·小雅·沔水》："沔彼流水，朝宗于海。"[3] 千龄逢圣主：古称黄河千年一清。又传说圣人出而黄河清。[4] 坤维：地维，大地的四方。[5] 天汉：银河。[6] 丹阙：红色的宫阙。[7] 紫气：紫色云气。司马贞《史记索隐》引《列仙传》："老子西游，关令尹喜望见有紫气浮关。"[8] 伯：兄

弟中最年长的人。黄河之神称河伯。[9] 习坎：险阻。《周易·坎》："象曰：习坎，重险也。"习坎、居卑均指黄河河床处于低下之位。[10] 龙门：在山西河津西北和陕西韩城东北。黄河至此，水流湍急，两岸峭壁对峙，形如阙门。此处既指地理上的龙门，又暗用登龙门的传说，指进士及第。

【赏析】

　　此诗为应试而作，主要歌颂了黄河的祥瑞和世间的太平祥和。开头二句写黄河的发源和流向，源自昆仑山，最后归流入海，体现黄河的绵长。之后六句写黄河的"荣光"，这得益于圣主，表达了对皇帝的赞美。荣光恩及大地万物，昭示着祥瑞之气的到来。歌颂黄河荣光是此诗的主旨，而作者的真正目的在于诗歌最后四句，即求仕之心。"龙门如可涉"借用典故，表达了自己进士及第的强烈心愿。全诗庄重威严，对仗工整。

薛 能

薛能（？—880），字太拙，汾州（今山西汾阳）人。会昌六年（846）进士及第。大中末，任盩厔尉。后历御史，都官、刑部员外郎等。广明元年（880），被许州大将周岌所逐，全家遇害。薛能癖于诗，《唐才子传》卷七："日赋一章为课。"《新唐书·艺文志》著录《薛能诗集》十卷、《繁城集》一卷。《唐才子传》卷七有传。

关中送别[1]

一行千里外，几事寸心间。
才子贫堪叹，男儿别是闲。
黄河淹华岳，白日照潼关。
若值乡人问，终军[2]贱不还。

【注释】

[1] 诗歌选自《全唐诗》卷五百五十八。关中：见李白《登广武古战场怀古》注 [5]。[2] 终军：见许浑《始至潼关》注 [2]。

【赏析】

这是一首送别诗。开头二句写作者和友人一同来到千里之外的关中，二人心事重重。三四句写作者和友人共同不得志的悲惨境遇，既有对友人的同情，也体现了他们依依惜别的深厚友谊。五六句描绘关中的壮丽景象，写出了黄河的汹涌气势。最后两句抒发了作者决心建功立业的豪情壮志。全诗情感真挚，基调昂扬，不甘平庸之心溢于言表。

薛
能

黄　河[1]

何处发昆仑，连乾复浸坤[2]。

波浑经雁塞[3]，声振自龙门[4]。

岸裂新冲势，滩余旧落痕。

横沟通海上，远色尽山根。

勇逗三峰[5]坼，雄标四渎[6]尊。

湾中秋景树，阔外夕阳村。

沫乱知鱼呴[7]，槎来见鸟蹲。

飞沙当白日，凝雾接黄昏。

润可资农亩，清能表帝恩。

雨吟堪极目，风度想惊魂。

显瑞龟曾出[8]，阴灵伯[9]固存。

盘涡寒渐急，浅濑暑微温。

九曲终柔胜，常流可暗吞。

人间无博望[10]，谁复到穷源。

【注释】

[1]诗歌选自《全唐诗》卷五百五十八。[2]乾、坤：代指天地。《周易·说卦》："乾为天……坤为地。"[3]雁塞：泛指北方边塞。[4]龙门：龙门山。[5]三峰：指华山。华山有三峰。传说太华（华山）、少华本为一山，张衡《西京赋》三国吴薛综注："巨灵，河神也。巨，大也。古语云：此本一山当河，水过之而曲行，河之神以手擘开其上，足蹋离其下，中分为二，以通河流。"[6]四渎：《史记》卷二十八《封禅书》："四渎者，江、河、淮、济也。"[7]呴：吐气呼吸。[8]显瑞龟曾出：《周

易·系辞上》："河出图，洛出书，圣人则之。"古纬书谓有龙马衔图出河，神龟负书出洛，则"龟曾出"者乃洛水也。[9] 伯：河伯，传说中的河神。《庄子·秋水》："于是焉，河伯欣然自喜，以天下之美为尽在己。"[10] 博望：西汉张骞，以功封博望侯，曾出使西域诸国，到了黄河发源的地方。

【赏析】

这是一首咏黄河景色、气势和作用的诗歌。开头十句写黄河的源头、流向及气势，凸显了黄河雄伟壮阔、接天连海的气势和至尊地位。紧接着六句写黄河沿岸的风景。最后一部分写黄河对人的恩泽。黄河水可滋润农民种的土地，清澈之处彰显了皇帝的圣恩。极目眺望黄河，可以吟诗作乐；长风破浪之时，会使人心魂震惊。"显瑞龟曾出，阴灵伯固存"借用河图、河伯的传说，凸显黄河的祥瑞之气。末二句借用张骞出使西域寻源的典故，表现张骞勇于探索、坚韧不拔的可贵精神。全诗由衷赞美黄河翻滚奔腾、一泻千里的气势，表现了作者对祖国山河的无比热爱。

蒙恩除侍御史行次华州寄蒋相[1]

林下[2]天书[3]起遁逃，不堪移疾入尘劳。

黄河近岸阴风急，仙掌[4]临关旭日高。

行野众喧闻雁发，宿亭孤寂有狼嗥。

荀家[5]位极兼禅理，应笑埋轮[6]著所操。

【注释】

[1] 诗歌选自《全唐诗》卷五百五十九。侍御史：官名，属御史台台院，官阶从六品下。见《新唐书》卷四十八《百官志三》。蒋相：蒋伸，大中十二年（858）拜相，咸通三年（862）为河中节度使，七年

（866）为华州刺史。[2]林下：指隐居之所。[3]天书：此指帝王的诏敕。
[4]仙掌：华山峰名。华山在华州华阴县。[5]荀家：指东汉颍川颍阴
人荀淑一家。荀淑有高名，生子八人，皆有才名，时有"八龙"之誉。
孙荀彧官至尚书令。荀氏一门人才迭出，诗家常咏之。见《后汉书》卷
六十二《荀彧传》、《三国志》卷十《魏书·荀彧传》。[6]埋轮：《后汉书》
卷五十六《张纲传》："汉安元年，选遣八使徇行风俗……余人受命之部，
而纲独埋其车轮于洛阳都亭，曰：'豺狼当道，安问狐狸！'遂奏曰：'大
将军冀，河南尹不疑……多树谄谀，以害忠良……仅条其无君之心十五
事，斯皆臣子所切齿者也。'"

【赏析】

此诗是作者赴任途中经华州给蒋伸写的寄赠诗。开头二句写自己赴
任的原因。中间四句写沿途的景色，黄河水汹涌击岸，阴风阵阵，体现
作者内心的悲凉。结尾二句用典，荀淑一家人才辈出，位极人臣，同时
还通晓禅理，如今自己出任御史还不情不愿，实在惭愧，旨在自嘲。全
诗凄凉悲慨，体现了作者惆怅的心情。

龙门八韵[1]

河浸华夷阔，山横宇宙雄。

高波万丈泻，夏禹[2]几年功。

川迸晴明雨，林生旦暮风。

人看翻进退，鸟性断西东。

气逐云归海，声驱石落空。

近身毛乍竖，当面语难通。

沸沫归何处，盘涡傍此中。

从来化鬐[3]者，攀去路应同。

【注释】

[1] 诗歌选自《全唐诗》卷八百八十四。[2] 夏禹：夏后氏部落领袖。相传禹继承其父鲧的治水事业，"命诸侯百姓兴人徒以傅土，行山表木，定高山大川。禹伤先人父鲧功之不成受诛，乃劳身焦思，居外十三年，过家门不敢入。"见《史记》卷二《夏本纪》。[3] 鬐：鱼脊鳍。这里代指鱼。清张澍《辛氏三秦记》："龙门之下，每岁季春有黄鲤鱼，自海及诸川争来赴之。一岁中，登龙门者不过七十二。初登龙门，即有云雨随之，天火自后烧其尾，乃化为龙矣。"

【赏析】

这首诗主要写龙门一带黄河磅礴的气势。前六句写黄河水势及周围的景色。黄河浸润着辽阔的土地，龙门山屹立天地之间，万丈波涛倾泻而下，记录着夏禹开凿龙门疏通水流的功绩。中间八句从正反两方面烘托黄河的雄壮声势，人们在巨浪面前，难以判断其进退方向，只有飞鸟能够凭借本性断定方向。巨大的浪声仿佛能将石头从高空震落，令近处之人寒毛直立，突出黄河水流之汹涌。结尾引用鲤鱼跃龙门的传说，给人无穷遐想的空间。全诗从多个角度呈现出汹涌澎湃、声势浩大的黄河景象，壮丽非凡。

贾 岛

贾岛（779—843），字阆仙，一作浪仙。范阳（今河北涿州）人。早岁栖身佛门为僧，法名无本。元和间在洛阳以诗文投谒韩愈，韩愈赏其才，因教岛为文。后还俗，累举进士不第。文宗开成初，任遂州长江县主簿，故人称"贾长江"。会昌初，以普州司仓参军迁司户，未及受命，卒，时年六十五。诗歌以苦吟著名，锤炼字句，生新瘦硬，开晚唐尖新狭僻一派之诗风，后人有"郊寒岛瘦"之称。《新唐书·艺文志》著录其《长江集》十卷、《小集》三卷。《新唐书》卷一百七十六、《唐才子传》卷五有传。

义雀行和朱评事[1]

玄鸟[2]雄雌俱，春雷惊蛰[3]余。

口衔黄河泥，空[4]即翔天隅。

一夕皆莫归，哓哓[5]遗众雏。

双雀抱人义，哺食劳劬[6]劬。

雏既逦迤[7]飞，云间声相呼。

燕感雀深恩，雀愧扬不殊。

禽贤难自彰，幸得主人书。

【注释】

[1] 诗歌选自《贾岛集校注》卷一。义雀：有德义举动的鸟雀，此

指哺育失湖雏燕的双雀。[2] 玄鸟：燕子。《楚辞·离骚》王逸注："玄鸟，燕也。"[3] 惊蛰：农历二十四节气之一，在公历三月五日或六日，此时气温上升，土地解冻，春雷始鸣，冬季潜伏的动物惊起活动。[4] 空：《全唐诗》一作"去"。[5] 哓哓：恐惧声。[6] 劳劬：劳苦。《全唐诗》一作"忘劳"。[7] 雏既迤逦：《全唐诗》一作"众雏既俪"。迤逦：曲折连绵。

【赏析】

这是一首描写动物的诗歌。前四句讲春雷响过、惊蛰过后，一对燕子飞回北方，衔来黄河之泥忙碌地筑巢育雏。"口衔黄河泥，空即翔天隅"写出这对燕子夫妻的辛劳。然而有一天燕子父母双双失踪，巢中雏鸟顿时陷入绝境。这时突然有一对仁义之雀出现，将扶养雏燕作为己任。作者在结尾感慨到，燕雀虽是微小的动物，但它们的仁爱之心仍旧很伟大，不亚于人类。全诗既有叙事又有讲理，赞扬义雀的美德，颇具寓言色彩。

送李骑曹[1]

归骑双旌远，欢生此别中。

萧关[2]分碛路，嘶马背寒鸿。

朔色晴天北，河源落日东。

贺兰山[3]顶草，时动卷帆风。

【注释】

[1] 诗歌选自《贾岛集校注》卷三。李骑曹：李琮，李听子，陇右临洮人。李听元和十五年（820）六月至长庆二年（822）二月为灵州大都督府长史、朔方节度使。张籍有《送李骑曹灵州觐省》诗。骑曹：骑曹参军事，唐诸卫、十率府官属皆有骑曹参军事。[2] 萧关：关塞名。

又名郈关，古时秦地著名的四关之一，为关中通向塞北的交通要冲，故址在今宁夏固原东南。《元和郡县图志》卷三《关内道三》："萧关故城，在县东南三十里。"[3] 贺兰山：一名阿拉善山，在今宁夏西北边境与内蒙古交界处。《元和郡县图志》卷四《关内道四》："贺兰山，在县西九十三里，山有树木青白，望如驳马，北人呼驳为贺兰。……南北约长五百余里，真边城之巨防。"

【赏析】

这首诗是作者为李骑曹探亲所作的送别诗。前二句写分别的情景，后六句写作者想象李骑曹归程中所见的风景。"萧关""碛路""嘶马""寒鸿""朔色""河源""贺兰山"等都是边塞特有的景观，作者状写边景如画，着力表现塞外风光的雄奇壮阔。"河源落日东"，黄河源头在大众认知里应该位于西边，而作者任职所在的朔方却比河源还要往西，以此表现作者离家之遥远，衬托出其思亲心切。作者未曾到过朔方，却能将其景色描绘得具体而有特色，清李怀民《重订中晚唐诗主客图》评曰："无此奇笔，如何匠得塞垣景出？此与王右丞'大漠孤烟直，长河落日圆'有正变之分，而发难显则同。"

逢旧识[1]

几岁阻干戈，今朝劝酒歌。

羡君无白发，走马过黄河。

旧宅兵烧尽，新宫日奉多。

妖星[2]还有角，数尺铁[3]重磨。

【注释】

[1] 诗歌选自《贾岛集校注》卷五。[2] 妖星：古代预兆战乱灾祸的星辰。《晋书》卷十二《天文志》："妖星。一曰彗星，所谓扫星。本

类星，末类彗，小者数寸，长或竟天。见则兵起，大水。主扫除，除旧布新。有五色，各依五行本精所主。史臣案，彗体无光，傅日而为光，故夕见则东指，晨见则西指。在日南北，皆随日光而指。顿挫其芒，或长或短，光芒所及则为灾……"[3] 数尺铁：数尺剑，也泛指兵器。

【赏析】

这首诗主写作者与旧友重逢时的感受。开头二句回忆与故友幼时交往之事，写了重逢时杯酒宴欢的热闹场面，一昔一今，突出二人情谊之深和豪迈之气。三四句写作者对友人依旧年轻气盛，能征战沙场的钦佩之情。"走马过黄河"将友人的威风刻画得淋漓尽致，其中也暗含作者壮志未酬的感慨。结尾二句表达了他渴望建功立业的壮志豪情。全诗慷慨激越，风骨凛凛。

黎阳寄姚合[1]

魏都[2]城里游从熟，才子斋中止泊多。

去日绿杨垂紫陌[3]，归时白草夹[4]黄河。

新诗不觉千回咏，古镜曾经几番磨[5]。

惆怅心思滑台[6]北，满杯浓酒与愁和。

【注释】

[1] 诗歌选自《贾岛集校注》卷十。黎阳：县名，属卫州，在今河南浚县。[2] 魏都：指邺城（今河北临漳西南）。战国魏文侯都此，曹操为魏王，亦都此。姚合早年寄家邺城，登第后为魏博（治魏州，今河北大名东）从事，邺城地近魏州，属魏博节度使辖区，疑此诗即作于姚合为魏博从事期间。[3] 紫陌：京师郊野的道路。[4] 夹：《全唐诗》一作"映"。[5] 古镜曾经几度磨：喻几经修炼。《景德传灯录》卷五《南岳怀让禅师》："师乃取一砖，于彼庵前石上磨。一曰：'师作什么？'师

曰：'磨作镜。'一曰：'磨砖岂得成镜耶?'师曰：'坐禅岂得成佛耶?'"[6]

滑台：唐滑州州城，即古滑台城，在今河南滑县。黎阳在滑台北。

【赏析】

这首诗是作者居河南黎阳时写给好友姚合的一首七言律诗。前四句回忆了二人共游玩同苦吟的往日生活，作者曾在姚合斋中留宿，去时还是春季，绿杨垂挂大路旁，归时已是冬季，只见黄河边覆盖了雪的白草。"白草夹黄河"透露着一丝凄凉氛围，抒发了二人别后作者的惆怅心绪，表现了二人友情之深厚。五六句是作者对友人的劝勉，嘱托他写新诗要不断诵唱，才能锤炼成好诗。末尾二句作者直抒离别之愁，写出他对姚合的不舍。全诗感情真挚，表现出两人的深厚友谊，同时反映了作者的诗学观点。

温庭筠

温庭筠（812？—866？），或作"庭云""廷筠"。本名歧，字飞卿，太原（今属山西）人。少颖悟，通音律，工词章。每入试，押官韵作赋，凡八叉手而成八韵，时人号"温八叉"。性傲岸，放浪无检，数举进士不第。与李商隐齐名，号称"温李"；又与李商隐、段成式共以俪偶秾缛相夸，三人皆排行十六，号"三十六体"。诗歌语言风格较为秾艳，予人以绮错婉媚之感，气韵清拔，格调高峻。《新唐书·艺文志》载其有《握兰集》三卷，《金筌集》十卷，《诗集》五卷，《汉南真稿》十卷。《旧唐书》卷一百九十下、《新唐书》卷九十一有传，《唐才子传》卷八有传。

塞寒行[1]

燕弓弦劲霜封瓦，朴簌寒雕睇平野。

一点黄尘起雁喧，白龙堆[2]下千蹄马。

河源怒浊风如刀[3]，剪断朔云[4]天更高。

晚出榆关[5]逐征北[6]，惊沙飞逆冲貂[7]袍。

心许凌烟[8]名不灭，年年锦字[9]伤离别。

彩毫一画竟何荣，空[10]使青楼[11]泪[12]成血。

【注释】

[1]诗歌选自《温庭筠全集校注》卷一。塞寒行：乐府有《塞上曲》《苦寒行》，写边塞征戍之事，此仿乐府旧题自拟之新题。[2]白龙堆：地名，

在今新疆罗布泊以东至甘肃玉门关间，因沙冈起伏，形如卧龙，故名。又简称"龙堆"。[3]河源怒浊风如刀：河源，黄河源出青海巴颜喀拉山。浊，《全唐诗》一作"触"，一作"激"。[4]朔云：北地之云。严武《军城早秋》："昨夜秋风入汉关，朔云边月满西山。"[5]榆关：通常指山海关，又古之大梁西（今河南中牟）、汉中亦有榆关。此处当泛指边关。关，《全唐诗》一作"林"。[6]征北：三国魏尝置征北将军，此处指征讨北方边塞的将军。[7]貂：《全唐诗》一作"征"。[8]凌烟：即凌烟阁，朝廷为表彰功臣而建的绘有功臣图像之高阁，在唐长安宫城内。唐太宗于贞观十四年（640）图画开国功臣长孙无忌、魏徵等二十四人于凌烟阁。[9]锦字：《晋书》卷九十六《窦滔妻苏氏传》："窦滔妻苏式，始平人也，名蕙，字若兰。善属文。滔，苻坚时为秦州刺史，被徙流沙，苏氏思之，织锦为回文旋图诗以赠滔。宛转循环以读之，词甚悽惋。"后称妻寄夫之书信为锦字。[10]空：《全唐诗》一作"长"。[11]青楼：指显贵家之闺阁。曹植《美女篇》："青楼临大路，高门结重关。"[12]泪：《全唐诗》一作"泣"。

【赏析】

此诗写作者在塞外的所见所感。前半部分书写了辽阔寒冷的河源自然景观，严峻凛冽的氛围触发了作者内心之悲凉。后半部分是对艰苦塞外生活的描写。作者随同大军出榆关去北征，塞外沙石飞迸，打在作者的战袍上。一个"惊"字，凸显战争的紧张刺激。然而战争带给人的并非只有功名，获得"凌烟名不灭"的殊荣，就要面临"年年锦字伤离别"的境况，凌烟阁上那"彩毫一画"，不知葬送了多少将士的青春和生命。全诗丰富的边塞意象营造出苍凉悲壮的氛围，体现了作者反对战争的态度。

公无渡河[1]

黄河怒浪连天来，大响駪駪[2]如殷雷。

龙伯[3]驱风不敢上，百川喷雪高崔嵬。

二十三弦[4]何太哀，请公莫渡立徘徊。

下有狂蛟锯为尾，裂帆截棹磨霜齿[5]。

神椎凿石塞神潭，白马趁趁[6]赤尘起。

公乎跃马扬玉鞭，灭没高蹄日千里。

【注释】

[1] 诗歌选自《温庭筠全集校注》卷一。公无渡河：乐府歌曲名，见李白《公无渡河》注 [1]。[2] 駪駪：谷中响声。[3] 龙伯：古代传说中的大人国。《列子·汤问》："龙伯之国有大人，举足不盈数步而暨五山之所，钓而连六鳌。"[4] 二十三弦：古有二十三弦的瑟。三：《全唐诗》一作"五"。[5] 霜齿：李白《公无渡河》："有长鲸白齿若雪山。"[6] 趁趁：见乔知之《赢骏篇》注 [6]。

【赏析】

这是一首敷演乐府古题本事的诗歌。开头二句写黄河的汹涌气势，"怒浪""殷雷"让人恐惧。三四句写巨人也不敢靠近黄河，其浪涛翻涌之高度可与高山相同。前四句用黄河水势的险恶来为下文狂夫渡河做铺垫。五六句写曲声之哀，以及作者对狂夫的劝诫。七八句的"狂蛟""磨霜齿"等险怪物象写出了黄河河流的恐怖和人心里感受到的恐惧。结尾二句写狂夫渡河的毅然之姿，显现出作者对其牺牲的惋惜。全诗将夸张和想象运用到了极致，是作者在诗歌中求新求异的体现，也是中唐以来尚怪、尚奇诗风的延续。

段成式

段成式（？—863），字柯古。原籍齐州邹平（今山东邹平），后徙荆州（今属湖北）。宰相段文昌之子，以荫为秘书省校书郎。段成式博闻强识，多阅奇文秘籍。长于骈文，与李商隐、温庭筠齐名，号"三十六"体。大中末退居襄阳时，与温庭筠等赋诗唱和，编为《汉上题襟集》（已佚）。著有笔记小说《酉阳杂俎》（今存）、《庐陵官下记》（已佚）。《旧唐书》卷一百一十七、《新唐书》卷八十九有传。

河出荣光[1]

符命自陶唐[2]，吾君应会昌[3]。

千年清德水[4]，九折[5]满荣光。

极岸浮佳气，微波照夕阳。

澄辉明贝阙[6]，散彩入龙堂[7]。

近带关云紫[8]，遥连日道[9]黄。

冯夷[10]矜海若[11]，汉武贵宣房[12]。

渐没孤槎影，仍呈一苇航[13]。

抚躬悲未济，作颂喜时康。

【注释】

[1] 诗歌选自《全唐诗》卷五百八十四。荣光：《初学记》卷六引《尚书中候》曰："荣光出河，休气四塞。"荣光，彩色云气。[2] 符命自陶唐：

尧为陶唐氏，此处借用尧受《河图》的典故。郑玄《尚书中候郑注》卷三：“尧受河图、洛书，后稷有名录，苗裔当王。”[3] 会昌：唐武宗年号。[4] 千年清德水：《拾遗记》卷一："有丹丘千年一烧，黄河千年一清，至圣之君，以为大瑞。"[5] 九折：古谓黄河九曲（河道曲折）。[6] 贝阙：用贝饰装饰的宫殿。[7] 龙堂：神话中河神所居之堂。屈原《九歌·河伯》："鱼鳞屋兮龙堂，紫贝阙兮珠宫。"[8] 近带关云紫：《列仙传》卷上载："老子西游，关令尹喜见有紫气浮关，而老子果垂青牛而过。"[9] 日道：太阳运行之轨道。[10] 冯夷：见宋之问《伤曹娘二首》注[4]。[11] 海若：海神。《庄子·秋水》："于是焉河伯始旋其面目，望洋向若而叹。"[12] 汉武贵宣房：汉武帝堵塞瓠子之黄河决口，筑宫其上，名宣房宫。见高适《自淇涉黄河途中作十三首·其十》注[7]。[13] 仍呈一苇航：《诗经·卫风·河广》："谁谓河广，一苇航之。"后因以一苇指小船。

【赏析】

此诗借咏唐尧时黄河昭示荣光的典故，歌颂武宗李炎即皇帝位，流露了仕进的愿望。开头二句点明作诗缘由。三四句扣题，皇帝即位，政治清明，千年的黄河水变得清澈，九曲的黄河道溢满彩光。中间六句写黄河放荣光之后周围的明丽景色，以及黄河带来的恩惠，实际也是新皇帝即位带来的恩泽。之后四句一连借用四个典故说明黄河的祥瑞之兆，"一苇航"暗示自己的不遇境况，希望被皇帝赏识并重用。结尾二句照应开头，点明作诗目的，是为了赞颂国泰民康。全诗几乎句句用典，语言凝练，音调流亮。

刘　驾

刘驾（822—?），字司南，江东人。大中六年（852）进士及第，官终国子博士。与曹邺友善，俱工古风。《直斋书录解题》著录有《刘驾集》一卷。《唐才子传》卷七有传。

唐乐府十首·祝河水[1]

河水清弥弥[2]，照见远树枝。

征人不饮马，再拜祝冯夷。

从今亿万岁，不见河浊时。

【注释】

[1] 诗歌选自《全唐诗》卷五百八十五。[2] 弥弥：水流貌。

【赏析】

这是一首乐府诗。开头二句写河水清澈，可以映照远处的树枝，以"海晏河清"作为太平盛世的象征。三四句写士兵急于赴战不愿下马休歇，但也向河伯多次致礼。末尾二句是士兵的祝告之辞，同时也是作者的心愿，表达了对太平盛世到来的祈愿。刘克庄《后村诗话》评此诗："语简味长，欲逼王建。"

刘 沧

刘沧，生卒年不详，字蕴灵，鲁（今山东）人。大中八年（854）与李频同榜登进士第。初调华原县（今陕西耀县）尉，后迁龙门县（今山西河津）令。为人好游历，尚气节，体貌魁伟，喜谈古今。善七律，诗歌清丽，句法拗峭，多怀古之作。《唐才子传》卷八有传。

秋日望西阳[1]

古木苍苔坠几层，行人一望旅情增。

太行山下黄河水，铜雀台[2]西武帝陵[5]。

风入蒹葭秋色动，雨余杨柳暮烟凝。

野花似泣红妆泪，寒露满枝枝不胜。

【注释】

[1]诗歌选自《全唐诗》卷五百八十六。西阳：夕阳。[2]铜雀台：在邺都，曹操所建。故址在今河北临漳西南。台高十丈，楼顶置大铜雀。[3]武帝陵：曹操陵墓，又称西陵。

【赏析】

此诗写秋天雨后的萧瑟景色，表现了游子思归之情。首二句写古木青苔之悲景勾起过往行人的羁旅之情。三四句作者将目光放远，极目远眺，太行山下黄河涌过，铜雀台西面是其建造者曹操的陵墓。作者不仅营造了辽远广阔的自然地理空间，更是借铜雀台、武帝陵这些名胜古迹拉长了时间维度，丰富了诗歌的时空感。后四句接着描绘萧瑟的秋景，处处写景，实则句句显情，透露着作者羁旅漂泊的无依之感。全诗以景带情，将自己宦旅的辛酸苦楚与凄凉的秋景巧妙糅合在一起，增强了诗歌的感染力。

边思[1]

汉将边方[2]背辘轳[3]，受降城[4]北是单于[5]。

黄河晚冻雪风急，野火远烧山木枯。

偷号[6]甲兵冲塞色，衔枚[7]战马踏寒芜。

蛾眉[8]一没空留怨，青冢[9]月明啼夜乌。

【注释】

[1] 诗歌选自《全唐诗》卷五百八十六。[2] 边方：边地、边庭。[3] 辘轳：即辘护剑，以其剑柄有玉制辘轳形饰物而得名。后借以泛指宝剑。[4] 受降城：《旧唐书·张仁愿列传》卷九十三载："（神龙）三年（707）……时突厥默啜尽众西击突骑施娑葛，仁愿请乘虚夺取漠南之地，于河北筑三受降城，首尾相应，以绝其南寇之路。"[5] 单于：汉时匈奴君长称单于，此借以泛指北方少数民族。[6]偷号：暗中号令。[7] 衔枚：本指军士行军口中衔一筷状之物，以避免喧哗，此指战马上好马勒、辔头。[8] 蛾眉：指王昭君。[9] 青冢：见柳中庸《征怨》注 [4]。

【赏析】

这是一首边塞诗。前二句写战争形势，边塞驻军加强防备，提防敌人侵袭。三四句描写塞外坏境，黄河冰封，风雪交加，树木干枯，火光弥天。五六句写边塞将士夜晚袭击敌人，骁勇善战，不畏严寒。结尾作者引用昭君出塞的典故，衬托将士们远离家乡的苦楚和无奈。全诗通过一系列边塞特有的意象呈现出一幅荒凉苦寒的边塞图景，凸显出将士们的艰辛和作者的流离之感。

唐代卷

李 频

　　李频（？—876），字德新，睦州寿昌（今浙江建德）人。自少聪颖能文，尤长于诗。与同里方干友善，且尊之为师。慕姚合诗名，不远千里走访求教。大中八年（854）进士及第，授校书郎。僖宗乾符二年（875）自求为建州（今福建建阳）刺史，治州有方，翌年卒于任，乡民于梨山为之立庙，岁时祭祠。诗歌长于近体，用心苦吟，工于雕琢。有《建州刺史集》（又名《梨岳集》）一卷行世。《新唐书》卷二百〇三、《唐才子传》卷七有传。

送边将^[1]

防秋^[2]戎马恐来奔，诏发将军出雁门^[3]。
遥领短兵^[4]登陇首^[5]，独横长剑向河源。
悠扬落日黄云动，莽苍阴风白草^[6]翻。
若纵干戈更深入，应闻收得到昆仑^[7]。

【注释】

　　[1] 诗歌选自《梨岳诗集》。[2] 防秋：古代北方少数民族多在入秋以后入侵，届时边军特加警戒防卫，称为防秋。[3] 雁门：郡名，唐为代州。又山名，即句注山，在代州雁门县西北。《元和郡县图志》卷十四《河东道三》载："代州（雁门。中都督府）。古并州之域。春秋时为晋地，战国时属赵。史记曰：'赵襄子与韩、魏共灭智伯，分晋地，

则赵有代、句注之北。'今按句注在州西北三十五里，雁门县界西陉山是也。秦置三十六郡，雁门是其一焉。汉因之。后汉末，匈奴侵边，其地荒废。周宣帝大象元年（579），自九原城移肆州于今理，隋开皇五年（585）改肆州为代州，大业三年（607）改为雁门郡。隋氏丧乱，陷于寇境，武德四年（621）平代，置代州都督府。"又关名，在雁门山上，相传雁出其间，故云。[4] 短兵：指持短兵器的士兵。[5] 陇首：陇山之顶。[6] 白草：西北地区特有的一种草，干熟时呈白色，牛马爱吃。[7] 昆仑：即昆仑山。

【赏析】

此诗写作者送将军赴边出征。胡马在经过夏天和秋初的生长后，正是膘肥体壮之时，也是外敌可能入侵之际，所以防范是自然的。在诏书下达后，将军就带着安边保民的使命义无反顾从雁门出发。三四句体现了将军的英勇气概，他时而率领身佩短刀的战士登上陇首，时而独自一人横剑赴战黄河河源。五六句写塞外的壮阔之景。结尾二句作者相信，将军若能领兵昆仑边地，定会很快传来胜利的捷报，言语间流露出作者对将军的信任。全诗表达了作者对将军无所畏惧、所向披靡的战斗能力的钦佩。

岐山逢陕下故人[1]

三秦[2]一会面，二陕[3]两分携。

共忆黄河北，相留白日西。

寄来书少达，别后梦多迷。

早晚期于此，看花听鸟啼。

【注释】

[1] 诗歌选自《梨岳诗集》。岐山：山名，在陕西岐山县东北。陕下：

即今河南陕县。[2] 三秦：见李隆基《登蒲州逍遥楼》注 [5]。[3] 二陕：指陕东、陕西。相传周公与召公分陕（今河南陕县）而治，周公治陕以东，召公治陕以西。《公羊传·隐公五年》："自陕而东者，周公主之；自陕而西者，召公主之。"

【赏析】

这首诗歌主要写了作者在岐山与旧友相逢的感受。首二句以典故开头，介绍了关中的历史沿革。三四句写作者与友人共同回忆在黄河以北的往事，相谈甚欢以至于忘记了时间，直到日落西边才分别，可见二人友谊之深厚。五六句写二人分别的不舍和哀愁。从最后二句可以看出，此次相逢是二人约定好的，一期一会，赏花闻鸟，足见二人交往时的闲情逸致。全诗清雅平淡，可见作者此时恬淡的心境。

赠李将军[1]

吾宗偏好武，汉代将家流。
走马辞中禁[2]，屯军向渭州[3]。
天心[4]待破虏，阵面[5]许封侯。
却得河源[6]水，方应洗国仇。

【注释】

[1]诗歌选自《梨岳诗集》。[2]中禁：同禁中，皇帝的住处。[3]渭州：治所在今甘肃陇西东南。安史之乱后地入吐蕃，大中时方归唐。[4] 天心：天子之心。[5] 阵面：阵前，战场。[6] 河源：黄河的源头。其地时属吐蕃。

【赏析】

这是一首写给李将军的寄赠诗，意在勉励他杀敌卫国、收复失地。

开头二句用汉代名将比李将军，写出对其的敬佩之情。三四句写将军出征的壮观场面。五六句写皇帝对收复失地的重视。结尾二句作者希望李将军能够收复失地，洗雪国仇。全诗展现出作者开阔的襟怀和凌云壮志，语壮而情切。

唐代卷

李 郢

李郢，生卒年不详，字楚望，苏州人。大中十年（856）进士及第。初居余杭（今浙江杭州）。历为藩镇从事，后拜侍御史。工诗，理密辞闲，诗调清丽。《唐才子传》卷八有传。

冬至后西湖泛舟看断冰偶成长句[1]

一阳生后阴飙竭[2]，湖上层冰看折时。
云母扇摇当殿色，珊瑚树碎满盘枝。
斜汀藻动鱼应觉，极浦波生雁未知。
山影浅中留瓦砾，日光寒外送涟漪。
崖崩苇岸纵横散，篙戛兰舟片段随。
曾向黄河望冲激，大鹏飞起[3]雪风吹。

【注释】

[1] 诗歌选自《全唐诗》卷五百九十。冬至：二十四节气之一。在阳历十二月二十二或二十三日。[2] 一阳生后阴飙竭：《史记》卷二十五《律书》："日冬至则一阴下藏，一阳上舒。"古人认为冬至为阳气始动之日。[3] 大鹏飞起：《庄子·逍遥游》："鹏之徙于南冥也，水击三千里，抟扶摇而上者九万里。"

【赏析】

此诗以断冰为线索写作者冬至泛舟游西湖的所见所感。冬日的西湖，层冰消融，好似云母扇摇，又似珊瑚树碎，藻动鱼知，不时泛起涟漪，船行水中，所到之处，冰块纵横四散，极目眺望，远处山影与日光交相辉映。末尾两句，作者由西湖联想到黄河，黄河之上，大鹏乘风起飞，激起千层雪花。全诗写景细腻，展现出西湖冬日冰雪初融时的迷人风光，令读者仿佛置身其间。

曹　邺

曹邺，生卒年不详，字邺之，桂州阳朔（今广西阳朔）人。赴京十年，屡试不第。以《四怨三愁五情》诗得中书舍人韦悫荐举，登大中四年（850）进士第。咸通二年（861）至十三年（872）前后，历任太常博士、主客员外郎、祠部郎中、洋州（今陕西洋县）刺史。其诗社会内容丰富，风格古朴刚健。《唐才子传》卷七有传。

蓟北门行[1]

长河冻如石，征人夜中戍。

但恐筋力尽，敢惮将军遇。

古来死未歇，白骨碍官路[2]。

岂无一有功，可以高其墓。

亲戚牵衣泣，悲号自相顾。

死者虽无言，那堪生者悟。

不如无手足，得见齿发[3]暮。

乃知七尺躯，却是速死具[4]。

【注释】

[1] 诗歌选自《全唐诗》卷五百九十三。蓟北门行：《全唐诗》一本作"出自蓟北门行"。《出自蓟北门行》属汉乐府杂曲歌辞。《乐府诗集》卷六十一："《乐府解题》：'《出自蓟北门行》，其致与《从军行》同，而

兼言蓟燕风物，及突骑勇悍之状。若鲍照云羽檄起边亭，备述征战苦辛之意。'"[2]官路：官修的大路。北周王褒《九日从驾诗》："黄山地广，青门官路长。"[3]齿发：借指年龄。齿发暮，指年老。[4]速死具：催人快死之物。

【赏析】

此诗主要写了征人的悲惨命运。"长河冻如石"用结了冰的黄河喻天气之寒冷，表现征人生活境况的悲惨。"白骨碍官路"用夸张的手法写战争牺牲之惨重。"亲戚牵衣泣，悲号自相顾。死者虽无言，那堪生者悟"，写牺牲的征人给亲人带来的苦痛。结尾四句写征人的哀号，他们痛恨封建统治者把自己当成"速死具"。如此卑微的愿望体现出人民对封建统治者和战争的深恶痛绝，表达了作者对人民的深切同情。全诗刻画的民生现实和抒发的愤怒感慨并不亚于杜甫的"三吏三别"，其批判精神是曹邺追求古朴的表现之一。

林　宽

林宽，生卒年不详，侯官（今福建福州闽侯）人。与唐末诗人李频、许棠、黄滔等友善。曾入习太学，漫游边塞。约咸通末登进士第。曾任职于御史台。《直斋书录解题》著录《林宽集》一卷。

关下早行[1]

轧轧[2]推危辙，听鸡独早行。

风吹宿霭[3]散，月照华山明。

白首东西客[4]，黄河昼夜清[5]。

相逢皆有事，唯我是闲情。

【注释】

[1]诗歌选自《全唐诗》卷六百六十。关：指潼关。[2]轧轧：象声词，指车声。[3]宿霭：昨夜的云气。[4]东西客：东来西往之客。[5]黄河昼夜清：黄河水浑浊，故古人以黄河水清喻难得罕见之事。

【赏析】

这首诗描写了作者清晨经行潼关的情景。鸡鸣、宿霭、明月等，体现了潼关拂晓时独特的景致。"轧轧推危辙"和"白首东西客"写关道人来人往、车马繁多的热闹景象。结尾作者自嘲说只有自己是闲人，过往之客来去匆匆，各有其事。全诗展现出一种人皆碌碌、时不我待的紧迫感。

皮日休

皮日休（838—约883），字袭美，一字逸少，襄阳（今湖北襄樊）人。自号间气布衣、鹿门子，又号醉民、醉士、醉吟先生。性傲诞，隐居于襄阳鹿门山。懿宗咸通间以诗文见重于令狐绹。八年（867）进士及第。与陆龟蒙往来唱和，时称"皮陆"。广明元年（880）赴毗陵（今江苏常州），参加黄巢起义军。黄巢兵败后下落不明，约卒于中和三年（883）。为诗倡美刺，为文崇韩愈，风格刚健质朴。今存有《皮子文薮》十卷等。《唐才子传》卷八有传。

正乐府十篇·农父谣[1]

农父冤辛苦，向我述其情。

虽将一人农，可备十人征。

如何江淮粟，挽漕[2]输咸京。

黄河水如电，一半沉与倾。

均输[3]利其事，职司安敢评。

三川[4]岂不农，三辅[5]岂不耕。

奚不车其粟[6]，用以供天兵。

美哉农父言，何计达王程[7]。

【注释】

[1] 诗歌选自《皮日休文集》卷十。[2] 挽漕：水运曰漕，陆运曰

挽。亦作漕挽。[3] 均输：汉时，郡国每年向朝廷贡献本地产物，人工来回，费用往往超过贡物原价，贡物也往往损耗。武帝置均输法，在大司农属下置均输令、丞，郡国也置均输官，规定郡国缴纳贡物钱及运输费，由均输官在价低或较近之地购物，运到京师，或转运到价高之地出售。运输时所用工具，均由工宫统一制造。[4] 三川：河南境内河、洛、伊三条河。指河南府辖地。[5] 三辅：见崔颢《题潼关楼》注 [3]。[6] 车其粟：以车运载其粟。[7] 王程：奉王命差遣的旅程。此处指代皇帝派遣来的使臣。

【赏析】

此诗是《正乐府十篇》中的第四首，主要讲述了南方江淮一带农民拉纤运粮到京城一事，借农夫之口，表达广大贫苦农民对苛捐重赋的控诉以及均输制度的不合理。开头二句点明作诗缘由。之后六句是农夫的控诉，主要诉说农民耕作之艰难、官府征粮的苛刻和繁重以及运粮的艰辛。"黄河水如电，一半沉与倾"写黄河水势汹涌，导致运粮途中造成了巨大损失，暗示制度的不合理。后八句写作者的不平和感慨，连用几个问句，揭露长途运输劳民伤财的弊政，表达了作者的强烈不满。末尾二句表现了作者既同情农夫的处境但又无可奈何的心情。全诗句句透着辛酸与悲愤，具有强烈的讥讽作用。

陆龟蒙

　　陆龟蒙（？—约881），字鲁望。姑苏（今江苏苏州）人。举进士不第，隐居吴县甫里，自号江湖散人，又号天随子、甫里先生。咸通十年（869），得识皮日休，相与唱和，后编唱和诗成《松陵集》。乾符六年（879）春，卧病笠泽（松江），自编其诗文为《笠泽丛书》。南宋叶茵合《笠泽丛书》与《松陵集》为《甫里先生文集》二十卷。《新唐书》卷一百九十六、《唐才子传》卷八有传。

读《黄帝阴符经》寄鹿门子[1]

清晨整冠坐，朗咏三百言[2]。

备识[3]天地意，献词犯乾坤[4]。

何事不隐德[5]，降灵生轩辕[6]。

口衔造化斧[7]，凿破机关门[8]。

五贼[9]忽迸逸[10]，万物争崩奔。

虚施神仙要[11]，莫救华池源[12]。

但学战胜术，相高甲兵屯[13]。

龙蛇竞起陆，斗血浮中原。

成汤[14]与周武，反覆更为尊。

下及秦汉得[15]，渎弄兵亦烦。

奸强自林据[16]，仁弱无枝蹲。

狂喉恣吞噬，逆翼争飞翻。

家家伺天发，不肯匡淫昏。

生民坠涂炭[17]，比屋[18]为冤魂。

只为读此书，大朴难久存。

微臣与轩辕，亦是万世孙[19]。

未能穷意义[20]，岂敢求瑕痕。

曾亦爱两句，可与贤达论。

生者死之根，死者生之根[21]。

方寸了十字，万化皆胚浑[22]。

身外更何事，眼前徒自喧。

黄河但东注，不见归昆仑。

昼短苦夜永，劝君倾一樽。

【注释】

[1] 诗歌选自《松陵集校注》卷二。《黄帝阴符经》：道家重要著作，书名一作《阴符经》，旧题皇帝撰，一卷，三百八十字，为道教重要经典。鹿门子：指皮日休。皮日休曾隐居襄阳鹿门山，故自称鹿门子。[2] 三百言：《阴符经》一卷，共三百八十字。[3] 备识：犹言尽识，全识。[4] 犯乾坤：冒犯天地。[5] 隐德：隐匿自己的恩德。[6] 降灵生轩辕：降灵，降下神灵。轩辕：黄帝。《史记》卷一《五帝本纪》："黄帝者，少典之子，姓公孙，名曰轩辕，生而神灵。"[7] 造化斧：造物者之斧，意谓创造天地万物。[8] 机关门：权谋机诈之门。[9] 五贼：《阴符经》："天有五贼，见之者昌。五贼在乎心，施行乎天。"《黄帝阴符经集注》："太公曰：其一贼命，其次贼物，其次贼时，其次贼功，其次贼神。"又曰："圣人谓之五贼，天下谓之五德。"[10] 迸逸：逃窜。[11] 神仙要：成为神仙的要旨秘术。[12] 华池：传说为昆仑山上的仙池。[13] 相高甲兵屯：互相以屯聚甲兵为高。甲兵，铠甲和兵器，泛指军队。[14] 成汤：商朝开国君主。[15] 得：《全唐诗》一作"传"。[16] 林据：即据林，占据树林。[17] 坠涂炭：坠入灾难困苦之中。涂炭：烂泥和炭火，喻灾难困

381

苦。[18] 比屋：犹言家家户户。[19] 万世孙：后世以黄帝为中华民族的祖先，故云。[20] 穷意义：指穷尽《阴符经》所蕴含的意义。[21] "生者"二句：这是《阴符经》中的两句。根，指事物的本源、依据。[22] 胚浑：犹胚胎，指事物的本源与发端。

【赏析】

此诗写作者与友人交流研读《阴符经》感受。诗歌引用黄帝等先祖的大量典故，表明作者的社会理想是向往原始社会和作为理想社会标榜的尧舜时代。"只为读此书，大朴难久存"，在作者看来，即使借此书博得功名，也是自己所不屑的，表明了作者豁达的人生态度。"黄河但东注，不见归昆仑"，借黄河写时间和事情发展的不可逆转。结尾是作者对友人皮日休的劝慰，白昼苦短，不如再多饮一杯酒，借酒消愁。全诗展现了作者的社会理想和人生态度，具有浓厚的道教文化色彩。

司空图

司空图（837—908），字表圣，自号知非子、耐辱居士。河中（今山西永济）人，祖籍临淮（今江苏盱眙）。咸通十年（869）登进士第。光启三年（887），归隐中条山王官谷，与名僧、高士多有来往。朱温篡唐，召为礼部尚书，辞不赴。翌年，闻哀帝被弑，不食而卒。诗多闲适隐逸之作，论诗强调"韵外之致""味外之旨"，对严羽、王士禛之诗论影响很大。曾自编其诗文为《一鸣集》三十卷，已散佚。有《司空表圣文集》十卷、《司空表圣诗集》五卷传世。《旧唐书》卷一百九十下、《新唐书》卷一百九十四有传、《唐才子传》卷八有传。

浪淘沙[1]

不必长漂玉洞[2]花，曲中偏爱浪淘沙。

黄河却胜天河水，万里萦纡[3]入汉家。

【注释】

[1] 诗歌选自《司空表圣诗文集笺校》卷三。浪淘沙：见刘禹锡《浪淘沙九首·其一》注 [1]。[2] 玉洞：岩洞的美称，指仙道或隐者所居之地。[3] 萦纡：盘旋环绕。

【赏析】

此诗写作者对乐曲《浪淘沙》的感受。首二句体现司空图对《浪淘沙》

一曲的偏爱，三四句写作者由曲子联想到黄河，表达了对黄河的赞美。"万里萦纡入汉家"更是将黄河作为民族的象征，黄河让"汉家"拥有了归属感。此诗与刘禹锡《浪淘沙》的意境完全不同。刘诗重点在于溯源，而司空图的重点在于黄河的最终归属，他认定黄河胜于天河之水，黄河顺流而下，深入到中原大地。全诗于简练直白的语言中表达出作者对黄河的喜爱之情，篇幅虽短，但意蕴深厚。

偶书五首·其五[1]

新店[2]南原[3]后夜程，黄河风浪信难平。
渡头杨柳知人意，为惹[4]官船[5]莫放行。

【注释】

[1] 诗歌选自《司空表圣诗文集笺校》卷三。[2] 新店：唐时地名，在今河南三门峡西南，濒临黄河。《旧唐书·肃宗本纪》卷十："贼自香积之败，悉众保陕郡，广平王统郭子仪等进攻，与贼战于陕西之新店。"[3] 南原：表示新店南向的原野。[4] 惹：牵缠。[5] 官船：指官府所置驿船。

【赏析】

乾宁二年（895）八月，作者自华阴至郧阳避乱，途经新店，这首诗即作于此时。至新店后将南行，看着黄河一波又一波汹涌的风浪，作者联想到残酷的时局，唐末此起彼伏的军阀割据战争给国家和人民造成了深重的灾难，作者也身处水深火热之中，四处避乱。"杨柳知人意"，将渡口的杨柳拟人化，作者想象它感知到自己行路上艰险难测，不禁缠绕住驿船试图挽留自己，体现出作者对自己生死未卜命运的担忧。全诗含蓄平淡，韵味淡远悠长。

冯燕歌^[1]

魏中义士有冯燕，游侠幽并^[2]最少年。

避仇偶作滑台^[3]客，嘶风跃马来翩翩。

此时恰遇莺花月^[4]，堤上轩车昼不绝。

两面高楼语笑声，指点行人情暗结。

掷果潘郎^[5]谁不慕，朱门别见红妆露。

故故^[6]推门掩不开，似教欧轧^[7]传言语。

冯生敲镫^[8]袖笼鞭，半拂垂杨半惹烟。

树间春鸟知人意，的的^[9]心期暗与传。

传道张婴^[10]偏嗜酒，从此香闺为我有。

梁间客燕正相欺，屋上鸣鸠空自斗。

婴归醉卧非仇汝，岂知负过人怀惧。

燕依户扇欲潜逃，巾在枕傍指令取。

谁言狼戾^[11]心能忍，待我情深情不隐。

回身本谓取巾难^[12]，倒柄方知授霜刃。

冯君抚剑即迟疑，自顾平生心不欺。

尔能负彼必相负，假手他人复在谁？

窗间红艳犹可掬，熟视花钿^[13]情不足。

唯将大义断胸襟，粉颈初回如切玉。

凤皇钗碎各分飞，怨魄娇魂何处追^[14]。

凌波^[15]如唤游金谷^[16]，羞彼^[17]揶揄泪满衣。

新人藏匿旧人起，白昼喧呼骇邻里。

诬执张婴不自明，贵免生前遭考捶^[18]。

官将赴市拥红尘，掉臂^[19]人来揿看人^[20]。

传声莫遣有冤滥，盗杀婴家即我身^[21]。

初闻僚吏翻疑叹，呵叱风狂词不变。

缧囚^[22]解缚犹自疑，疑是梦中方^[23]脱免。

未死劝君莫浪言[24]，临危不顾始知难。

已为不平能割爱，更将身命救深冤。

白马[25]贤侯贾相公[26]，长悬金帛募才雄。

拜章请赎冯燕罪，千古三河[27]激义风。

黄河东注无时歇，注尽波澜名不灭。

为感词人沈下贤，长歌更与分明说。

此君精爽知犹在，长与人间留炯诫[28]。

铸作金燕香作堆，焚香酹酒听歌来。

【注释】

[1] 诗歌选自《司空表圣诗文集笺校》卷一。冯燕歌：一作"沈下贤诗"。宋张君房《丽情集·冯燕杀主将之妻》以此歌为沈亚之作。沈亚之有《冯燕传》（《全唐文》卷七百三十八），未尝作歌，此歌即据传而作。[2] 幽并：皆古州名，幽州在今河北北部及辽宁西北一带；并州在今山西、陕西北部一带。曹植《白马篇》："借问谁家子，幽并游侠儿。"[3] 滑台：古城名，即唐滑州治所，在今河南滑县东。[4] 莺花月：阳春三月。[5] 掷果潘郎：《晋书》卷五十五《潘岳传》："岳美姿仪，辞藻绝丽，尤善为哀诔之文。少时常挟弹出洛阳道，妇人遇之者，皆连手萦绕，投之以果，遂满车而归。"后用指男子貌美获得女子爱慕。[6] 故故：故意。[7] 欧轧：象声词。[8] 镫：马鞍两边用以踏足者。[9] 的的：的确，确实。[10] 张婴：《冯燕传》曰："（燕）出行里中，见户傍妇人翳袖而望者，色甚冶，使人熟其意，遂室之。其夫滑将张婴者也。"[11] 狼戾：以狼性喻人之贪暴凶残。[12] "回身"句：《冯燕传》云："会婴从其类饮，燕伺得间，复偃寝中，拒寝户。婴还，妻开户纳婴，以裾蔽燕，燕卑脊步就蔽，转匿户扇后，而巾堕枕下，与佩刀近。婴醉且瞑，燕指巾，令其妻取。妻取刀授燕，燕熟视，断其妻颈，遂持巾去。"[13] 花钿：嵌金花的首饰。[14] 追：《全唐诗》一作"归"。[15] 凌波：形容女子走路时步履轻盈。曹植《洛神赋》："陵波微步，罗袜生尘。"[16]

金谷：金谷园，晋石崇之园林，在洛阳西北。金谷水流经于此。[17]彼：指金谷园之绿珠。《晋书》卷三十三《石崇传》：崇有妓曰绿珠，美而艳，善吹笛。孙秀使人求之。崇时在金谷别馆，方登凉台，临清流，妇人侍侧。使者以告。崇尽出其婢妾数十人以示之，皆蕴兰麝，被罗縠，曰："在所择。"使者曰："君侯服御丽则丽矣，然本受命指索绿珠，不识孰是？"崇勃然曰："绿珠吾所爱，不可得也。"使者曰："君侯博古通今，察远照迩，愿加三思。"崇曰："不然。"使者出而又反，崇竟不许。秀怒，乃劝伦诛崇、建。崇、建亦潜知其计，乃与黄门郎潘岳阴劝淮南王允、齐王冏以图伦、秀。秀觉之，遂矫诏收崇及潘岳、欧阳建等。崇正宴于楼上，介士到门。崇谓绿珠曰："我今为尔得罪。"绿珠泣曰："当效死于官前。"因自投于楼下而死。[18]考掠：拷问鞭打。《冯燕传》曰："明旦，婴起，见妻毁死，愕然，欲出自白，婴邻以为真婴杀，留缚之，趣告妻党，皆来曰：'常嫉殴吾女，乃诬以过失。今复贼杀之矣。安得他杀事？即其他杀，而安得独存耶！'共持婴，且百余笞，遂不能言。官家收系杀人罪，莫有辨者，强伏其辜。"[19]掉臂：摇动手臂。[20]擗看人：分开围观的人。[21]盗杀婴家即我身：《冯燕传》云："司法官小吏持扑者数十人，将婴就市，看者围面千余人，有一人排看者来呼曰：'且无令不辜者死，吾窃其妻而又杀之，当系我。'吏执自言人，乃燕也。"[22]缧囚：囚犯。指张婴。[23]方：《全唐诗》一作"云"。[24]浪言：大言。[25]白马：唐滑州治所白马县，即古滑台城。[26]贾相公：贾耽。《冯燕传》云："时相国贾公耽在滑，能燕才，留属中军。""贾公以状闻，请归其印以赎燕死。上谊之，下诏凡滑城死罪皆免。"贾耽贞元二年（786）至九年为义成军节度使、滑州刺史。[27]三河：汉时称河内、河南、河东三郡为三河，辖境在今河南西北部及山西西南部一带。《史记·货殖列传》卷一百二十九："昔唐人都河东，殷人都河内，周人都河南。夫三河在天下之中，若鼎足，王者所更居也。"[28]炯诫：明白的鉴戒。

【赏析】

这是一首叙事诗，写冯燕杀张妻的传奇故事。开头四句为第一部分，写冯燕的家世、少年生活及人品。"此时恰遇莺花月"到"屋上鸣鸠空自斗"为第二部分，写冯燕与张妻的相识及相爱，以高楼、笑语、朱门、红妆、垂杨、春鸟等来渲染暧昧气氛，体现出二人芳心暗许。第三部分从"婴归醉卧非仇汝"到"羞彼揶揄泪满衣"，写冯燕偶然杀张妻的过程。"新人藏匿旧人起"到"更将身命救深冤"为第四部分，写张婴被诬陷以及冯燕坦然自白解救张婴的过程。第五部分写贾耽为冯燕赎罪，表达了作者对冯燕大义断私情的钦佩之情。"黄河东注无时歇，注尽波澜名不灭"用黄河的奔流不息来比喻冯燕的义气之名永不磨灭。全诗塑造人物形象丰满，叙述事件具体生动，有叙有议，是叙事诗中的佳作。

周　繇

　　唐末有两位诗人名为周繇,《全唐诗》误合为一人（据陶敏之说,参见《唐才子传校笺》第五册）。一字为宪,宣宗大中末以御史中丞佐襄阳徐商幕,与段成式、温庭筠有诗唱和,年龄亦相仿。一字允元,生卒年不详,池州至德（今安徽东至）人,懿宗咸通十三年（872）登进士第,后历校书郎、福昌尉、建德令,为"咸通十哲"之一,其家贫,好苦吟,善写景物,颇多佳句。有《周繇集》一卷,已佚。《唐才子传》卷八有传。

送边上从事[1]

　　戎装佩镆铘[2],走马逐轻车[3]。
　　衰草城边路,残阳垒上笳[4]。
　　黄河穿汉界[5],青冢[6]出胡沙。
　　提笔男儿事,功名立可夸。

【注释】

　　[1] 诗歌选自《全唐诗》卷六百三十四。从事：唐时节度使或州郡长官的佐吏。[2] 镆铘：即莫耶,亦作莫邪,宝剑名。《吴越春秋·阖闾内传》卷四："请干将铸作名剑二枚。干将者,吴人也,与欧冶子同师,俱能为剑。"又曰："莫耶,干将之妻也。干将作剑……于是干将妻乃断发剪爪,投于炉中,使童女、童男三百人,鼓橐装炭,金铁乃

濡，遂以成剑。阳曰干将，阴曰莫耶。"[3] 轻车：《汉书·李广传》卷五十四："武帝元朔中，（李蔡）为轻车将军，从大将军击右贤王，有功中率，封为乐安侯。"此借指边军将帅。[4] 笳：古管乐器名。[5] 黄河穿汉界：西汉时，为防止匈奴入侵，修筑了新长城，西起敦煌郡，东接秦长城。黄河在今山西河曲、宁夏银川两地附近，两次穿越汉长城。[6] 青冢：见柳中庸《征怨》注 [4]。此借指边疆少数民族地区。

【赏析】

这是一首送别诗。首二句写友人整装待发、准备出征的场景，其飒爽英姿令作者钦佩不已。三四句是对送别场面的描绘，"衰草""残阳""笳"，作者用苍凉之景来衬托友人出征的悲壮，表达了作者对友人的不舍。五六句是作者对友人出征之地的描写，暗示了作者对晚唐边地形势紧张的担忧。结尾二句是作者对友人的勉励，希望他能杀敌卫国、封功领赏。全诗悲壮慷慨，于送别友人中体现出作者对唐末动荡不安社会时局的深切感受。

张 乔

张乔，生卒年不详，字伯迁，池州（今属安徽）人。尝隐居九华山苦读。懿宗咸通十一年(870)，应京兆府试。有诗名，与许棠、喻坦之、郑谷等合称"咸通十哲"。黄巢兵起，复退隐九华山。其诗多为五律，境界开朗壮阔。其绝句笔致秀逸，音节优美，犹有中唐格调。《唐才子传》卷十有传。

游华山云际寺[1]

少华[2]中峰寺，高秋众景归。
地连秦塞起，河[3]隔晋山[4]微。
晚木蝉相应，凉天雁并飞。
殷勤记岩石，只恐再来稀。

【注释】

[1] 诗歌选自《全唐诗》卷六百三十八。游华山云际寺：《全唐诗》一作"《游少华山甘露寺》"。云际寺，少华山云际寺，盛于唐代，今已不存。少华山有三个峰，该寺位于中峰上。[2] 少华：山名，在今陕西渭南，与华山峰势相连而稍低，故名少华，东南与秦岭相接。少华山主峰包括三个巍峨雄险的山峰，分别为东峰、中峰和西峰。[3] 河：黄河。[4] 晋山：晋地（山西）的山。

【赏析】

此诗写作者游览华山云际寺的所见所感，描绘了一幅萧瑟飘零的秋景图。首二句写寺庙地势之高，可以将山下景色一览无余。三四句写作者从少华峰顶远眺黄河对岸的中条山、首阳山，若隐若现，既写出作者视野的开阔，也展现出寺庙周围河山相依的险要地势。五六句写秋天景致，晚蝉、凉雁渲染出苍凉的气氛。末尾两句展现出作者不舍离去之意。全诗高远清旷，境界幽深，读之令人有超凡脱俗之感。

北山书事[1]

黄河一曲山，天半锁重关。

圣日雄藩[2]静，秋风老将闲。

车舆穿[2]谷口，市井响云间。

大野无飞鸟，元戎[2]校猎还。

【注释】

[1] 诗歌选自《全唐诗》卷六百三十八。[2] 雄藩：形势雄壮的藩镇。[3] 穿：《全唐诗》一作"寄"。[4] 元戎：主帅。

【赏析】

这是一首描写边塞和平景象的诗歌。开头二句作者远眺，写黄河之曲，用"曲"来丈量山，写出山水缠绕之势，山峰穿入云天，形成一道天然雄关，其景颇为雄健。后六句描绘了边地和平宁静的生活图景：重关之上无人戍守，边地安定，将帅不用出征，车马自由通过，市井热闹非凡，就连天空也少有飞鸟，主将都以狩猎为乐。全诗一气呵成，笔法流畅，表现出对唐王朝国泰民安景象的肯定，表达了作者希望边境和平安定的美好愿望。

送龙门令刘沧[1]

去宰龙门县，应思变化年[2]。

还将鲁儒政[3]，又与晋[4]人传。

峭壁开中古[5]，长河[6]落半天。

几乡因劝勉，耕稼满云烟[7]。

【注释】

[1] 诗歌选自《全唐诗》卷六百三十八。龙门，县名，在今山西河津西。刘沧，字蕴灵，大中八年（854）进士，调叶原尉，迁龙门令。[2] 变化年：指登第之年。用鲤鱼登龙门化而为龙事。[3] 鲁儒政：谓儒家政治。儒家学派创始人孔子是春秋时鲁国人，故云。[4] 晋：春秋晋国，今山西省地。[5] 峭壁开中古：龙门县北有龙门山，黄河流经之。传说夏禹治水，曾疏决龙门。《元和郡县图志》卷十二《河东道一》："黄河，北去县二十五里，即龙门口也。《禹贡》曰'浮于积石，至于龙门'，注曰'龙门山，在河东之西界'。大禹导河积石，疏决龙门，即斯处也。河口广八十步，岩际镌迹，遗功尚存。"中古，中古时代，说法不一。《韩非子·五蠹》所称中古之世，指虞夏时期，此同。[6]长河：指黄河。[7]云烟：指高山中。

【赏析】

这是作者写给友人刘沧的一首送别诗。前四句是对友人的勉励，希望他为官尽道，恪守儒家政治准则。五六句写龙门山的历史和景色，"峭壁开中古"写黄河水势汹涌，"长河落半天"写黄河悠长绵延。结尾二句作者用"耕稼满云烟"来说明官吏受到劝勉之后勤政爱民的好处，以此勉励友人为民造福。张乔一生未曾入宦，故希望在对友人的赠言中施行自己济天下苍生的良策。

登慈恩寺塔[1]

窗户几[2]层风，清凉碧落[3]中。

世人来往别，烟景古今同。

列岫[4]横秦断，长河极塞空。

斜阳越[5]乡思，天末见归鸿。

【注释】

[1] 诗歌选自《全唐诗》卷六百三十八。慈恩寺，在今西安。唐太宗贞观二十一年（647），高宗李治做太子时为追念其母文德皇后而建，故称慈恩寺。慈恩寺塔，即大雁塔，唐高宗永徽三年（652）三藏法师玄奘于慈恩寺内所建，保存玄奘从天竺取回的经书。[2] 几：《全唐诗》一作"响"。[3] 碧落：天空。[4] 列岫：众峰峦。[5] 越：起。

【赏析】

这首诗写作者登大雁塔时的所见所感。登上寺塔，身居高空，倚靠窗边，微风习习，寺塔百年来景色相同，然而来往登塔的人却不相同，有物是人非和人生短促之感。从塔上极目远眺，连绵不断的峰峦横亘关中大地，滚滚黄河从遥远的塞外蜿蜒而来。夕阳西下，鸿雁归巢，激起了作者的乡关之思，远离家乡，十分感伤。全诗视野开阔，写景从大处着笔，气象宏远，但感情低沉，于景物描写中渗透着作者对人生的思考和对家乡的思念。

经宣城元员外山居[1]

无人袭仙隐[2]，石室闭空山。

避烧[3]猿犹到，随云鹤不还。

洞荒岩影在，桥断树阴闲。

但有黄河赋[4]，长留在世间。

【注释】

[1] 诗歌选自《全唐诗》卷六百三十九。宣城，唐宣州治所，今安徽宣城。《元和郡县图志》卷二十八《江南道四》："宣城县，本汉宛陵县，属丹阳郡，后汉顺帝置，至晋属宣城郡，隋自宛陵移于今理。"元员外，人物不详。[2] 仙隐：隐居修道。[3] 烧：野火。[4] 黄河赋：指元员外所写作《黄河赋》。

【赏析】

此诗写作者行经元员外山中故居时的所见所感。首二句点明故居的现状，无人承袭元员外的山居，石室已经关闭。中间四句写山居荒芜清冷的景象，"猿犹到"体现了山居的偏僻，仙鹤也不再光顾，水涧干涸，桥梁断颓，给人荒凉破败之感。面对美好事物的逝去，作者不禁在结尾感叹道，只愿诗赋长留世间。全诗清峭隐秀，气韵高古，正如清人谭宗《近体秋阳》对张乔诗歌风格的评价："乔诗高清，突绽飘忽而来，迥出尘外，读之令人风生习习。"

李山甫

　　李山甫，生卒年、字、籍贯皆不详。懿宗咸通年间，累举进士不第。郁郁不得志，常狂歌痛饮，拔剑斫地。僖宗时，流寓河朔。光启时，为魏博节度使乐彦祯幕府判官。落魄有不羁才，能为青白眼。文笔雄健，名著一方。为诗多有托讽。诗文激切，耿耿有齐气，多感时怀古之作。《唐才子传》卷八有传。

蒲关西道中作[1]

国东[2]王气凝蒲关，楼台帖[3]出晴空间。
紫烟[4]横捧大舜庙[5]，黄河直打中条山。
地锁咽喉[6]千古壮，风传歌吹万家闲[7]。
来来去去身依旧[8]，未及潘年鬓已斑[9]。

【注释】

[1] 诗歌选自《全唐诗》卷六百三十九。蒲关：蒲津关。《元和郡县图志》卷十二《河东道一》："蒲坂关，一名蒲津关，在（河东）县西四里。……今造舟为梁，其制甚盛，每岁征竹索价谓之桥脚钱，数至二万，亦关河之巨防焉。"蒲关是秦晋间黄河的重要渡口。[2] 国东：京城之东。[3] 帖：相连。[4] 紫烟：祥瑞之气。传说古时函谷关外有紫色光芒，人们猜测将有圣人过此，果然老子骑青牛从东边而来。杜甫《秋兴八首之五》："西望瑶池降王母，东来紫气满函关。"[5] 大舜庙：《元

和郡县图志》卷十二《河东道一》："城中有舜庙，城外有舜宅及二妃坛。"
[6] 咽喉：咽头、喉头的统称，喻险要的交通要道。[7] 万家闲：指民
风良好，各得其乐。[8] 依旧：指多次经蒲关入京应试而不第，依旧为
平民。[9]潘年鬓已斑：潘，潘岳，晋代文学家，字安仁。他的《秋兴赋》
序说："余春秋三十有二，始见二毛。"二毛，指黑发中间有白发。

【赏析】

此诗写作者途经河东蒲津关时的所见所感。前四句写蒲津关的景
色，气象开阔，文笔雄健，一"捧"一"打"，将烟雾之多和黄河水势
之汹涌表现得尤为生动。五六句是作者对蒲关地理位置和民风的赞美，
蒲关身处咽喉之地，地势险要，且此地民风淳朴，人民安居乐业。颔联
和颈联的精彩描写，使人读后感到山河的雄壮，景色如在目前。可惜作
者在这条道上来去多次，功名不就，与此地"万家闲"形成鲜明对比，
于是流露出年华易逝、功名蹉跎的愁闷心情。全诗以壮景抒哀情，笔力
雄健，写景富有气势，情感却低沉压抑。

李咸用

　　李咸用，生卒年、字不详，袁州（今江西宜春）人，郡望陇西，唐末人。久不第，曾应辟为推官。工诗，尤擅乐府、律诗，所作多忧乱失意之词。《直斋书录解题》卷十九著录《李推官披沙集》六卷。《唐才子传》卷十有传。

公无渡河[1]

有叟有叟何清狂，行搔短发提壶浆。
乱流直涉神洋洋，妻止不听追沈湘[2]。
偕老不偕死，箜篌遗凄凉。
刳松[3]轻稳琅玕[4]长，连呼急榜[5]庸何妨。
见溺不援能语狼[6]，忍听丽玉传悲伤。

【注释】

　　[1] 诗歌选自《全唐诗》卷六百四十四。公无渡河：见李白《公无渡河》注[1]。[2] 沈湘：指屈原。屈原自沉汨罗（湘水支流）而卒。[3] 刳松：指独木舟。《周易·系辞下》："刳木为舟。"[4] 琅玕：指竹篙。[5] 榜：船桨，此指划船。[6] 见溺不援能语狼：典出《孟子·离娄上》："淳于髡曰：'男女授受不亲，礼与？'孟子曰：'礼也。'曰：'嫂溺，则援之以手乎？'曰：'嫂溺不援，是豺狼也。男女授受不亲，礼也；嫂溺援之以手者，权也。'"能语狼，会说话的狼。

【赏析】

此诗是作者对"公无渡河"这一乐府诗题的看法。前四句写狂夫不听其妻劝阻，毅然投河的过程。"行搔短发提壶浆""乱流直涉神洋洋"，体现了狂夫之"清狂"。李咸用不同于其他作者主要写狂夫及其妻的表现，而此诗引入了事件的旁观者——子高及其妻丽玉，以他们的视角来看待整个事件。结尾是作者对子高的评价，透露出对其见死不救的责备。这首诗别出心裁，用乐府古题却翻案另有新意，旨在谴责那些冷漠无情之人。

胡 曾

胡曾，生卒年不详，邵阳（今属湖南）人。咸通中屡举进士不第。尝为汉南节度从事。咸通十二年（871），路岩为剑南西川节度使，招延胡曾入幕府。乾符元年（874），高骈为西川节度使，辟曾西川从事。工诗，尤擅咏史，辛文房评之："人事虽非，风景犹昨，每感辄赋，俱能使人奋飞。"《新唐书·艺文志》著录其《安定集》十卷，已佚。《直斋书录解题》著录其《咏史诗》三卷，今存。《唐才子传》卷八有传。

咏史诗·黄河[1]

博望[2]沉埋不复旋，黄河依旧水茫然。
沿流欲共牛郎语，只得[3]灵槎[4]送上天。

【注释】

[1] 诗歌选自《咏史诗》卷二。[2] 博望：张骞，西汉成固人，以郎应募，使月氏，被留于匈奴十余年，逃还。又随大将军卫青击匈奴，以功封博望侯。后以中郎将出使乌孙，通西域，还朝后，官迁大行。相传张骞通西域，曾寻得黄河之源头。[3] 得：《全唐诗》一作"待"。[4] 灵槎：晋张华《博物志》卷十载，有人乘槎（木筏）从海上到达天河，与牛郎交谈，又返回人间。《荆楚岁时记》引此事，谓到天河者即张骞。

【赏析】

　　此诗是一首围绕张骞典故传说的咏史诗。唐人对张骞大都怀有崇敬之情，诗歌中对其出使西域、开辟丝路的赞美不计其数。张骞虽已不在，但记录着张骞一生功勋的黄河依然流淌不息。传说张骞曾探寻黄河源头，直追到天河，与牛郎交谈，成为仙家，令作者羡慕不已。全诗生动曲折，可见作者对张骞的由衷赞美。

胡
曾

罗 邺

罗邺，生卒年不详，苏州吴县（今属江苏）人，出身于盐铁小吏之家。累举进士不第，咸通末流落湘浦。江西观察使崔安潜素赏其诗，聘入幕府。晚年从军塞北，赴职单于都护府，抑郁而终。罗邺长于律诗，诗风清致而连绵，与族人罗隐、罗虬齐名，时称"三罗"。《新唐书·艺文志》著录《罗邺诗》一卷，已散佚。《唐才子传》卷八有传。

早 发[1]

一点灯残鲁酒[2]醒，已携孤剑事离程。
愁看飞雪闻鸡唱，独向长空背雁行[3]。
白草近关微有路[4]，浊河[5]连底冻无声。
此中来往本迢递[6]，况是驱赢[7]客塞城。

【注释】

[1]诗歌选自《全唐诗》卷六百五十四。[2]鲁酒：薄酒。《庄子·胠箧》："鲁酒薄而邯郸围。"[3]背雁行：雁往南飞，人向北走。[4]路：《全唐诗》一作"露"。[5]浊河：即黄河。黄河水浊，故称。[6]迢递：遥远。[7]赢：瘦弱的马。

【赏析】

这首诗写作者赴任塞北边关途中的所见所感。首联交代时间，紧扣诗题。"灯残""酒醒""孤剑"写出作者临行前的悲苦。颔联、颈联承首联"离程"来写，一个"愁"字，点明了作者凄苦的心情，漫天飞雪，浩浩长空，大雁结伴南归，边地荒凉，大漠荒无人烟，白草凄凄，因天气严寒，黄河更是连底冻彻，全是离人眼中情景，于凄凉之景见离人惆怅之思。末尾两句由景到情，作者不禁发出痛苦无奈的慨叹，路途千里迢迢，驾蹇驴独行，其行程之艰辛令人扼腕。全诗融叙事、写景与抒情于一体，气氛悲凉，展现了作者失意潦倒、漂泊无依的愁苦。

罗
邺

黄河晓渡[1]

大河[2]平野正穷秋[3]，羸马羸僮古渡头。
昨夜莲花峰[4]下月，隔帘相伴到明愁。

【注释】

[1]诗歌选自《全唐诗》卷六百五十四。[2]大河：黄河的别称。[3]穷秋：暮秋。[4]莲花峰：此指华山西峰莲花峰。因峰巅有巨石形状好似莲花瓣，古代文人多称其为莲花峰。

【赏析】

此诗写作者清晨渡过黄河的感受。首句展现出黄河的动人气魄和铿锵神韵。次句展现了作者的困窘境况，四处奔波，生活贫困。后两句将明月拟人化，长夜漫漫，唯有明月与作者相伴，给人孤寂清冷之感。全诗既有清新自然景色的描绘，又以黄河之壮阔反衬自己人生的不得志，抒发沉郁悲愁的哀叹。

河上逢友人[1]

知君意不浅，立马[2]问生涯。

薄业[3]无归地，他乡便是家。

宵吟怜桂魄[4]，朝起怯菱花[5]。

语尽黄河上，西风日又斜。

【注释】

[1] 诗歌选自《全唐诗》卷六百五十四。河上：黄河岸边。[2] 立马：驻马，下马。[3] 薄业：微薄的产业。[4] 桂魄：指月亮。[5] 菱花：指镜。

【赏析】

此诗写作者在黄河岸边与故友相逢的场面。前四句写二人寒暄的内容，"薄业无归地，他乡便是家"道出作者此时漂泊无依、功业未成的窘境，抒发了作者的无奈和悲苦。结尾二句写黄河周围的景色，作者与友人许久未见，相谈甚欢，不知不觉已到了日落之时，"西风日又斜"为作者的哀愁又增添了一丝悲凉。全诗感伤身世，思乡、叹老与功业难成之感交织在一起，引人同情。

罗　隐

　　罗隐（833—909），字昭谏，自号江东生，新城（今浙江富阳西南）人。本名横，举进士，十余年不第，乃更名隐。广明中，避黄巢乱，寓居池州。光启三年（887），投钱镠，官钱塘县令，拜秘书省著作郎、镇海军节度掌书记。天祐三年（906），转司勋郎中、镇海节度判官。开平二年（908），授给事中，世称"罗给事"。三年迁盐铁发运使，是年冬病卒，年七十七。善小品文，多讽世之作。诗风近于元白，雄丽坦直，通俗俊爽，诗句脍炙人口。擅长咏史，各体中尤工七律。咸通八年（867），曾自编其杂文为《谗书》，皆抗争愤激之言，词锋犀利，今存。亦存诗集《甲乙集》。《旧唐书》卷一百八十一、《唐才子传》卷九有传。

黄　河[1]

莫把阿胶向此倾[2]，此中天意固难明。

解通银汉[3]应须曲，才出昆仑[4]便不清。

高祖誓功[5]衣带小，仙人占斗客槎轻[6]。

三千年后知谁在，何必劳君报太平[7]。

【注释】

　　[1] 诗歌选自《罗隐集·甲乙集》。[2] 莫把阿胶向此倾：此句语出葛洪《抱朴子·嘉遁》："寸胶不能治黄河之浊，尺水不能却萧丘之

热。"庾信《哀江南赋》："阿胶不能止黄河之浊。"阿胶：山东东阿出产的驴皮胶。[3]银汉：银河，天河。《太平御览》卷八："《孝经援神契》：'河者，水之伯，上应天汉。'"[4]昆仑：山名，在新疆、西藏间，旧说黄河发源于昆仑山。[5]高祖誓功：《史记》卷十八《高祖功臣侯者年表》："封爵之誓曰：'使河如带，秦山若厉，国以永宁，爰及苗裔。'"[6]仙人占斗客槎轻：客槎，《博物志》卷十："旧说云天河与海通。近世有人居海渚者，年年八月有浮槎去来，不失期。人有奇志，立飞阁于查上，多赍粮，乘槎而去。十余日中，犹观星月日辰，自后芒芒忽忽，亦不觉昼夜。去十余日，奄至一处，有城郭状，屋舍甚严，遥望宫中多织妇。见一丈夫牵牛，渚次饮之，牵牛人乃惊问曰：'何由至此？'此人具说来意，并问此是何处，答曰：'君还至蜀郡，访严君平，则知之。'竟不上岸，因还如期。后至蜀，问君平，曰：'某年月日，有客星犯牵牛宿。'计年月，正是此人到天河时也。"槎，木筏。斗，斗宿，这里指斗、牛二宿，均位于天河附近。[7]"三千"二句：《左传·襄公八年》引《周诗》："俟河之清，人寿几何？"《拾遗记》卷一："黄河千年一清，至圣之君，以为大瑞。"

【赏析】

这是一首政治隐喻诗，每句或写黄河的特点，或写与黄河相关的典故，以此影射讽刺晚唐腐朽黑暗的政治。首联点明黄河浑浊的特点，暗喻当时官场政治的黑暗。颔联从黄河源头探究黄河水浊的原因，以此抨击朝廷达官贵人之间相互勾结的黑暗现实。颈联运用汉高祖封爵和张骞探寻河源的典故，讥讽世代承袭的官场制度。尾联道出了作者对政局无望的绝望和愤懑，将自己的痛心之感表露无遗。全诗针砭时弊，讽喻深刻，表现出作者对晚唐政治严厉的抨击。

春日投钱塘元帅尚父二首·其二[1]

征东幕府十三州[2]，敢望非才忝上游。

官秩已叼吴品职[3]，姓名兼显鲁春秋。

盐车[4]顾后声方重，火井[5]窥来焰始浮。

一句黄河[6]千载事，麦城王粲谩登楼[7]。

【注释】

[1] 诗歌选自《罗隐集·甲乙集》。元帅尚父：指钱镠。据《旧五代史·吴越世家》及《资治通鉴》卷二百六十八、卷二百七十，钱镠于乾化二年（912）加号尚父，贞明三年（917）加天下兵马元帅。[2] 十三州：指钱镠所统领的杭、苏、润、湖、越、睦、台、衢等十三州。[3] 吴品职：钱镠于天祐元年（904）封吴王，故其属官称"吴品职"。[4] 盐车：《战国策·楚策四》："夫骥之齿至矣，服盐车而上太行。蹄申膝折，尾湛胕溃，漉汁洒地，白汗交流，中坂迁延，负辕不能上。伯乐遭之，下车攀而哭之，解纻衣以幂之。骥于是俛而喷，仰而鸣，声达于天。"[5] 火井：天然气井。古多用以煮盐，故又称盐井。[6] 一句黄河：指钱镠的题壁间诗。《吴越备史》卷一《罗隐传》："一日，隐寝疾，王亲临抚问，因题其壁云：'黄河信有澄清日，后代应难继此才。'隐起而续末句云：'门外旌旗屯虎豹，壁间章句动风雷。'隐由是以红纱罩复其上，其后果无文嗣。"[7] 麦城王粲谩登楼：《水经注》卷三十二《沮水》："沮水又南径楚昭王墓，东对麦城，故王仲宣之赋《登楼》云'西接昭丘'是也。"王粲，字仲宣，避乱至荆州依刘表。曾登当阳城楼，作《登楼赋》，抒写其忧乱伤时、思乡怀土之情。

【赏析】

此诗是作者写给钱镠的赠诗。开头二句写钱镠的幕僚荟萃了天下贤才，作者不敢企望居于前列，而钱镠对作者给予了特殊恩遇，体现作者对钱镠的感激。三四句写作者在钱镠的恩遇下，忝受吴越国的官职，声名也开始逐渐显露。五六句借盐车、气井的自然现象，比喻自己得到钱镠的帮助后有所成就。结尾二句写钱镠的题壁诗将流传千载，受钱镠的殊遇，自己不用像王粲登楼那样感叹身世了，言语间是对钱镠的钦佩和感激。全诗表达了作者对钱镠知遇之恩的感激。

高　蟾

高蟾，生卒年、字号不详，河朔人。出身贫寒，累举不第。僖宗乾符三年（876）始登进士第。昭宗乾宁中为御史中丞。与郑谷、贯休友善。诗歌气势雄伟，态度谐远。《新唐书·艺文志》著录有诗集一卷。《唐才子传》卷九有传。

感　事[1]

浊河从北下，清洛[2]向东流。
清浊皆如此，何人不白头。

【注释】

[1]诗歌选自《全唐诗》卷六百六十八。浊河：浑浊的黄河。[2]清洛：洛河水清，故称清洛。潘岳《籍田赋》："清洛浊渠，引流激水。"洛河源出陕西洛南，东入河南，经卢氏、洛阳、偃师，至巩县入黄河。

【赏析】

此诗借黄河与洛河相汇合而清浊分明的自然现象，表达了作者对现实生活的思考和对人生的慨叹忧愁。开头二句陈述黄河与洛河汇合的事实。后二句是作者的感叹，河水不论清浊，都不能违背自然流逝的规律，更何况人呢？表达了作者对年华易逝、年事已高的哀愁。全诗有景有理，借自然现象说理，清晰明了。

章碣

章碣，生卒年不详，原籍桐庐（今属浙江），后迁居钱塘（今浙江杭州）。咸通末，以诗著名，然累试不第。后流落不知所终。与方干、罗隐友善。《新唐书·艺文志》著录有诗集一卷。《唐才子传》卷九有传。

赠边将[1]

千千铁骑拥尘红，去去平吞万里空。
宛转龙[2]蟠金剑雪，连钱豹[3]躩[4]绣旗风。
行收部落归天阙[5]，旋进封疆入帝聪[6]。
只有河源[7]与辽海[8]，如今全属指麾[9]中。

【注释】

[1] 诗歌选自《全唐诗》卷六百六十九。赠边将：这首诗约作于大中年间。《新唐书》卷八《宣宗本纪》载："（大中元年）五月，张仲武及奚北部落战，败之。吐蕃、回鹘寇河西，河东节度使王宰伐之。""三年二月，吐蕃以秦、原、安乐三州，石门、驿藏、木峡、制胜、六盘、石峡、萧七关归于有司。""十月，吐蕃以维州归于有司。""十二月，吐蕃以扶州归于有司。""大中四年十一月，党项羌寇邠、宁。十二月，凤翔节度使李安业、河东节度使李拭为招讨党项使。""（五年）十月，沙州人张义潮以瓜、沙、伊、肃、鄯、甘、河、西、兰、岷、廓十一州归于有司。"诗当有感于此而作。[2] 龙：指剑柄上装饰的龙形图案。[3]

豹：指旗帜上绣的豹形图案。[4] 躩：疾行。[5] 天阙：皇宫，朝廷。[6] 帝聪：臣下称颂皇帝明察的套词。[7] 河源：黄河发源的地方，此指张义潮献十一州。[8] 辽海：辽东沿渤海一带，此指张仲武所破奚部之地。[9] 指麾：同"指挥"。

【赏析】

这是作者为庆祝战争胜利、收复失地而写给边将的赠诗，旨在歌颂其功绩。前四句写作者想象将士出征时的威武雄风。"千千铁骑拥尘红"，写出队伍之庞大。"去去平吞万里空"，写出军队气势之雄壮。三四句写军队的装备齐全，士气高涨，一"龙"一"豹"，写出士兵们的勇猛。"金""雪""旗"多种色彩交相辉映，冲淡了战争带来的低沉情绪，体现了战争胜利的喜悦。五六句写少数民族臣服朝廷的事实，"归天阙""入帝聪"体现了国土收复的喜悦与自豪。最后二句是作者对边将的期望，希望他带领部队，将最后的河源与辽海也成功收复。全诗气势豪放，气魄雄伟，慷慨激昂，展现了作者对唐军克敌制胜、收复疆土的强烈信心。

章碣

周　朴

周朴，生卒年不详，字见素，又字太朴，睦州桐庐（今属浙江）人，唐末避居福州。福建观察使杨发、李诲先后召聘，皆不就。乾符五年（878）十二月，黄巢攻入福州，招朴，朴不从，遂被杀。为人高傲纵逸，淡于名利，喜交山僧钓叟。工诗，尚苦涩，每遇景物，搜奇抉思，日暮忘返，与方干、李频、贯休等为诗友。《新唐书·艺文志》著录有诗集二卷，已散佚。《唐才子传》卷九有传。

塞上曲[1]

一阵风来一阵砂，有人行处没人家。
黄河九曲[2]冰先合，紫塞[3]三春不见花。

【注释】

[1] 诗歌选自《全唐诗》卷六百七十三。塞上曲：唐代乐府新辞，内容多写边塞风光、军中生活。[2] 九曲：言黄河河道之曲折。《水经注·河水》卷一："（黄河）百里一小曲，千里一曲一直矣。"[3] 紫塞：长城。晋崔豹《古今注·都邑》："秦所筑长城，土色皆紫，汉亦然，故云紫塞也。"此泛指边塞。

【赏析】

此诗通过写塞外的荒寒孤寂，表现了戍边者生活条件的艰苦。前二句写塞外风沙蔽面，人烟稀少。三四句写天气严寒，万物凋零。一向汹涌奔腾的黄河如今也屈服在寒冷的严威之下，九曲长河冰封雪冻。如今已是阳春三月，但居然一朵花也见不到，可见塞外环境的恶劣，表现了作者对戍边士兵的同情。《唐诗选脉会通评林》评曰："（周朴）词章散佚，恨不多见；然其气节凛烈，见乎词辄自雄浑，如《塞上曲》固有唐之铿铿者。"

郑　谷

郑谷（851？—910？），字守愚，袁州宜春（今江西宜春）人。幼颖悟，七岁能诗。咸通、乾符间，屡举进士不第。与许棠、张乔等唱酬，名噪一时，号称"咸通十哲"。光启三年（887）登进士第。乾宁迁都官郎中，世称"郑都官"。约天复三年（903），归隐宜春仰山东庄书堂。大约卒于开平四年（910）或稍后。诗歌清婉明白，不俚而切，为薛能、李频所称赏。自编其诗三百首为《云台编》三卷，今存。又有《外集》一卷，南宋初已佚其半。另有《国风正诀》一卷，已佚。《唐才子传》卷九有传。

读故许昌薛尚书诗集[1]

篇篇高[2]且真，真为国风陈。

澹薄[3]虽师古，纵横得意新。

翦裁成几箧[4]，唱和是谁人[5]。

华岳题无敌，黄河句绝伦[6]。

吟残荔枝雨，咏彻海棠春。

李白欺前辈，陶潜仰后尘。

难忘嵩室[7]下，不负蜀江[8]滨。

属思[9]看山眼，冥搜倚树身。

楷模劳梦想，讽诵爽精神。

落笔空追怆，曾蒙借斧斤[10]。

【注释】

[1] 诗歌选自《郑谷诗集笺注》卷三。薛尚书：薛能，薛能卒于广明元年（880），本诗当作于此后。[2] 高：高古。[3] 澹薄：恬淡。[4] 箧：《全唐诗》一作"帙"。《唐才子传》卷七："（薛能）耽癖于诗，日赋一章为课。"《新唐书·艺文志》著录《薛能诗集》十卷、《繁城集》一卷。今存诗四卷，约百余首。[5] 唱和是谁人：此句谓薛能诗无人可与匹敌。[6] 华岳、黄河：皆薛能诗篇名，二诗之《序》不存。[7] 嵩室：指嵩山太室、少室二山，代指嵩山。薛能《嵩山》诗今佚。[8] 蜀江：咸通五年(864)，李福出任西川节度使，奏以薛能为节度副使，摄嘉州刺史。[9] 属思：犹言构思。[10] 借斧斤：犹今言斧正，修改润饰。谷《云台编自序》："故薛许昌能、李建州频不以晚辈见待，预于唱和之流，而忝所得为多。"

【赏析】

此诗写作者对薛能诗歌创作的评价。在郑谷的长辈诗友中，薛能可能是对他影响最大的一位，因而郑谷对薛能的感情极深，对其诗歌也极为钦佩。全诗分为三个部分，首句至"唱和是谁人"为第一部分，概括薛能的诗歌水平。郑谷以"高且真"评价其诗，认为他的诗可以和《国风》相比，这是对其诗歌的高度肯定。"虽师古""得意新"指出了薛能诗作的继承与开拓。第二部分从"华岳题无敌"至"不负蜀江滨"，列举了薛能的佳作，赞赏《华岳》和《黄河》二诗，认为薛能的才华力压李白、陶潜，赞扬薛能的《嵩山》篇与《江干集》。最后一部分作者表达了对薛能的仰慕与感激，并表示自己将会以他作为楷模。全诗可见薛能对郑谷的深刻影响。

韩 偓

　　韩偓（840？—923？），字致尧，小名冬郎，晚年自号玉山樵人。京兆万年（今陕西西安）人。童年能诗，颇得姨父李商隐赏识，赠诗有"雏凤清于老凤声"之句。唐昭宗龙纪元年（889）进士及第。天复元年（901）冬，从昭宗奔凤翔，授兵部侍郎，进翰林学士承旨。天复三年（903）春，以不附朱温，被贬，遂弃官南下。后梁开平四年（910），移居南安(今福建南安)。工诗，其诗多写艳情，称"香奁体"。《新唐书·艺文志》著录其《金銮密记》五卷、《韩偓诗》一卷、《香奁集》一卷。现有《玉山樵人集》（内附《香奁集》）传世。《新唐书》卷一百八十三、《唐才子传》卷九有传。

冬至夜作[1]

中宵忽见动葭灰[2]，料得南枝有早梅。
四野便应枯草绿，九重[3]先觉冻云开。
阴冰莫向河源塞，阳气今从地底回[4]。
不道惨舒[5]无定分，却忧蚊响又成雷[6]。

【注释】

　　[1] 诗歌选自《韩偓集系年校注》卷一。此诗作于天复二年壬戌岁（902）冬至夜。[2] 葭灰：葭莩之灰。古人烧苇膜成灰。置于十二律管中，放密室内，以占气候。某一节候至，相应律管中的葭灰即飞动。

[3] 九重：指天。传说天有九层，极言其高。[4] 阳气今从地底回：《周易·复》："后不省方。"孔安国疏："冬至一阳生，是阳动用而阴复于静也。"明王鏊《震泽长语·象纬》卷上："冬至之日，一阳自地而升。"[5] 惨舒：指心情忧悒与畅舒。《文选》录张衡《西京赋》："夫人在阳时则舒，在阴时则惨。"三国吴薛综注："阳谓春夏，阴谓秋冬。"[6] 蚊响又成雷：《汉书》卷五十三《中山靖王刘胜传》："众煦漂山，聚蚊成雷。"

韩
偓

【赏析】

这是一首七言律诗，作者借咏冬至抒发对春天的渴望之情，流露出对政局好转的期望。首先用"中宵忽见动葭灰"点明冬至节已降临人间，一个"忽"字，可见其惊喜之情。"料得"引出下面一系列对初春景色的想象："南枝有早梅。田野枯草绿，九重冻云开。"同时也是作者对政局上的"春天"的祈愿。最后二句点明渴望春天的原因。唐昭宗即位后，内受制于家奴宦官，外受制于藩镇军阀。天复元年（901）十一月，昭宗被宦官韩全海劫持到凤翔，依附李茂贞。翌年五月，朱全忠（朱温）围攻凤翔，韩偓守护在昭宗左右。宦官和军阀的攻陷使他无法施展才能，因而在诗歌结尾表达了自己的担忧。全诗内涵含蓄深刻，隐晦地抒写了自己政治上的遭遇。

吴 融

吴融（？—903），字子华，越州山阴（今浙江绍兴）人。龙纪元年（889）进士及第。乾宁二年（895），因事贬官，流寓荆南，依节度使成汭。天复元年（901），迁户部侍郎。三年，召为翰林承旨学士，约卒于是年。吴融工于诗文，善书法，其诗多为纪游题咏、送别酬和之作，靡丽有余，而雅重不足，与韩偓、贯休、尚颜等交往唱和。《新唐书·艺文志》著录《吴融诗集》四卷、《制诰》一卷。现存汲古阁本《唐英歌诗》三卷。《新唐书》卷二百〇三、《唐才子传》卷九有传。

出潼关[1]

重门随地险，一径入天开。

华岳眼前尽，黄河脚底来。

飞轩[2]何满路，丹陛[3]正求才。

独我无稽客，飘然又此回[4]。

【注释】

[1]诗歌选自《唐英歌诗》卷上。潼关：见李世民《入潼关》注[1]。[2]飞轩：飞驰的车。此指使者之车。[3]丹陛：皇宫中的红色台阶。借指皇帝、朝廷。[4]飘然又此回：谓又一次落第而归。

【赏析】

此诗写潼关的雄险和东行出关的所见。前四句写潼关之险、四周的华岳和脚底的黄河，以其险要的地理位置暗示来往的不易。后四句写作者困窘的境遇，君主正广求人才，险隘也阻挡不了进取之人，奈何自己才学疏浅，于社稷无益，又一次落第，只好黯然神伤地出关归家。全诗境界开阔，借潼关所见表达了作者再次落第的失落苦痛。

吴
融

首阳山[1]

首阳山枕黄河水，上有两人[2]曾饿死。

不同天下人为非，兄弟相看自为是。

遂令万古识君心，为臣贵义不贵身。

精灵长在白云里，应笑随时饱死人[3]。

【注释】

[1] 诗歌选自《唐英歌诗》卷下。首阳山：在今山西永济西南。传说西周初年伯夷、叔齐曾隐居于此，义不食周粟，终于饿死。《史记》卷六十一《伯夷列传》："武王已平殷乱，天下宗周，而伯夷、叔齐耻之，义不食周粟，隐于首阳山，采薇而食之。及饿且死。"[2] 两人：指伯夷、叔齐。[3] 随时饱死人：指随波逐流、不顾道义而坐享富贵的人。

【赏析】

此诗是作者对伯夷、叔齐二人典故的感慨之作。首句写首阳山的位置，依傍黄河，体现其地理位置的优越性，一个"枕"字写出山河相依之势。"上有两人曾饿死。不同天下人为非，兄弟相看自为是"，写伯夷、叔齐二人在首阳山采薇而食，最后因守义饿死在首阳山的典故，称赞他们恪守原则，不趋炎附势。五六句写伯夷、叔齐二人重义的品行流传千古，称赞他们"贵义"。最后二句写精灵对随波逐流、轻义之人的嘲笑，体现了作者对此类人的蔑视和谴责。这首诗赞美了伯夷、叔齐二人的行为，体现出作者对道义的推崇。

陆希声

陆希声，生卒年不详，苏州（今江苏苏州）人，陆翱子。大顺初召为给事中。乾宁二年（895）拜户部侍郎、同中书门下平章事，旋以太子少师致仕。李茂贞等兵犯京师，避难病死。赠尚书左仆射，谥"文"。博学善文，尤工书法，其诗以七绝为主，尤以《阳羡杂咏》19首为著名。《新唐书·艺文志》著录其《周易传》二卷、《道德经传》四卷、《春秋通例》三卷、《颐山诗》一卷，多散佚。《新唐书》卷一百一十六有传。

阳羡杂咏十九首·石兕台 [1]

大河波浪激潼关，青兕胡为伏此山 [2]。
遥想楚王云梦泽，蜿旌羽盖定空还 [3]。

【注释】

[1] 诗歌选自《全唐诗》卷六百八十九。阳羡：今江苏宜兴。《元和郡县图志》卷二十五《江南道一》："义兴县，本汉阳羡县，古城在荆溪南。"兕：兽名，状如犀牛。《山海经》卷十《海内南经》："兕在舜葬东，湘水南。其状如牛，苍黑，一角。"[2]"大河"二句：传说黄河中有兽名苍兕，能覆舟。吕尚率师伐纣，至孟津，仗钺呼曰："苍兕！苍兕！"欲令急渡，以免苍兕之害。《论衡》卷十七《是应》："师尚父为司马焉，将师伐纣，到孟津之上，杖钺把旄，号其众曰：'苍光！苍光！'苍光者，水中之兽也，善覆人船。"[3]"遥想"二句：《战国策·楚策一》："楚王

游于云梦，结驷千乘，旌旗蔽日，野火之起也若云蜺，虎嗥之声若雷霆，有狂兕犇车依轮而至，王亲引弓而射，壹发而毙。”

【赏析】

这是一首咏物诗，写作者由石兕台联想到的关于兕的典故传说。“大河波浪激潼关”写出黄河的奔涌气势，为黄河神兽苍兕的出现做铺垫。“青兕胡为伏此山”借用吕尚躲避苍兕的典故，写出苍兕的恐怖。后二句作者借楚宣王英勇射死狂兕的典故，既写出兕的危害，也写出楚宣王的威武骁勇。全诗展现了一个凶猛的苍兕形象，生动地描述了阳羡石兕台的来历。

韦　庄

　　韦庄（836？—910），字端己，京兆杜陵（今陕西西安东南）人。韦应物四世孙。中和三年（883）赴京应举，在洛阳写成《秦妇吟》，时人号为"秦妇吟秀才"。昭宗乾宁元年（894）进士及第，授校书郎。天复元年（901），投奔西蜀王建，任掌书记。谥"文靖"。韦庄工诗善词，与温庭筠同属花间派，并称"温韦"。著有《浣花集》十卷。《唐才子传》卷十有传。

河清县河亭[1]

由来多感莫凭高，竟日衷肠似有刀。
人事任成陵与谷[2]，大河东去自滔滔。

【注释】
　　[1] 诗歌选自《全唐诗》卷七百。河清县：唐县名，故址在今河南孟县西南。[2] 陵与谷：指世事巨变。《诗经·小雅·十月之交》："高岸为谷，深谷为陵。"

【赏析】
　　这是一首登临感怀诗。首句写作者对自己的规劝，因"多感"而不忍"凭高"，内心郁积着万般沉重的愁苦。"竟日衷肠似有刀"直抒作者对唐王朝衰亡命运的万分痛心和惋惜。晚唐国势衰微，在这样的历史潮流面前，作者选择听天由命，尊重人事变幻的客观规律。而世事变化就像黄河东去的浪涛一样，一去不回，大唐江山也是如此，不可挽回。全诗不仅是对个人命运的感慨，更是对国家命运的关心和担忧。

韦庄

王贞白

王贞白，生卒年不详，字有道，信州永丰（今江西广丰）人。乾宁二年（895）登进士第，七年后授校书郎，后退隐以终。其诗清润典雅。曾自编其诗三百首为《灵溪集》。《新唐书·艺文志》著录《王贞白诗》一卷，《郡斋读书志》著录《灵溪集》七卷，已散佚。《唐才子传》卷十有传。

送韩从事归本道[1]

献捷灵州[2]倅[3]，归时宠拜新。

论边多称旨，许国誓亡身。

马渴黄河冻，雁回青冢春。

到蕃唯促战，应不肯和亲。

【注释】

[1] 诗歌选自《全唐诗》卷七百一十。韩从事：人物不详。从事：州刺史或节度使的佐吏。道：行政区划名。[2] 灵州：故治所在今宁夏灵武西南。[3] 倅：副职。

【赏析】

这是一首送别诗，写战争胜利后送别韩从事的场面。一二句写战争胜利后韩从事拜官加冕的盛况。三四句写韩从事誓死卫国的决心。五六句是对边地战场环境的描绘，以此衬托戍边将士的艰辛。结尾二句作者抒发了对边事的见解，面对异族纷扰，唐王朝应该强势一点，作者主张发动战争，而不是委曲求全的和亲，可以看出作者对和亲政策的不满。全诗于送别中表达了对友人建功立业的期待和对边事战争的态度，充溢着刚毅之气。

王贞白

张　蠙

张蠙，生卒年不详，字象文，清河（今属河北）人，家居池州（今安徽贵池）。乾宁二年（895）进士及第。历任校书郎、栎阳尉、犀浦令。后避乱入蜀，王建称帝，拜为膳部员外，官终金堂令。张蠙与许棠、郑谷、张乔等人号称"咸通十哲"。《新唐书·艺文志》著录《张蠙诗集》二卷，已散佚。《唐才子传》卷十有传。

登单于台[1]

边兵春尽回，独上单于台。
白日地中出，黄河天外来[2]。
沙翻痕似浪，风急响疑雷。
欲向阴关度，阴关[3]晓不开。

【注释】

[1] 诗歌选自《张象文诗集》卷一。单于台：《汉书》卷六《武帝纪》："（元封元年冬十月），行自云阳，北历上郡、西河、五原，出长城，北登单于台。"台故址当在今内蒙古托克托西北。[2]"白日"二句：《郡斋读书志》卷四中："蠙生而颖秀，幼能诗。作《登单于台》，有'白日地中出，黄河天外来'之句，为世所称。"单于台在黄河附近。[3]阴关：疑泛指阴山关塞，单于台在阴山南。

【赏析】

这是一首登高感怀诗。首联写登单于台览景的原因。颔联写边塞的广大空间，颇有王维"大漠孤烟直，长河落日圆"的气势，一个"出"字，一个"来"字，极具动感，此联语句浑朴，境界宏阔，明胡应麟《诗薮》评之："唐诗之壮浑者终于此。"颈联写塞外景色，描绘了一幅沙浪翻滚、劲风怒吼的边塞风光。尾联写作者北眺阴山，很想度过阴山的雄关，一睹风采，但门户紧闭，无法通行。全诗前三联大气磅礴，颇有盛唐气象，尾联作者因遗憾而变得情绪低沉，又使诗歌回到晚唐的颓靡。

边　情[1]

穷荒始得静天骄[2]，又说天兵疑渡辽[3]。

圣主尚嫌蕃界近，将军莫恨汉庭遥。

草枯朔野[4]春难签，水结河源[5]夏半销。

惆怅临戎皆效国，岂无人似霍嫖姚[6]。

【注释】

[1] 诗歌选自《张象文诗集》卷二。[2] 天骄：见郎士元《送李将军赴定州》注 [10]。[3] 辽：辽水，即今辽河。[4] 朔野：北方原野。[5] 河源：黄河的源头。[6] 霍嫖姚：指西汉名将霍去病，曾任嫖姚校尉、骠骑将军。《史记》卷一百一十一、《汉书》卷五十五有传。

【赏析】

此诗书写了作者对边事战争的看法。"穷荒始得静天骄"写边地战争取得胜利，暂时恢复和平，"始得"写战争的持久和胜利的来之不易。"又说天兵疑渡辽"写士兵刚结束一场战斗又马上奔赴下一个战场，表现了作者对战乱频繁的无奈。三四句写作者对皇帝发动战争的不满，皇帝一声令下，给戍边将士带来的是长期离乡的痛苦。五六句写边地景色，塞外春不草发，夏不冰销，凸显了塞外气候的严寒，衬托出戍边将士的不易。结尾作者直抒惆怅，表达了对战争的厌恶以及对统治者不断扩边政策的不满。《贯华堂选批唐才子诗》评曰："看他七八，乃用如此十二字成壮语，上却轻轻加以'惆怅'二字，妙！并无讥讪之嫌，而闻者乃更不得不心动矣。"

徐 夤

徐夤（夤一作"寅"），生卒年不详，字昭梦，莆田（今属福建）人。唐昭宗乾宁元年（894）登进士第，授秘书省正字。后客游汴梁朱全忠幕府二年，归闽，王审知辟为掌书记。后归隐延寿溪，泉州刺史王延彬召入幕府。工诗善赋，《四库全书总目》谓其诗"不出五代之格，体物之咏尤多"。著述甚多，现存《钓矶文集》十卷、《徐正字诗赋》二卷、《雅道机要》一卷。《唐才子传》卷十有传。

河 流[1]

洪流盘砥柱[2]，淮济[3]不同波。

莫讶清时少，都缘曲处多。

远能通玉塞[4]，高复接银河[5]。

大禹成门崄，为龙始得通[6]。

【注释】

[1] 诗歌选自《钓矶文集》卷六。河：黄河。[2] 砥柱：黄河三门峡急流中的石山。《水经注》卷四《河水四》："昔禹治洪水，山陵当水者凿之，故破山以通河。河水分流，包山而过，山见水中，若柱然，故曰'砥柱'也。"[3]淮济：即淮河与济水。江（长江）河淮济古称四渎。[4]玉塞：玉门关。[5] 接银河：传说黄河上与银河连接。[6]"大禹"二句：用鱼跃龙门事。传说鲤鱼跳龙门则化为龙，跳不过者，头破身死。崄：

高险。

【赏析】

这首诗描写了黄河奔腾澎湃的气势，表现了祖国山河的险要。首二句写黄河水势汹涌，浩浩荡荡。三四句写黄河浑浊的原因。五六句写黄河绵长，远能通到玉门关，高能与天上的银河相连。七八句以大禹治水凿龙门的典故，突出黄河之险。全诗从多个方面展现了黄河的独特魅力，明快而又浑厚。

忆潼关[1]

洞壑双扉入到初，似从深阱[2]睹高虚。

天开白日临军国，山夹黄河护帝居[3]。

隋炀远游[4]宜不及，奉春长策[5]竟何如。

须知皇汉能扃镭[6]，延得年过四百余[7]。

【注释】

[1] 诗歌选自《钓矶文集》卷八。潼关：见李世民《入潼关》注 [1]。[2] 阱：陷阱，陷坑。[3] 帝居：京都。此指长安，指京城。[4] 隋炀远游：隋炀帝出潼关，游江南，死于扬州。[5] 奉春长策：汉高祖时，娄敬上书，力排定都洛阳之议，主张入关定都关中，被汉王采纳。高祖赐娄敬姓刘，封奉春君。见《史记》卷九十九《刘敬列传》。[6] 扃镭：门锁，引申为固守。镭，门上安锁的纽。[7] 四百余：西汉与东汉凡四百二十六年。

【赏析】

此诗是作者回忆潼关之作。前半部分写潼关的雄伟和险要，作者初到潼关时，见洞开双扉，人立其中如从深井中仰望高墟。三四句从军事战略的角度去看潼关，将潼关与长安城紧密联系起来，讴歌潼关拒敌之外的战略要地。后半部分旨在咏古，选取汉高祖和隋炀帝一正一反的典故，阐明要使国家长治久安，就必须严守潼关重镇，体现了潼关的重要性。全诗既勾勒了潼关的壮观雄伟之姿，又通过典故表明了潼关对国家的重要意义，有景有议。

徐
夤

长安述怀[1]

黄河冰合尚来游，知命知时肯躁求。

词赋有名堪自负，春风落第[2]不曾羞。

风尘色里凋双鬓，击鼓[3]声中历几州。

十载公卿早言屈，何须课夏[4]更冥搜[5]。

【注释】

[1] 诗歌选自《钓矶文集》卷八。[2] 春风落第：唐代进士试多在二月放榜。柳宗元《送苑论登第后归觐诗序》云："二月丙子，有司题甲乙之科，揭于南宫，余与兄又联登焉。"黄滔《二月二日宴中贻同年封先辈渭》："桂苑五更听榜后，蓬山二月看花开。"时作者落第，故云。[3] 击鼓：代指战争。[4] 课夏：即夏课，唐代举子落第后寄居京师过夏，准备次年春闱所作的功课。《唐国史补》卷下："退而肆业，谓之过夏。执业而出，谓之夏课。"[5] 冥搜：犹言"冥思苦想"。

【赏析】

这是作者在长安书写的感怀之作。"黄河冰合尚来游"，点明此时的时令是冬天。"知命知时肯躁求"写作者参加科举考试，即使多次落第也从不放弃，表现其豁达与上进。三四句是作者对自己的评价，可见其自信与旷达。自五六句始，诗歌基调逐渐低沉，"风尘色里凋双鬓"表达了对年事已高的无奈，"击鼓声中历几州"抒发了功业未成、蹉跎岁月的哀叹。结尾运用反问，写自己对中举的渴望。全诗将作者科举落第的复杂情感淋漓尽致地展现出来，语言浅近通俗，颇具感染力。

醉题邑宰南塘屋壁[1]

万古清淮照远天，黄河浊浪不相关。

县留东道三千客[2]，宅锁南塘一片山。

草色净经秋雨绿，烧痕寒入晓窗斑。

闽王[3]美锦求贤制[4]，未许陶公解印[5]还。

【注释】

[1] 诗歌选自《钓矶文集》卷八。邑宰：县令。[2] 三千客：形容门客众多。战国齐孟尝君、魏信陵君、赵平原君、楚春申君四公子皆喜养士，门下号称有食客三千人。[3] 闽王：指王审知。[4] 美锦求贤制：谓求贤明的县令。《左传·襄公三十一年》："子皮欲使尹何为邑，子产曰：'少，未知可否？'子皮曰：'愿，吾爱之，不吾叛也。使夫往而学焉，夫亦愈知治矣。'"子产曰："不可。人之爱人，求利之也。今吾子爱人则以政，犹未能操刀，而使割也，其伤实多。子之爱人，伤之而已，其谁敢求爱于子？子于郑国，栋也。栋折榱崩，侨将厌焉，敢不尽言？子有美锦，不使人学制焉。大官、大邑，身之所庇也，而使学者制焉，其为美锦，不亦多乎？"[5] 陶公解印：用陶潜事。《宋书》卷九十三《陶潜传》载：渊明为彭泽令，在官八十有余日，"郡遣督邮至。县吏白应束带见之，潜叹曰：'我不能为五斗米折腰向乡里小人！'即日解印绶去职，赋《归去来》"。

【赏析】

这是一首题壁诗，主要歌颂了闽王王审知的贤行。一二句以"清淮"喻王审知，用浑浊的黄河比喻世道复杂，黄河虽浊，但与之有所交汇的淮河却清澈无比，比喻王审知高远纯洁的品行。三四句借战国四公子广收门客的典故，表现了王审知的任人唯贤。五六句写王审知居所周围景色的清新雅致，一如其人。结尾二句连用两个典故，表达了作者对王审知为官贤明和淡泊名利的赞美。全诗写景清淡，字句锤炼，表达了作者对王审知的赞誉。

徐 夤

读 史[1]

亚父[2]凄凉别楚营，天留三杰[3]翼龙争。

高才无主不能用，直道有时方始平。

喜愠子文何颖悟[4]，卷藏蘧瑗甚分明[5]。

须知饮啄由天命[6]，休问黄河早晚清。

【注释】

[1]诗歌选自《钓矶文集》卷九。[2]亚父：范增，楚军的主要谋士，项羽尊为亚父。鸿门宴中，他力主杀掉刘邦，项羽默然不应，刘邦乘机逃走。后刘邦用反间计，项羽疑其与汉有私，稍夺其权。范增大怒，求归乡里，项羽许之。行未至彭城，疽发背而死。见《史记》卷七《项羽本纪》。[3]三杰：指萧何、张良、韩信。《史记》卷八《高祖本纪》："（高祖曰）：'此三者，皆人杰也，吾能用之，此吾所以取天下也。'"[4]喜愠子文何颖悟：《论语·公冶长》："令尹子文三仕为令尹，无喜色；三已之，无愠色。"已，止，罢免。子文：春秋时楚国大夫，楚成王时为令尹。[5]卷藏蘧瑗甚分明：《论语·卫灵公》："子曰：君子哉蘧伯玉！邦有道则仕，邦无道则可卷而怀之。"蘧瑗，字伯玉，春秋时卫国大夫。[6]饮啄由天命：《太平广记》卷一百五十八引《玉堂闲话》："谚云：饮一啄，系之于分。"分：命。

【赏析】

这是一首咏史诗。开头二句引用典故，将范增不被项羽重用和刘邦珍惜"三杰"进行对比，得出"高才无主不能用，直道有时方始平"的结论，这也正是此时怀才不遇的作者的真实写照。五六句作者又引用子文和蘧瑗平淡对待出仕、入仕的典故，表明了自己向他们学习的决心。结尾作者从读史中所悟到的启发，遵从天命，不再追问无法干涉的事情。全诗表达了作者慨叹有才却不为人所用的悲哀。

皎　然

　　皎然（720？—?），俗姓谢，字清昼，湖州长城（今浙江长兴）人。初应举不第，遂削发出家。大历后居于苕溪草堂、龙兴寺、杼山妙喜寺等，与陆羽、颜真卿、韦应物等酬唱。性格放逸，不拘于常律，诗兴闲适。著作甚多，今存《皎然集》十卷、《诗式》五卷。《唐才子传》卷四、《宋高僧传》卷二十九有传。

从军行五首·其三[1]

　　百万逐呼韩[2]，频年[3]不解鞍。
　　兵屯绝漠[4]暗，马饮浊河干。
　　破虏功未录，劳师力已殚[5]。
　　须傍肘腋[6]下，飞祸出无端。

【注释】

　　[1] 诗歌选自《昼上人集》卷六。[2] 呼韩：汉代匈奴单于呼韩邪之省称。[3] 频年：多年。[4] 绝漠：极远的沙漠。[5] 殚：尽。[6] 肘腋：喻密切之地。《三国志》卷三十七《蜀志·法正传》："东惮孙权之逼，近则惧孙夫人生变于肘腋之下。"

【赏析】

　　这首诗主要写边塞军旅生活。一二句写征战不息的现状。三四句写军队长期驻扎在荒远的塞外，条件艰苦，士卒愁苦万端。五六句写攻破虏敌的建功还没有爵赏，部队精疲力竭、不堪忍受。结尾作者表达自己对战争的见解，不应一味劳师远征，而须防范国家内部生出的祸端。皎然以一个"方外人"的视角，用冷峻的目光审视着社会矛盾，指出藩镇割据势力是肘腋之患，防不胜防，对朝廷提出了警告，颇有政治远见。

问遥山禅老[1]

天与松子[2]寿，独饮日月精。

复令颜子[3]贤，胡为夭[4]其生。

吾将寻河源[5]，上天问天何不平？

吾将诘仙老，大道无私谁强名[6]？

仙老难逢天不近，世人何人解应尽。

明朝欲向翘头山，问取禅公此意还。

【注释】

[1] 诗歌选自《昼上人集》卷六。[2] 松子：即赤松子，传说中的仙人。《梁书》卷五十一《阮孝绪传》："愿迹松子于瀛海，追许由于穷谷，庶保促生，以免尘累。"[3] 颜子：孔子的弟子颜回。[4] 夭：短命，颜回卒时年三十二。[5] 河源：黄河河源，相传与天河通。[6] 强名：强为之名，指寿夭等。

【赏析】

此诗写作者向遥山禅老请教人生问题。开头以赤松子长寿和颜回短命形成鲜明对比，发问"问天何不平"。传说黄河源头与天河相通，这为试图上天的人提供了途径，所以作者想沿着河源寻上天去，质问天工为何不公平，表达了作者对不平命运的愤慨。最后四句写上天之难以及世人无解，于是作者下定决心，要向禅公请教此义。全诗对生命无常这一问题的追寻，体现了作者对生命的珍惜，表现了他对颜回这类早逝贤人的惋惜和钦佩。

皎然

贯 休

贯休（832—912），俗姓姜，字德隐，婺州兰溪（今属浙江）人。七岁出家，二十岁受戒，漫游江东、西，习经读书。工诗擅画。天复三年（903）秋入蜀，为王建所重，呼为"得得来和尚"，赐号禅月大师，为其建龙华禅院。后卒于蜀。与李频、吴融、韦庄、罗隐、齐己等多有交往唱酬，诗名甚著。曾自编其诗为《西岳集》，吴融作序。卒后其弟子昙域集其诗文为《禅月集》三十卷，今存二十五卷。《唐才子传》卷十、《宋高僧传》卷三十有传。

长安道[1]

憧憧合合[2]，八表一辙。

黄尘雾合，车马火热。

名汤[3]风雨，利辗霜雪。

千车万驮，半宿关月。

上有尧禹，下有夔卨[4]。

紫气银轮兮常覆金阙[5]，仙掌[6]捧日兮浊河[7]澄澈。

愚将草木兮有言有言，与华封人[8]兮不别不别。

【注释】

[1] 诗歌选自《贯休歌诗系年笺注》卷一。长安道：乐府曲调名，属《乐府·横吹曲辞》。《乐府诗集》卷二十一《横吹曲辞一》："《乐府解题》

曰：'汉横吹曲，二十八解，李延年造。魏晋已来，唯传十曲……后又有《关山月》《洛阳道》《长安道》《梅花落》《紫骝马》《骢马》《雨雪》《刘生》八曲，合十八曲。'"[2]憧憧合合：憧憧，往来不绝貌。合合：纷错貌。[3] 汤：冲撞，冒。[4] 夔卨：亦作"夔契"，帝舜二贤臣，夔典乐，契为司徒。[5]"紫气"句：意谓富贵长久。[6] 仙掌：汉武帝为求仙，在建章宫神明台上造铜仙人，捧铜盘以承天上仙露。《汉书》卷二十五《郊祀志上》："其后又作柏梁、铜柱、承露仙人掌之属矣。"颜师古注："《三辅故事》云：'建章宫承露盘高二十丈，大七围，以铜为之，上有仙人掌承露，和玉屑饮之。'"[7] 浊河：黄河。[8] 华封人：《庄子·天地》所写的华地一个守封疆的人，他以寿、富、多男祝福尧，尧辞谢不受，华封人说只要人尽其职、天下均富、寿夭顺应自然，就没有什么不好的地方了。

【赏析】

此诗借乐府古题写对长安道的感受。前四句写长安道上人来人往、车马络绎不绝的热闹场面。接着四句，作者描绘了人们为名利奔走的不辞辛苦的场面。为了功名不避风雨，为了利禄冒霜顶雪。"上有尧禹，下有夔卨"，指出途经长安道的人非常之多，上至历代君王，下至贤臣名将，写出了长安道的重要性。"紫气银轮兮常覆金阙，仙掌捧日兮浊河澄澈"是作者希望富贵长久、政治清明的美好愿望。最后二句作者引用华封人的典故，说明自己的心愿同他一样，希望人尽其职、天下均富，世间一派祥和。全诗表达了作者希望天下大同的美好愿望。

古塞下曲四首·其一[1]

古塞腥膻地，胡兵聚如蝇。

寒雕中髇石[2]，落在黄河冰。

苍茫逻娑[3]城，栉栉[4]贼气兴。

铸金祷秋旻，还拟相凭陵。

【注释】

[1]诗歌选自《贯休歌诗系年笺注》卷四。塞下曲：属唐代新乐府辞。《乐府诗集》卷二十一《横吹曲辞一》："《晋书·乐志》曰：'《出塞》《入塞》曲，李延年造。'曹嘉之《晋书》曰：'刘畴尝避乱坞壁，贾胡百数欲害之，畴无惧色，援笳而吹之，为《出塞》《入塞》之声，以动其游客之思，于是群胡皆垂泣而去。'按《西京杂记》曰：'戚夫人善歌《出塞》《入塞》《望归》之曲。'则高帝时已有之，疑不起于延年也。唐又有《塞上》《塞下》曲，盖出于此。"[2]髇石：即响箭。[3]逻娑：7世纪以后吐蕃的都城，即今西藏拉萨。[4]栟栟：升腾貌。

【赏析】

这首诗主要写河湟地区唐蕃战场的图景。一二句写塞外敌人聚集的场面，一个"蝇"字，写出作者对其的蔑视。三四句写塞外天气的寒冷、寒雕、射箭声、结冰的黄河，突出了塞外气候严寒恶劣，衬托出边塞战争的艰辛不易。五六句写逻娑城里敌寇大举兴兵的场面，于此可见敌人气焰的嚣张。以往书写边塞战争的诗歌中都以唐军为主要书写对象，可此诗一反常态，从敌寇角度叙述，以敌军的嚣张表现作者对战争的担忧。

古塞下曲七首·其三[1]

虏寇日相持，如龙马不肥。

突围金甲破，趁[2]贼铁枪飞。

汉月堂堂上，胡云惨惨微。

黄河冰已合，犹未送征衣。

【注释】

[1]诗歌选自《贯休歌诗系年笺注》卷十一。[2]趁：追赶。

【赏析】

这是一首边塞诗。首句写汉军与敌寇长年对峙的境况，战马的体型已不如从前，双方消耗严重。三四句写汉军英勇杀敌、突破重围的雄姿。五六句写汉军目前占为上风，敌军溃败惨淡。"黄河冰已合"意味着黄河冻彻，已入深冬，天气严寒，单薄的衣服已无法御寒，士兵们祈求家人们快快送来征衣，体现了征人思乡念亲的愁苦。贯休的这两首《古塞下曲》结构严谨，十一首虽独立成篇，但内容前后贯串，具有严密的内在逻辑联系，共同组合成河湟地区唐蕃战场的广阔图景，这在唐代边塞诗中是绝无仅有的。

送僧之东都[1]

之子之东洛，囊中有偈新。

红尘谁不入，独鹤自难亲。

定鼎门[2]连岳，黄河冻过春。

凭师将远意，说似[3]社中人[4]。

【注释】

[1] 诗歌选自《贯休歌诗系年笺注》卷十五。东都：指洛阳。汉唐时以洛阳为东都。[2] 定鼎门：唐代东都洛阳正南门。徐松《唐两京城坊考》卷五《东京·外郭城》："（东京城），南面三门，正南曰定鼎门。"[3] 似：给。[4] 社中人：用慧远庐山白莲社的典故。《佛祖统纪》卷二十六："（谢灵运）至庐山，一见远公，肃然心伏，乃即寺筑台，翻涅槃经，凿池植白莲。时远公诸贤同修净土之业，因号'白莲社'。"

【赏析】

这是一首送别诗。开头二句写作者送别僧人，为其准备了新的偈语，可见二人情谊之深。三四句是作者对僧人的嘱托，希望他能秉持原则，远离红尘烦扰的诱惑。五六句想象友人目的地的风景，洛阳城正南定鼎门连着山岳，黄河已开始解冻，春天马上就要来临。结尾二句作者希望友人能将自己对佛法的见解说给洛阳的同社中人，可见作者对僧人结社这一佛教现象的提倡。全诗文字省净朴实，语言平易流利，体现出作者对佛法的追求。

拟苦寒行[1]

北风北风，职何严毒。

摧壮士心，缩金乌足[2]。

冻云嚣嚣[3]，碍雪一片下不得。

声绕枯桑，根在沙塞[4]。

黄河彻底[5]，顽直到海。

一气抟束[6]，万物无态。

唯有吾庭前，杉松树枝，枝枝健在。

【注释】

[1]诗歌选自《贯休歌诗系年笺注》卷二十六。苦寒行：乐府曲调名，属《乐府·相和歌辞·清曲调》，大约始于曹操。《乐府诗集》卷三十三《苦寒行二首》："《乐府解题》曰：'晋乐奏魏武帝《北上篇》，备言冰雪溪谷之苦。其后或谓之《北上行》，盖因武帝辞而拟之也。'"[2]缩金乌足：金乌，指太阳。缩金乌足，谓太阳不敢出来。[3]嚣嚣：傲慢貌。[4]沙塞：边塞。[5]彻底：谓透底冰冻。[6]抟束：紧束，控制。

【赏析】

此诗描写了塞外的苦寒。开头四句是对凛冽寒风的描写，狂劲的寒风吓得太阳都不敢出来，恶劣的天气能够摧毁士兵的心志。五六句写阴云密布，凸显塞外环境的苦寒。"黄河彻底，顽直到海"写严寒的天气令黄河透底冰冻，突出环境的寒冷。"一气抟束，万物无态"写寒冷的天气令万物凋零，塞外一片荒凉。可庆幸的是，作者庭前的杉松树枝还都健在。由此可见，作者并没有亲历边塞，诗歌对边塞的描绘都是作者想象出来的。全诗写景壮阔，大开大阖，表现出作者自信的气度。

齐 己

齐己（约860—约937），俗姓胡，名得生，潭州益阳（今属湖南）人。幼孤，七岁到大沩山寺牧牛，后剃度为僧。后梁龙德元年（921）于入蜀途中被荆南节度使高季兴挽留，遂居江陵龙兴寺。齐己多才艺，擅长琴棋书法，颇有诗名，与郑谷、孙光宪、沈彬、尚颜等诗人多有交游唱和。有《白莲集》十卷传世。《唐才子传》卷九、《宋高僧传》卷三十有传。

仙 掌[1]

峭形寒倚夕阳天，毛女莲花[2]翠影连。

云外自为高出手，人间谁合斗挥拳。

鹤抛青汉来岩桧[3]，僧隔黄河望顶烟。

晴露红霞长满掌，只应栖托[4]是神仙。

【注释】

[1] 诗歌选自《白莲集》卷九。[2] 毛女莲花：即华山毛女峰和莲花峰，二峰紧接，故有"翠影连"语。[3] 桧：属松杉科，常绿，有针状、鳞状两种叶。古人认为松叶柏身者为桧。华山多桧，南峰有松桧峰，传说华山神仙常于此宴游。[4] 栖托：居止。

【赏析】

此诗写作者在华山仙掌崖的所见所感,吟咏了仙掌崖的高峻神奇。"峭形寒倚夕阳天",点明时间是秋冬的傍晚。"毛女莲花翠影连",写出山脉相连、绵延不绝的景象。"云外自为高出手",写仙掌崖高出云外。"人间谁合斗挥拳",说明仙掌不屑与世俗之人挥拳斗胜,同时也暗示"人间"节镇纷争,恶斗挥拳,寄寓着作者自己的高旷。"僧隔黄河望顶烟言",写作者站在华山之巅远眺黄河,极写华山之高峻。"晴露红霞长满掌",写出夕阳之景的绚丽,"只应栖托是神仙",为诗歌增添了浪漫色彩。全诗展现了仙掌崖的特征,与自然山水进行精神交流,体现了作者优雅高洁的审美情趣。

后 记

　　黄河是中华民族的"母亲河"。自古至今，无论诗词曲赋，都留下了大量关于黄河的美妙篇章。唐代作为诗歌的国度，咏黄河诗歌的发展迎来了第一个高峰。唐代咏黄河诗歌不仅具有创作题材丰富、展现黄河全貌、阐释黄河特质、塑造唐人张扬自由而又深沉悲壮的心理特点，而且形成了唐人所特有的黄河情结，为今天传承发展黄河文化提供了源泉。

　　本书是"历代咏黄河诗词曲赋萃编"丛书之一，由我和汉英同学共同完成。汉英是我指导的首届学术型硕士研究生，今年已经顺利毕业。毕业论文题目是《唐代黄河诗歌研究》，是其在搜集整理唐代黄河诗歌基础上完成的。本书编写过程中，汉英同学负责唐代咏黄河诗歌的搜集和初稿的撰写，我负责每首诗歌的校对、审读、修改及通稿的校改工作。

　　唐代咏黄河诗歌数量大，加之本人的学识、能力有限，以及其他方面的因素，虽反复审阅、修改，但在资料选取、编排、注释、赏析、文献征引等方面恐未能尽如人意。请广大读者予以批评指正，我们不胜感激。

张锦辉

2023 年 7 月